看見
十年中國的
見與思
柴靜 著

目次

台灣版序言 6

序言 9

第一章 別當了主持人就不是人了 11

「如果你來做新聞，你關心什麼？」他開了口，「我關心新聞當中的人。」

第二章 那個溫熱的跳動就是活著 34

九年之後，人們還會說「這是進非典病房的記者」，我常覺羞慚。我看到了一些東西，但只不過隱約地感到怪異，僅此而已，僅此而已。

第三章 雙城的創傷 56

對人的認識有多深，呈現才有多深……雙城連續服毒事件調查到最後，我們發現，最大的謎，其實是孩子的內心世界。

第四章 是對峙，不是對抗 76

能不能採訪準確，不是能不能完成工作，或者能不能有樂趣這麼簡單，這事關人的性命，我要是問得不準確，不配坐在這椅子上。

聚會上，朋友說，你現在做的這些題目太邊緣了，大多數人根本不會碰到這些問題。作家野夫說：「那是因為我們已經不是大多數人，在很大程度上已經免於受辱了。」

家庭是最小的社會單元，門吱呀一聲關上後，在這裡人們如何相待，多少決定了一個社會的基本面目。

我出生在一九七六年的山西。山西姑娘沒見過小溪青山之類，基本上處處灰頭土臉，但凡有一點詩意，全從天上來。

今天你的權利受到損害，你不說話，明天你就會失去更多的權利。

二〇〇六年二月底，我接到通知，迷迷糊糊去別的部門開會。被驚著了，因為在「新聞聯播」裡要開一個有我名字的專欄，叫「柴靜兩會觀察」。

準確是記者這一工種最重要的手藝，而自我感動、感動先行是準確最大的敵人，真相常流失於涕淚交加中，我們需要提醒自己：絕不能走到探尋真相的半山腰就號啕大哭。

第十一章　只求瞭解與認識而已　226

虐貓這期節目播出後，我收到王的短信，她要的並不是同情，節目也沒給她同情。她只要求得到公正，這個公正就是以她的本來面目去呈現她。

第十二章　新舊之間沒有怨訟，唯有真與偽是大敵　251

我腦袋裡舊思維習慣改不了，新的又不知道怎麼形成。錢鋼老師說，你可以看一看歷史，「你只管用力把一個人、一件事吃透了，後面的就知道了。」

第十三章　事實就是如此　270

華南虎照片的真假之爭，不僅事關技術，更是對事件各方科學精神的檢驗，真相往往在於毫末之間。

第十四章　真實自有萬鈞之力　289

去年地震中坍塌滑坡的山體，現在已經慢慢重新覆蓋上了草木，就在這片山巒之間，正在建成新的房屋、村莊和家庭。

第十五章　只聽到青綠的細流聲　316

全世界媒體都在這兒，金牌運動員有無數人採訪，我說：「那咱們就採訪不顯眼的吧，失敗者也成，只要打動咱倆的就算。」

第十六章　邏輯自泥土中剝離　338

新聞調查六年，我做得最多的就是征地題材，各種口音，各個地方，各種衝突。節目組每天一麻袋信裡，一半是關於征地的。

台灣版序言
另一種聲音

上中學的時候，我們的語文課本上有道題：魯迅先生寫過「我的院子裡有兩棵樹，一棵是棗樹，另一棵還是棗樹」，這句話反映了魯迅先生的什麼心情？

我有個朋友叫老羅，當年念到這兒就退學了，他說：「我他媽的怎麼知道魯迅先生在第二自然段到底是怎麼想的，可是教委知道，還有個標準答案。」

我另一個朋友馮唐，找了一個黑店，賣教學參考書，黃皮兒的，那書不應該讓學生有，但他能花錢買著，書中寫著標準答案——「這句話代表了魯迅先生在敵佔區白色恐怖下不安的心情」。他就往卷子上一抄。

老師對全班同學說：「看，只有馮唐同學一個答對了。」

老羅和馮唐把背標準答案的時間省下來，都早早地幹了自己喜歡的事，我屬於第三種，沒辦法脫離又沒勇氣反抗。課堂上安分守己一聲不出，但什麼也聽不進去，低頭在紙上亂寫亂畫，考試時對魯迅先生瞎揣摩一氣，卷子打著紅×發下來。

時間長了，被動消極，每天最後一個來學校，第一個走。

那時候山西小縣城還一片僵凍，離開學校無處可去，沒有公車，沒有店鋪，沒大排檔，沒書報亭。有一個紅星電影院，學校組織看愛國電影時才能進。這裡算全城的文娛中心，幾個老人坐著小馬紮在電影院門口曬太陽，懷裡摟著小孩兒，沒有貓狗這樣的寵物，小孩拿根繩牽著田鼠走來走去，它用後腳站著端著乾饅頭吃。還有幾個小混混，電影院門口光禿禿擺著兩個開裂的檯球案子，五毛錢打一小時，他們嘴角斜粘著煙，嗆得眯起眼，冷風裡猴著身子打球，軍大衣領子尖豎著，衣角拖在地上磨得黑亮，追逐女生時粗糙又凶狠，毫無浪漫之感。

除了這些「閒人」，大家都呆在單位——這個形容流水線上產品的數量詞，人人嵌在其中。我父母都在「文革」中輟學，受盡動盪之苦，覺得進不了單位像殘次品一樣讓人恐懼，希望我將來能考上大學的財務會計專業，畢業分配進鐵路局。鄰居們都說這工作好，不用風吹雨淋，只要算盤打得快，胳膊上一副藍袖套，穩穩當當一輩子，還能坐火車不花錢。爲了能這樣生活，父母以他們的方式保護我，課外書是「閒書」，不能看。晚飯時可以看全國統一轉播的新聞節目，因爲裡面可能有考試內容。在我看來這還不如看新華字典有意思——起碼有些漢字長得挺好看。我吃飯端著工具書看，遭到了表揚，我媽讓我妹向我學習。

我對這種生活沒什麼情緒，因爲給我自由，我也不知道要幹什麼。

高中時，我媽買了一台紅燈牌收錄機讓我學英語，短波能收到台灣電台，家裡沒人的時候，我就守著聽「亞洲之聲」、「中廣流行網」，主持人吳瑞文、謝德莎、沈琬、林賢正、李麗芬、陳樂融……我不知道這些名字我寫得對不對，但隔了二十年，寫下每個名字的時候，我還能聽到他們的聲音，他們是我的朋友。有期節目，沈琬說一個叫黃家駒的人當天意外去世了，播放了他的歌《關心永遠在》，說：「人生在世就要珍惜，因爲我們不知道下一分下一秒會在哪裡。」說的時候她哭了。

我當時不知道黃家駒是誰，她說得也沒什麼出奇，尋常情理，但打動了我，那之前沒有成年人用這種方式對我說過話。

我第一次想到，原來一個職業可以是這樣。原來，傳播是人做的，做的一切是爲了人。

半年後，我考上了鐵道學院財務會計專業，幹了人生裡第一件主動的事，到湖南省電台去找工作，領導把我打發走了，因爲當主持人必須學過播音，由國家分配。回到學校我用磁帶錄製了一期節目，名字抄襲陳樂融的《另一種聲音》，又去了電台，一個叫尚能的主持人聽了五分鐘，說：「今天晚上在我節目裡播。」他沒去徵求領導同意，就這麼做了。

就這樣，我進入了傳播行業，直到現在。

序言

十年前，當陳虻問我如果做新聞關心什麼時，我說關心新聞中的人——這一句話，把我推到今天。

話很普通，只是一句常識，做起這份工作才發覺它何等不易，「人」常常被有意無意忽略，被無知和偏見遮蔽，被概念化，被模式化，這些思維，就埋在無意識之下。無意識是如此之深，以至於常常看不見他人，對自己也熟視無睹。

要想「看見」，就要從蒙昧中睜開眼來。

這才是最困難的地方，因爲蒙昧就是我自身，像石頭一樣成了心裡的壩。

這本書中，我沒有刻意選擇標誌性事件，也沒有描繪歷史的雄心，在大量的新聞報導裡，我只選擇了留給我強烈生命印象的人，因爲工作原因，我恰好與這些人相遇。他們是流淌的，從我心腹深處的石壩上漫溢出來，堅硬的成見和模式被一遍遍沖刷，搖搖欲墜，土崩瓦解。這種搖晃是危險的，但思想的本質就是不安。

我試著盡可能誠實地寫下這不斷犯錯、不斷推翻、不斷疑問、不斷重建的事實和因果，一個國家由人構成，一個人也由無數他人構成，你想如何報導一個國家，就要如何報導自己。

陳虻去世之後，我開始寫這本書，但這本書並非爲了追悼亡者——那不是他想要的。他說過，死亡不可怕，最可怕的是無意識，那才相當於死。他所期望的，是我能繼續他曾做過的事——就像葉子從痛苦的蜷縮中要用力舒展一樣，人也要從不假思索的蒙昧裡掙脫，這才是活著。

十年已至，如他所說，不要因爲走得太遠，忘了我們爲什麼出發。

第一章 別當了主持人就不是人了

二〇〇〇年，我接到一個電話。「我是陳虻。」

說完他意味深長地停頓了一下，可能是想給我一個發出仰慕尖叫的時間。

「誰？」

「我，陳虻……沒給你講過課？」

「你哪個單位的？」

「嘎……中央電視台新聞評論部的，找你合作個節目。」

我們在央視後面梅地亞酒店見了面。

我打量他，中長頭髮，舊皮夾克耷拉著，倒不太像個領導。他蹺著二郎腿，我也蹺著。

他開口問的第一句話是：「你對成名有心理準備麼？」

喲，中央台的人說話都這麼牛麼？

我二十三四歲，不知天高地厚得很：「如果成名是一種心理感受的話，我二十歲的時候就已經有過了。」

二〇〇〇年，我還是湖南衛視「新青年」主持人，進了央視後，這個頭髮很快被剪短了，穿上了套裝，坐在主播台上，想著自己臉上的表情、語言、化妝、衣服。這一場下來什麼都得想，不知道怎麼才能忘掉自己。陳虻說：「回家問你媽、你妹，她們對新聞的欲望是什麼，別當了主持人，就不是人了。」（王軼庶　攝）

「我說的是家喻戶曉式的成名。」

「我知道我能達到的高度。」

他都氣笑了：「你再說一遍？」

「我知道我能達到的高度。」

……

「如果你來做新聞，你關心什麼？」他開了口。

「我關心新聞當中的人。」

他在煙霧裡眯著眼看了我一會兒：「你來吧。」

「我不去。」

我有我的節目，湖南衛視的「新青年」，人物採訪，很自在，用不著簽約，我住在北京，每月去一趟，錄完拿現金。「體制裡的工作我幹不了。」

他也不生氣，把煙頭按滅了，站起身：「這樣，你來參加一次我們評論部的年會玩玩吧。」

年會上來就發獎，新聞評論部十大先進。

這十位，長得眞是。頭一位叫孫杰，歪著膀子上了台，手裡拿一卷衛生紙，發表獲獎感言：「感冒了，沒準備，寫在這紙上了，我講幾個原則啊……」講完把紙一撕，擤擤鼻涕下台。

晚會前是智力問答，我跟台長分一組，白岩松主持這環節，問：「一九一九年五四運動發生在什麼季節？」台長按鈕搶答：「冬季。」——大概他腦子閃現的都是繫圍巾的男女群雕。於是被大笑著羞辱一番。

當時正是評論部與「東方時空」分家的階段，接下去放的是崔永元的《分家在十月》：「運動啦，七八年就來一次……兄弟們，搶錢搶女編導，一次性紙杯子也要，手紙也要……」領導們坐第一排，在片子裡被挨個擠兌。

「李挺諾夫硬挺著入睡的夜晚，氣恨地說：『《痛並快樂著》，這書只配用來墊腳！』……」坐在第一排中央的新聞中心主任李挺正被群眾搶錢包，鈔票全部被撒向空中，大家哈哈大笑。其中一百塊紅豔豔，飄啊飄，飄到了我手裡。

嘿，這個地方好。

陳虻拿了一張破紙，讓我在上面簽個字：「你就算進中央台了。」我狐疑地看了一眼。這連個合同都不是，也沒有記者證，沒有工作證，沒有工資卡，連個進台證都沒有。

「我們看中了你，這就夠了。」

瞧他的嘴臉。

他帶我去新聞評論部。我邊走邊打量，看了看部門口掛的牌子：求實，公正，平等，前衛。前衛……嗯，一個新聞部門，還想前衛？我左看右看。

他頭也不回地走在前頭，一邊敲打我：「你就是個網球，我是個網球拍，不管你達到什麼高度……」

哦，這人挺記仇。

他轉過頭盯著我：「記住，我都比你高一釐米。」

切。

一進門，辦公室正中間放一把椅子，化妝師熟練地一甩，往我身上套了塊布：「來，把頭髮剪了。」

我一直披掛在半臉上的頭髮落了一地，像只小禿鴨子。「這樣可以吹得很高了。」他滿意地撥弄一下我那瀏海。

男同事們坐一圈，似笑非笑地看著我：「去，給我們倒杯水，主持人，我們一年到頭伺候你，你也伺候伺候我們。」我天生沒什麼機靈勁兒，還在南方女權文化裡待慣了，不知道怎麼回應這種幽默，只好呆呆地去倒了幾杯水。

他們跟我開玩笑：「柴靜，司長大還是局長大？」

我真不知道。

陳虻把我交給那個拿衛生紙上台的傢伙：「練練她。」這傢伙看著跟那天不大一樣，嚴肅地看了看我：「你寫一寫建黨八十週年節目的解說詞。」

這個……

我倒真敢寫，洋洋灑灑。

寫完給他，他真是特別善良，看了一眼，連歎氣都沒歎，誠懇地說：「你回家休息吧。」

我要做的這個節目叫「時空連線」，每天十六分鐘的時事評論，連線多方專家同時討論。我之前從沒做過新聞，陳虻也沒看過我在湖南衛視的節目，不過直覺告訴我最好別問他是怎麼發現我的，這種人絕不會按正常方式回答你，還是少說少問為妙，免受羞辱。他只說了句：「我們要給白岩松找個女搭檔。」

年會的晚上有人打電話來，聲音低沉：「岩松要跟你談談。」我一去，一屋子男同志，挺像面試。後來才知道，白岩松這個人什麼都彪悍，就是不習慣跟女生單獨講話。

大家跟我聊，他只插空問了兩個問題：「你喜歡誰的音樂？」我好像說的是平克．佛洛伊德。他問：

「華人的呢？」「羅大佑。」他沒再問什麼，只說了一句：「這是條很長的路，你要作好長跑的準備。」

第一期節目就是慘敗。是關於剖腹產的話題，我自己聯繫好醫生、生孩子的人、社會學家，約好演播室，化好妝坐進去，幾位台領導正從玻璃外路過，看了一眼：「有點像小敬一丹。」陳虻給我打了一個電話：「這就代表認可啦。」

現場採訪只錄了三十分鐘，談完剖腹產怎麼不好，就順利結束了。那會兒我不把電視當回事，在紙上編完稿子，讓同事幫忙剪片子送審，自己去外地耍了。

放假回來，在辦公桌上掛只大畫框，是在西藏拍的照片，還弄個水瓶，插了些花花草草。

看辦公室人臉色，知道審片結果很不好。大家不好跟我轉述最狠的話，只說已經這樣了，你就把結尾再錄一遍吧。

陳虻在會上公開批評我：「你告訴人們剖腹產是錯誤的，自然生產如何好，這只是一個知識層面，你深下去沒有？誰有權利決定剖腹產？醫生和家屬。怎麼決定？這是一個醫療體制的問題。還有沒有比這個更深的層面？如果你認爲人們都選擇剖腹產是個錯誤的觀點，那麼這個觀點是如何傳播的？人們爲什麼會相信它？一個新聞事實至少可以深入到知識、行業、社會三個不同的層面，越深，覆蓋的人群就越廣，你找了幾個層面？」

我越聽心底越冰，把結尾一改再改，但已無能爲力。

年底晚會上，同事模仿我，披條披肩，穿著高跟鞋和裹腿小裙子，兩條腿糾結在一起坐著，把垂在眼睛上的頭髮用手一撥，摸著男生的手，細聲細氣地採訪：「你疼嗎？眞的很疼嗎？眞的眞的很疼嗎？」底下哄笑，都認同是對我的漫畫像。

白岩松當時是製片人，壓力比誰都大，也不能揠苗助長，別人笑我的時候，估計他心裡比誰都難受。有次我穿印花紗裙子到辦公室，他叫我過去，說：「回去把衣服換了。」

每天節目結尾主持人都要評論，我彆扭壞了。按我原來花裡胡哨的文藝路子，肯定是不行的，按節目的習慣寫，我又寫不來。一遍又一遍，都過不了關，到後來有一次沒辦法，白岩松遞給我一張紙，是他替我寫的。

每次重錄的時候，都得深更半夜把別人叫回演播室，燈光、攝像後來已經不吱聲了，也不問，沉默地隱忍著。錄完，我不打車，都是走回去，深一腳淺一腳，滿心是對他們的愧疚。

部裡安排所有主持人拍合影，我是剛來的小姑娘，自然而然站在最後一排邊上。崔永元回頭看見我，扶一下我的胳膊，把我帶到第一排正中間他的位子上，他當時連我的名字都不知道。

他是這樣的人。有個場合，幾乎所有人都在互相敬酒，他進來了，在飯桌邊坐下來，什麼也沒說，但誰都不敬了。

這就是他。

那幾年評論部的內部年會，看崔永元主持是我們的狂歡，看他在台上手揮目送，戲謔風頭人物，逗逗女同事，拿領導尋開心。也就他能修理陳虻，說：「陳主任站起來。」

陳虻被群眾打扮成日本浪人，頭頂沖天辮，重重疊疊好多層衣服，半天才撐著大刀勉強站了起來，群眾起一大哄，小崔伸手壓住，指一指大螢幕上一堆怪誕字符，只有一個中國字是「錢」。小崔說：「這些字怎麼念，陳主任？」

陳虻踅摸了半天：「不認識。」

「哦，陳主任連錢字兒都不認識。」

大家笑。

「再給你一次機會。」他說，「這些字裡頭你認識哪個？」

陳虻這次答得挺快：「錢。」

「哦，陳主任原來只認識錢。」

大家吹口哨，尖叫。陳虻手扶著大刀也跟著樂。

小崔正是如日中天，可以「別一根簽字筆，揣一顆平常心，走遍大江南北，吃香的喝辣的」，但他公開說，每次錄節目，開場前心裡焦慮，總得衝著牆向自己攥拳頭。

我見慣了強人，他這點兒軟弱幾乎讓我感激。

我在台裡新朋友不多，史努比算一個。那時候好像就我和他單身，辦公室雷姐還想撮合我倆。我看他一眼，年歲倒是不大，但長得吧……他自己說早上洗完臉抬頭看鏡子，差點喊「大爺」。有一次在地鐵，他死盯著一個姑娘看，最後那姑娘猶猶豫豫站起來要給他讓座。他眞誠地對我說：「我從小就長這樣，等我四十的時候，你就看出優勢了。」

他學中文的，在新聞評論部內刊上寫文章，題目就是他的夢想，叫「飯在鍋裡，人在床上」，不免被一干做新聞的人譏笑。開會談節目，他開口，一屋子人就搖頭笑「人文主義者」。別人都做時事類節目，元首訪問什麼的，討巧，也好做，他偏做生僻的，有一期叫「哥德巴赫猜想」，民間有位傾其一生研究哥德巴赫猜想的，專業人士和普通人都覺得可笑，但這人在節目中說：「小人物也有權利發出自己的聲音。」別人笑，史努比只自嘲，從不反擊，也沒見他對人凶惡，我有時覺得他有點近於怯懦，他只說：「道德，不是沒有弱點，而是看清它，然後抑制它。」

有次聚餐，在一個吃東北菜的地方，都喝得有點兒多了，有人大聲呼喝，有人往地下砸瓶子。他也喝高了，搖搖晃晃蹲在地上撿碎片。我去撿的時候，聽見他嘟嘟囔囔：「什麼是人文主義者？人文主義者，就是不往地上砸瓶子。」

那時候，他手頭正青黃不接，每天拎著單位發的紙袋子，裝著泳衣和盜版碟，遊完免費的泳，吃完免費的三餐，回家看五張盜版碟，發工資全存建行，每天坐公車時看著建行的大招牌，「有種深沉的幸福」。

就是這麼個人，看我很不得意，居然花錢送給我一盆花。是他上班路上看到地鐵口擠了好多人，想著肯定是好東西，擠進去一看，是從天安門廣場上撤下來的國慶菊花，板車上放著，一塊錢一盆。

很貧賤的小黃菊，他小心翼翼地放我桌上，作陶醉狀深嗅一下，差點熏一個跟頭。

中午開會大家評我的節目，他最後發言：「大家都說『好的我就不說了，我提點兒意見』，好的爲什麼不說呢？好的地方也要說。我先說……」

我看他一眼。

他私底下愛教育我：「你生活得太塑膠了，不眞實。」

我白他：「怎麼了？」

「過分得體。」

「什麼意思？」

他來勁了，比比劃劃：「要像打槍一樣。有句話，叫有意瞄準，無意擊發。要有這個『無意』。」

挺神的反正。

後來，史努比跟我說過，看我當時真是吃力，天天採訪前挨個打四十分鐘電話，每次採訪都在本子上寫一百多個問題。化妝的時候還斜著眼繼續寫，化妝師一邊抖抖地畫眼線，一邊歎氣：「我看人家別的主持人這時候拿本金庸看，你怎麼這麼緊張？」到錄的時候，我就照著本子上的問題往下問，聽不見對方說話，只想著自己的下一個問題。

繩子越纏越緊。

大老楊是攝像，錄完節目大雪裡送我回家，他說姑娘你可得加把油啊，領導說扶不起來就不扶了。

當時「時空連線」首次使用連線的方式讓三方嘉賓評論同一新聞事件，試圖創造爭論和交鋒的空間。這個技術剛開始試，還沒辦法在演播室裡實現三方在螢幕上同時出現，只能用電話採訪，攝像在現場拍下他們說話的鏡頭，回來合成畫面。在演播室裡我盯著空蕩蕩的螢幕方向，只能在耳機裡聽到三位嘉賓的聲音。

「往這兒看。」攝像引導我往黑暗裡望，做出與三個嘉賓交流的眼神，「要有交流感。」我只好每個問題都配合點眼神兒，身體也跟著擰，裝作在跟誰交流，營造一種氣氛。光擰這個身子就能把我弄個半死。

攝像「咂」一聲：「你眼裡沒有人。」

我不服氣：「是，那些嘉賓的人影都是後期加上的，我根本看不見他們。」

「不是這意思。」對方搖搖頭，沒再說下去。

慢慢的，我已經不會寫東西了，拿張紙對著，一個字也寫不出來。再過一陣子，我連話都不會說了。

在餐廳遇到「新聞調查」的張潔，他說他理解這感覺，說他拍過一個片子，白血病人晚期的治療要把身上的血全抽出來，再換成新的。我血已流光，齜出一個紙一樣蒼白的假笑看著他。

再後來，我乾脆出溜了。以前當觀眾時，老譏笑別人八股腔，現在當了主持人，用得比誰都熟練，每天結尾我都說：「讓我們期待一個民主法治的社會早日到來。」

這話是不會錯的，然後我就可以卸妝下班了。

夢裡我又回到小學四年級。

八歲的我站在教室走道裡，一只手捂著左眼，一屋子同學都埋頭看書。老師拿一支小棍，點著視力表的最底下一行。

這是我小時候最恐懼的場景，直到現在，看到視力表還感到條件反射式的噁心。

我早就近視了。但誰也沒看出來。

我站在過道上，非常冷靜，食指上下翻飛地指著。我已經把最後一行背熟了。老師把小棍一放，埋頭邊寫邊喊：「一點五，下一個。」……現在我跟大家一樣了。誰也沒注意到我，我不動聲色地回到了座位上。

眼前黑板上的字，我什麼也看不清。

有一天穿過客廳，看見電視裡「經濟半小時」有個記者正在採訪剛當了縣長的牛群。這記者叫陳大會，眞是職業殺手，快、狠、準，劍光一閃，奪命封喉。我端著飯碗站在那兒一直看到完。

業內對他的採訪有爭議，但都承認他勤奮：「他是第一個細心研究國外節目的採訪記者，把節目像拆螺絲一樣拆開，每一個導語，每一個問題，包括每個表情和姿勢，都模仿研究。」

我把他的採訪，還有法拉奇、拉里·金……能找到的都列印下來塞在資料夾裡，提問抄在小本上，採訪前常常偷換一下問題的內容就直接用。江湖上的小女生，以前那點兒華麗的水袖功夫，上陣殺敵時一概用不上，只能老老實實蹲馬步，照貓畫虎。

我遇見陳大會，他說要小心身上的毛病，不要到了三十多歲改不過來，在連線採訪中，要心無旁騖，不要管這節目到底要什麼，不要去管什麼氣氛啦交流感啦、不要冷落任何一個嘉賓啦這回事。「你就記住一點，」他說，「新聞本身是最重要的。如果有一個人能夠接近新聞的核心，那你這期節目就讓他一個人說話，其他兩個坐在那兒一言不發也無所謂。」

我遲疑：「嘉賓會不舒服嗎？」

「他們舒服不舒服不重要，記者的首要任務是揭示眞相。」

他這話讓我心裡動一下，但我根本沒這勇氣，我像只粽子一樣被死死綁住。

他大概看出了我的狀態：「跟你講個事，一九九六年的時候，『東方時空』開會，製片人問大家，咱們『東方之子』的採訪記者最差的是誰？××還是陳大會？」

我開始向他學，但是這種揀本《葵花寶典》閉門自修的方式，很容易就向邪路上去了，以爲厲害的記者就是要把別人問得無地自容。

遇上一個新聞，兩名陝西青年組隊騎自行車飛越長城，有一位失去了生命。我策劃了一期「飛越的界限」，採訪遇難者的隊友和教練，他的隊友在節目裡朗誦愛國的詩，我問：「你就是想要那種特別來勁的感覺嗎？這比命還重要嗎？……這是不是草台班子？你們是不是炒作？……」

錄完後同事奇怪我的變化：「喲，這次挺尖銳啊。」我還挺得意。

李倫當時是「生活空間」的編導，給我發了條短信：「你把重心放錯了吧？」我還沒明白他的意思，就看到《南方週末》上劉洪波評論這期節目：「電視記者語帶嘲諷，步步爲營。」他認爲責問的對象應該是負責安全審查的管理部門，用不著只拿當事人取笑。

網上有觀眾寫看完這節目的感受：冷酷的東方時空，冷酷的柴靜。

過了好幾年再看這期節目，提的問題還在其次，那個坐在台上、一頭短髮、雪青色套裝的女主持人，臉上都是凌厲，眼內都是譏誚。我不是試圖去瞭解他們，而是已經下了一個判斷。

滿滿騰騰都是殺氣。

我那點兒本來就少的觀眾說：「本來覺得你還有點親和力，現在不太喜歡你了。」

央視南院食堂，每天集體吃飯時電視上正重播「時空連線」，陳虻吃完飯給我打個電話：「人家說，這人還是陳虻招的？你可別讓我丟人。」說完把電話掛了。

他罵人的這個勁兒，史努比說過，讓人輕生的心都有——因爲他罵的都是對的。

他審一個人的片子，審完把對方叫過來，問人家多大歲數了。對方莫名其妙，問這幹嘛。他說：「看你現在改行還來不來得及。」

他嫌我小女生新聞的那套路數：「你簡直矯揉造作不可忍受。」

小女生血上頭，眼淚打轉。

他還說：「批評你不可怕，對你失望才可怕。」

直到他看我真沒自信了，倒是對我溫和點了：「你得找到欲望。」

「我欲望挺強的呀。」我回嘴。

「你關心的都是自己，你得忘掉自己。」他說。

「怎麼才能忘掉自己？」我擰巴得很。一期節目三方連線，我得時刻想著我的身體要擰成三十五度、四十五度、六十度角，還要想臉上的表情、語言、化妝、衣服。這一場下來什麼都得想，我怎麼能忘掉自己？

「回家問你媽、你妹，她們對新聞的欲望是什麼，別當了主持人，就不是人了。」

我眞是一期一期問我媽和我妹，設計問題時有點用，儘量從常識出發，但一上台，幾盞明晃晃的燈一烤，導播在耳機裡一喊「三，二，一，開始」，身體一緊，我聲音就尖了，人也假了。

陳虻說：「你問一個問題的時候，你期待答案麼？你要不期待，你就別問了。」

我不作聲。

我問醫生朋友：「爲什麼我呼吸困難？」

他說：「情緒影響呼吸系統使呼吸頻率放慢，二氧化碳在體內聚集造成的。」

「有什麼辦法嗎？」

「嗯，深呼吸。」

上樓的時候，我深呼吸；下樓的時候，我深呼吸。我看著電梯工，她鬆鬆垮垮地坐著，閑來無事，瞪著牆，永遠永遠。我強烈地羨慕她。

上班時只有在洗手間，我能鬆垮兩分鐘。我儘量延長洗手的時間，一直開著水龍頭，一邊深呼吸，看著鏡子裡的自己。我知道自己身上已經開始散發失敗者的味兒，再這樣下去誰都會聞出來了——在動物界，你知道，只要你散發出那樣的氣味，幾乎就意味著沒有指望了，很快，很快，就會被盯上，毫不留情地被撲倒在地，同伴會四奔逃散，甚至顧不上看你一眼。

那段時間，臨睡前，我常看一本叫《沉默的羔羊》的書，不知哪兒來的滿是錯別字的盜版，書皮都快掉了。

很多年後，我看到了它的續集，憤怒地寫信給作者。我說你這續集裡蹩腳的狗屁傳奇故事把我心裡的史達琳侮辱了。那個吃著義大利餐、欣賞油畫、跟食人魔醫生談童年創傷的女人根本不是她。

在我心裡，她一直是美國聯邦調查局（ＦＢＩ）二十四歲的實習生，說話帶點兒土音，偶爾說粗口，沒有錢，穿著一雙不怎麼樣的鞋子，孤身一人去調查殺人案，監獄裡的瘋子把精液彈到她臉上，參議員認為她偷了自己女兒的珠寶，她知道失敗和被人看輕是什麼滋味。

可是她左手可以一分鐘扣動七十四下扳機，胳膊上的筋脈像金屬絲一樣隆起，捲起袖子去檢驗那些腐敗的死屍，對認為她只是依靠姿色混進來的男人說「請你們出去」。

她曾希望在ＦＢＩ這個大機構裡得到一席之地，但最後她不再為身份工作，「去他媽的特工吧」，她只為死去的人工作，在心裡想像這些被謀殺的女人，跟她們經歷同樣的侮辱，從刀割一樣的感受裡尋找線索。

人在關口上，常是一些看上去荒唐的事起作用。在演播室開場之前，我很多次想過：「不，這個用塑膠泡沫搭起來的地方可嚇不著史達琳，這姑娘從不害怕。」

我決定自己做策劃和編輯，找找那個抽象的欲望是什麼玩意兒。

每天給各個部委打電話聯繫選題。大老楊看我給外交部打電話聯繫大使被劫案的採訪覺得好笑：「得多無知才能這麼無畏啊。」但居然聯繫成了。錄節目的時候他負責拍攝，衝我默一點頭。我心裡一暖。

我每天上午報三個選題，下午聯繫，晚上錄演播室，凌晨剪輯送審。

就這麼熬著，有個大冬天凌晨兩點，人都走光了，沒人幫我操機，我自己不會，盯著編輯機，心想，我不幹了，天一亮我就跟陳虻打電話，去他的，愛誰誰。我在桌邊坐著，惡狠狠地一直等到七點。電話通了，陳虻開口就問：「今天是不是能交片了？」

我鬼使神差地說：「能。」

我抱著帶子去另一個機房，編到第二天凌晨三四點。大衣鎖在機房了，穿著毛衣一路走到電視台東門。我是臨時工，沒有進台證，好心的導播下樓來，從東門口的柵欄縫裡把帶子接過去。回到家電梯沒了，爬上十八樓，剛撲到床上，導播打電話說帶子有問題，要換，我拖著當時受傷的左腳，一級一挪，再爬下去。

大清早已經有人在街上了，兩個小青年，驚喜地指著我，我以爲是認出了我。

「瘸子。」他們笑。

淺青色的黎明，風把天刮淨了，幾顆小銀星星，彎刀一樣的月亮，斜釘在天上。

白岩松有天安慰我：「人們聲稱的最美好的歲月其實都是最痛苦的，只是事後回憶起來的時候才那麼幸福。」

節目這麼播了一期又一期，常被轉載，也拿到一些獎，過得寬鬆點兒了。但我說不上來自己的感覺。

默多克說，新聞人就是要去人多的地方。但我心裡知道我不愛紮堆。

小時候，我有個外號叫「柴老總」，因爲老是「總」著臉，山西話。大人們例行逗孩子取樂，捏個臉啊，親一下，說「笑一個」什麼的，我總面無表情看著對方，弄得很無趣。誰喜歡一個不嘰嘰喳喳的小孩兒呢？

「你不可能是個好新聞人。」有同行直言不諱地對我說。

「什麼是？」

「愛打聽，好傳播。」

是，我本性不是。我每天四處打電話爭取採訪機會，做了很多獨家的選題，但這麼做的目的，只是爲了讓領導和同事接受我，讓這件事成爲第二天的媒體頭條。我知道什麼樣的題能拿獎和被表揚，可我心裡清清楚楚，這些不是我打心眼兒裡有欲望的題，它們不會觸動我。

有一些選題會讓我心裡一動，有次在報紙邊角上看到一個十三歲的女老師帶著一批愛滋孤兒的事。那時候媒體還沒有接觸過他們。報題會上大家說：「那不是我們的題。」

有一天我看見法學會報告上有一個小數字，雲南省女子監獄裡，暴力重犯的六成是因殺夫入獄，嚇我一跳，想知道這是怎麼了，但報題會上大家說：「這是『新聞調查』的題。」

……

這樣的時候多了，想起九八年我剛來北京的時候，去一家雜誌實習。編輯對我挺好，讓我做「物種多樣性」的封面選題。我去採訪中科院植物所的人，寫他們研究的困境。編輯看了稿說：「我要的不是這個，你去編譯點兒最前沿的國外材料。」

我說：「可是我覺得國內研究的現狀要提一下啊。」

「說了有用嗎？」

我較勁：「我不知道，但是不說的話肯定沒有。」

「這不是我們雜誌要的，改吧。」

「可是……」

「去改吧。」

「……」

「你改不改？」

「不改。」

我倆同時把電話掛了。這是我來北京後的第一份工作，我丟了它。

有一天，一個小姑娘，我當年在電台時候的聽眾，從廣院坐了兩個多小時車來我辦公室，進門也不寒暄，挺厲害地問了我一句：「你覺得現在這樣有勁麼？還找得到當初和聽眾之間那種信賴嗎？」

我愣在那兒。她轉身走了。

少年時代，我愛聽台灣電台，喜歡那裡的人味兒，想幹這行，一上大學就去電台兼職，畢業後找領導申請一個放花鼓戲的週末深夜時段，做一檔節目。

他跟我說：「這個節目是沒錢的。」

「嗯。」

「也沒加班費。」

「嗯。」

「坐車也不能報銷。」

「嗯。」

我掩飾住我的狂喜——眞的？讓我幹我喜歡幹的，還不用付錢？節目很簡單，聽眾寫信說他們的事，我不評論，也不回復，只把選中的信每個字都念出來，姓名日期在我看來都金貴得很。念完往上一推音樂鍵，我往後一靠，潮乎乎的軟皮耳機裡頭，音樂排山倒海。胳膊枕在播音台沉甸甸的皮子上，胳膊肘那塊蹭出了深褐色的印子。沉沉的晚上，頭頂一盞小燈烤著，櫟木板和皮革有一種昏黃老熟的味兒，對面玻璃反射這點小光，好像整個世界都窩在裡頭。從第一次坐在這兒，我不興奮，也不擔心，心裡妥當——就這兒了。

時間長了，聽眾說：「把你當成另一個自己。」

現在到了電視台，做了新聞，我清清楚楚地知道，我在工作，賣命地工作，但我是在爲製片人、獎金、虛榮心，爲我的恐懼而工作。最簡單的東西沒有了，我的心不在腔子裡。

有天，吹著高高的頭髮，化了妝去錄節目，路上碰到一個當年的朋友，看著我，看了一會兒，說：「你可小心，別變成最初你反對的人。」

做了一年多主持人，二〇〇三年二月，白岩松突然把我叫到辦公室，說新疆地震，半個小時後，你去現場。「接接地氣，」他說，「知道爲什麼不讓你穿裙子了吧？幹這行得隨時準備出發。」

新疆大地震，我們坐伊爾七六軍用運輸機去喀什。機艙裡開進三輛大卡車，放了十幾只搜救犬的籠子，沒座位，我找了個廢輪胎坐上，沒窗子，噪音大得根本聽不見對面的人說話，飛了五個小時，地震局不少男同志都顚吐了。

到喀什是凌晨三點，大月亮，天地刺白，軍用卡車從飛機裡開出來，我們坐上，四小時開到伽師。地面不好走，剛開始站在卡車車廂裡，站不住了就蹲著。路已經破壞得很厲害，一顚簸，我和巨大的德國搜救犬一起滾倒在廂板上。它一聲不吭，從我身子底下挪開，把大尾巴抽出來，廂板上一拍，琥珀色眼睛看著我，等我爬起來了，豎耳擰頭目視遠方。

下車的時候，我終於踩到地上，以為自己腿軟了，低頭看，才發現自己站在一家人原來的茅草屋頂上，已經塌平，草從地裡孳出來。

我茫然往前走，六點八級的地震，兩百多人死亡，眼睛能看到的範圍內，土木結構的房子基本完了，喀什噶爾平原上空空蕩蕩。往前走，成百的男子，圍成一圈，阿訇站在中央，為蓋著白布的死者念誦《古蘭經》。再往前，女人們正在找大石頭，在空地上架鍋做一點吃的。黎明剛起，巨大的原野一片青黑，赤紅的火苗一躥一躥舔著鍋底。

如果這會兒是在演播室，災難對我來說，只是一個需要完成的新聞，我只關心我播報賑災的數字是不是流利，但看見一個老大爺光著一只腳，另一只腳上穿只解放鞋，拄著拐走了兩里路，從我們的卡車上翻找出一只在北京隨處可見的帶眼的舊黃皮鞋，端詳一下，套在腳上走了，我才知道什麼是賑災。

陳虻說過：「去，用你的皮膚感覺新聞。」

這地震把我從演播室震出來，震到了地上。

再往前走，走過一個坍塌半邊的牆。我站住，用手指輕輕碰了一下，是粉砂土加了一點水泥，水泥極少，一捻就碎。旁邊站著一個戴赭黃頭巾的維族老人，我還沒來得及張口問什麼，她忽然回身把我抱住，在我肩頭哭了起來。我下意識地摟著她一聳一聳的肩膀，臉貼著她的臉，她的皺紋凍得冰涼。

第二天去拍帳篷小學升旗。去的時候記者雲集，小學生從廢墟壓著的課桌裡，把紅色綠色的書包抽出來，拍拍土，升上國旗，開始念「我美麗的校園」。

做完節目，我被表揚了：「不錯，有細節。」

拍完撤器材的時候，邊上有一對雙胞胎姐妹在玩。我問她們住在哪兒，小孩子領著我走，停在一個空地上。房子塌了，從家裡拉出來的兩床被子就放在地上，連個鋪的氈都沒有。我伸進手一摸，裡頭都是細碎潮濕的沙礫。當時晚上是零下十二度。

「喝水怎麼辦？」

她們的小哥哥拿只鐵皮桶，帶我走了約莫一里路，有一個積著雨水的小坑。他把漂在上面的敗葉用桶底漂開，裝了半桶，回來搬兩塊石頭，把水倒在鋁壺裡燒。

這就是他們的生活，而我剛才在向全國人民說他們已經背著書包開始高高興興上學了。

我什麼也說不出口，只能蹲下來給小姑娘把鞋帶繫上。

新疆的最後一天，「面對面」製片人賽納打來電話，讓幫忙採訪個人物。

「採訪誰？」

「不知道，你自己找。」

我找到了達吾提．阿西木。他是個村支書，戴著維族老年人那種黑皮帽子，一圈花白淡黃的絡腮鬍，臉又紅又寬，坐在塌掉的房子前頭砸壞的凳子上。他滿臉是灰，我也是，頭髮全是頭盔壓的印子，這次我什麼問題也來不及準備。

我看了看周圍，問：「您現在房子沒有了，晚上睡在哪兒？」

「地上。」

「睡著了嗎？」

「一想到家裡有五個人死了，想睡也睡不著。」

「睡不著的時候想什麼？」

「想以前的生活，想我村子裡的一千四百多戶人怎麼活下去。」

如果在演播室，這時候就會想，該第二段落了，該上升到什麼層面了，但是坐在這長天大地上，什麼都沒了，燈光沒了，反光板沒了，耳機裡的導播沒了，我採訪的人聽不懂漢語，翻譯是當地人，只能問最簡單的問題。

「這個地震怎麼發生的？」

「當時感覺有打槍的聲音，地就晃開了，晃了兩次。我就在原地蹲下來，旁邊的那堵牆塌了下來。我滾進了水渠裡。在水渠裡面我抓住了一個桑樹枝。滿天的灰塵。」

「從水渠出來以後呢？」

「就往家裡跑。到了家以後我爬上了房頂，周圍全是塵土。我在房頂上挖，把房頂扒開花了很長的時間。」

「您用什麼挖的？」

「當時找不到任何工具，就用自己的手挖。一開始看到一個手腕時也不能確定是我媳婦還是兒媳婦，等看到衣袖的時候我才確定是我孩子他媽。然後我就停下來了，其他人把她挖了出來。」

他臉上全是灰，被淚水沖刷得深一道淺一道，翻譯說到「然後我就停下來了」，我心裡抽動，一時問不出下一句來。

回到北京，從來不理我的節目策劃陳耀文在食堂裡端一盆菜坐我對面：「現在終於可以跟你說說話了，節目有人味兒了。」

四月十七號，我得到通知，離開「時空連線」，去「新聞調查」工作。

梁建增主任跟我談完，看我茫茫然，以一種對小孩子的憐恤送我本書，寫了句話：「在連線中起步，在調查中發展。」

我回去收拾東西。史努比幫我把辦公室牆上掛的畫框摘下來，很大很沉。他一路拎著上頭的鐵絲，笨笨地換著手，下了樓。

我回頭說：「你回去吧。」

他說：「送你過去。」

到了新辦公室，他找到我的桌子，退兩步，把一張禿桌子打量一下，滿意地左看右看，土得不得了。還跟我的新同事點頭哈腰，意思是「姑娘不懂事兒，以後多照顧，該打打該罵罵」，就差給人敬支煙架耳朵上了。

「畫框掛哪兒？」他東張西望。

「不了，」我說，「不掛了。」

第二章

那個溫熱的跳動就是活著

二〇〇三年四月十七日，到「新聞調查」的第一天，晚上大概九點，我給製片人張潔打了一個電話：「我來報到。」

張潔說：「我們正在開關於非典的會。」

我說：「我想做。」

我已經憋了很長時間。之前幾個月，「非典型肺炎」已被頻繁討論。最初，媒體都勸大家別慌，但到了四月，我家樓下賣煎餅的胖大姐都沉不住氣，車把上掛著一塑膠袋板藍根，見了我從自行車上一腳踩住，問：「你不是在電視台工作嗎，這事到底怎麼著啊？」我啞口無言。乾著急參與不進去，悶悶地想，將來我要有個孩子，他問我：「媽，非典的時候你幹嘛呢？」我說：「你媽看電視呢。」這話實在說不出口。

掛了張潔電話，手機扔在沙發上，我又拽過來給他發了條短信：「我現在就去好嗎？」沒等他回，我電話打過去：「十分鐘後到。」

一推開門，一屋子人，熱氣騰騰，跟新同事也來不及寒暄，直接問：「現在到底是個什麼情況？」

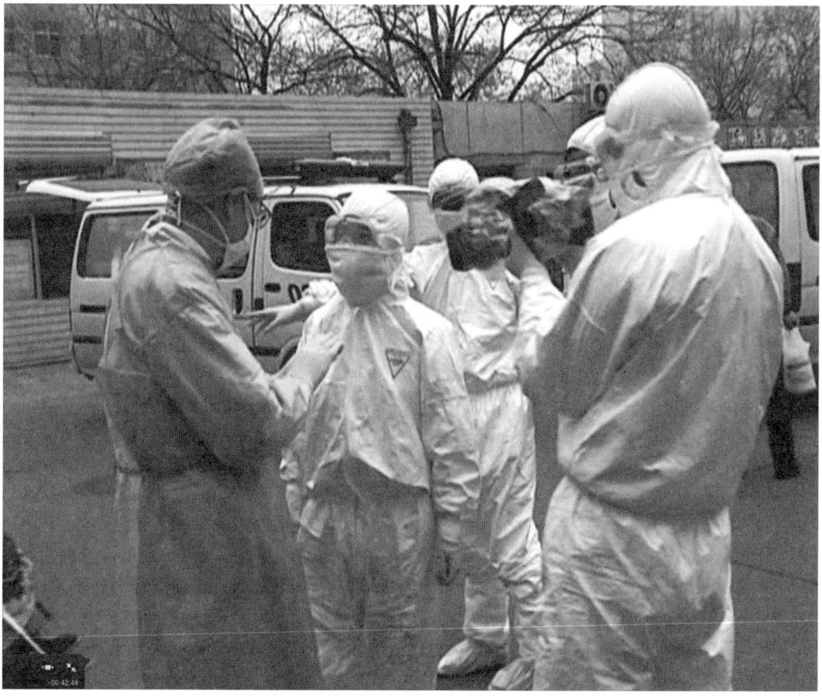

二〇〇三年四月二十二日，人民醫院，運送病人的醫生沒有隔離服，只穿著普通的藍色外科手術服。圖中正接受採訪的人民醫院副院長王吉善，一週後也發病了。沒人要我做這個節目，我也不知道能不能做出來，能不能播。但我不管那麼多，心裡就剩了一個念頭，我必須知道。（圖片來自視頻截圖）

「不知道。」

「那怎麼做？」

「去現場。」

這個欄目的口號是「探尋事實眞相」。

當天晚上開會還在說要採訪衛生部長張文康、北京市長孟學農，但誰也聯繫不上。大家說，那就去醫院吧。那時候都沒防護意識，也沒有防護服，辦公室姚大姐心疼我們，一人給買了一件夾克，滑溜溜的，大概覺得這樣病毒沾不上。我分到一件淡黃的。

台裡的辦公區也發現了疑似病例，爲防止蔓延，製作和播出區的人員已盡可能減少，寧可重播節目以保安全。正式的選題程序暫時中止，這時候進不進去現場，請示也只能讓上司爲難，我們幾個自己商量著來。去跟北京市疾病預防控制中心的人纏：「讓我們進去吧。」

負責人看看錄音杆：「這個毛茸茸的東西不能進。」

「那好，錄音師不進。」

他再看攝像機：「這個沒辦法消毒，也不行。」

「那……攝像也不進。」

所有機器都不能帶。

「那讓我進去，我可以消毒。」我說，「給我別一個麥克，別在衣服裡面。」

「有意義嗎？」

「有。」

我們跟著一位流行病學調查員到了首都醫科大學附屬胸科醫院，穿了他們的防護服。病區不在樓裡，是一排平房。玻璃門緊閉，沒人來開。調查員走在我前面，手按在門上，用了下勁，很慢地推開，留了一個側身進去的縫。後來主編草姐姐說，進門之前，我回頭向同事招招手，笑了一下，她在編輯台上一遍遍放慢看過，但我自己一點印象都沒有了。

門推開的那一刻，我只記得眼前一黑。背陰的過道很長，像學校的教室長廊，那一涼，像是身子忽然浸在水裡。過道裡有很多扇窗子，全開著，沒有消毒燈，聞不到過氧乙酸的味道，甚至聞不到來蘇水的味兒——看上去開窗通風是唯一的消毒手段。

病房的木門原是深綠色，褪色很厲害，推開時「吱呀」一聲響。一進門就是病床的床尾，一個老人躺在床上，看上去發著高燒，臉上燒得發亮，脖子腫得很粗，臉上的肉都堆了起來，眼睛下面有深紫色的半月形，呼吸的時候有一種奇怪的水聲。

「哪兒人？」調查員問。

「哈爾濱。」很重的東北口音。

「家裡人？」

「老伴。」

「電話？」

「她也得了，昨天去世的。」說到這兒老人忽然劇烈地咳嗽起來，整個上半身聳動著，痰卡在喉嚨深處呼嚕作響。

我離他一米多遠，想屏住，卻在面罩後面急促地呼吸起來。口罩深深地一起一伏，貼在我的鼻子上，快吸不上氣來。背後就是門，我有生以來第一次感到身體不受控制，腳往後縮，想掉頭就走。

那個三十多歲的調查員，站在床頭一動不動。他個子不高，離老人的臉只有幾十公分，為不妨礙在紙上記錄，他的眼罩是摘掉的，只戴著眼鏡。等老人咳嗽完，他繼續詢問，聲音一點兒波動都沒有。

整整十分鐘，我死死盯著他，才有勇氣在那兒站下去。

離開的時候，我看到另一張病床上的小夥子，脖子上綁著一個痰巾，上面有一些穢跡，小腿露在被子外面，全是曲張的靜脈。我們走過的時候，他連看都不看一眼。我停下來看他。他沒有昏迷，眼睛是睜著的，只是什麼表情也沒有。日後，我在很多絕望的人臉上看過同樣的空白。我想跟他說幾句話，調查員舉手制止了。

這時，我才發現直覺裡的詭異之感來自何處——整個病區裡只有三個病人，沒有醫生，沒有護士，沒有鞋底在水泥地上的摩擦聲，沒有儀器轉動的聲音，沒有金屬托盤在什麼地方叮噹作響，這個病區沒有任何聲音。

胸科醫院當時沒有清潔區和污染區。出來後，我們站在門外邊的空地上脫隔離服，連個坐的地方都沒有，只能站著脫。我單腳跳著往下扒拉鞋套，踩在褲子上差點摔倒。抬頭，才發現攝像陳威正拿機器對著我，紅燈亮著，我才想起來得說點兒什麼。邊想邊說我看到的情況，結結巴巴，沒人怪我，包括我臉上口罩勒的一道一道滑稽的印子。

「疫情公佈由五天一次改為一天一次；取消五一長假；北京市確診三百三十九例，疑似病例四百零二人。」四月二十日的新聞發佈會後，恐懼「嗡」一聲像馬蜂群一樣散開，叮住了人群。

系統嘎嘎響了幾聲後迅疾啓動，開始對疑似病人大規模隔離。海澱衛生院的女醫生第一次穿隔離服，穿了一半又去拎一只桶，拎著那只桶她好像忘了要幹什麼，拿著空的小紅桶在原地轉來轉去。我問她怎麼了，她嘴裡念叨著：「我小孩才一歲，我小孩才一歲。」

醫生都是跑上車的，我們也只好跟著跑，鏡頭抖得像災難片。「趁著天亮，快！快！」他們喊。

上了車，他們都不說話，手腕一直彎著向後反扣，繫口罩。繫好了，過一會兒，鬆開，再繫，繫得更緊一點。

車開到中國農業大學宿舍樓底下，之前有病人住過這裡，兩個穿墨藍西裝的物業在等著接應，看見一大車全副武裝的人下來都傻了。醫生給他們手裡塞了口罩：「戴上。」他們木然著，以絕對服從的姿態戴上，一人戴兩個藍口罩，壓在一起。其中那個胖子，不知道從哪找了一個白色護士帽戴著，有一種讓人恐懼的滑稽。

病人的房間在二樓，防疫消毒人員上了樓，沒有敲門，先拿噴霧器往門上噴，聲音很大。房裡的人打開門，看見一群通身雪白的人，一聲尖叫，「咣」給關上了。門被叩了幾下，從裡頭瑟縮地打開，噴霧器比人先進去，印花格子被子上，牆上張曼玉的畫像上，粉紅色兔子上……過氧乙酸的霧體漫天飄落下來，掉進桌上熱氣騰騰的方便麵桶裡。

後來我發現，人在那樣的狀況下，通常不是哭或者抗拒。一個女生隔著桌子，茫然地把一張火車票遞給我：「我今天下午回家的票……能給我退了麼？」我不知怎麼辦，把票接過來，又放在桌上。

臨走的時候，她們本能地想跟著出來。門緩緩帶上，我看見她們的臉重重地往下扯著，眼看就要哭出來。那個有一歲小孩的醫生又走了進去，安慰她們。我在門口等著她，她出來的時候大概知道我想問她什麼，說：「我也是母親。」

那時候我才能回答陳虻的問題——當一個人關心別人的時候，才會忘記自己。

到七二一醫院的時候，我看到醫生護士衝過來，飛奔著跑向衛生院的消毒車。一個四十多歲、戴金絲眼鏡的男醫生拍著車前蓋，淚流滿面：「政府去哪兒了呀？怎麼沒人管我們了呀？」

去消毒的是海澱區衛生院一個剛畢業的小夥子，他把手放在這個醫生肩膀上，拍了拍：「拿桶水來。」小夥子把過氧乙酸沿著塑膠桶沿慢慢倒進水裡，打開背上的噴霧器，齒輪低聲悶響，轉動，他說：「讓開一下。」噴嘴處無色的水破碎成細小的霧滴，被氣流吹向遠處。

「以後就這樣用。」他說。旁邊的人點點頭，鎮靜下來。

但是重症病房他只能一個人去，我們的鏡頭也不能再跟。

我給他提了一下淡黃色的乳膠手套，往袖子上箍一箍——他的手套太小了，老滑下來露出一小段腕子。他看著我。我們不知道對方叫什麼，都穿著防護服，只能看到對方的眼睛。

他說：「五一後才是高峰，小心。」

「嗯。」

他孤零零，背著噴霧器拐過一個彎，不見了。

五一前，能走的人都走了，因爲傳說北京要封城。還有人說，晚上飛機要灑消毒液。北京像一個大鍋，就要蓋上了。人們開始搶購食物。我回不了家，只有我妹一人，她在超市裡擠來擠去不知買什麼好，找到一箱雞蛋扛回家。

好像「轟」一聲，什麼都塌了，工作停了，學校停了，商店關了，娛樂業關了，整個日常生活被連底抽掉。

我們只能守在急救中心，跟著他們轉運病人。到哪兒去，運到哪兒，都不知道。

二○○三年五月，北京東城區草廠東巷，一名醫務人員正在等待接收一名「非典」疑似患者。（CFP圖片）

二十二號，突然通知有臨時轉運任務，開出兩輛急救車。長安街上空空蕩蕩，交警也沒有，司機周師傅開金杯麵包車載著我們，跟在急救車後面開了個痛快。那年天熱得晚，來得快，路上迎春花像是懋瘋了，純金的枝子胡亂抽打著往外長，襯著灰撲撲的荒街。老金杯在長安街上開到一百二十碼，窗開著，外頭沒人，風野蠻地拍在臉上。我原來以爲這一輩子，就是每天想著怎麼把一個問題問好，把衣服穿對，每天走過熟悉又局促的街道，就這麼到死，沒想到還有這麼一天。

到醫院，車一停下，我看到兩個醫生推著一個蒙著白布的東西，顛簸著跑過來。

我嚇了一跳。

他們把它往救護車上抬的時候，我才發現，是個輪椅，一個老太太坐在上面，從頭到腳被白布罩著，白布拖在地上。她是感染者，但沒有穿隔離服，沒有口罩，從普通的客梯裡推出來，身上的白布是病床上的床單，大概是臨時被拽過來，算隔離手段。

病人一個接一個地出來，很多人自己舉著吊瓶，我數了一下，二十九個人。這不可能，公佈的沒這麼多。我又數了一遍，是，是二十九個。

運送病人的醫生居然沒一個人穿隔離服，眼罩、手套也都沒有。只是藍色的普通外科手術服，同色的薄薄一層口罩。我攔住一個像是領導模樣的人，慌忙中，他說了一句「天井出事了」。事後我才知道，他是北京大學附屬人民醫院的副院長王吉善，一週後也發病了。

晚上回到酒店，大家都不作聲。編導天賀抽了一會兒他的大煙斗，說：「覺得麼，像是《卡桑德拉大橋》裡頭的感覺，火車正往危險的地方開，車裡的人耳邊咣咣響——外面有人正把窗戶釘死。」

我們住在一個小酒店裡。人家很不容易，這種情況下還能接收我們。一進大門，兩條窄窄的繩子，專爲我們幾個拉出來一個通道，通往一個電梯。進了電梯，只有我們住的三樓的按鈕能亮，其他樓層都用木板封死，怕我們亂跑。進了三樓，沒有其他客人，空蕩蕩的長走廊裡靠牆放著一溜紫外線消毒燈，夜裡磷光閃閃。

樓層的服務員挺好的，給我房間打電話，說我們要撤了，以後你們自己照顧自己吧，給你們一人留了一個體溫計，自己每天量量吧。平常窗外男孩子們打球的操場空無一人，掛了鐵絲，滿場晾的衣服，白荒荒的日頭底下，飄來蕩去。

我家小區也知道我去過病房了。物業給我打電話：「挺好的吧？大家都挺關心你的……最近不回來吧？」我理解，拍完了我們也不回辦公室，車開到南院門口，把帶子放在門口傳達室。會有人來取，把帶子消毒後再編輯。

我妹來酒店給我送東西，我讓她帶只小音箱給我。晚上在空無一人的大街上，隔著三四米遠，我讓她站住：「放下，走吧。」

妹妹在黯淡的路燈下看著我。去病房前我倆談起過父母，我問她：「你覺得我應該去病房嗎？」她說：「你可以選擇不當記者，但是你當了記者，就沒有選擇不去的權利。」

一天晚上，張潔莫名其妙地跑來酒店住，還帶著一大束花。「咳，領導，這時候您來幹嘛呀？」大家心想，還得照顧您。他不解釋，還一一擁抱，男人們著實不習慣，倒拽著花，繃著身體忍受領導的親熱。

事後，我在媒體報導裡看到過張潔說：「他們幾個早期的時候回到南院來吃過一次飯，結果大家找我反映：你還注意不注意我們大家的安全？唉，一瞬間，眞是……但轉念想，是啊，大家的安全也重要啊！」

他怕我們心裡難受，就來酒店陪著我們。

記者問我，我一點不記得去南院吃飯這事兒了。費勁地想半天，解釋說：「那時，南院好像不存在了，不那麼眞實地存在了。」

每天早上醒來，我閉著眼從枕頭邊摸到體溫計，往腋下一夾，再半睡半醒五分鐘。反正發燒就去醫院，不發燒也要去。有一天，我覺得鼻子裡的氣是燙的，熱流直躥到腦門上，覺得肯定是感染了。閉著眼睛想，怎麼搞個ＤＶ進病房之類，不能白死。睜開眼看了看體溫計，才三十六度五。

有位女法警，負責給刑場上已被執行死刑的囚犯拍照。她說從不恐懼，只有一次，晚上洗頭的時候，打上洗髮精，搓起泡沫的一刹那，所有那些臉都出現在她面前。

她的話我覺得親切。非典時，我很少感到恐懼，有一些比這更強烈的感情控制了人。但那天晚上，我站在水龍頭下，開著冷水，水流過皮膚，一下浮出顫慄的粗顆粒，塗上洗面乳，把臉上擦得都是泡沫，突然覺得是死神在摸著我的臉。我一下子睜大眼睛，血管在頸上嘣嘣地跳。我摸著血管，這就是最原始的東西。活著就是活著。在所有的災難中，這個溫熱的跳動就是活著。

後來我才知道，有一陣子，我們幾個都認爲自己肯定感染了。從醫院回來，大家不約而同沖很長時間的熱水澡，覺得有什麼粉末已經沾在身上，鼻孔裡嘴裡嗆得都是，但誰也不說，好像不說就是一種保護。

台裡給了我們五個免疫球蛋白針指標，這在當時極稀缺，是當保命的針來打的，但司機周師傅不是本台職工，沒有指標，這五針被安排到當晚八點打，過後失效。

「要麼六個都去，要麼都不去。」我們打各個電話爭取，但台裡也協調不了。

錄音劉袒一邊聽著，說了句：「別球爭了。」七點半，他把門一鎖，不出來了，敲也不開。陳威跟他

這是二〇〇三年，春夏之交，北京。（CFP圖片）

多年好友，扯了扯我：「走吧，這樣他安心。」

我們五個回來的時候，他正泡好功夫茶等著，一邊給他的錄音杆弄土法消毒——罩個女式黑絲襪在杆頭的絨上，一根煙斜銜在嘴角，眼睛在煙霧裡眯起來：「沒事兒，該死屌朝上。」

第二天在醫院裡碰到個女病人，舉著自己的吊瓶，看陳威拿鏡頭對著她，轉頭跟身邊醫生說：「再拍，再拍我把口罩摘下來親丫的。」我們哈哈大笑。

「九．一一」後不久，美國人就開始做娛樂脫口秀，一邊捶著桌子忍住眼淚，一邊繼續說笑話。我當時不太明白，現在理解了，人們還能笑的時候，是不容易被打敗的。

我們待在急救中心，攝像小鵬每天去找漂亮的護士消毒。他最喜歡一個叫「鋼絲眼」的，因爲那姑娘戴著口罩，眼睛又大又亮，睫毛漆黑像一線鋼絲。他老站在遠處瞄著，又不好意思近前。鋼絲眼呵斥他：「過來！消毒！」

他說：「我不怕死。」

鋼絲眼冷笑一聲：「不怕死的多了，前幾天我拉的那兩個比你還不怕呢，已經死了。」

他立刻湊過去了：「多給點兒。」

鋼絲眼白他一眼，咕咚咕咚給他倒消毒液。

「要不要頭上也來點兒？」他嬉皮笑臉指著自己的光頭。

姑娘拿起就倒。

他服了。

混在他們當中，我迅速變得粗野了，車在空無一人的長安街上，他們遞給我根糙煙，說抽一根能防非典。工作完找地方吃飯，飯館大都關了，就一家湖南小館子彪悍地開著，幾個服務員大紅襖小綠褲，閑來無客在門口空地上掄大繩鑽圈，見我們車來，一笑收繩，上幾鍋最辣的干鍋驢肉，顫巍巍地堆成尖兒。多要一碗白蒜片，一碗紅辣椒圈兒，一碗碧綠的蒜苗段，齊投進去，滾燙得直濺猩紅的泡，往米飯裡澆一大勺，再拿冰礦泉水一淨，把頭栽進去吃，幾只光頭上全是斗大光亮的汗珠，跟服務員說：「給我一萬張餐巾紙。」

他們吃完一鍋，也給我倒一杯白酒放著，講在新疆拍日全食，天地烏黑，只剩太陽中心鮮紅一點，像鑽石一樣亮。小鵬說他把機器往戈壁上一扔，放聲大哭。他就是這麼個人，拍人物採訪時，常是大特寫，有時鏡頭裡只剩一雙眼睛：「看這人的眼睛，就知道眞不眞誠。」

我說不上的跟這些人親。

我們拍過的從人民醫院轉運的一部分病人，在首都醫科大學附屬佑安醫院治療，我們去採訪時已經可以正式進病房拍攝了，一位大姐半躺在床上，看我蒙面進來的身形，邊喘邊笑：「中央台怎麼派個小娃娃來了？」

我也笑：「把臉遮住就是顯年輕。」

問她現在想得最多的是什麼，她看外頭：「要是好了，眞想能放一次風箏。」

小鵬的鏡頭，跟著她的視線搖出窗外。五月天，正是城春草木深。

出了門，我問主治的孟醫生：「她情況怎麼樣？」女醫生四十多歲，笑起來像春風，沒直接答：「一個病人來了之後晚上從來不睡，總張眼睛坐著，怕睡著了就死了。再這麼著就垮了。我說給我三天，我一定讓你好。」

天塌地垮，人只能依靠人，平日生活裡見不著、不注意的人。這個病區裡的人，連帶我們這幾位蠻漢，看著孟醫生的眼神，都帶點孩子式的仰賴。告別時她對我說了句：「醫生要讓人活著，自己得有犧牲的準備。」

「你有麼？」

「我有。」她為我們拉開了玻璃門。

在空地上收拾傢伙的時候，天賀拿只小DV，突然問我：「你害怕非典嗎？」

「我不怕它，我憎恨它。」我掉頭就走。

從醫院出來，五月玫瑰色的晚霞裡，看著濕黑的老榆樹，心想，樹怎麼長得這麼好看呢？晚上用小音箱聽鋼琴，這東西怎麼能這麼好聽呢？走在路上，對破爛房子都多看兩眼。

幹完活，無處可去，我們幾個到北海坐著，架鳥的、下棋釣魚的、踢毽子的、吃爆肚的……都沒了，四下無人，大湖荒涼，熱鬧的市井之地難得聞到這青腥野蠻的潮氣。遠遠聽見琴聲，順聲望，只一位穿藍布衫的老人，坐在斑駁剝落的朱紅亭子裡，膝上一塊灰布，對著湖拉胡琴，琴聲有千災萬劫裡的一點從容。我們聽了很久，一直到暮色四合。

這期節目叫「非典阻擊戰」。播的時候，我們幾個人坐在賓館房間看，只看了前面的十分鐘，就都埋頭接電話和短信。在那之前，我還真不知道我在這世界上認識這麼多人，那期節目的收視率是百分之五點七四，意思是超過七千萬人在看。那時候才知道電視的陣勢真大，短信裡有個不認識的號碼，說：「要是你感染了，我能不能娶你？」

一瞬間確實一閃念，要是現在死了，總算不會渾身散發著失敗的腐味兒。

小鵬看了一會兒手機，沒理解爲什麼輿論會有這麼大反應，抬起頭說：「咱這不就一恪盡職守麼？」

陳虻也給我打了個電話，沒表揚，也沒罵我：「送你一句話——只問耕耘，不問收穫。」

我父母在山西，不知道我去病房的事情，我媽學校停課，正在鄰居家打麻將，一看見片子，手停了。鄰居說我媽哭了。但她沒跟我說。她不是那種碰到事多愁善感的人，就問了我一句：「你接下去做什麼？」

接下去，我要去人民醫院，因爲心裡一直沒放下那個叫「天井」的地方。四月二十二號，我在那裡看到病人從頭到尾蓋著白布推出來。兩天之後，我們的車又經過那裡。這個有八十五年歷史的三級甲等醫院剛剛宣佈整體隔離。

黃色的隔離線之後，有三個護士，坐在空空蕩蕩的台階上。她們手裡拿著藍色護士帽，長長的頭髮剛洗過，在下午的太陽底下曬著。相互也不說話，就是坐著，偶爾用手梳一下搭在胸前的頭髮。

車在醫院門口停了十分鐘，小鵬遠遠地拿ＤＶ對著她們。

人類與非典最大也最艱苦的一場遭遇戰就發生在這裡。從四月五號開始，陸續有二百二十二人感染，包括九十三位醫護人員，有將近一半的科室被污染。門診大樓北側的急診科是當時疫情最重的地方，天井就在這裡。我不明白這家醫院怎麼會有這麼多人感染，但我知道應該跟上次拍轉運的那二十九個人有關係，我得知道這是爲什麼。沒人要我做這個節目，我也不知道能不能做出來，能不能播。但我不管那麼多，心裡就剩了一個念頭，我必須知道。

到那個時候，我才知道什麼是陳虻說的「欲望」。

採訪中，急診科主任朱繼紅告訴我，當時這二十九個病人都是非典病人，世界衛生組織檢查的時候，他們曾被裝在救護車上在北京城裡轉。

九年後，再看二〇〇三年對他的採訪，那時候我還不能明白這個人爲什麼說話語速那麼慢，臉上一點表情都沒有。現在我理解了，那是沉痛。

我用了很長時間說服他接受採訪。我說：「你不用作什麼判斷和結論，只要描述你看到、聽到、感覺到的，就可以了。」

在電話裡，他沉默了一下說：「回憶太痛苦了。」

「是，」我說，「但痛苦也是一種清洗，是對犧牲的人的告慰。」

朱繼紅帶我走進急診室門廊，他俯下身，打開鏈子鎖，推開門，在右手牆上按一下，燈管怔一下，亮了。慘白的光，大概普通教室那麼大的空間，藍色的輸液椅套上全是印的白字：四月十七日，週四；四月十七日，週四……

每個床上都是拱起的凌亂的被褥，有些從床上扯到地上，椅子翻倒在地，四腳朝天，那是逃命的撤退。

這就是我之前聽說的天井。四周樓群間的一塊空地，一個樓與樓之間的天井，加個蓋，就成了個完全封閉的空間，成了輸液室，發熱的病人都集中到這裡來輸液。二十七張床幾乎完全挨在一起，中間只有一只拳頭的距離。白天也完全靠燈光，沒有通風，沒有窗，只有一個中央空調的排氣口，這個排氣口把病菌傳到各處。

病歷胡亂地堆在桌上，像小山一樣，已經發黃發脆。我猶豫了一秒鐘。朱繼紅幾乎是淒然地一笑，說：「我來吧。」病例被翻開，上面寫的都是「肺炎」。他指給我看牆上的黑板，上面寫了二十二個人的名字，其中十九個後面都用白粉筆寫著：肺炎、肺炎、肺炎……

「實際上都是SARS。」他說。

病人不知道。

「那些不知情的因爲別的病來打點滴的人呢？」

「沒有辦法，都在這兒漚著。」

如果我坐在演播室裡，我會問他「你們怎麼能這樣不負責任」，但站在那裡，他說這些話的時候臉上木然柔順的絕望，讓我的心臟像是被什麼捏著，吸不上氣來——他和他的同事也漚在裡面。人民醫院有九十三名醫護人員感染非典，急診科六十二人中二十四人感染，兩位醫生殉職。

我想起轉運當天見他們的時候，他們只穿著普通的藍色外科手術服。當我在胸科醫院戰戰兢兢地穿著全套隔離服進病房，回到急救中心要消毒四十分鐘，身邊的人緊張得橡膠手套裡全濕了的時候，這些醫生護士，在天井裡守著二十幾位病人，連最基本的隔離服都沒有。我問他那幾天是什麼狀態，他說：「我很多天沒有照過鏡子，後來發現，鬍子全白了。」

牛小秀是急診科護士，三十多歲。她坐在台階上，淚水長流：「我每天去要，連口罩都要不來，只能用大鍋蒸了再讓大家用……我不知道這是我的錯還是誰的錯……」

朱繼紅帶我去看留觀室改成的SARS病房，我只看到幾間普通的病房，遲疑地問他：「你們的清潔區、污染區呢？」他指了指地上：「只能在這兒畫一根線。」我不能相信，問了一句：「那你們怎麼區分清潔區和污染區？」朱繼紅沉默了一會兒，慢慢舉起手，在胸口指了一下：「在這兒。」

我問：「你們靠什麼防護？」

他面無表情，說：「我們靠精神防護。」

我原以爲天井關閉之後他們就安全了，但是急診科的門診未獲停診批准，只能繼續開著，病人還在陸續地來，沒有條件接診和隔離的醫院還在繼續開放，發燒門診看了八千三百六十三個病人，一直到四月二十二日我們來拍攝時，病人才開始轉運到有隔離條件的醫院。當時病人連輸液的地方都沒有了，只能在空地上輸。

他帶著我去看，所有的椅子還在，輸液瓶掛在樹杈上，或者開車過來，掛在車的後視鏡上，椅子不夠了還有小板凳。一個衛生系統的官員在這裡感染，回家又把妻子兒子感染了，想盡辦法要住院，只能找到一個床位，夫婦倆讓兒子住了進去。兩口子發燒得渾身透濕，站不住，只能顫抖著坐在小板凳上輸液。再後來連板凳都坐不住了。孩子痊癒的時候，父母已經去世。

一張張椅子依然擺在那裡，原樣，從四月到五月底，誰也沒動過，藍色的油漆在太陽底下已曬得褪色，快變成了綠的，面對大門口敞開放著，像一群啞口無言的人。

牆那邊一街之隔，就是衛生部。

五月二十七日，急診科的護士王晶去世。

丈夫給我念妻子的手機短信。

第一條是：「窗前的花兒開了，我會好起來的。」

他不能探視妻子，只能每天站在地壇醫院門口，進不去，就在世界上離她最近的地方守著。

她寫：「回去吧，你不能倒下，你是我在這個世界上唯一的依靠。」

再下來，她開始知道自己不好了，在短信裡交代著存摺的密碼。

最後一條，她要他繫上紅腰帶：「本命年，你要平安。」

他一邊慟哭一邊念，我的眼淚也滿臉地流。小鵬瞪我一眼，做記者哪能這樣呢？可是我沒辦法。

他沒有告訴孩子。女兒大寶才六歲，細軟的短髮，黑白分明的眼睛，她的臥室門上貼了張條子：「媽媽愛我，我愛媽媽。」

我問她為什麼貼在門上，她不說話。我說：「你是想讓媽媽一回來就看見，是嗎？」她點點頭。臨走的時候，她坐在床上疊幸運星，說裝滿一整瓶子媽媽就回來了。我在黯淡的光線裡站了一會兒，看著她疊，大圓口玻璃瓶裡面已經裝了三分之一。她疊得很慢，疊完一個不是扔進去，而是把手放進罐子裡，把這一粒小心地擱在最上層。我看著，想找句話說，說不出來。過了一會兒，她抬起頭看我一眼，我心裡「轟」一下：她已經知道媽媽去世了，她只是不想讓任何人知道自己的難過。

出來後，車開在二環上，滿天烏黑的雲壓著城，暴雨馬上就要下來。一車的人，誰也不說話。

這是二〇〇三年，春夏之交。

九年之後，人們還會說「這是進非典病房的記者」，我常覺羞慚。從頭到腳蓋著白布的病人從我身邊推過的時候，還有媒體的信息是「市民可以不用戴口罩上街」。

我看到了一些東西，但只不過隱約地感到怪異，僅此而已，僅此而已。我覺得自己只是大系統裡的一粒小螺絲，一切自會正常運轉，我只是瞥到了一點點異樣，但我沒有接到指令，這不是我節目的任務，我覺得轉過頭很快就會忘記。

然後我就忘掉了。

我做的節目播出後，有同行說：「你們在製造恐慌。」當時我身邊坐著時任《財經》雜誌主編的胡舒立，她說：「比恐慌更可怕的是輕慢。」

最後一天，我們在協和醫院門口等待檢查結果，確認是否有人感染。張潔在辦公室等消息。我們幾個坐在車裡，等了半小時，一開始還打著岔，嘻嘻哈哈，過一會兒就都不說話了。天賀的電話響了，他接起來說：「對，結果怎麼樣？……出來啦？……哦，真的呀？誰？……對，是有一個女孩……」

我坐在最前面，沒動，在心裡說了句粗口。

他掛了電話，戳一下我說：「喂，醫生說你白血球很低，免疫不好。」

節目都播完了。金杯車在街上漫無目的地開，誰也沒有散的意思，我們打算就這麼工作下去，張潔說：「你想去哪兒？」我說無所謂，去哪兒都行。

回到酒店，收拾東西回家，小音箱裡放著Skinny Puppy的音樂，站在高樓的窗口，看著空無一人的北京。看了一會兒，我回身把耳機扣在頭上，拿頭巾用力一綁，把音樂開到最大。如果當時有人看到這一幕，可能會認爲我瘋了，因爲那根本不算舞蹈，那只是人的身體在極度緊張後的隨意屈張，音樂就像是誰站在萬仞之上，在風暴中厲喊。

我閉著眼睛張著手腳，胡亂旋轉，受過傷的左腳踝磕在桌腿上，疼像刀一樣插進來。人在那種快意的痛苦裡毛髮直豎，電子樂裡失真的人聲像在金屬上凶狠地刮刺，繩索突然全都繃斷了，我睜開眼，像一只重獲自由的小獸，久久地凝視著這個新的世界。

數月之後，我接到一封信，很短：「還記得七二一醫院嗎？」

我馬馬虎虎地往下看。

「從那以後，我一直在大街上尋找你的眼睛。」

我一下坐直了。

「有一次我認爲一個女孩是你，非常冒昧地拉住她問：『是你嗎？』對方很驚慌。直到在電視上看見你，我才知道你是誰，原來你是個有名的記者。」

他在最後說：「你會覺得好笑嗎？我曾以爲你會是我的另外一半。」

非典結束了。

第三章
雙城的創傷

進「新聞調查」的第一天，有個小姑娘衝我樂。一只髮卡斜在她腦門上，耳朵上戴四五個滴哩哩的耳環，掛著兩條耳機線，走哪兒唱哪兒，一條短裙兩條長腿，嘰嘰呱呱，你說一句她有一百句。

她二十三歲，痛恨自己的青春，尤其見不得自己的紅嘴唇，總用白唇膏蓋著，「這樣比較有氣質」。哦，這好辦，我叫她老范。她掙扎了一陣子就順從了。

這姑娘大學畢業自報家門來應聘，領導每次開口問問題，她都立刻說：「你先聽我說……」張潔估計是以一種對女兒般的容忍，讓她留下來的。

「我是三無人員，」她說，「無知，無畏，無恥。」

我心想，你眞是沒吃過虧啊姑娘。

她還挺會爲自己找理論依據的：「有句話叫『陰陽怕懵懂』，我就是懵懂，嘿。」是，瞧她找的題：一週之內，同一班級五個小學生連續用服毒的方式自殺，沒有人知道爲什麼，獲救的孩子都保持沉默。媒體認爲可能是邪教造成的。她到處找人，說來說去，沒人搭理，最後找到我。

我不相信太邪門的事，我更感興趣那個沉默的原因。

張潔看著我倆，心知這種節目多半是白花錢，平常選題都得有個七八成把握了才出發，不然徒手而歸

這個鏡頭後來爭議很大，還產生了個新名詞，討論我是不是「表演性主持」，錢老師說：「這麼做對麼？不，先別回答，你要像蘇聯作家說的那樣，『在清水裡嗆嗆，血水裡泡泡，鹹水裡滾滾』，十年之後咱們再來討論。」（圖片來自視頻截圖）

成本太高，但他是個對姑娘們說不出個「不」字的領導。「去吧，省點錢，別雙機了，也別帶錄音師了，一個攝像就夠了……哎哎，也別帶大機器了，帶台DV。」他說。

從機場出來打車，師傅姓毛，一臉西北人的清剛，車上放著一盤鄧麗君，他聽了好多年，放的時候像鋼絲似的。我和老范搖頭擺尾地跟著合唱《償還》：「沉默的嘴唇，還留著淚痕，這不是胭脂紅粉……」毛師傅從後視鏡裡看我倆一眼，又看一眼，樂了。

西北壯闊，赤金的油菜花開得像河一樣，沒完沒了。青蒼的山轉過一彎，還是。

我說我也喜愛美劇《老友記》，陪我多少年。老范「哈」一聲撲上來，搖得我披頭散髮。

同行說當地政府不支持媒體採訪。趁著月黑風高，我們找到最後一個服毒的小楊家。

武威在河西走廊，古稱涼州，雙城是這西部邊塞的一個小鎮，三萬多人，過了晚上十點，只有幾戶燈光。小楊家燈是亮的，院子裡一塊菜地，堆著化肥，一根水泥管子上晾滿了鞋。父親醉酒剛回，紅著臉，粗著脖子敞著懷，說不清話，母親坐著一句話不說。我們剛坐下，大門「咣」一響，來了五六個當地大漢，不說是誰，要趕我們走。老范跟他們吵人權和新聞自由，雙方驢頭不對馬嘴，倒是能互相抵擋一陣子。

我抓住機會問小楊：「你願不願意和我一塊回武威，回我們住的酒店採訪？」那男孩子之前垂著細脖子，只看到兩彎濃眉毛，一直不說話。我不抱指望地問了這麼一句，但他說：「我願意。」

我蹲在地上，有一秒鐘沒回過神，居然問他：「爲什麼？」

他說：「因爲我看過你關於非典的報導。」

幾個月前做非典報導得到的所有榮譽稱讚，都比不上這一句。

回酒店的路上，毛師傅老到得很：「後面有車跟。」我們往後看，普通黑桑塔納，只有一個司機，後座上沒人。

我們在酒店下車。第二天，毛師傅來接我們，說昨晚我們走後，桑塔納下來兩個人，上了他的車，問：「剛才那幾個人是哪兒的記者？」

毛師傅直接把車拉到一一〇，把兩個人卸在員警那兒，回家睡覺去了。

後來知道這倆人是鎮長和他的同事。我們去找：「這事兒還用這麼躲閃啊，跟你們又沒啥關係。」

鎮長心一下就寬了，把遮著半邊臉的大墨鏡摘了。

我奇怪：「當時我怎麼沒看見你們呢？」

他得意：「哎呀，你往後一看，我們兩個立刻倒在後座上。快吧？」

採訪小楊，他不肯說什麼原因。我說：「我想去現場看看，我明天會去你們學校。」

他忽然問：「我能不能跟你一道去？」

第二天，這孩子帶我去學校。校長來給我們開門，中年人，頭髮花白，一見人就用手往後爬梳，不好意思地笑，「這幾個月白的，」說話聲音是破的，「心裡難受，壓力太大，精神幾乎都崩潰了。」他勉強繃著笑，臉都抖起來了。

找到六年級的瓦房，一張張桌子看，有一部分課桌上有歪歪扭扭的「519」，一刀刀刻得很深，後來刷的紅漆也蓋不住。小楊在其中一張桌子邊停下來，低頭不語。

桌子是第一個服毒女孩苗苗的，死亡的日期是五月十九號，與她同時服毒的女孩小蔡經搶救脫險。兩天後，五月二十一日中午，同班同學小孫服毒，經搶救脫險；五月二十三日早上，小倪服毒，經搶救脫險；五月二十三日晚，小楊服毒，經搶救脫險。

幾個孩子桌上都刻著「519」，苗苗父母認爲他們是集體約定自殺。

鎮上的人捲著紙煙，眼裡放著光，說不清是興奮還是恐懼：「跟你說吧，肯定是個什麼教，聽說還有白皮書呢。」眼睛掃一掃旁邊的高台，「還有這地方，邪得很。」高台叫魁星閣，說是一個供著魁星像的高大石閣，他們說出事的孩子常常在上頭待著，還刻了什麼字。

我跟老范對視一眼，心裡一緊。

小楊不肯多言，說你們去問苗苗的一個好朋友小陳吧，她都知道。

我們找到這姑娘家，小女孩十二歲，穿件碎花白襯衣低頭掃地，髮根青青，小尖臉雪白。看見我們進來，不慌不忙，揚揚手裡的掃帚說，「等我掃完地。」一輪一輪慢慢地掃，地上一圈一圈極細的印子，掃完把掃帚繩往牆上的釘子上一扣，讓她媽給我們拿凳子坐，轉身進了屋。我隔著竹簾子看她背身拿著一張紙，打了一個電話。

她撩了簾子在我對面坐下，我問什麼，她都平靜答：「不知道，不清楚。」

我說：「苗苗不是你的好朋友嗎？」

她說：「我們班上的人多了，哪個都是朋友。」

我愣了一下：「那這個事情你不關心嗎？」

她不緊不慢地說：「學習這麼忙，關心不過來。」

她看著我，禮貌地等著我往下問。我看著她，飽亮黑圓的眼裡沒有表情，只映出我自己。我問不下去了。這時候窗外鞋聲敲地，幾個成年人進來，說：「你們有記者證嗎？」

他們穿著深藍夾克黑皮鞋，這次不是鎮上的，看來是市委宣傳部的，不希望我們待在村裡，一車直接拉去了當地的雷台漢墓：「報導這個多好。」前後都有人跟著解說。老范倒隨遇而安，她第一次到鄉村，看到地上有活的小青蛙，跟在後面跑，又笑又叫，宣傳部的同志沒見過這麼天真的記者，再嚴肅都看樂了。老范又吃驚西北壯麗的天色，大叫著指給我看：「雲！」

走在前頭的宣傳部負責人三十多歲，名字結尾正是「雲」字，他驚喜又羞澀地轉頭：「叫我？」

眾人哄笑。這一笑之後，都不好意思再繃著臉了。

之後再聊節目。我們說：「這個事情誰都困惑，處理起來也棘手，但是不公開，被認爲是邪教，對誰都不好。我們多瞭解一些，你們也多些處理的經驗，是不是？」

雲歎口氣：「這事我們都查了這麼長時間了，一開始也當邪教查。沒有這事，搞不明白，你們去看吧。」

我們去了魁星閣，門已經被鐵絲扭住掛了鎖，有小孩子手腳並用，沿著斜的牆面噌噌爬上去，一坡青磚被他們磨得溜光水滑。我找人開了門，沿台階轉上去，魁星像也不知道哪年哪月就沒了，空空蕩蕩的像個戲台子。有個原來刻著文字的照壁，出事後被政府重新粉刷一遍，用石灰蓋住。照壁不大，我沒帶工具，用手擦，石灰乾又薄，底下的字露出來，小鉛筆刀刻得歪歪扭扭的「一見鍾情」或是「武林盟主」，不過如此——我在小地方長大，不奇怪小孩子爲什麼常常待在這兒，大概這是小鎮唯一有文藝氣息，能帶給他們一點幻想的地方。

小地方沒有電腦，沒有書店，學校裡唯一的娛樂設施是乒乓球台子，兩塊磚頭壘起來算是球網。地攤上賣的還是鄭智化在九十年代的磁帶。小楊的房間裡貼著一張四方大白紙，上面抄著愛情歌曲的詞，和歪歪扭扭的簡譜。

政府的人說他們搜查學校的時候，有學生確實把幾本書扔到了房頂，是青少年雜誌，有一頁折過角，是一個女孩爲了愛死去的故事，角是苗苗折的。

我問這是不是她自殺的原因，小楊有點不耐煩的不屑：「怎麼可能？她們都看。」

農村孩子上學晚，雙城小學是六年制，苗苗已經十三歲，我在她這個年紀已經快初中畢業，班上女生全都手抄淒美愛情故事，喜歡那種戲劇化的感傷氣氛，苗苗小本子上的貼畫跟我那時的一樣——翁美玲。

「那我們就理解不了這件事了，」苗苗的父母說，「我不相信我女兒能影響別人也去自殺，小孩子能有多深的感情？」

苗苗是服老鼠藥自殺的，當時另一個女孩小蔡跟她一起。

我們找到小蔡家，她母親攔住門說：「不要拍，我女兒早好了，以前是被人帶壞了。」

我問她：「你知道她爲什麼服毒嗎？」

「……」

「她多長時間沒說話了？」

「十幾天了。」

「你擔心嗎？」

「……」

「讓我試試吧。」

她讓出一條路來。

小姑娘細眉細眼，坐在門口的小凳子上。我們都痛恨用馬賽克壓在人臉上的醜陋和不尊重，攝像海南很有心，在背後用逆光剪影拍她，能看到深藍的天空和院子裡青翠的南瓜葉子。一根倔強的小歪辮子，投射在地上的光影像是內心的流動。問她，不吭聲。我給她一瓶水，她像抱洋娃娃一樣斜抱在懷裡。

我握住她的胳膊，小小的手腕上，刀痕刻著小小的「忍」字，用藍墨水染了。

「忍什麼呢？」

她不說話。

「能睡著嗎？」

孩子搖搖頭。

「想什麼呢？」

她不說。

我們倆對著，沉默了一會兒，我跟她說：「我像你這麼大的時候，有一個好朋友，叫高蓉。她是我最好的朋友，忽然有一天說她不再上學了，第一天晚上我一個人回家的時候，我特別傷心。後來我長大一點兒了，就明白了，人總是要分開的，但有的東西永遠在的，就像課本上那句話，『天涯若比鄰』。」

小蔡臉上淚水縱橫。

她回身進了屋子，從本子裡拿出一張紙條，歪歪扭扭的粗彩筆寫著「我們六個姐妹是最要好的朋友，有福同享，有難同當」，底下是六個人的簽名。

一個天真的誓言。

小蔡說苗苗自殺的原因是幾個月前的一次聚會上，有男孩子摸了苗苗的胸部，被幾個低年級的學生看見，傳了出來，「說得很可怕」。從那時候苗苗就開始有自殺的念頭。

我問：「什麼讓她最痛苦？」

「從聚會的那天起，很多同學罵她……」

小楊後來給我看過他的筆記本，寫到苗苗時說：「她是一個走投無路的人，仍然有自尊的需求，我懂她的心，所以我很傷心。」

他不說具體的事，我只好問他：「以你對苗苗的瞭解，你覺得她最不能忍受什麼？」

他輕聲說：「也就是別人對她的侮辱吧。」

四月二十九日，苗苗在小賣鋪用五毛錢買了一袋顆粒狀「聞到死」老鼠藥。在週會上，她從抽屜裡拿出來吃，被同學看到。「你要吃，我們就都吃。」十幾個人爲了攔住她，每人服了兩粒。老師在講台上，沒看到。

我嚇了一跳，問小蔡：「然後呢？」

我第一次見到孩子的苦笑：「那藥是假的。」

這件事後，苗苗說她還是想死，小蔡說那咱們一起。

「朋友比生命還重要嗎？」我問小蔡。

她的聲音很輕：「也許是吧。」

五月十九日，下午課外活動，苗苗一個人在操場上看書，同班一個男生用手中的彈弓繩勒了一下她脖子，然後放開。她拾起地上的東西打他，沒打著。兩名男生看見了，其中一人故意大聲說：「他摸了苗苗乳房！」

放學回家後，苗苗和小蔡到小賣鋪買了一瓶粉末狀「聞到死」，老闆還搭給她們一瓶。她倆打了一會兒羽毛球，在旁邊的小商店借了個玻璃杯，在水龍頭接了水，把老鼠藥溶解，在一個凳子上坐下，背對背，手把手。

小蔡說：「我們都笑了。」

「爲什麼會笑呢？」

「想笑著離開世界。」

「死亡不可怕嗎？」

「不可怕。那是另一個世界。」

「什麼世界？」

「沒有煩惱的世界。」

「誰告訴你的？」

「自己想的。」

苗苗的褲兜裡裝著她的遺書，開頭是：「爸爸媽媽，你們好，當你們看到這封信的時候，我已經到另一個世界裡快樂生活了。」

苗苗死後，十幾個孩子曾經曠課翻牆去醫院的太平間看她，發現他們的醫生說：「我從沒見過小孩兒那麼痛苦。」

從太平間回來之後，有個叫小孫的孩子再沒說過一句話。老師說：「我沒覺得他有什麼不對。」

中午小孫他媽看他愣愣站著，就說：「你放了學也不吃飯，整天玩……」隨手拿了箱子上黃色的塑膠包裝皮，在他頭上敲了兩下。她一直想不明白：「沒使勁啊，咋後來就不答應了？那幾天風氣也不好，小苗家喝藥了，我說你是不是也喝藥了?!他氣呼呼地：『哎，就是的！』」他轉身就找瓶農藥服了毒。

「小孫是我世界上最好的朋友，」同班的小倪說，「我想他一定死了。」他哭了一個晚上。學校害怕學生出事，開始要求每個孩子必須由家長接送。老師在大門口查崗，看見小倪一個人來上學，罵了他幾句，不允許他進校門：「萬一在學校發生意外怎麼辦？」

小倪在門口蹲了一會兒，回家拿了農藥，在麥田裡服下。

三起極端事件之後，政府成立專案組進駐學校，身著警服的人傳訊與服毒者親密的學生，在沒有監護人的情況下訊問。小楊被傳訊了，員警詢問他與苗苗是否發生「不正當關係」。

小楊說：「我解釋，他們不聽。」

當天晚上他也服毒，被洗胃救了下來，他說：「我受不了侮辱。」

二〇〇三年雙城鎮人均年收入不到三千元，孩子的家人都是農民或個體商販，生活不容易。苗苗的父親說：「給她吃好的，穿好的，還要啥？」小楊的父親當著我們的面，手扣在肚子上罵兒子：「你爲什麼不乾脆死了呢？給我惹這麼多麻煩。」小楊的母親蹲在地上哭：「你把我的臉都丟完了。」

小楊嘴抿得緊緊的，掉頭走了。

我跟上他，他臉都歪扭了。「你不要跟別人說，」他說，「等你調查完了，我就不在這世界上了。」

「如果是因爲我們的調查，我今晚就走。」我說。

「那你就再也看不到我了。」

第二天我們停了工作，叫上小楊：「玩兒去。」

當地一個馬場，長著老高的野草，兩匹不知哪兒來的禿馬，腦袋上紮一朵紅花，沒精打采披個破氈。兩個農民抄著手在旁邊收錢，五塊錢騎一次。

小楊不說話，也不騎。

我不知死活，穿著半截牛仔褲就上去了，自告奮勇：「看我給你騎。」上了馬，我剛拉上韁繩，農民大概是踹了馬屁股一腳，那馬就瘋了。我在馬上顛得魂飛魄散，路過小楊的時候，居然還顧上衝他齜牙一樂。

他看我這樣子，也笑了。老范說，這麼多天，就看他笑了這一次。

到晚上，我兩條小腿內側都是青紫的。

老范這個沒有常識的人，給我端盆水：「泡，熱水裡泡泡就好了。」

我把腿像麵團子一樣插在熱水裡發著，一邊寫了封信給小楊：「對遭受的侮辱，不需要憤怒，也不需要還擊，只需要蔑視。」

蔑視侮辱並不是最好的方式，但我當時能想到的，只是用這種說法去激發一個男孩子的驕傲，幫他熬過這段時間。

「痛苦的時候，」我大概還記得信的結尾，因爲像是寫給十四歲的自己，「去看西北的天空，去看明亮的樹林，那是永恆的安慰。」

我問過幾個孩子，爲什麼你們對苗苗的感情這麼深？共同的說法是：「她能理解人。」

「在你看來，什麼樣的人能理解人？」

「聽別人說話的人。」小蔡說。

連續服毒事件發生後，從省裡來過兩位年長的心理老師，她們說：「這個年紀的孩子，特點就是以夥伴的價值觀和情感爲中心。他們這種非常牢固的小團體友情，一旦關鍵鏈條斷了，就很危險。」鏈條的中心是苗苗。照片上這姑娘眉目如畫——柔和的蠟筆畫，小尖下巴，笑起來大眼一彎，成績好，還沒有班幹部氣質，鴉黑頭髮向後一把束起，小碎卷彎在額頭邊上。她站在台上擦黑板，底下男生女生都默默看她的馬尾蕩來蕩去。

她在遺書裡讓爸媽不要傷心，讓媽媽對奶奶好一些：「爺爺走了，奶奶很寂寞。奶奶有些話不說，但我知道，奶奶不需要錢，只需要你們的關心和體貼。」去世幾天後，又有一封信寄到家裡，落款是「你們的寶貝女兒」，信裡寫：「看到你們哭腫的雙眼，我的心都碎了……」

父母認爲一定是別人的代筆，但司法鑒定這確是苗苗的筆跡，交由她的朋友在她死後投遞給郵局……這個孩子想在父母最悲痛的時候以這樣天眞的方式安撫他們。

苗苗去世之後，她仍然是表弟在內心裡「唯一可以對話的人」。

「你現在心裡痛苦的時候呢？」

「忍氣吞聲。」苗苗的表弟上五年級。

「有疑問的時候呢？」我想起小蔡胳膊上拿刀刻的「忍」字。

「問自己。」

「你回答得了自己嗎？」

他沉默不語，臉上掛著淚。

「爲什麼不跟成年人談呢？」

他的話像針落在地上：「不相信他們說的話。」

學生連續服毒後，學校採取了緊急措施，磚牆的大黑板上，寫著「守法紀，講文明」，工整的楷書寫著「看健康書籍，不進遊戲廳，不拉幫結派，不參加封建迷信活動……」五六年級都開了「愛惜生命」班會。「老師怎麼跟你們說的？」我問。

「說服藥會得胃病。」

「我不知道該怎麼教育他們，」六年級的班主任頭髮亂蓬蓬的，皺紋縫裡都是塵土，他說自己上次接受心理學培訓是一九八二年的師範班，「也沒有人告訴我怎麼辦。」

他只能呵斥他們的痛苦，命令學生把刻在課桌上紀念同學的「519」字樣抹掉。他們拒絕之後，他叫學校的校工把所有的課桌都重新漆了一遍，那些刻下來的字，看不清了，但用指尖還可以摸到。

我想起自己的小學。四年級我剛剛轉學來，唯一的朋友是我的同桌，叫高麗麗。她對我很好，把泡著葡萄乾的水給我喝，上課的時候我倆坐第一排，在課桌底下手拉著手。班主任厲喝：「你們兩個，像什麼樣子！」她掰了一小粒粉筆頭，扔在我的頭上，班裡的同學吃吃地輕笑。

一直到放學，我的頭髮上都掛著一縷白色。

二十年之後，我覺得我的老師也很不容易。

我問那位六年級的班主任：「你有什麼心裡話跟誰說？」

大概從來沒人問過他這個問題，他愣了一下：「不說。」

「那你碰到難受的事怎麼辦呢？」

「忍著。」他的答案和小孩一樣。

這期節目讓我重回電台時光。我收到很多孩子的信。一個小男孩說：「我跟媽媽看完節目抱在一起，這是我們之間最深的擁抱。」一個姐姐說：「這兩天正是弟弟統考成績不好的時候，看完節目，我起身去隔壁房間找了弟弟，跟他有了一次從未有過的長談。」回到家，小區傳達室的大爺遞我一封信，是小區裡兩個雙胞胎孩子留給我的，我在這裡租住了好幾年，並不認識他們，信裡說：「我們看了這期節目，只是想告訴你，歡迎你住在這裡。」

電視也可以讓人們這樣。

但我的醫生朋友小心翼翼地跟我談：「這期節目很好……」

「你直接說『但是』吧。」

他笑：「你是文學青年，還是記者在發問？」

「有什麼區別麼？」

「像我們在急診室，實習的醫生都很同情受傷的人，會陪著他們難受，但是如果一個醫生只是握著病人的胳膊，淚水漣漣，這幫不了他們，冷靜詢問才能求解。」

我有點強詞奪理：「你說得對，但我還做不到，也顧不上，我就是那個剛進手術室的小醫生，我第一次看到真實的傷口。我有我的反應。」

採訪苗苗表弟的時候，他說起死去的姐姐，滿臉是淚水，我覺得採訪結束了，就回頭跟攝像海南說了聲「可以了」，蹲下去給男孩抹一下眼淚，說去洗洗臉吧。

他不吭聲，也沒動，肩膀一抽一抽。

我問他：「你在心裡跟姐姐說過話嗎？」

「說過。」

「說什麼呢？」

「……你好嗎？」

我問不下去了。他站起身，沒去洗臉，跑進了屋子裡，倒在床上。小男孩捂著臉，彎著身子，哭得渾身縮在一起抖。我站在床的邊上，抬起手又放下，抬起手又放下。

看節目我才知道，老范把我給孩子擦眼淚的鏡頭編進片子裡了，她百無禁忌。

這個鏡頭後來爭議很大，還產生了個新名詞，討論我是不是「表演性主持」。小鵬瞪著大圓眼來問我：「你爲什麼要給他擦眼淚？」

「那你怎麼做？」

「什麼都不做，這才是記者。」

正好錢鋼老師來參加年會，他是我們敬重的新聞前輩，大家在威海夜裡海灘上圍坐一圈，問他這件事。他不直接說誰對誰錯，給我們講故事，說美國「60分鐘」節目的記者布萊德利在監獄裡採訪一個連環殺人犯，問，你爲什麼要殺那麼多人？

殺人犯是個黑人，回答說：「因爲我在布魯克林區長大。」意思是那個地方是黑人聚集區，治安不好，社會不公，所以把我變成了這樣。

布萊德利是個老黑人，當時六十多歲，鬍子花白。他站起來揪著這個殺人犯的領子，搖著他說：「我也在布魯克林區長大。」

錢老師說：「他這麼做對麼？不，先別回答，你要像蘇聯作家說的那樣，『在清水裡嗆嗆，血水裡泡泡，鹹水裡滾滾』，十年之後咱們再來討論。」

十年將至，到底這麼做對還是不對，我在心裡已經過了好幾個來回，還是沒有最終的答案。只是我必須承認，當年面對醫生的辯解，一部分是要隱藏自己的無能。那時我說出的只是人生的皮毛，這些孩子之間的情感複雜遠超過節目中的描述。

節目裡，我們只敘述了因聚會流言而起的故事，但我和老范還知道另外一些細節，這個年級裡有很多學生喜歡苗苗，用皮筋勒住苗苗脖子的男孩總是在上課的時候摸她的胳膊和頭髮……苗苗最反感別人摸她的頭髮，告訴了小楊，小楊揍了這男孩。

小楊是班上年紀最大個子最高的男生，他十四歲了，苗苗叫他「哥哥」。

在自殺之前，他們吵過一次架，因爲苗苗認了另一個保安做「哥哥」，小楊不再理她。她請求原諒，在一個小巷子裡遇到，苗苗攔住他說「對不起」，他不理她，往前走。她從地上撿起塊磚，砸到自己額頭上。小楊說：「血和著磚灰流下來。」他沒停腳，繼續走了。

後來他才知道，苗苗轉身回到操場，到處都是學生，她當眾跪下，說：「我對不起楊……」也許她認爲只有以這種方式羞辱自己，才會被諒解。

那個出事的聚會上，一個喜歡苗苗的男孩要抱她，小姑娘不願意。小楊對苗苗說：「讓他抱。」

或許是爲了讓他原諒自己，這個姑娘聽從了。她是在自己喜歡的男生要求之下，被另一個男生擁抱，也許還有更進一步舉止的時候，被外人看到了。

故事還不止於此，那個聚會集中了幾乎全部的情感衝突……那個在我們採訪時電話通知宣傳部的小姑娘，是當初簽了「有難同當」的六個女生之一，她跟苗苗的漂亮和成績在伯仲之間，聚會上，她當著苗苗的面向小楊表示好感……更細密的人性眞相緊緊壓裹著，不可能在九天內剝開。

服毒的當天下午，苗苗被男生欺侮後，從操場回到教室，趴在小楊座位上哭泣。之後，她向小楊要了一張照片，說：「謝謝你實現了我最後一個願望。」她在桌上刻下了「519」，對小楊說「莫忘五月十九日」，轉身離開了學校。

小楊跟我說這些細節時，一再問我：「是不是眞的是我害死了她？」我無法回答，但看得出他深受這個問題的折磨。

將近十年後，再看節目，一個鏡頭拍到了他的筆記，有一行字，我當年沒有留意到，「她和我別離了，可是她永遠地活在」，字寫到這兒停止了。

這些年，我和老范對這事耿耿於懷，就因爲這些沒能弄清講明的眞相，怕說出這些孩子間的情感糾葛，會讓觀眾不舒服和不理解，也許還會覺得「才十二三歲怎麼就這樣」……雖然大家十二三歲的時候，又與他們有什麼兩樣。

它們沒有被呈現，這是一個新聞媒體的「政治正確」。我們敘述了一個事情的基本框架，但只是一個簡陋的框架，以保護大眾能夠理解和接受這個「眞相」。

日後我看到托爾斯泰說，他在構思《安娜．卡列尼娜》的時候，原型是新聞裡一個女人做了別人情人後臥軌自殺的故事，最初安娜在他心中極不可愛，她是一個背叛丈夫、追求虛榮的女人，他要讓她的下場「罪有應得」。但寫著寫著，他並沒有美化她，只是不斷地深化她，人性自身卻有它的力量，它從故事的枝條上抽枝發芽長出來，多一根枝條，就多開一層花，越來越繁茂廣大。安娜的死亡最終超越了小市民式的道德判斷，在人的心裡引起悲劇的共鳴。

對人的認識有多深，呈現才有多深。

做這期節目的時候，我對人的瞭解還遠遠不夠，只下了個簡易的判斷。

走之前，我們終於找到了最後一個孩子小孫。看到我們，他撒腿就跑，上了一個土崖，我脫了鞋，拎在手裡光著腳爬上去。我們倆坐在崖邊上，攝像機從後面拍他的背，錄音杆凌虛放在崖邊的坎上。

小孫不看我，看遠處，白楊樹環繞的村子，風吹的時候綠的葉子陡然翻過來，銀白刺亮的一大片。

我家在山西，到處都是這樣的土崖，我早年爬慣了，常常一個人爬過結冰的懸崖，從那兒夠下頭去看早春的杏花。

我問他：「你常坐在這兒？」

他點點頭。

「因爲這裡別人看不見你？」

「是。」這是他這些天對大人說的第一個字。

我看到他胳膊上的傷痕：「用什麼刻的？」

「刀刀。」

他頭扎在膝蓋裡，我蹲在他面前，握住他黝黑的細胳膊，他的皮膚曬得發白，把浮土撫掉，能看到三道淡紅色的傷疤。

我想再往下問，小孫忽然站起身，一言不發地走下山坡。

鏡頭注視他，直到他消失。

他根本不願意跟我談，一瞬間電光火石，我沒有道理地覺得，也許他就是那個在聚會上抱住苗苗的男孩子。

他走下山坡，繞過牛圈，再拐過一個房子，頭也沒有回過，消失在一個矮牆後頭。

一分多鐘，我怔怔地看著他的背影，都沒有意識到鏡頭已經搖回來對著我了，直到海南輕聲說「說點什麼」，我愣了一下，說了我的感受：「看著孩子在採訪中離開，我們知道他還有很多話沒有說出來，也許那些話才是服毒的眞正原因，雙城事件調查到最後，我們發現，最大的謎，其實是孩子的內心世界，能不能打開它，可能是每個人都需要面對的問題。」

這個一分四十四秒的長鏡頭用在了節目結尾，後來在我的職業生涯中常被提起，說這是鏡頭前的即興評論能力什麼的。但這個段落，對我來說，跟那些無關，它只是撬起了深扎在我頭腦裡的一根樁子。之前我坐在演播室裡的時候，總認爲結尾的評論必須是一個答案，說出「讓我們期待一個民主與法治的社會早日來到」才可以收拾回家，就好像這演播室只是一個佈景，我只是在表演一個職業。我從來沒想過一個節目會以無解來結尾，一直到我明白眞實的世界即是可能如此。

第四章
是對峙，不是對抗

二〇〇三年九月，張潔搞改革，「調查性報導」成爲「新聞調查」的主體，以開掘內幕爲特徵，採訪會很剛性，開會的時候他發愁：「柴靜跟我一樣，太善良了，做不了對抗性採訪。」

老范接下茬：「都不見得吧？」

「眞的，她台上台下都是淑女。」一屋子人，只有老張見過我怯懦的時候。

「她？」天賀笑得直喘。

這幫壞蛋。

新同事都是非典時才認識我，那時我剛從爛泥境地拔出腳，沾了點輕度躁狂，帶著矯枉過正的活潑，上樓都一步兩級，沿著樓梯上指向「新聞調查」的箭頭一路跳上去。還是我爸最理解我，說：「就像我們手術台上的病人，麻藥勁兒過去了，話特別多，抑鬱很容易轉成亢奮。」

這種虛亢上陣交手，一招就潰敗。

一個醫院監聽一二〇電話，違規出車搶病人，病人死亡，取證時只拿到一段出車搶人的錄音。家屬一直懷疑延誤了治療時機導致死亡，但病歷拿不到，時間緊任務重，我赤手空拳，又必須一試。機器架起

張潔總擔心善良的人做不了剛性調查，但身邊這些人讓我覺得，其實只有善良的人才能剛性。善良的人做「對抗性」採訪，不會躍躍欲試地好鬥，但當他決定看護真相的時候，是絕不撤步的對峙。（圖片來自視頻截圖）

來，我坐在醫院負責人的對面。

他四十多歲，見了鏡頭不躲也不緊張：「坐，問吧。」

他渾身都是破綻，但我就是點不到要害。他承認違規出車，但認爲違規出車和病人死亡之間沒有必然關係。醫療是非常複雜的專業問題，你可以無限懷疑，但事實弄不清，這節目就是廢的，說什麼都沒用。

我只是一個記者，沒有他的允許，不能掀開他家裡的簾子去看看後面有沒有人，不能使用超常的技術手段，雖然他左口袋的手機裡可能就有那個事關秘密的號碼。

採訪了一會兒，他直接把胸口的麥克風拔下來，站起來說：「我沒時間了，需要去休假，車就在樓下。」

我失魂落魄走到樓梯口。他把我叫住，從樓梯高處把我落在桌上的採訪本遞過來，突然一笑：「你忘東西了……怎麼，比我還緊張？」

失敗感比口含硬幣還苦。

史努比當時主持評論部內刊的一個「圓桌討論」，大家談我，最集中的意見就是能不能做好剛性採訪：「她的神態時刻在告訴對方，坐在你對面的是一個林妹妹，但也許這是她個人的特點，我說不好。」

另一人說：「是，老覺得她像個電台夜間節目主持人，要向你傾訴點什麼。」

史努比落井下石：「她的一些動作我倒是記得挺牢。忽閃大眼睛也好，一顰一笑也好，捋個頭髮什麼的，她可能是沒意識的，但是觀眾能意識到，就被這些干擾，我覺得在這些細微的地方應該有意識地收斂。」

氣得我——誰忽閃你了誰忽閃你了？我那是隱形眼鏡老乾澀行麼？

但別人沒看錯，非典的時候冒死不難，提一口氣就夠了，生活卻是呼吸不絕。天性裡的那點怯弱，像釘子一樣釘著我。小時候看到鄰居從遠處走過來，我都躲在牆角讓他們過去，打招呼這事讓我發窘。我媽看著我直歎氣。

一直到長大成人，生活裡碰到厲害的人，我就走避，不搭訕，不回嘴，不周旋，只有跟孩子、老人、弱者待在一起，我才覺得舒服。我覺得我就像《史努比》漫畫裡的圓頭小子查理．布朗，連條小狗也管束不了，每次上完露西的當，下次還吃虧。明知「吱吱叫的車輪才有油吃」，就是開不了口。

電視台新聞群組有自己的女性傳統，前輩介紹的經驗是：「除了去廁所的時候，永遠不要意識到自己是女人。」同事們老拿我在雙城的採訪開玩笑，說這是「泣聲採訪」，他們觀望我：「這種路數能不能幹好硬新聞？」

史努比倒又說回來了：「她以前挺吃力，但她有一種對人的關注方式，她的成長會有個不變應萬變的過程，也會找到自己的位置。」

哼。

我知道問題不硬的根本原因不是頭髮和表情，是我不懂，不懂就被糊弄，穩不住。

一開始採訪農村征地問題，我連農村土地和城市土地適用的是不同法律條款都不清楚，張潔不管我，也不教我，出發前不開編前會，也不問我要採訪提綱，出差在外都不打電話問一聲進展怎麼樣。我眞不知道他怎麼敢冒這個險，調查性報導全靠現場挖掘，但凡有一點記者問得不清楚，後期怎麼補救也沒用。

我自己沉不住氣問他：「你也不擔心啊？」

「你們不求助就說明順著呢。」他笑。

「那我丟了調查的人怎麼辦？」

他又一笑：「大節不虧就好。」他要我自己多揉搓，把頭腦裡的疙瘩一點點揉開，揉出勁道。別無他法，晚上，我左手拿著專家聯絡表，脖子夾著手機，右胳膊按著《中華人民共和國土地管理法》，趴在滿床的材料上看一夜。心智平平，相關的法律法規要像小學生一樣，一條一條在本子上抄一遍才能記住，青苗補償費的資料挨家挨戶算一遍，問題列出來，想像對方會如何答，一招一式怎麼拆解，笨拙地雙手互搏。

看一會兒材料看一下表，就怕天亮，就怕天亮。過一會兒，鳥叫了，越叫越密，我氣急敗壞，忍著心裡刺動往下看，再抬頭天色薄明，清晨六點，街聲都起來了。胳膊撐在床上已經打不了彎，齜牙咧嘴地緩一陣子麻痛，洗臉吃碗熱米線去採訪，知道這麼青面獠牙地上鏡不好看，顧不上了。

史努比老說我有「塑膠感」，跟現實隔著朦朦一層。但這層膜很快就保不住了，人被硬生生直接摁在犬牙交錯的生活上，切開皮膚，直入筋骨。

不說別的，進了農村，跟狗打交道都是個坎。你盯著它，它盯著你。它斜著小圓眼，討好它也不理你，拿個傘嚇唬它也沒用，它反正閑得很，有的是時間，走到哪就往你面前一橫，你左它左，你右它右，意思是「過我一個看看」。

比狗更難的是大嫂。

在山西採訪兩個村委會主任候選人賄選的事，一進村才知道什麼叫陷入人民群眾的汪洋大海，雙方都懷疑我們是對方花錢請來的，每方都有一隊人馬跟著我們。想講理，說什麼客觀公正，沒人理這一套，我們正在採訪，另一方在高坡上大聲叫罵，接受採訪的大嬸從炕上一躍而起，推窗高叫還罵。

我們被直接堵在大門口，領頭的是個三十多歲的短髮女人，她是另一方候選人的老婆，上來一言不發先扯住我前襟。我覺得好笑，想掙脫，掙不開，場面就有點狼狽了。女人背後有二十多個成年男人，叉著手。我的同事也都是男性，只要有一個上來干預，場面就會失控。

好笑的感覺沒了，被扭住的時候，人本能地往下扯著臉，想喊「你要幹嘛」，不過她的推搡不算用力，只是一種挑釁，我克制著沒去掰她的手，說：「你要什麼吧？」

「不能採訪他們。」

談新聞平衡是沒用了，我只能說：「行，那就採訪你們。」她愣了一下，回頭看了一眼那群男人，手鬆開了：「每個都要採。」二十多人一下就嗡起來，要這麼採會沒完沒了，但不採訪走不了，我說：「好，把機器打開。」

「你們站好。」我說。我不知道自己打算幹嘛，但能感覺到他們也不知道，在不知道中他們莫名其妙地有些順從，不說話了。

「排成三排。」

沒人動，他們有些不滿。我說：「攝像機只能拍到一定的範圍，你們要想被拍進去，必須排成三排。」接著點了一下那個女人：「你站在最前面。」

她對「最前面」這幾個字似乎很滿意，立刻站了過去，指揮其他的人排了起來。

我面對著他們，很奇怪，聲音沒有從喉嚨裡出來，是從胸腔裡來的，這個聲音比我平常的聲音要低要慢，像個三四十歲女人的聲音，有點像……我媽的聲音：「我們是中央電視台記者，客觀記錄這個村子裡的實際選舉情況，你們保證你們的態度是真實的嗎？」

「保……證。」有零散的聲音，其他人不說話。

「選舉是嚴肅的事情，請負責任地表達。」我用了書面語，再問：「你們保證你們的態度是眞實的嗎？」

「保證！」他們齊聲大喊。

「現在請你們舉手表決，支持王玉峰的請舉起手。」王玉峰是他們一方的候選人。都舉起了手。

我緩慢地清點，在這種電視上才有的正式口氣裡，現場寂靜無聲：「……二十三，二十四，好，請把這個數字記錄下來，二〇〇三年九月二十一日，下午三點，老窯頭村，二十四人參與，二十四人舉手，二十四人支持王玉峰當選。」

「現在，把手，放下。」我第一次用這種口氣對人說話。

所有人馴順地放下。

「原地，」我說，「解散。」

「嘩」一下，都散了，帶著滿意的神情。

最練人的都是遭遇戰。

偷拍機派上了用場，但歲數跟我差不多，沒有專門的話筒，機身已經老得不行了，轉起來「嘎啦嘎啦」響，錄下來的都是它自己轉的聲音。用的是老式磁帶，過一會兒就得換帶子。磁頭接觸不良，只能拿膠布貼上，每過十分鐘，就得神經質地去看一趟到底錄上了沒有。偷拍的時候，我只要看到攝像席鳴臉色一變，站起身說「請問洗手間在哪裡」，就知道話筒又掉了，只能向對方解釋他拉肚子。

有次拍房地產黑幕，拍了足足四十分鐘，回來一聽，只有電流聲，只能再去一趟。人家看見我，叫得很親熱：「姐，你怎麼又來了？」讓人難受的，不是冒風險，而是面對這個熱情，還得把問過的問題變著法再問一遍，還不能讓他起疑心——哪本教科書上教這個？

也有丟人的時候，有次去重慶調查公車連續事故，拿著這機器去交警隊，他們說事故調查報告「能看不能拍」。

我用身子遮著，席鳴把報告拿過來，裝模作樣地看，拿夾在胳膊底下的公事包式的偷拍機晃著拍。交警隊政委托著腮幫子看了我們一會兒，一臉憐憫，忍不住說：「你們這個機器太老了，要不然把我們的借給你吧。」

但關鍵時候，它還是能頂上的。在深圳，老范和我去調查外貿詐騙公司，公司老總拖住我們，進屋打了個電話。十幾分鐘後上來七八個人，都是平頭，黑T恤，大金鏈子，肚子走在人前頭：「哪兒來的？」

我跟老范對視一眼，想的一樣：老大，換換行頭嘛，這套已經過時了呀。

金鏈子問我：「你們幹嘛的？」

「記者。」

「來幹什麼？」

「接到新聞線索來調查。」我看了一眼攝像李季，知道他肯定在拍。

「誰給你的線索？」他肚子快頂著人了。

「觀眾。」我問他：「您是誰？」

他愣了一下。

「誰讓您來的？」

「我兄弟……朋友。」

提供新聞線索的人說過，這些黑社會背景的人有槍，他見過。但我知道這些人的目的不是要傷害我們，只是要趕我走，我的目的也不是把他當場扭送公安，是要把他拍下來。

扯平。

這一小會兒，經理已經在掩護下撤退了，他們也準備撤了。公司空空如也，我只好代盡主人之誼，客氣送他們到電梯口：「知道經理去了哪兒告訴我們一聲。」他們相互對視，哈哈大笑，電梯關上了。

以前這些可能被視爲無關的花絮捨掉，老范編輯時把這段和《無間道》裡的電梯鏡頭對接，我問熬夜編片感覺如何，她說「太快樂了」。

做調查性報導，出發時能不能做成沒一點著落，回來後能不能播出沒一點把握，但出差回到辦公室圍坐一圈，攝像老陳強給我們泡鐵觀音，一把壺摸得油亮油亮，銀白的水高拋一線，燙完一圈紫砂杯子，砂綠的茶葉在沸水下寸寸掙開赭紅的邊，他慢悠悠地說：「你看玩電腦遊戲的孩子，什麼時候說過自己累？有樂趣的人從不說累。」

這工作跟剝筍一樣，一層一層，把女學生式的怯弱剝掉了，你不得不作出決斷，躲開追趕，藏起帶子，坐在各種會議室裡，吹著塑膠杯托裡綠茶上的白沫，互相摸虛實，探眞假，連說帶笑語帶機鋒，還不能拉下臉。

在河北時有位副縣長，上來叫我「柴主任」。

「您叫我柴靜吧。」

「喲，柴主任不給面子。」

「叫柴記者吧。」

「柴主任是央視名記呀，那就叫柴記吧。」

「名記」這兩個字加一個重音，桌上的幾個男人都噗哧笑了，擠眉弄眼。

到了採訪現場，我採訪的是他下屬，結束後，旁觀的他又上來按我的肩膀：「柴記，別起來別起來，坐在椅子上跟我合個影。」

他幾個下屬拿著相機說：「來來，美女，照一個。」

我說：「請坐。」

他在對面椅子上坐下了：「笑一下嘛柴記，別那麼嚴肅。」

我笑了一下，說：「把機器打開。」

他說：「對對，亮著燈，更像眞的。」

我問他分管的領域在此事上的責任，他張口結舌。問了四五個問題，我說：「可以了，謝謝。」

我們坐車離開，他的車跟在後面，一路追到北京：「柴主任，柴記者，我看能不能不要播剛才那段了……柴記者……」

調查性報導大旗一張，多來剛猛之士。

小項從安徽來，善良近於訥，線條至剛，兩只大眼直視，走路也都是直線，走到折角處拐一個漂亮的直角。每日斜坐辦公室最內角，不哼不哈像只秤砣。拋下一歲多的兒子來京只爲做調查性報導，選的題很多都是知其不可而爲之。

調查現任官員洗錢時，他找到的知情人逃亡已久，家裡門窗被砸爛，弟弟每天把斧頭放在枕邊睡覺，在與幾個不明身份的人打鬥中，刺中了其中一人被拘捕。我們去上海取證知情人當初曾被脅持的經歷，證據有，但是警方很狐疑地看看她，說當地有人不久前說過，這個女人一旦在上海出現，要立刻通知他們來帶人。員警起身要打電話，一出門，小項拉著知情人噌地站起來，從後門走了。在最近的長途汽車站，坐上最快的一班車。一直到夜裡，繞了百里路，才回到我們住的酒店。

那是上海一家有上百年歷史的飯店，層高四米，長走廊，黑柚木的地板上了蠟。一到晚上地板開始變得吱吱呀呀的，遠遠的好像聽不清的人的呼叫，還有老房子裡奇奇怪怪的各種聲音。臨睡前，江上的汽笛也讓人不能安心。

夜裡，我坐在床上，靠著牆，聽見知情人在隔壁沖洗的聲音，才覺得安心一些。突然水聲停了，一秒鐘後，我認爲自己聽到了清楚的槍聲，又是一聲。

我陡然從床上坐起身，第一反應是想翻身伏在床下，立刻覺得沒有任何用，便僵在床上，舌苔都是乾的。我打電話給小項，他穩穩當當說了聲「我去看看」，核實她安全之後，我嘴裡的乾燥還久久不去。

這個節目挫磨得很。小項後來爲了省經費，向領導要求自己花錢出差。有一天下雨，他濕淋淋地來台裡，問他才知道，連坐公共汽車的錢都不捨得了，就這樣他還帶樓下來反映情況的老人去食堂吃碗餃子，又買了十幾張大餅讓人家帶在路上吃，說：「調查這樣的節目，不能做得讓人汗顏。」

我偶爾路過機房，看見三十多盤帶子堆在床上，小項一臉濃鬍子，一杯殘茶，已經不眠不休熬了幾個通宵。那時候用的還是編輯機，螢幕上是採訪的畫面，爲了把一句採訪剪輯好，得反復用旋鈕擰來擰去，定位很多次，人的臉和話就這麼前前後後，快退快進，很長時間才能剪好一句話。我正問到「那你認爲哪裡安全」，坐我對面的知情人說：「你們的鏡頭前是世界上最安全的地方。」

我看著這段採訪，能不能採訪準確，不是能不能完成工作，或者能不能有樂趣這麼簡單，這事關人的性命，我要是問得不準確，不配坐在這椅子上。

我的新偶像是義大利記者法拉奇，她的採訪錄被我翻得軟塌塌，在我看來她是史達琳的現實版——一個從不害怕的女人。

二戰，美國飛機轟炸佛羅倫斯時，她還是個小孩子，蜷縮在一個煤箱裡，因爲恐懼而放聲大哭。父親狠狠地摑了她一耳光，說：「女孩子是不哭的。」她日後寫：「生活就是嚴峻的歷險，學得越快越好，我永遠忘不了那記耳光，對我來說，它就像一個吻。」

採訪伊朗宗教領袖霍梅尼，談到婦女不能像男人一樣上學、工作，不能去海灘，不能穿泳衣時，她問：「順便問一句，您怎麼能穿著浴袍游泳呢？」

「這不關您的事，我們的風俗習慣與您無關，如果您不喜歡伊斯蘭服裝您可以不穿，因爲這是爲正當的年輕婦女準備的。」

「您眞是太好了，既然您這麼說了，那麼我馬上就把這愚蠢的中世紀破布脫下來。」她扯掉爲示尊重而穿上的披風，把它扔在他的腳下。

他勃然大怒，衝出房間。

她還不肯罷休：「您要去哪兒？您要去方便嗎？」她長坐不走，連霍梅尼的兒子乞求也沒用，直到霍梅尼以《古蘭經》的名義發誓他第二天會再次接見她，她才同意離去。

眞帶勁。

她採訪以色列的沙龍，指控他轟炸平民：「我親身經歷了咱們這個時代所有的戰爭，包括八年的越戰，所以我可以告訴您，即使在順化或河內，我也沒有見過像在貝魯特發生的那麼慘無人道的轟炸。」

他抗辯說他的軍隊只轟炸了該市的巴勒斯坦解放組織基地。

她說：「您不僅轟炸了那些地區，而且轟炸了鬧市區！」她拉開皮包，取出一張照片，是一堆從一歲到五歲兒童的屍體，「您看，最小的孩子身上沒有腳，最大的孩子失去了小胳膊，這只無主的手張開著，像在企求憐憫。」

沙龍在這次採訪結束時對她說：「您不好對付，極難對付，但是我喜歡這次不平靜的採訪，因爲從來沒有一個人像您一樣帶著那麼多資料來採訪我，從來沒有一個人能像您一樣只爲準備一次採訪而甘冒槍林彈雨。」

張潔總擔心善良的人做不了剛性調查。其實只有善良的人才能剛性。

像天賀這樣柔善的胖子，如果能選，更願意待在家跟金剛鸚鵡一起聽交響樂，但他報導山西繁峙礦難，冒著漆黑的夜雨走山路進去，連個接應的人都沒有。三十八位礦工死亡，被瞞報成二死四傷，遺體被藏匿或者焚毀。此事中有十一個記者收了現金和金元寶幫助隱瞞事實，被披露出來後，開會時領導表揚大鬍子有職業操守，讓他談兩句感想。他胖胖地一樂：「沒人給我送啊。」大夥哄笑了事。

事後他說起那個礦井，一百三十米深，罐籠到底時，一聲巨響，他的膝蓋一陣哆嗦，抬起頭，看不見洞口的藍光。「生和死眞他媽脆弱，就這麼一百米，這些人天天這麼過，超負荷地工作。我難過的是，他們很知足，覺得這麼比在村裡種地強多了。」他拍到那些被藏的屍體遺骸，聞了被燒過的裹屍布，「你要是眞見過他們的樣子，就不可能爲幾個錢把靈魂賣了。」

善良的人做「對抗性」採訪，不會躍躍欲試地好鬥，但當他決定看護眞相的時候，是絕不撤步的對峙。

我倆去一個地級市採訪。一位民營企業家被雙規，因爲他「不聽話」，在「市長和市場之間選擇市場」。企業家腿中間夾張白紙，對牆站著，紙掉了就被打。他被判了三年，「挪用資金罪」，每天在監舍裡原地跑五千步來督促自己「不能垮，要活著」。採訪的時候，天賀不像平常盯著鏡頭看，而是圓圓地窩在那裡，埋著頭聽。

去採訪市領導，說出差了，過兩天就回來，過了兩天還有兩天，知道我們等不了那麼久。

這種事情急不得，也無處發作。

大鬍子讓我去把樓裡每一層的門都假模假式敲了一遍，他坐在樓下台階上，見著人就挨個兒問：「請問您見著書記了麼？我們找他，有這麼個事兒，我給您說說……」

這兩句相當有用，二十分鐘後，秘書來了：「領導請你們去辦公室。」

這位企業家被判了三年，主要證據是一個複印的手寫材料。複印的證據是不能被採信的，但法官就這麼判了，我走進法官辦公室，鏡頭在我身後，我問：「這個案子，您明明知道這份意向書不是原件，爲什麼還要採用它？」

法官愣了一下，嗚嚕嗚嚕說了幾句：「不是原件……有些沒有原件。也不是我們非要這個證據不可。」

我沒聽懂，問：「不是原件爲什麼要採用它？」

「我認爲它是原件。怎麼不是原件呢？」

我把紙放在桌上：「您認爲它是原件？我們看到的明明是手寫的一個影本。」

他嗓門高起來：「我沒有看到。你在哪裡看到手寫的？」

我指指二審的判決：「中院都說了，這不是原件。」

他把手揮得我臉上都是風：「不是原件，你相信就行了。」

我問：「那您爲什麼採用一個不是原件的……」

「我沒有採用，我哪有採用了？」

我指指判決上的字：「法官，這兒，這兒，第六點。」

他急了：「我還有一二三四五七八。你爲什麼只查我第六點？」

「您別激動。」

他臉都扭曲了：「我沒激動啊。」

我讓聲音柔和一些：「您還是採用了它？」

他喊了出來：「我至今還認爲他是有罪的。」他轉身往外走，一邊揮舞著手：「你不要成爲別人的工具。」

我緊跟在他身後，鏡頭在我身後：「法庭辯論的時候，辯護律師說司法不要成爲工具，您怎麼看？」

他跳得眞高。

採訪完，張天賀叼個大煙斗，定了會兒神，說：「這溫柔的小刀兒，左一刀右一刀，一會兒就剩下骨頭了。」又歎氣：「一個姑娘家這麼厲害，誰敢娶？」

過了一陣子，就沒人說我厲害了，因爲組裡來了新人。

第一次見面，嚯，這姑娘，剪短髮，一條背帶牛仔褲，眼清如水，一點笑意沒有。

我倆下班回家，發現走的是一條路，租的房子緊挨著。過馬路的時候，她對我說：「以前你在湖南衛視的時候我挺喜歡的。」

我剛想扭捏一下，她接著說：「你在『東方時空』主持的那是什麼爛節目呀？」

「嗯……」

她轉過頭毫不留情地看著我：「那個時候，我很討厭你。」

姑娘叫老郝。後來對我比較容忍了，大概覺得我笨。我好不容易領點錢，姚大姐千叮萬囑，逼著我當面裝在信封裡包好，又怕我掉，拿釘書機訂上口，又怕包沒有拉鍊，讓我用手按著，臨走我還是把黃澄澄的信封丟在辦公桌上了。第二天，老郝把錢帶給我，押著我在路上存進銀行。櫃檯小姐問，活期還是定期？

就那麼幾千塊錢，我裝模作樣地想了一會兒，說，定期。

老郝仰天大笑，笑得都跑出去了。

她知道我搞不太清楚定期活期有多大區別，醫療、保險……她都得惦記著，我和老范從此有人管，蹭在老郝的小房子裡，廚房小得進不去人，老郝一條熱褲，兩條長腿，圍個圍裙，做泰國菜給我們吃，拿只小銀剪剪小紅尖椒圈，腳底下放著一盆鮮蝦：「今天好不容易買著魚露。」我和老范倒在藤搖椅上，喝著蜂蜜水，手邊水晶碗裡是金絲棗，硬紙疊的垃圾盒讓我倆放核。

「老郝。」

「嗯？」她在廚房應。

「我要娶你。」

「滾。」

採訪的時候她總冷眼看我，剛開機她就叫「停」。

「你那個——」她指指我手腕上戴的很細一支的銀鐲子，我穿著白襯衣，想著沒人會看見。「你不戴，沒人不高興，」她說，「你戴了就可能有人不喜歡。」

我摘下，之後不在工作時候戴首飾。

老郝眼底無塵，她來之後，選題就更硬更難。我們去江西找個失蹤的販賣假古董的犯罪嫌疑人，深冬半夜，車熄火了，兩人凍得抖抖索索，在後頭推車，身上都是泥點子。滿天星斗亮得嚇人。找到嫌疑人家，一進家門，正對著桌板上放一個黑白鏡框，是個遺像。

家屬一攤手：「死了。」

這人是當地公安局長的弟弟，我們去了公安局。

局長戴一個大墨鏡，見面寒暄，拿出上百萬字文學作品集送我們，聊了半天文學，才開口說案子，說嫌疑人被山東警方帶走了，再沒見過，說可能在監獄裡病死了。

我狐疑：「聽說這人是您弟弟？」

他大大方方地說：「是啊，我大義滅親，親自把他交給山東警方的。」

我們打電話問山東警方，這死人到底怎麼回事。人家根本不理我們。也是，隔著幾千里，打電話哪兒成啊。

五個人回到賓館，愁眉苦臉，像吃了個硬幣。

老郝說：「我去。」每次，她決心已定時，都是嘴往下一抿，一點表情沒有，眼裡寒意閃閃。

她看了下表，沒收拾行李，從隨身小黑包裡拿出個杯子，接了一杯熱水，擰緊蓋，插進側包，下樓打車，三小時後到了車站，一跳上去火車就開動了。到車上打電話跟我商量去了找誰，怎麼辦。一個多小時後，電話沒電了，突然斷掉，不知道車到了哪兒。

我放下「嘟嘟」空響的電話。那天是耶誕節，手機關了聲音，一閃一滅都是過節的短信，北京上海，都是遠在天邊的事兒，我對牆坐著，小縣城裡滿城漆黑，無聲無息。

滿是霉味的房間裡，深綠色地毯已經髒得看不出花紋，水龍頭隔一會兒就「咔啦啦」響一陣子，流一會兒銅黃色的水。我在紙上寫這件事的各種可能，如果真是局長私放了他弟弟，他會怎麼做？……這樣做需要什麼程序，誰能幫助他？這些程序會不會留下痕跡？……我亂寫亂畫，證據不夠，腦子裡像老汽車一遍遍拿鑰匙轟，就是差那麼一點兒打不著火，又興奮又痛苦。

不成，這麼想沒用。

我必須變成他。

我趴在桌上繼續在白紙上寫：如果是我，我會怎麼做？我會需要誰來幫助我？……我的弱點會是什麼？腦子裡像有燈打了一下閃，我打電話問公安局的同志，閒聊幾句後問：「你們局長平時戴眼鏡麼？」

他猶豫了一下：「不戴。」

掛了電話，我繼續寫：「見記者的面要戴墨鏡遮自己的眼睛……是個寫詩的文學青年……他的弱點可能是什麼？」

我寫：「意志。」

陳虻有一次跟我講，日本橫綱級的相撲選手，上台的時候，兩人不交手，就拿眼睛互相瞪，據說勝敗在那時候就決定了。兩刃不相交，就靠意志。整整一天，我們沒有出賓館的門，敲門也不開，當天的日記裡我寫：「交戰之前，明知他腰裡有銀子，但被衣衫蓋著，不知道該怎麼出劍，但經驗告訴我，那就別動。風動，樹梢動，月光動，你別動，就會看到端倪。」

第二天傍晚，公安局的同志打電話來：「他向組織坦白了。」

再見局長的時候，他的眼鏡已經摘了，眼球上一抹一抹的紅絲，他說我想抽根煙。給了他一根。他抽完，承認了，他弟弟和另一個嫌疑人是他從山東警方手裡以江西有案底爲由接回，之後私放，讓家屬對外宣稱死亡。

我問到跟他同去山東接的還有哪位員警，他久久地沉默。一個人是不能辦這個手續的，我再問：「有沒有人跟你去山東？」

「沒有。」

膝蓋上的手機響了，是老郝發來的短信：山東警方提供了介紹信號碼。我把這個號碼寫下來，遞給對面的人：「這是你開的介紹信號碼，信上有兩個人的名字。」

他歎口氣：「他年輕，我不想他捲進這件事。」

我說：「那你當時爲什麼讓他捲進來呢？」

他再長歎一聲。

採訪完，老郝正立在山東瀟瀟大雪裡，攥著手機默等我的消息。跌跌撞撞的土路盡頭，看到一段赤金灼灼的晚霞，李季下車去拍它，我給老郝發了一個短信：「贏了。」

這樣的節目做多了，有陣子我有點矯枉過正，用力過猛。我媽說：「跟你爸一樣，有股子牛黃丸勁兒。」

在深圳採訪詐騙案時，公安局的同志可能被媒體採訪得煩了，不讓我們進門。窮途末路，錄音師小宏想起來他有個同學在深圳市局上班，一聯繫還在。對方念舊，幫忙找來他的上級，端著一個玻璃瓶當茶杯，悠悠喝一口，把茶葉再吐回杯子裡：「跟你們走一趟吧。」

安排了經偵大隊一位警官接受採訪，黑瘦，兩眼精光四射，說話沒一個廢字。

我問：「爲什麼這類案件當事人報警後警方不受理？」

警官說，因爲合同糾紛和合同詐騙的區別，法學家都說不清楚。

我追問：「不清楚？說不清楚你們怎麼判斷案件性質？」

他說：「這個公司之前沒有逃逸，就只能算經濟糾紛。」

我說：「你們不受理之後，他不就跑了麼？」

……一來一回，話趕話，忘了這採訪是靠人情勉強答應的，好歹表情語氣上和緩一點兒，我倒好，橫眉豎目，問完起身就走，都不知道打打圓場，找補找補。

出來到車上，自己還神清氣爽的，小宏坐我右手邊，扭頭一看，他大拇指鮮血淋淋，我說：「喲，這是怎麼啦？」老范笑：「你剛才採訪太狠了，人家同學站邊上，上級繃著臉端著玻璃瓶一聲不吭，小宏哥哥沒法對人家交代，也不能打斷你採訪。你還一直問，一直問，他就把拇指放在門上夾，夾了一下又一下……」

慚愧。

《紅樓夢》裡寫賈寶玉討厭「世事洞明皆學問，人情練達即文章」這句話，覺得市儈。我原來也是，一腔少年狂狷之氣，講什麼人情世故？採訪時萬物由我驅使，自命正直裡有一種冷酷。這根流血的手指要不是來自親人一樣的同事，我恐怕也不會在意，他對我一句責備沒有，也正因爲這個，我隱隱有個感覺，爲了一個目的——哪怕是一個正義的目的，就像車輪一樣狠狠輾過人的心，也是另一種戾氣。

節目播後，收到一箱荔枝，由深圳寄來，我發短信謝那位黑瘦警官。

他回：「我一直尊敬『新聞調查』，其實很多人心裡都明白，只是不太說話。不要客氣，一點心意，你們受之無愧。」

二〇〇六年，一家雜誌採訪我，封面照片看得我嚇一跳——怎麼變這樣了我？穿一件男式咖啡色襯衫，捲著袖子，叉著胳膊，面無表情看著鏡頭。好傢伙，鐵血女便衣。底下標題是「新聞戲劇的主角」。

崔永元勸過我一次：「你不適合調查，跟在別人後面追，那是瘋丫頭野小子幹的事，你去做個讀書節目吧。」他怕我有點逼自己。

我深知他的好意，但文靜了這麼多年，一直泡在自己那點小世界裡頭，怕熱怕冷怕苦怕出門怕應酬，除了眼前，別無所見。有次看漫畫，查理．布朗得了抑鬱症，露西問：「你是怕貓麼？」

「不是。」

「是怕狗麼？」

「不是。」

「那你爲什麼？」

「耶誕節要來了，可我就是高興不起來。」

「我知道了，」這姑娘說，「你需要參與進這個世界。」

是這意思。過去當主持人的時候，我爸天天看，從來沒誇過，到了「新聞調查」，做完山西賄選那期後，電話裡他說：「嗯，這節目反映了現實。」

長天大地，多摔打吧。大夏天四十度，站在比人高的野玉米地裡採訪，小腿上全是刺癢，我以爲是蟲子，後來發現是汗從身上不停地往下流，逼著你沒法磨嘰和抒情，一個問題一個問題踩實了飛快往前走，採訪完滿臉通紅走到陰涼裡頭，光腳踩在槐樹底下青磚地上冰鎮著，從旁邊深井裡壓一桶水上來，胳膊浸進去撈一把出來洗臉，一激靈的清涼。

那幾年就是這種盛夏才有的乾燥明亮，之前青春期濕答答的勁兒一掃而空。

我一個猛子扎入這世界，一個接一個出差，連氣都不換，直到有一天，蹲在西北玉米地邊的土牆上，等著天光暗一點錄串場，餓了，一個毛頭小男孩拿個大饃從我腳下經過，「小孩兒，給我們吃點兒。」

他掃我一眼，一步不停邊啃邊跑。

過了一陣子，墨綠的玉米地裡，遠遠兩個點兒，黑的是他，還有個紅的，跑近了是他姐，拿了一塑膠袋胖大的饃，還有一小袋豬頭肉，和三四根娃娃胳膊粗的黃瓜。

我接住大饃一掰，熱氣一撲，長提一口氣，一口下去，手都顫了。那一下，像是水裡一抬頭，換氣一剎那看見自己，蹲在田地中間半垛窄土牆上，爲爬牆脫了鞋，光腳上都是土。傍晚風暴快來滿天黑，只有長雲的底部痛痛快快一抹鮮紅。

第五章

我們終將渾然難分，像水溶於水中

六月的廣東，下著神經質的雨，一下起來就像牛繩一樣粗，野茫茫一片白。草樹吸飽了水，長瘋了，墨一樣的濃綠肥葉子，地上蒸出裹腳的濕熱，全是蠻暴之氣。

我們在找阿文。

她是一個吸毒的女人，被捕後送去強制戒毒。戒毒所把她賣了，賣去賣淫。她逃出後向記者舉報，記者向員警舉報，之後戒毒所換成精神病院繼續開，領導都沒換。

我們想找到她，但沒有地址和電話，最後的消息是三個月前，她曾經在赤崗附近出現。我們去那一帶，一家髮廊一家髮廊地問，深一腳淺一腳的泥水路。到今天，我最熟的一句廣東話還是「阿文有無系呢度」。

開車的本地司機笑歎：「你要能找著她，我明天就去買六合彩。」

找到了阿文家，姐姐說她偷家裡的錢太多，已經兩年沒見到。遲疑了半天，她才說：「她也打過電話來說被戒毒所賣了，我們不相信，沒理她。在廣州這樣的城市，怎麼會有這樣的事情。」

我們只好去阿文賣淫的康樂村找。一個不到五十米的巷子，被幾座灰濁的騎樓緊夾著，窄而深，幾乎沒有光線，滿地惡臭的垃圾直淹到小腿。三五個皮條客穿著黃色夾腳塑膠拖鞋，赤著精瘦的上身，從我身

生和死，苦難和蒼老，都蘊涵在每一個人的體內，總有一天我們會與之遭逢。我們終將渾然難分，像水溶於水中。（圖片來自視頻截圖）

邊擠過去。窄破的洗頭店門口，拉著一半的窗簾，女人們穿著帶亮片的廉價吊帶衫張腿坐著，沒有表情地看我一眼，去招呼我身後的男同事。不知道哪裡的污水，每走幾步，就滴在我的頭髮裡。

每去一次回來，我都得強壓把頭髮剪掉的衝動，不是髒，是一種女人本能的污穢感。但我只不過待幾個晚上，阿文必須每天在那裡站街。筆錄裡說，如果她想逃走，可能會被打死。

沒人會在意一個吸毒的人的生死。

找不到她，我們只好進戒毒所暗訪。好在非典剛過，戴個大口罩也沒人奇怪。為了配合錄音師呼和的東北腔，我只能以他大妹子的身份出現，說要送親戚進精神病院，先來看看。我像個拙劣的電視劇演員，表演過火，話多且密，幸好廣東人對我一口山西腔的東北話不敏感。

開了鎖，打開柵欄門，我看到了阿文住過的倉房，鏽成黑色的鐵床，枕頭髒得看不出顏色。怎麼說呢？那個味兒。

再往前走是水房，筆錄裡說戒毒人員挨打的時候就跪在這裡，用腳後跟砸，打完灌一碗水，如果不吐血，繼續打。冬天的話，要脫光衣服跪在水龍頭下，開細細的水柱，從頭頂淋下來。

「你，出去！」三十多歲的男人忽然重重拍了一下呼和的肩膀，我們倆都怔住了。

「沒事，」跟我們進來的護士不耐煩地說，「病人。」

七天了。我們必須走了。但沒有阿文的採訪，就沒有核心當事人的證明。可我不知道還能去哪裡找她。

一九九八年的時候，我在北京廣播學院的圖書館看到過一本舊雜誌，封面都掉了，是一個女孩從背後摟著一個男子的照片——那是海南一個十六歲的三陪女，她掙錢養活男朋友，穿圓點裙子，喜歡小貓，發高燒，給媽媽打電話……最後一張，是她躺在只有一張板的床上，月光照著她，她看著我。

看完這些照片，我給編輯部寫信，寫了一篇評論叫《生命本身並無羞恥》，說我願意給他們無償做記者，唯一的期望，是能和拍這些照片的攝影師趙鐵林合作。很快我得到機會和他一起去拍孤獨症兒童。那時我二十二歲，老趙拿著相機在培訓中心咔咔拍完了，但是我要採訪的母親一直不接受我：「我不想跟別人談我的生活。」我呆頭呆腦不知道怎麼辦。

老趙說：「我走了，先。」

我眼巴巴望著他。

他說了一句：「你想採訪弱者，就要讓弱者同情你。」看我不明白，又補了一句：「當初我拍那些小姐，因爲我比她們還窮，我連吃飯的錢都沒有，她們可憐我，讓我拍，拍完了，她們請我吃飯。」說完走了。

不知道該怎麼做，我就跟在那媽媽的後面，她去哪兒我去哪兒，隔著十米左右。她看都不看我，進了一個院子，沒關門，我愣一下，也進去了。她進了屋子，我站在院子裡頭，天慢慢黑了，屋子裡垂著簾子，我看不到她和孩子在做什麼，大概在吃飯。約莫一個小時之後，孩子先吃完，到院子裡來了，下台階的時候一個踉蹌，我下意識地扶了他一下，跟他在院子裡玩。

過了一會兒，他媽媽出來，牽著條狗，看著我：「我們去散步，你也來吧。」

回北京之前，我們決定再去趟阿文姐姐家，留個信給阿文。她姐不想再見我們，沒開門。雨驟然下起來，沒有傘，我拿張報紙頂著頭，往裡張望，她姐在屋子裡能看到，一直沒出來。

第二天的飛機。晚上已經睡了，我接到阿文姐姐的電話：「她今晚到你們酒店來，十一點四十。」

她原來不信這事，認爲我們想加害她妹妹，看到大雨裡淋得稀濕的人，覺得不太像，又去找當地媒體確認我們的身份，找了一天，通過毒販找到她妹妹。

「我也希望她能跟你們談一談，好知道到底發生了什麼事情。」她說。

大家把大床搬開，開始布燈，誰也不說話。

但十一點四十，沒人來。十二點四十，也沒人。小項安慰我：「吸毒的人都不靠譜。」我不死心，站在酒店門口等著。

阿文來的時候是淩晨一點。她在我對面坐下，我遞給她一瓶水，很近地看著她，年輕人的樣子，但低垂的直髮下，雙頰可怕地凹陷下去，嘴唇青紫，只有眼睛，烏黑的，非常大。她穿著廉價的淡黃色的確良套裙，腿上幾乎沒有任何肌肉。

她嗓子喑啞，聽起來像是囈語，不斷重複某些句子。採訪差不多淩晨四點才結束，司機聽得睡過去了。我不想打斷她，這一年多的生活，她一直沒機會說，說出來也沒人信。她說：「我可以這樣厚顏無恥！我都覺得自己厚顏無恥……現在想起來也還是。你可以到那條街上站在那裡跟別人討價還價，不是說賣別人，賣什麼，是賣自己呀！那是跟別人討價還價賣自己！」

她說在噩夢裡，還會一次次回到那個地方——穿著從戒毒所被賣出來時的那條睡裙，天馬上就要黑了，她就要開始站在那條街上，等著出賣自己。

「你戒毒所是挽救人，還是毀滅人？」她渾身顫抖地說。

深夜非常安靜，能聽到檯燈「噝噝」的電流聲。她說：「我也希望做一個有用的人，希望社會給我一個機會，不要把我們不當人。」

告別時我送她到門口，問她去哪，她猶豫了一下，沒直接回答，說送她來的朋友會來接她。說完頓一下，看了我一眼。這一眼像是有點愧意，又像是詢問我對她的看法。我攬了她一下，這才知道她瘦成了什麼樣子。她吸毒，偷東西，但她是一個人，她受侮辱，做噩夢，受了她本不該受的罪。

節目播後原戒毒所所長被捕。但有人說：「自從柴靜去了新聞調查，節目就墮落到了去拍網站新聞的最底下一行。」意思是你們不去拍時政新聞，卻去關心邊緣人群，無非為了聳動，吸引眼球。

趙鐵林當年拍三陪女的時候，也被人這麼說過。看到他的照片之前，我對這個題材也不關心，我知道這些女性存在，但覺得她們與我無關。

但通過他的眼睛，我看到十六歲的阿V抱著小貓嬉樂，不顧排隊等著的男子，她發高燒的時候坐在板凳上舉著虛弱的頭，托著腮聽老嫖客講人生道理，看著她掙了一筆錢去跟自己供養的男朋友吃飯，張開雙臂興高采烈的樣子，她在月光下側臉看我的眼神，讓我感覺到她的存在。

知道和感覺到，是兩回事。

當年看照片時我寫過：她的目光一下一下打在我的身上，讓我感到疼痛的親切。

來到「新聞調查」後，我下意識裡尋找像阿V這樣的人——那些我知道，但從沒感到他們存在的人。

我們在廣西找一個被超期羈押了二十八年的人。看守所在山裡，不通公路，要步行五公里。大毒日頭曬著，走到一半，豪雨兜頭澆下，沒遮沒避，腿上全是小咬留的鮮紅點子。攝像的皮鞋底兒被泥粘掉了，扛著機器斜著身子頂著鞋尖往前走。

他叫謝洪武，父親當年因為是地主，被鬥死了，他三十多歲一直沒成家，有天放牛，大喇叭裡突然喊，蔣介石投反動傳單啦。大隊裡有人說，看見他撿了一張。從此他一直被關押在看守所。從調查卷宗看，除了一張一九七四年六月由當時縣公安局長簽發的拘留證外，無卷宗，無判決，無罪名，無期限。

他被關了二十八年。

我們去的時候，謝洪武已經在人大干預下，解除關押，被送到一家復員軍人療養院。關押他的囚室被拆了，長滿到我膝蓋的瓜蔓，漆綠的大葉子上刺手的絨毛，野氣森森。地基還在，我撥開雜草，大概量了一下，一米五寬，不到兩米長，剛夠躺下一個人吧。這樣的牢房有三個，都是關押精神病人的。我問看守所工作人員，這個牢室有窗嗎？他們說大約兩米高的地方有過一個窗。從這個窗看出去，是另一堵牆。

從看守所出來之後，謝洪武獲得六十多萬元的國家賠償。但他年過六十，沒有親人，村裡的房子拆了蓋了學校，只能在復員軍人療養院過下去，屬於他的物品是一只瓷缸子。醫生說剛出來時謝洪武的腰彎得像一只球，各個關節都萎縮了，他不願意睡床上，要睡地上，「由於駝背，四肢肌肉萎縮，躺著睡不著，要坐著才能睡著」。

他二十多年沒有與外界說過話，語言能力基本喪失了，但醫生說他的一部分心智是明白的——療養院的服務專案裡有洗衣服，但是他不要，他自己洗。吃完飯，病人的碗都是醫院的人洗完了消毒，他總洗得乾乾淨淨才送去。採訪的時候，我給他一瓶水，他小心地把一半倒進瓷缸子，把剩下一半遞給我，讓我喝。

我想跟他在紙上談談，可他只會寫「毛主席」三個字了。

沒有辦法。我只能蹲在他面前，看著他。他的臉又小又皺，牙掉得沒有幾顆了，只有眼睛是幾乎透明的淡綠色，像小孩兒一樣單純。

他忽然拉著我的手，讓我摸他的膝蓋，中間是空的。

我再摸另一個，空的。

我吃驚地看著他。

旁邊的人說，這是當年被挖掉了。

二十八年，他都在這個牢房裡頭，沒有出來過，沒有放風，沒有書報，大便小便也在裡面，他被認爲是精神病，但檔案裡沒有鑒定記錄，我採訪看守所所長，他說：「都說他是神經病，再說他也不喊。」但即使是精神病人，也不能關押，所長說：「他已經沒有家人了，清理不出去。」村子裡，他七十多歲的哥哥還在世，只是謝洪武當年是「管制對象」，哥哥不敢過問他的下落，認爲他早死了，年年清明在村頭燒把紙。

我問所長：「他在你這兒已經關了二十多年，只有一張拘留證，你不關心嗎？這個人爲什麼被關，爲什麼沒放出去？」

「如果關心他早就放回家了。」

「爲什麼不關心他呢？」

「我說了，沒有那個精力，不問那個事，也是多年的事，好像他是自然而然的，怎麼說，好像合法一樣。以前幾個所長都把他放在瘋人室裡，我上來還照樣。我又管這麼一攤子，管他們有吃有喝，不凍死、餓死。早沒有想，如果想了早就處理了，有那麼高境界，我們早就先進了。」

黃昏採訪完夕陽正好，謝洪武和其他的老人，都按療養院規定在草坪上休息，工作人員拉來一批椅子，讓老人們整齊地背對滿天紅霞坐成一排，謝洪武彎在籐椅裡直視前方，看上去無動於衷，沒有意願。

但我還是忍不住跟工作人員說：「能不能把他們的椅子轉一下，換成另一個方向？」

他有點莫名其妙，但還是換了。

聚會上，朋友說，你現在做的這些題目太邊緣了，大多數人根本不會碰到這些問題。作家野夫說：「那是因爲我們已經不是大多數人，在很大程度上已經免於受辱了。」

一群人裡有教授，有記者，有公務員，都沉默不語。

王小波說過，你在家裡，在單位，在認識的人面前，你被當成一個人看，你被尊重，但在一個沒人認識你的地方，你可能會被當成東西對待。我想在任何地方都被當成人，不是東西，這就是尊嚴。

有人半開玩笑半擠兌，說：「你們這麼拍黃賭毒，再下去的話就該拍同性戀了。」

我說：「確實是要拍他們了。」

他愣一下說：「這節目我看都不要看，噁心。」

旁邊有人聽到了，脫口說：「你要去採訪同性戀患者？」

有朋友說，他喜歡《費城故事》裡律師事務所的那個合夥人：「他可以那麼得體地把那個感染愛滋的同性戀開掉。」他看了看我：「每個人都有選擇的權利，你不能去要求別人寬容。」

我問：「你理解他們嗎？」

「怎麼不理解？」他說，曾有一個同性戀男子向他表白，他從此再不理這人。「就是覺得噁心。」

「爲什麼你會覺得噁心？」

「反正從小的教育就是這樣的。」他可能不太願意多談這個話題，臉轉過去了。

同性戀者就這樣隱身在這個國家之中，將近三千萬人，這個群體之前從來沒在央視出現過。

「我可以對別人說我是愛滋病毒感染者，但不能說自己是同性戀者。」二十一歲的大瑋說，「在感染愛滋的人裡頭，有血液傳播的，吸毒的，還有嫖娼的，同性戀是最底層的，最被人瞧不起。」

「醫生問起，你就說是找了小姐。」張北川教授對已感染愛滋要去看病的同性戀者說。他擔心會有麻煩。

他是中國對同性戀研究最早、最有成績的學者。

他的話不多慮。

我在青島見到一個男孩子，他說他有過兩百多個性伴侶，患性病後從外地來治療，當地醫院的醫生知道他的同性戀身份後拒絕醫治。醫生說，妓女可以治，就不能給你治：「你不嫌丟人啊，你這種人在社會上將來怎麼辦？」

他在醫生面前跪下了。

沒有用。

一個母親帶著剛剛二十歲的孩子來找張北川，她的孩子是同性戀者，那個母親說：「早知這樣生下來我就該把他掐死。」

他們和其他人一樣工作、上學，努力活著，但他們不能公開身份，絕大多數不得不與異性結婚，大多建立情感的社交場所是在公廁或是浴池，但那樣的地方不大可能產生愛情，只能產生性行爲，而且是在陌生人之間。

「和陌生人發生性關係，對於同性戀者來說有巨大的好處，這個好處就是安全。」張教授說。

安全？我很意外，這是在健康上最不安全的方式。

「你不認識我，我也不認識你，兩個人完了關係大家互相都不認識，不用擔心身份的洩露。」

在沒有過去和未來的地方，愛活不下來，只有性。

「我曾經說過，只要自己不是那種人，我願意一無所有。」翼飛坐在我對面，長得很清秀。他拿「那種人」來形容自己，連「同性戀」這三個字都恥於啓齒，「我覺得全世界只有自己一個人不正常。因爲我覺得自己那種現象是一種不健康，是一種病態。我強迫自己不去接觸任何一個男孩子，儘量疏遠他們，儘量去找女孩子，精神上對自己壓力很大。」

一九九七年之前，他有可能因爲自己的性傾向入獄，罪名是「流氓罪」。

「同性戀是先天基因決定的，幾十種羚羊類動物裡面，也觀察到同性之間的性行爲了，在靈長類動物裡邊，還觀察到了依戀現象，人類的依戀現象，在某種程度我們就稱之爲愛了。」張北川說。

二〇〇一年，第三版《中國精神障礙分類與診斷標準》不再將同性戀者統稱爲精神病人，但「同性戀」還是被歸於「性心理障礙」條目下。

翼飛拿家裡給他學鋼琴的錢去看心理醫生，接受治療。像庫布里克的電影《發條橙》，一個人被強制性地喚起欲望，同時用藥物催吐或電擊的方式，讓你感到疼痛、口渴、噁心。「這是健康人類的有機組織正在對破壞規則的惡勢力作出反應，你正在被改造得精神健全，身體健康。」電影裡，穿著一塵不染白大褂的醫生說。

一次又一次，直到人體就像看到毒蛇一樣，對自己的欲望作出迅速而強烈的厭惡反應。

張北川說他認識一個接受這種治療的人，最後的結局是出家了。

「你再也不會有選擇同性戀的欲望了。」

「你再也不用有欲望了。」

「你好了。」

他們坐在我對面，手拉手，十指交握。

我沒見過這樣的場景，稍有錯愕，看的時間稍長一點兒，心裡微微的不適感就沒了。

我問的第一個問題是：「你們怎麼形容你們之間的關係？」

「愛情。」他們毫不遲疑。

他們當中更活潑愛笑的那個說：「每次看到婚禮的花車開過，我都會祝福他們，希望我將來也能這樣。」

當下對他們來說，只能是幻想。他們中的絕大多數最終會選擇與異性結婚，成立家庭。

我們採訪了一位妻子，九年的婚姻，生育了女兒，但丈夫幾乎從不與她親熱。她說：「我覺得他挺怪的。」

「怪在哪兒？」

「他從來沒吻過我。」

「比如說你想跟他很親密的時候，你表達出來，他會什麼反應？」

「我覺得他經常很本能地把身體縮成一團，很害怕、很厭惡的那種樣子。」

「厭惡？」

她淒涼一笑：「對。」

我停了一會兒，問：「那你當時……」

「挺自卑的，就是覺得自己眞是沒有吸引力吧。從孩子三歲的時候，我就開始看心理醫生。」

她的丈夫說：「等你到了五十歲，成爲性冷淡就好了。」

他們維持了九年這樣的婚姻。她看到丈夫總是「鬼鬼祟祟的，每次上完網以後，都把上網的痕跡清除掉」，她當時以爲他是陽痿，在上面查什麼資料，也不好意思問。後來，有一天晚上，她半夜醒了，差不多兩三點鐘，看他還在上網。過了一會兒他去睡了，她去把電腦打開一看，他上的全是同性戀的網站。她閉了一下眼睛：「那一瞬間我知道他百分之百就是。」

過了幾天，她做了一些菜給他吃，趁他不注意的時候，過去拍了拍他的肩膀：「你承認吧，我知道你是同性戀了。」

他當時就愣了，就是一瞬間，眼淚嘩嘩往下流。

晚上，她突然聽到樓上好像有個什麼東西掉下來了。「我以爲他自殺了，拔腿就往樓上跑，我當時就想，我什麼都不要，只要他能活著就行了。」她上樓後，「看到閣樓上燈全都滅了，他一個人躺在那個地方，我就很難過，一下子撲在他身上。」

濃重的黑暗裡，她用手一摸，他滿臉是淚水。他們抱在一起哭。「他當時就說，我這個人不應該結婚的，我傷害了一個女人，這是我一輩子的痛。」

她說：「我恨他，我也很可憐他。」

我說：「從你的描述當中我想像你丈夫內心的經歷，他過得也很痛苦。」

她說：「他每天都在僞裝。每次我跟他一塊兒要是參加個應酬什麼的，他都拚命給大家講黃色的笑話，給人造成的感覺，他這個人特別黃，特別好女色。他每天很累，不停在僞裝自己。」

我問過翼飛，「你們爲什麼還要跟女性結婚？」

他說：「有個朋友說過，我父母寧願相信河水倒流，也不相信有同性戀這個事情存在。」

很多同性戀者只能在浴池和網上尋找性夥伴。我們對浴室經營者的調查顯示，這種方式中主動使用安全套的人非常少。一個提供性服務的男性性工作者說，多的時候一天他大概與四五個人有性接觸，大部分顧客都有婚姻。

「在這個狀況下，如果他從這個群體中感染了疾病的話，就意味著……」

他說：「傳播給他的家人。」

大瑋是發生第一次性關係之後，就感染愛滋的。

「你為什麼不用安全套？」我問他。

「我連安全套都沒見過。」大瑋說。

他在做愛前像每個稚嫩的孩子一樣。「我以為只是親吻和擁抱。」他鼓起勇氣說，聲音小小的。

沒有人告訴他什麼是安全的，怎麼避免危險，就算他知道，他說也不敢把安全套帶在身邊，怕別人發現。

「安全套對國人來說意味著性而不是安全。」公開同性戀身份的北京電影學院老師崔子恩說。

採訪結束的時候，張北川送了我們每人十個安全套和一本宣傳冊。我當時提的是一個敞口的包，沒有拉鎖。到了吃飯的地方，沒有地方放包，我把它放在椅子上用背靠著，身體緊張地壓了又壓。結果服務員經過時一蹭，這只可惡的包就掉在地上了。

全餐廳的人，都看到很多小方塊的安全套從一個女人的包裡滾落到地上。

所有人都盯著看，張北川俯下身，一只一只，慢慢地把它們撿起來，就好像他撿的不過是根筷子。

我問張北川：「我們的社會為什麼不接納同性戀者？」

他說：「因為我們的性文化裡，把生育當作性的目的，把無知當純潔，把愚昧當德行，把偏見當原則。」

他前前後後調查過一千一百名男同性戀。他們百分之七十七感到極度痛苦，百分之三十四有過強烈的自殺念頭，百分之十自殺未遂，百分之三十八的人遭到過侮辱、性騷擾、毆打、敲詐勒索、批判和處分等傷害。

「每年自殺的那些同性戀者，他們就是心理上的愛滋病患者，心理上的絕症患者。這個絕症是誰給他的？不是愛滋病毒給他的，是社會給他的。」崔子恩說。

我問：「有一些東西對同性戀者來說比生命還要重要麼？」

「對。」

「是什麼？」

「愛情、自由，公開表達自己身份的空氣、空間。」

「假如不能提供呢？」

「不能夠提供，這種壓制，這種痛苦、絕望就會一直持續下去，就成爲社會的一個永遠解決不了的痼疾。」

拍攝的時候，男同事們都很職業，對採訪對象很客氣，但與往常不同，一句不多說，吃飯的時候也一句議論都沒有。

我跟老范私下不免猜測他們怎麼想的，他們都笑而不答。小宏說起當年遇到過一個同性騷擾，「那個感覺……」他這樣的老好人也皺了下眉頭。我接著問下去，他說不舒服的並不是「同性」，而是被另一個人「騷擾」的感覺。

一個人對性和愛的態度「不在於男男、女女、男女」，只在於這個人本身。

我採訪那對男性情侶的時候，兩位男性手握手，談了很久，餘光看到小宏和老范正在一邊傳紙條。我以爲他是反感這兩人，聽不下去採訪。後來，他把小紙條抄在電腦裡發給我：

范：你現在怎麼理解男同性戀呢？

宏：我不相信快感之於同性和異性之間有什麼差異，一樣的欲望。

范：我和柴昨天晚上也還討論來著。但有一點仍然是堅持的，性應該是有美感的。過於放縱與揮霍的性多少讓人覺得有些猥褻。完全脫離了愛，豈不是又退化成了動物？

宏：同意你們的觀點。當饑渴都解決不了，又何談精神上的詩意？歸根結底，沒有一個寬容的制度可以海納五光十色的生存狀態。讓人自由地愛吧，愈自由愈純潔。

錄製節目時，大瑋堅持要以本來面目面對鏡頭，這讓我很意外。我們的習慣是用隱身的方式來保護這樣的採訪對象，他是同性戀，也是愛滋感染者，我認爲他需要保護。

「不，我不需要。」他說。

「你爲什麼要這樣做呢？」我認爲他太年輕了，「你知道自己會付出的代價嗎？」

「知道。」他很肯定。

「那你爲什麼一定不用保護性的畫面處理呢？」

他的眼睛直視鏡頭，笑容爽朗：「因爲我想告訴大家，我是個同性戀，我想和每個人快樂地生活在一起，我想得到眞愛。」

是，這並無羞恥。

翼飛是舞者，採訪間隙李季拍他跳舞，他面部需要保護，只能拍影子。投射在牆上的巨大剪影，變形，誇張，用力跳起，又被重力狠狠扯下。現場沒有設備，放不了音樂，他只是聽著心裡的節奏在跳。

老范在節目最後用的就是這一段舞蹈，她配上了張國榮的《我》，那是他在公開自己的同性戀身份後的演唱：

I AM WHAT I AM
我永遠都愛這樣的我
快樂是　快樂的方式不止一種
最榮幸　是誰都是造物者的光榮
不用閃躲　爲我喜歡的生活而活
不用粉墨　就站在光明的角落

這個片子送審的時候，我們原不敢抱指望。這是二〇〇五年，中央電視台的螢幕上第一次出現同性戀的專題，他們正視鏡頭，要求平等。

審片領導是孫冰川，老北大中文系的，銀白長髮披肩。

我給他添過無數麻煩，他一句怨言和批評都沒有。他不見得贊成，但他容忍。我和老范做中國音樂學院招生內幕，三個學生遇到不公正對待導致落榜。這節目播出壓力大，採訪時需要喬裝打扮，戴上帽子眼鏡，藏好攝像機進學校拍攝。審片時，我、草姐姐、老范三個姑娘一起去。我剛從西北出差回來，專門捎了條孫總家鄉的煙，坐在邊上遞煙倒水，生怕他皺眉頭。他聽到學生拉二胡的時候隨口說一句「這曲子是《江河水》啊」，老范劈手按了暫停的鈕，盯著他，眼神裡是赤裸裸的驚喜：「您懂的真多。」

他早看出來我們用意，莞爾一笑。

看完節目，他讓停下帶子，把煙點了，就問了一句話：「這個節目播了，能不能改變這三個孩子的命運？」

「能。」

他再沒多說，在播出單上簽了字。

但是，同性戀這一期，我連陪著去審的勇氣都沒有。這期通不通過，不是改幾個段落，或者放一放再說，就是一眼之下，播，還是不播。

我一直攥著手機等結果，一直等到老范短信：「過了，一字未改。」

孫總從中宣部新聞局調到央視第一天，人人都在觀望。他沒說什麼，大會上只笑咪咪引了句蘇東坡的詩：「廬山煙雨浙江潮，未到千般恨不消。到得還來別無事，廬山煙雨浙江潮。」

他退休的時候，我在留言簿上寫上了這首詩，送還他。

我和趙鐵林很長時間沒有聯繫。有天朋友說起，才知道二〇〇九年他已經去世。我半天說不出話來。當年他給過我一張名片，名字上有一個黑框。別人問，他就笑：「我死過很多次了。」

他說：「生死尋常之事。」

趙鐵林出生在戰場上，寄養在鄉下，「文革」中母親自殺，他去礦山挖礦，從北航畢業後，做生意失敗，在海南租處就是三陪女住的地方。一開始也有文人心理，想找個「李香君」或者「杜十娘」之類的人，滿足「救風塵」的願望。後來發現「根本沒那回事兒」。老老實實地給她們拍「美人照」，一張二十塊錢，養活自己。「她們知道我是記者，我靠拍照片吃飯，她們靠青春吃飯，你也別指責我，我也不指責你，能做到這樣就行。我如實告訴她們我的目的，這對她們來說就是尊重，她們知道我不會扭曲她們。」

有人認爲他的照片「傷害」了她們，或者在「關懷」她們。「無所謂傷害也談不上關懷，」他說，「當她們認爲你也是在爲生存而掙扎的時候，咱們就是平等的了。」

六十年間他顛沛流離，臨終前住著四十五平方米的房子，騎著自行車來去，他遇上了中國紀實攝影「也許是最好的時代」，他也知道選擇這條路就是「選擇了貧困」。看到他臨終前的照片，我心裡不能平靜。他像他拍攝的人一樣，承受命運施加於自己的一切，不粉飾，也不需要虛浮的憐憫。

生和死，苦難和蒼老，都蘊涵在每一個人的體內，總有一天我們會與之遭逢。

我們終將渾然難分，像水溶於水中。

第六章 沉默在尖叫

我站在安華的家門口。院子裡碼放著幾百只空酒瓶子，一半埋在骯髒的雪裡，全是她丈夫留下的。臥室三年沒有人住了。大瓦房，窗戶窄，焊著鐵條，光進不來，要適應一會兒，才能看見裂了縫的水泥牆。綠色緞面的被子從出事後就沒有動過，團成一團僵在床上。十幾年間，這曾經是一個男人和一個女人生活最隱秘的地方。所有的事情都發生在這裡。

她從不反抗，直到最後一次。

她刺了他二十七刀。卷宗裡說，地上、牆上全是血跡。員警說，死者死的時候還被繩子捆著，「渾身是血，血肉模糊。很多殺人案件，都是一刀致命，像這樣的情況，確實不多見」。他說死者眼睛睜得很大，臉上都是「難以相信」的表情。

風聲讓空屋子聽上去像在尖叫。

在「東方時空」時，我看過法學會的一份報告，各地監獄女性暴力重犯中，殺死丈夫的比例很高，有的地方達到百分之七十以上。每一個數字背後都是人——男人，死了；女人，活著的都是重罪：死緩、死緩、無期、無期、無期、無期……

人是一樣的，對幸福的願望一樣，對自身完整的需要一樣，只是她生在這兒，這麼活著，我來到那兒，那麼活著，都是偶然。萬物流變，千百萬年，誰都是一小粒，嵌在世界的秩序當中，採訪是什麼？採訪是生命間的往來，認識自己越深，認識他人越深，反之亦然。（席鳴　攝）

這是我心裡幾年沒放下的事。

做完《雙城的創傷》後，我有一個感覺，家庭是最小的社會單元，門吱呀一聲關上後，在這裡人們如何相待，多少決定了一個社會的基本面目。

家庭是人類生活最親密的部分，為什麼會給彼此帶來殘酷的傷害？這是個很常規的問題。但愛倫堡說過：「石頭就在那兒，我不僅要讓人看見它，還要讓人感覺到它。」

我想感覺到人，哪怕是血肉模糊的心。

但安華想不起殺人的瞬間了。「五年了，我也一直在想，但想不起來。」她說，四方臉上都是茫然。

她穿著藍白相間的囚服，一只眼睛是魚白色，是出事前幾年被丈夫用酒瓶砸的，啤酒流了一臉，「瓶子砸在眼睛上爆炸了，一下就扎進去」，眼珠子好像要掉下來了。

她當時沒有還手。

她被打了二十年，忍了二十年。她說不知道最後怎麼會動手殺人，那二十七刀是怎麼砍下去的，一片空白。「我可能是瘋了。」她說得很平靜。她在法庭上沒有為自己作任何辯護。

村子裡七百多人聯名請求法院對她免於處罰，死者的母親就住在緊挨著他們臥室的房間裡，八十多歲了，為她求情：「她是沒辦法了，沒辦法了呀。」

我問：「他打過您麼？」

老人說：「喝醉了誰也不認，一喝酒，一喝酒就拿刀，成宿地鬧。」

小豆用鐵棍把丈夫打死了，打在腦袋上，就一棍，他連擋都沒擋，大概根本沒想到。

她被判死緩，已服刑八年，但她始終不相信他死了。

她有一張尖細的青白色的臉，眼睛微斜，一邊說一邊神經質地搖著頭：「他不會死的。」

我愣住了：「什麼？」

她說：「他還沒把我殺死。我死了他才能死。我沒死他怎麼能死呢？所以我不相信他會死的。」

她十五歲時嫁給他，相親的時候，他瞪著眼睛看著她：「你嫁不嫁？」她從第一眼就害怕他：「一回到家他就好像審你似的。他不允許我跟任何男人說話，和女的說話也不行，我自己的家人都不允許，老擔心別人挑唆我不跟他過。他就會對我動手。」

「用什麼打？」

「皮帶，鞋底子。不聽話把你綁起來，拿皮帶『溜』。」

皮帶抽在光的皮膚上，噗的一聲，她被吊著，扭著身子儘量讓他打在背上，儘量不叫，怕別人聽見羞恥。他從不打她的臉，打得很冷靜，反正夜還長，噗，噗噗。

結婚八年，她從來沒穿過短袖衣服，不能讓別人看見身上的傷，她最怕的不是打，而是不知道什麼時候來。晚上睡著睡著，脖子一冰，是他把刀子放在她脖子上，揪著她的頭髮往後拉，把整個脖子露出來，她只能盯著屋頂，叫不出來，不斷咽著口水，等著他會不會割下來。「要不就突然給你一瓶子藥，喝吧。」

「都不爲具體的事情嗎？」我問。

「他說你別管爲什麼，因爲你長大了，你死吧。」

她抬起恍惚的眼睛，問我：「我長大了就該死嗎？」

有一個問題，在我心裡動。攝像機後面有男同事，我猶豫了一下，它還是頂上來了：「在你跟他結婚的這些年裡，你們的夫妻生活是正常的嗎？」

「太痛了，我不想說。」

「別問我這個，我心痛。」

十幾個人，回答幾乎一模一樣。

跟我們一起去調查的陳敏是從加拿大回來的醫學專家，說她接觸的所有以暴制暴的婦女，「沒有例外，每一個都有性虐待」。這種虐待最讓人受不了的不是身體的傷害，燕青說：「他侮辱我。」

我不想問細節，只問：「用很卑劣的方式嗎？」

「是。」她雙眼通紅。

說到這兒，她們哭，但哭的時候沒有一點聲音。這種無聲的哭泣，是多年婚姻生活挫磨的結果，十年之後，即使想要放聲大哭，也哭不出來。

「這些女人太笨了，弄一壺開水，趁他睡著，往他臉上一澆，往後准保好。」有人說。

我中學的時候，學校附近有個小混混，他個子不高，看人的眼光是從底下挑上來的。每天下晚自習的時候，他都在路口等著我，披一件棉軍大衣，就在那兒，路燈底下，只要看見一團綠色，我就知道，這個人在那兒。

我只能跟同桌女生說這事。她姓安，一頭短髮，說她送我回家。

「你回去。」他從燈下閃出來，對她嬉皮笑臉。

「我要送她回家。」

「回去。」他換了一種聲音，像刀片一樣。我腿都木了。

「我要送到。」她沒看他，拉著我走。一直送到我家的坡底下，她才轉身走。大坡很長，走到頭，我還能聽到她遠遠的口哨聲，她是吹給我聽的。

長大成人後，我還夢到這個人，跟他周旋，趁他坐在屋子裡我跑了，還冷靜地想，跑不過他，決定躲在大門的梁上，等著他追出去。他跑出來找我，眼看就要從門口衝出去了，但是，腳步忽然放慢了，我看到他站住了，就在我的下方，他的眼光慢慢從底下挑上來。

他馬上就要看到我了，我甚至能看到，他嘴角浮現的那一縷笑。

我全身一震，醒了過來。一個沒當過弱者的人，不會體會到這種恐懼。

採訪的十一個殺夫女犯中，只有一位沒有說殺人的原因。我去她娘家。她姐把我拉到一邊，遲疑再三，對我說：「你不要問了，她不會說的……她爲什麼要殺他？因爲出事那天，他赤條條去了兩個女兒的臥室。」

「什麼？」

她姐緊緊地扯我衣服：「不要，不要出聲。」回身指給我看臥室門上，深綠色的荷葉扣像是被撕開了，只剩一個螺絲掛著，懸在門框上。「這是那個人撞壞的，他把我……」她沒說下去，如果不是這個傷口一樣的荷葉扣，和這個四十多歲的女人臉上慘傷羞恥的表情，我很難相信這是現實。

院子裡，上百只翠綠的酒瓶子直插在深灰的髒雪裡，烏黑的口森森朝上，是這個男人曾存在的證據。

這些女人結婚大都在七十年代，沒受過教育，沒有技能，沒有出外打工的機會，像栽在水泥之中，動彈不得。安華也求助過村書記，村裡解決這件事情的方式是把她丈夫捆在樹上打一頓，但回家後他會變本加厲地報復，別人不敢再介入。婦聯到了五點就下班了，她只能帶著孩子躲在家附近的廁所裡凍一夜。

全世界都存在難以根除的家庭暴力，沒有任何婚姻制度可以承諾給人幸福，但應該有制度使人可以避免極端的不幸。

在對家庭暴力的預防或懲戒更爲成熟的國家，經驗顯示，百分之九十以上的家暴只要第一次發生時干預得當，之後都不再發生。警方可以對施暴者強制逮捕，緊急情況下法官可以依據單方申請發出緊急性保護令，禁止施暴者實施暴力或威脅實施暴力，禁止他們聯絡、跟蹤、騷擾對方，不得接近對方或指定家族成員的住所、工作地點以及一切常去的地方，這些政策向施暴者傳達的信號是：你的行爲是社會不能容忍的。

但直到我們採訪時，在中國，一個男人仍然可以打一個女人，用刀砍她的手，用酒瓶子扎她的眼睛，用槍抵住她的後背，強暴她的姐妹，毆打她的孩子。他甚至在眾人面前這樣做，不會受到懲罰——只因爲他是她的丈夫。

人性裡從來不會只有惡或善，但是惡得不到抑制，就會吞吃別人的恐懼長大，尖牙啃咬著他們身體裡的善，和著一口一口的酒咽下去。最後一夜，「血紅的眼睛」睜開，人的臉也許在背後掙扎閃了一下，沒有來得及尖叫，就在黑色的漩渦裡沉下去了，暴力一瞬間反噬其身。

她們都說：「最後一天，他特別不正常。」

小豆說：「好像那天晚上不把我殺死，他絕不罷休。」

「你怎麼感覺出來的？」

「因爲他看著表呢。」

「這個動作怎麼了？」

「給我一種感覺就是，他在等時間。那時候我記得特清楚，四點五十，天快亮了。他說：嗯，快到五點了。他說你說吧，你自己動手還是我來動手？」

「你那天晚上看他的眼睛了嗎？」

「我看了。他的眼睛都發直了，血紅血紅的，一晚上了。」

她有過一個機會逃掉，拉開門想逃到娘家去，被他用刀抵著後背押了回來。她把心一橫：「是不是我死了就算完了？」

他說：「你姐姐、你父母、孩子，我一塊兒炸了他。」

「我當時想，我一條命還不夠嗎？我跟他生活了八年，還不夠嗎？我就順手抄起棍子打了他。」就這一下，她都不知道自己使了多大勁兒。打完之後，小豆不知道他死了：「我說怎麼出血了呢？我還擦了擦。」

她擦完血，抬頭看了看表，對倒在床上的人說：「眞到點了，五點了。你睡吧，我上法院跟你離婚。」她就抱著孩子走了，後來，她是在法院門口被抓住的。

「你這麼多年來反抗過嗎？」我問她。

「沒有，從來沒有反抗過。這是最後一次也是第一次。」

燕青拿起的槍是她丈夫的，他在一家煤礦當私人保鏢。

他喜歡玩槍，有次子彈沒拿好，有幾顆掉在地上。他撿起了一顆，上了膛，拿槍口指一指她：「我喊一二三，你撿起來。」她懷孕七八個月了，扶著肚子，半彎著，把沙發底下的子彈一粒一粒撿起來。他端著槍，對著她的背。她說：「我認爲他肯定會開槍的，我覺得我馬上就會聽見槍響。」

他要她生個兒子，「他說他的老闆沒兒子，我們錢沒有他多，我們一定要有個兒子氣氣他。他明確地跟我說，咱們要生一個女兒就掐死她吧。我說那是畜生幹的事兒。」她生了個女兒。第二天，「屋裡很暗很暗，就一個小紅燈泡。他說你給我五分鐘的時間。他的神情很古怪」。

「什麼神情？」

「我說不出來，我就感覺我和孩子都完了。他衝著孩子眞去了。我就拽他，我拽他，他把我一下子打一邊了。我看他的手衝孩子的脖子去了，我就拿起了槍，我就給了他一槍。」

她說這種情況下，沒有第二個選擇。

「你的判決結果是什麼？」

「無期。」

「無期的意思就是你的一輩子？」

「爲了我孩子，我死我也值。」

小豆的女兒今年十三歲，從她和母親在法院門口分離之後，母女倆再也沒見過。她連去一趟監獄的錢都沒有。除了逮捕證上，她媽媽也沒有照片，她說想不起來她媽什麼樣子。

我蹲在她面前說：「我見過你媽媽，你長得跟她很像。」

她尖細的小臉微微笑，眼睛略有一點斜，有點害羞又高興。

外婆拉住孩子的手遞給我：「是啊，跟她一模一樣。俺這孩子寃啊。手裂得，你看手凍得，這個手凍得都流血。我啥也不要求，我就要求她早點回來，管她孩子，到我死的時候能給我跟前送個靈就行了。中不？我啥也不要求。」

我不知道該說什麼。

「中不？」她們一老一小兩只手都放在我手裡，搖著。

我蹲在那兒，無法作答。

她的聲音越來越顫抖。我突然有點害怕：「您別激動。」

語音未落，就看見她從小板凳上向後一仰。

眾人亂作一團，我下意識攔住想抬她的人，在她的外衣內兜裡亂翻，摸出一個小瓶，是速效救心丸，塞了五粒在她嘴裡。可是她已經完全無法吞咽了，最可怕的是她的眼睛，已經一點生命氣息都沒有了。

那一刻我跪在冰冷的地上，扶著她僵直的身體，心想她已經死了。

天啊。

五分鐘之後，她緩過來，被扶進了屋裡。

她的孫女很冷靜：「我姥姥經常這樣的。」

「發作的時候你怎麼辦？」

「去找鄰居。」十三歲的小女孩說。

死去的男人，失去自由的女人，留下的就是這樣的老老少少。寒冬臘月，連一塊燒的煤都沒有，沒有錢買。老人病了就躺在床上熬著，孩子們連院門都不出，不願意見人。我們能做的，只是去監獄拍攝時，讓孩子去見媽媽一面。

找了很久才找到安華的兒子。他十九歲，終日不回家，也不說自己吃睡在什麼地方，零下二十多度，沒有外套，穿一個袖口脫線髒得看不出顏色的毛衣，坐在台階上，頭髮蓬亂，恍恍惚惚。

「你爲什麼不回家？」我問。

「回家想俺媽，你讓俺媽回來吧。」

又是這句話。

我帶他們去了探視室。兩個孩子看見穿著囚服的媽，老遠就哭了，一邊走一邊像娃娃一樣仰著臉喊「媽，媽」。

女警過來敲一敲玻璃：「坐下，拿起電話說。」

女兒說：「媽，媽，我們聽你話，你早點回來啊。」

「我知道，我知道你哥哥挺內向，什麼事也不敢說，不敢做的。」

兒子把頭扎在胳膊裡，哭得抬不起頭，女兒對著電話喊：「媽，他說天天想你，他整夜睡不著覺，他說俺出去找你去，他說去找你，他說他想你。」

媽媽把手往玻璃上拍：「傻孩子啊，你上哪兒找媽媽啊？我知道媽媽需要你，你也需要媽媽。」

兒子把頭磕在玻璃上：「媽，你不要哭了。」

媽說：「不管咱再苦再難，咱要堅持下去，熬下去，聽見了沒？」

兒子說：「聽見了。」

旁邊的女警背過身，用警服的袖子擦了下眼。

每年的三八婦女節，這些女犯中或許有人可以因爲平時表現良好而得到減刑，那樣有生之年也許能夠看著孩子長大，小豆對我說，她熱愛這個節日，「但是，一年，爲什麼只有一個三八節呢？」

我想瞭解這些死去的男人，但是每家的老人都燒毀了跟死者有關的照片。從沒人跟孩子們談起父親，被母親殺死的父親。

我問孩子：「有想過他嗎？」

「有。」

「想念什麼呢？」

「他笑的時候……他給你一個微笑的時候，簡直就像把世界都給了你的那種感覺。」

她臉上的傷痕，是父親用三角鐵砸的，就在鼻梁和眼睛之間。

我找到了小豆丈夫的哥哥，問他有沒有弟弟的照片。這個男人歎口氣，從門後邊拽出一把笤帚，舉起來，往中間那根粗房梁上一掃。飄下一張身份證，他拿抹布擦一下遞給我，眼睛一濕：「看吧，八年啦，沒捨得扔，也不想看。」

我很意外，這不是張凶惡的臉，這是一個看著甚至有點英俊的男人，笑容可掬。

我問安華的孩子：「你知道你爸爸爲什麼會這樣總是喝酒，總是打人嗎？」

「不知道。」

「這個世界上有人瞭解他嗎？」

「唉，不知道他。」

「你覺得他除了暴力之外，有沒有其他能跟別人交流的方式？」

「喝酒。」

他們幾乎都是村子裡最貧窮的人，幾乎都酗酒，喝的時候咒罵賺了錢的人，回家打老婆孩子。有人說：「這些人，只是農村的失敗者，城市裡沒有。」

二〇〇〇年我在湖南衛視時，主持過一個「年度新銳人物」的評選，「瘋狂英語」的創始人李陽當選，節目散後，他在大巴車給滿車人講笑話，內容不記得了，但車內大笑的活力和氣氛還記得。十一年後，他的美籍妻子Kim在網上公開遭受家庭暴力的照片：體重九十公斤的李陽騎坐在妻子背上，揪著她的頭髮，在地上連續撞了十幾下，頭部、膝部、耳朵多處挫傷。

當天他們爭吵很久，Kim是美國人，原來是「瘋狂英語」的美方總編輯，結婚後在北京帶著三個女兒，兩年來她的駕駛執照過期，教師執照作廢，母親在美國病了，要帶孩子回去探望，但李陽全國各地演講，說他沒時間陪著她辦手續：「我一個月只回來一兩天，不可能辦好這些事情。她覺得我不能感受她的感受，我在外面這麼跑，冒生命危險，女人應該隱忍一點。」

「這個說法是不是太大男子主義了?」

他打斷我：「大男子主義也是這個文化給我的，不是我自己要大男子主義。」

吵了數小時後，他大喊「閉嘴」。Kim說：「我生活中所有的東西都是你控制，你不能讓我閉嘴。」李陽說：「我當時想我就不能讓她有反抗，我要一次性把她制服。」他抓住她頭髮摁在地上時，喊的是「我要把一切都了結了」，說如果再嚴重一點，「我可能會殺了她」。

「坦白地說，那一瞬間是人性的惡?」我對李陽說。

「是，人性的魔鬼，」他眼睛避開了，瞇起來看向旁邊，又瞥向下方，「魔鬼完全打開了。」

Kim之前一直不接受媒體訪問，老范把女子監獄調查的節目視頻發給她，她看完同意了。「我不知道在中國有那麼多的女人這樣活著，如果我沉默，將來也無法保護我女兒。」

片子裡我問過這些女犯：「你們在法庭陳述的時候，有沒有談到你們承受的家庭暴力？」

每個人都說：「沒有。」

沒有人問她們。

有女犯接受檢察官訊問的時候，想要說說「這十幾年是咋過的」，檢察官打斷她：「聽你拉家常呢？就說你殺人這一段！」

Kim被打後曾去報警，有位男性以勸慰的口氣說：「你知道，這兒不是美國。」她說：「我當然知道，但肯定在中國有法律，男人不能打女人。」他說：「是啊，你說得對，男人不能打女人，但老公可以打老婆。」

李陽曾經在一個電視綜藝節目上說過二女兒脾氣不好，因爲「可能她媽媽懷孕的時候我打過她」，他做了一個抽耳光的動作，在場幾位嘉賓呵呵一笑過去了，鏡頭前一個女學生對他說：「你能影響這麼多人，在家庭裡犯這麼一點點錯，Kim老師也會原諒你。」

三十年前，「受虐婦女綜合症」在北美已經從社會心理學名詞成爲一個法律概念，只要獲得專家鑒定就可以獲得輕判甚至無罪釋放，但這在中國還不被認同。在女監片子的開頭和結尾，老范用了同一組鏡頭，鏡頭搖過每個女犯，她們說自己的刑期：「無期，死緩，十五年，十五年，十五年……」

有人已經被執行了死刑。

Kim說：「我有錢，我可以回美國，這些女人呢？她們沒有路了。」

李陽說他對家庭的理解是「成功，一定是唯一的標準」。

「不是愛嗎？」我問。

「眞正的愛是帶來巨大的成功。」他公開在媒體上說不愛妻子，結婚是爲了「中美教育的比較」，想把孩子作爲英語「瘋狂寶寶」的標籤，是教育的實驗品，他說：「那才是普度眾生，一個小家庭能跟這個比麼？」

我問他：「你跟你父母之間有過親密的感覺嗎？」

「沒有，從來沒有，我還記得在西安工作的時候我爸爸說，今天晚上就跟我睡一起吧。嚇死我了，跟他睡一個床上，我寧可去死。斷了，中間斷掉了。」

李陽四歲才從外婆身邊返回與父母生活，一直到成年，都無法喊出「爸」、「媽」。傳統家庭中的父母工作忙，對孩子嚴厲，他說小時候聽得最多的詞是「笨蛋」、「豬」。他童年口吃，懦弱到連電話響都不敢接，少年時期在醫院接受治療時，儀器出了故障燙傷皮膚，他忍著痛不敢叫出聲來，一直到被人發現，臉上存疤至今，說：「自卑的一個極端就是自負，對吧？中國也是這樣，中國是一個自卑情結很重的國家。所以自卑的極端是自負。」

長大成人時他想強制性地解除這個自卑，以「瘋狂英語」的方式勒令自己當眾放聲朗誦，在後期，發展到讓學生向老師下跪，鼓動女生剃髮明志，率領數萬名學生高喊「學好英語，占領世界」、「學好英語，打倒美帝國主義」。

我說這已經不只是學習方法，「你提供的是很強硬的價值觀。」

他說：「強硬是我以前最痛恨的，所以才會往強硬方面走。因爲我受夠了懦弱。」Kim說，在每次機場登機的時候，李陽一定要等到機場廣播叫他名字，直到最後一遍才登機，這樣「飛機上的人會知道他的存在」。

我問過安華：「你丈夫自己是施暴者的時候，你覺得他是什麼感覺？」以爲她會說，是宣洩的滿足。結果她說：「他總是有點絕望的感覺。」

小豆說：「有一次看電視突然就問，你愛我嗎？我說什麼叫愛啊？我不懂，我不知道。他就對你『啪』一巴掌，你說，愛我不愛？我不知道什麼叫愛。」

有時候，打完之後，他們也會摸摸這兒，看看那兒，問「疼嗎」，就是這一點後悔之色，讓女人能夠幾十年吮吸著一點期望活下來。但是下一次更狠。

安華說：「我就知道他也挺可憐的。」

「你覺得他自己想擺脫嗎？」

「當然想擺脫，因爲他說過，我也不希望這個事發生。他說我自己也控制不了我，我幹嘛非傷害別人啊。」她說，「所以我自己矛盾得不行，想離開他又離不開他。」

我問過Kim：「李陽的生命中，他跟誰親近？」

Kim怔了一下，說：「最親近的嗎？不認識的人。他站在台上，他的學生特別愛他，兩個小時後他可以走，是安全的，沒時間犯錯誤。」

李陽說每天早晨，起床後的半個小時「非常恐怖，非常害怕。覺得工作沒有意義，活著沒有意義」。他給Kim發過短信，「我揪你頭髮的時候，看到有很多白髮，就跟我的白髮一樣。」他說內心深處知道妻子的很多看法是對的：「我是尊敬她的，所以每次她指責我，我才眞的恐懼，恐懼積累了，就會以暴力的方式爆發。」

打過妻子後，他沒有回去安慰，卻主動去看望了父母，第一次帶了禮品，表示關心。我問：「這是一種下意識的心理補償嗎？」

他想了一下，說：「……是吧，是。」

「那你認爲你現在是一個需要幫助的人嗎？」

他眼睛又再眯縫起來，避開直視，忽然有點口吃起來：「我肯定需要幫助。此時此刻我需要婚姻方面的幫助，如……如……如何有效地解決抑鬱症的幫助。」

我們採訪前，Kim剛把三歲的小女兒哄睡著，這個孩子在父親毆打母親時，掙扎著往外拉父親的手，被甩開，之後一直做噩夢，哭著說：「媽媽對不起，下次我用筷子、用剪子（攔他）呢。」Kim頭搖得說不下去，想把哭聲抿住，脖子上的筋脈全都凸起。她摟著女兒，對她說：「可以恨爸爸錯誤的行爲，不要恨爸爸這個人。」

在女監的那期節目裡，零下二十度，坐在冰雪滿地的院子裡，父親死去，母親在獄中，安華的女兒小梅說：「一個人他的心再硬，也有自己心底的一角溫柔。」

「你覺得你爸爸有嗎？」

她想了很久，一字一頓地說：「有，只是還沒有被他自己發現而已。」

我看到院裡廚房的水泥牆上用紅色粉筆寫著幾個字，「讓愛天天住我家」。是她寫的，這是前一年春節聯歡晚會時一家人唱的歌。十四歲的小梅喜歡這歌，她輕唱：「讓愛天天住我家，讓愛天天住你家，擁有……擁有……擁……」她張著嘴，發不出聲音，眼淚一大顆一大顆砸在褲子上。

這些孩子會長大，他們會有自己的家庭——那會是什麼樣子？

小梅的姐姐十六歲，她說：「我再也不相信男人，他們只有暴力。」

她的哥哥從探視室離開就又走了，妹妹在身後喊「哥，哥」。

他頭也不回就走了，不知道跟什麼人在一起，睡在哪兒，吃什麼。那晚，他和母親一起用繩子把父親捆起來的，刀砍下去的時候他在現場。

他的將來會發生什麼？不知道。

我們緊接著去做下一期，流浪少年犯罪調查。

沒有完，完不了。

我和編導小仲去了登封。十幾個少年組成的盜竊團夥，領頭的十五歲，最小的十歲，都輟學，是王朔小說裡打起架來不要命的「青瓜蛋子」。

他們打架，有時是尋仇，有時是爲了掙錢，有時只是娛樂。除了刀，他們還用鐵鍊，用自製的佈滿鋼針的狼牙棒——因爲那樣傷人的時候血流出來的「效果」更好。

我問打架最狠的那個：「你不怕死？」

「不怕。」他頭一昂。

他不是不怕，他連生死的概念都沒有，所以也不會有悲憫之心。

我找到了他的父親。離異多年的他，早有了新家，從沒想過兒子在哪兒。他是個司機，開輛麵包車，車廂裡污穢不堪，擋風玻璃上濺滿了鳥屎，座位邊上滿是滾倒的翠綠啤酒瓶和空煙盒，收音機的地方是一個洞，底下是一個煙灰托，裡面的黑灰已經長時間沒倒了，栽滿了不帶過濾嘴的皺巴巴的黃煙頭。

他一邊接受採訪一邊對著瓶口喝啤酒，笑起來一口黑黃的牙：「等他回來，我捆起來打一頓就好了。」

我們去找那個十歲的男孩。到了村裡，推開那扇門，我對帶路的村支書說：「走錯了吧？這地方荒了很久了。」寒冬臘月的，院子裡都是碎瓦和雜草，房子裡的梁塌了半邊，除了一個已經被劈開一半的衣櫃，一件傢俱都沒有。

「應該就是這兒啊。」他也疑惑不定。

我們轉身往出走的時候，從門扇背後坐起一個人：「誰呀？」

小男孩就睡在門背後，靠門板和牆夾出一個角來避寒，腳邊是一只破鐵鍋，下面墊著石頭，鍋底下是燒剩下的草，連木頭都沒有，他劈不動。

他父母已經去世兩年。

「怎麼不讀書呢？」

村長說：「學校怎麼管他呀？咱農村又沒有孤兒院。」

民政一個月給三十塊，他笑了一下，「買方便麵他也不夠吃。」

「村裡不管嗎？」

「怎麼管，誰還能天天管？」村長指著鍋，「這都是偷來的。」

小男孩抱了捆柴草回來，點著，滿屋子騰一下都是煙，他低著頭，一句話不說，把手伸在那口鍋上，靠那點火氣取暖。

村長歎口氣，說：「你們中央電視台厲害，我看那上頭老有捐錢的，看能不能呼籲一下，給他捐點錢，啥問題都解決了。」

警察告訴我，他們想過送這些孩子回學校，但學校沒有能力管他們，更不願意他們「把別的孩子帶壞」。

他們流浪到城市，從撿垃圾的地方，從火車站……聚集起來，他們租了一間房子，住在一起，很快就可以像滾雪球一樣多起來。乾脆不要床，偷了幾張席夢思墊子，橫七豎八在上面排著睡。生活的東西都是偷來的，那種偷簡直是狂歡式的，在那個城市裡，不到一年的時間，他們製造了兩百多起盜竊案。十歲的那個，負責翻牆進去打開門，他們把床上的大被單扯下來，把家電裹起來，拿根棍子大搖大擺抬著出門，然後打車離開。

他們每個人有十幾個手機，打架最狠的那個男孩說：「用來砸核桃。」

「我們是小偷中的小偷。」他很得意。

白天他們在家裡看武打和破案片，「學功夫」，說整個城市裡最安全的就是他們住的這個小區：「兔子不吃窩邊草嘛。」

他們把偷當娛樂，剛偷過的人家，一天後再去偷一次，第三天，再去偷一次。

一個得不到愛、得不到教育的人，對這個社會不可能有責任感。

案子破了，他們被抓住了，但是都不到服刑年紀，全放了。

那個喝酒的父親答應我去見見孩子，見了後倒沒動手打，而是打量了一下兒子——離他上次見，過了幾年了。他好像突然知道兒子是半個成人了，上下打量一會兒，忽然把兒子攬到一邊，避開我，摟著兒子肩膀說了幾句，又打了一個電話，他們父子很滿意地對視笑一下，轉身對我說：「記者，走啦，去辦點事兒。」

那笑容讓我心裡一沉。

領頭的那個孩子，我們找了很久才找到他家，他是撿來的，養父母有了自己的孩子後，也就不再管他去哪兒了。

「能不能找點他小時候的東西我們看一下？」我問他的養母。

「都扔了。」她說得很輕鬆。

我聽著這句話，一下子理解了「拋棄」這個詞。

我不知道自己還能做什麼，我只是一個記者，採訪結束就要離開。那個父母雙亡的十歲孩子，最後一次偷竊，他分了一千多塊，回來後都給了小時候養過他的老人。採訪完我們留了些錢給村裡人照顧他，走了幾步，我回身把這孩子叫到門後，給了他一百塊錢。

「你知道阿姨爲什麼給你錢？」我輕聲問。

「知道。」他低著頭，「因爲我可憐。」

「不是，這是你勞動所得，你今天幫我們拿了很多次帶子，很辛苦，所以這是你自己掙的。我要謝謝你。」

他抬起頭，羞澀地笑了一下。

他們租過的那個房子，收拾得還算乾淨。和所有十三四歲的孩子一樣，牆上貼著明星的照片，窗台上放著整整齊齊的十幾個牙缸，他們每天早上排好隊去刷牙……他們把這個房子叫「家」。

二〇一一年，我遇到一位律師，她告訴我採訪過的女犯的消息，安華在各方幫助下，已經減刑出獄，再嫁了人。小豆在監獄裡精神失常。

二〇一〇年，中國法學會再次公佈了《家庭暴力防治法（專家建議稿）》，建議建立家庭暴力庇護場所、向家庭暴力受害人簽發保護令，這只是一個建議稿，至今仍只是全國人大法工委的預備立法項目。

在「兩會」上，我曾去找過關心此事的代表委員，擔任員警職務的男代表說，現在刑法裡已經有人身傷害的定罪了，「如果男性對女性造成人身傷害，那就按現有的法條來判，爲什麼要爲了家庭暴力再去立法？」

一位女性代表說：「家庭的事情，不可能像一般的人身傷害那樣處理。」

現場有些爭起來了：「你們這麼說，只因爲你們也是女人。」

「不是女人才關心女人，是人應該關心人。」這位女代表說。

李陽最終沒有去做心理治療，也沒有回去陪伴家人，他的時間用來接受各種媒體的採訪，準備成爲「反家暴大使」。

兩個月後，Kim申請與他離婚。

他曾經對Kim解釋說：「這是中國的文化。」

Kim說：「這不是中國的文化，人是一樣的。我覺得中國人，美國人，所有人，我們的相似之處遠多過不同，我們都愛我們的孩子，我們都需要快樂的家庭，我們都希望更好的生活。如果他的夢想眞的是讓中國更好、更國際化，我希望他能從自己做起。」

去採訪Kim前，我做完採訪提綱，合上筆記本，按習慣想一想，如果我是她，交談時還需要注意什麼。

奇怪的是，那一小會兒閉上眼的沉浸裡，我想起的卻是自己早已經忘了的事，中學時有天中午上學路上，那個小混混喝了酒，從身後把我撲倒了，磕在街邊的路沿上，我爬不起來，被一個爛醉的人壓著，是死一樣的分量。旁邊人嬉笑著把他拉扯起來，我起來邊哭邊走，都沒有去拍牛仔服上的土。我沒有跟任何人說這件事，最難受的不是頭上和胳膊上的擦傷，也不是憤怒和委屈，是自憎的感覺——厄運中的人多有一種對自己的怨憎，認爲是自我的某種殘破才招致了某種命運。

我帶了一束花給Kim。

她接過報紙包的百合花，有點意外，找了一會兒才找出一只瓶子插上，又拿出幾個大本子給我看，裡面是一家人的合影，李陽與她合作錄的英語磁帶，寫的工作便條，還有一頁，夾著某年結婚紀念日她提醒李陽買的玫瑰花——雖然是秘書買來送到的——花朵是完整的，每片葉子都用塑膠膜小心地壓平保存著，旁邊是一家人的合影。「我要記得，我當時爲什麼要這個男人。」

這些早就乾枯失血的花瓣給我一個刺激，人是一樣的，對幸福的願望一樣，對自身完整的需要一樣，只是她生在這兒，這麼活著，我來到那兒，那麼活著，都是偶然。

萬物流變，千百萬年，誰都是一小粒，嵌在世界的秩序當中，採訪是什麼？採訪是生命間的往來，認識自己越深，認識他人越深，反之亦然。做完女子監獄那期節目的年底，評論部讓每人寫一句話印在內部刊物上，代表這一年裡自己對工作的認識。我沒思量，有一句話浮上心頭，以前我會顧忌別人怎麼看，會不會太文藝腔，但這次我逕直寫了下來：「他人經受的，我必經受。」

第七章
山西，山西

海子有句詩，深得我心：「天空一無所有，爲何給我安慰。」

我出生在一九七六年的山西。小孩兒上學，最怕遲到，窗紙稍有點青，就哭著起了床。奶奶拉著手把我送一程，穿過棗樹、石榴和大槐樹，繞過大狗，我穿著奶黃色棉猴，像胖胖一粒花生米，站在烏黑的門洞裡，等學校開門。

怕黑，死盯著一天碎星星，一直到瓷青的天裡透著淡粉，大家才來。我打開書，念「神——筆——馬——良」，一頭栽在課桌上睡著，日日如此。

山西姑娘沒見過小溪青山之類，基本上處處灰頭土臉，但凡有一點詩意，全從天上來。中學時喜歡的男生路過我身邊，下了自行車推著走，說幾句話。分別之後心裡蓬勃得靜不下來，要去操場上跑幾圈，喘著氣找個地兒坐下，天藍得不知所終，頭頂肥大鬆軟的白雲，過好久笨重地翻一個身。

苦悶時也只有盯著天看，晚霞奇詭變化，覺得未來有無限可能。陣雨來得快，烏黑的雲團滾動奔跑，剩了天邊一粒金星沒來得及遮，一小粒明光閃爍，突然一下就滅了。折身跑時，雨在後邊追，捲著痛痛快快的土腥氣撲過來。

大概是一九八〇年，我和妹妹柴敏，在紡織廠的照相館裡拍下的照片。我媽在工廠的理髮店給我燙個捲毛，隔了這麼多年，腦袋上包個黃色蛇皮袋的燙熱感還有，是文明讓人不舒服的啟蒙。

二〇〇六年我回山西採訪，在孝義縣城一下車就喉頭一緊。老郝說：「哎，像是小時候在教室裡生煤爐子被嗆的那一下。」

是，都是硫化氫。

天像個燒了很長時間的鍋一樣蓋在城市上空。一眼望去，不是灰，也不是黑，是焦黃色。去了農村，村口一間小學，一群小孩子，正在剪小星星往窗戶上貼。有個圓臉大眼的小姑娘，不怕生人，搬個小板凳坐我對面，不說話先笑。

我問她：「你見過星星嗎？」

她說：「沒有。」

「見過白雲嗎？」

「沒有。」

「藍天呢？」

她想了好久，說：「見過一點點兒藍的。」

「空氣是什麼味道？」

「臭的。」她用手搧搧鼻子。

六歲的王惠琴聞到的是焦油的氣味，不過更危險的是她聞不到的無味氣體，那是一種叫苯並芘的強致癌物，超標九倍。離她的教室五十米的山坡上，是一個年產六十萬噸的焦化廠，對面一百米的地方是兩個化工廠，她從教室走回家的路上還要經過一個洗煤廠。不過，即使這麼近，也看不清這些巨大的廠房，因爲這裡的能見度不到十米。

村裡各條路上全是煤渣，路邊莊稼地都被焦油染硬了，寸草不生。在只有焦黑的世界上，她的紅棉襖是唯一的亮色。

我們剛進市區，幹部們就知道了。看見我們咳嗽，略有尷尬，也咳了兩聲，說酒店裡坐吧。酒店大堂是褐色玻璃，往外看天色不顯得那麼扎眼，坐在裡頭，味兒還是一樣大。大家左腳搓右腳，找不出個寒暄的話。

幹部拿出錢，綠瑩瑩一厚疊美金：「辛苦了。」

我跟老郝推的時候對看一眼，她衝我擠眉弄眼，我知道這壞蛋的意思，「山西人現在都送美金啦，洋氣。」後來知道，之前不少記者是拿污染報導要脅他們，給了錢就走成了個模式。

跟我們一塊去的是省環保局的巡視員，老郝叫人家「老頭兒」，這是她認為一個人還算可愛時的叫法。她低聲問老頭兒：「他們不覺得嗆啊？」老頭兒呵呵一笑：「說個笑話，前兩年這城市的市長到深圳出差，一下飛機暈倒了，怎麼救都不醒。還是秘書瞭解情況，召來一輛汽車，衝著市長的臉排了一通尾氣，市長悠悠醒了，說：『唉，深圳的空氣不夠硬啊。』」

市政府的人一邊聽著，乾笑。

市長把我們領到會議室，習慣性地說：「向各位彙報。」從歷史說到發展，最重要的是談環保工作的進展。老郝湊著我耳朵說：「他們肺眞好，這空氣，還一根煙連著一根的。」

我在桌下踢她一腳。

講了好久，市長說：「經過努力，我們去年的二級天數已經達到了一百天。」

有人呵呵笑，是老頭兒：「還當成績說呢？」

市長咧開嘴無聲地扯了下，繼續說。

我家在晉南襄汾，八歲前住在家族老房子裡，清代的大四合院，磚牆極高，朱紅剝落的梢門口有只青藍石鼓，是我的專座，磨得溜光水滑。奶奶要是出門了，我就坐在那兒，背靠著涼津津的小石頭獅子，等她回來。

一進門是個照壁，原來是朱子家訓：「黎明即起，灑掃庭除……」土改的時候被石灰胡亂塗掉了，小孩兒拿燒黑的樹枝在上頭劃字，「打倒柴小靜」。

這小孩兒是租戶的孩子，敢掏小燕子，捅馬蜂窩，唯一害怕的是老宅子後門的老井，上百年了，附近最好的水，小男孩兒隱隱知道那水有點神聖。井口都是青苔，透明的小水窪裡來喝水的蜜蜂，小腳顫抖著輕沾水面。他和我縮著頭探一探，適應一小會兒那股黑暗，看到沿井壁挖出的可站腳的小槽，底下深深處，一點又圓又涼的光亮。

北廈有兩層，閣樓不讓上去，裡頭鎖著檀木大箱子，說有鬼。我們不敢去，手腳並用爬上樓梯往裡看一眼，老太陽照透了，都是陳年塵煙。小孩兒總是什麼都信，大人說這房子底下有財寶，我們等人中午都睡著了，拽著小鏟子，到後院開始挖坑，找裝金元寶的罐子。

一下雨就沒法玩了，大人怕積水的青磚院子裡老青苔滑了腳。榆木門檻磨得粗糲又暖和，我騎坐在上頭，大梁上燕子一家也出不去，都呆呆看外頭，外頭槐綠榴紅，淋濕了更鮮明。我奶奶最喜歡那株石榴樹，有時別人潑一點水在樹根附近，如果有肥皂沫，她不說什麼，但一定拿小鏟鏟點土把皂水埋上，怕樹傷著。

等我長大，研究大紅頂梁上的金字寫的是什麼，我爸歪著頭一顆字一顆字地念：「清乾隆四十五年國學生柴思聰攜妻……後面的看不清楚了……」

一七八〇年的事兒，這位是個讀書人嗎？還是個農民，販棉花掙點錢所以捐個國學生？……大人也不知道，說土改的時候家譜早燒了，只留了一幅太爺爺的畫像，他有微高的顴骨。我爸這樣，我也這樣。

王惠琴的村子比我家的還早，赭紅色的土城門還在，寫著「康熙年間」建造，老房子基本都在，青色磚雕繁複美麗，只不過很多都塌落地上，盡化爲土。

村子的土地都賣給了工廠，男人們不是在廠裡幹活，就是跑焦車。王惠琴媽媽抱著一歲多的小弟弟坐在炕上，小孩子臉上都是污跡。她不好意思地拿布擦炕沿讓我們坐：「呀，擦不過來，風一吹，灰都進來，跟下雨一樣。」小孩子一點點大，我們說話的時候他常咳嗽。他媽摟緊他，說沒辦法，只能把窗關緊。

往外看，只能看到焦化廠火苗赤紅，風一刮，忽忽流竄，村裡人把這個叫「天燈」，這個村子被五盞天燈圍著。按規定所有的工廠都得離村子一千米外，但廠子搬不了，離村近就是離路和電近——煤焦的比重占到這城市GDP的百分之七十——它要衝「全國百強縣」，領導正在被提拔的關口上。

只能村民搬，「但是搬哪兒去呢？」這媽媽問我。這個縣城光焦化項目就四十七個，其中違規建設的有三十八個，符合環境標準的，沒有。村裡有個年輕人說：「不知道，只想能搬得遠一點，不聞這嗆死人的味兒就行。」

有個披黑大衣的人從邊上過來，當著鏡頭對著他說：「說話小心點，工廠可給你錢了。」年輕人說：「那點錢能管什麼？你病了誰給你治？」吵起來了。

黑大衣是工廠的人，我問他：「你不怕住在這兒的後果？」他說：「習慣了就行了，人的進化能力很強的。」我以爲他開玩笑，看了看臉，他是認真的。

「你的孩子將來怎麼辦？」

「管不了那多。」

焦化廠的老總原本也是村民，二十年前開始煉焦。有幾十萬噸生產能力的廠，沒有環保設施。

他對著鏡頭滿腹委屈：「光說我環保不行，怎麼不說我慈善啊？這個村子裡的老人，我每年白給他們六百塊錢，過年還要送米送麵。」他冷笑：「當兒子都沒有我這麼孝順。」

「有人跟你提污染嗎？」

他一指背後各種跟領導的合影：「沒有，我這披紅掛綠，還遊街呢。」掌管集團事務的大兒子站最中間，戴著大紅花，被評爲省裡的優秀企業家。

晚上老頭兒跟市領導吃飯。

「說實話，都吵環保，誰眞敢把經濟停下來？」書記推心置腹的口氣。

「你的小孩送出去了吧，在太原？」老頭兒悠悠地說。

書記像沒聽見一樣：「哪個國家不是先發展再治理？」

老頭兒說：「這麼下去治理不了。」

「有錢就能治理。」

「要不要打個賭？」老頭兒提了一下一直沒動的酒杯。

沒人舉杯。

王惠琴家附近那條河叫文峪河。

「這還是河嗎？」我問老頭兒。

他說得很直接：「你可以把它叫排污溝。」河水是黑色的，蓋著七彩的油污，周圍被規劃為重工業園區，焦化廠的廢水都直接排進來。這條河的斷面苯並芘平均濃度超標一百六十五倍。

文峪河是汾河的支流，我就在汾河邊上長大。我奶奶當年進城趕集的時候，圓髻上插枚碧玉簪，簪上別枚銅錢，是渡船的費用。我爸年輕時河裡還能游泳，夏天沼澤裡挖來鮮蓮藕，他拿根筷子，扎在藕眼裡哄我吃，絲拉得老長。

我小學時大掃除，用的大掃帚舉起來梆梆硬，相當扎手吃力，是蘆葦的花絮做成的，河邊還有明黃的水鳳仙，丁香繁茂，胡枝子、野豌豆、白羊草……藍得發紫的小蝴蝶從樹上像葉子一樣垂直飄下來，臨地才陡然一翻。還有蟋蟀、螞蚱、青蛙、知了、蚯蚓、瓢蟲……吃的也多，累累紅色珠子的火棘，青玉米稈用牙齒劈開，嚼裡面的甜汁。回家前挖點馬莧菜拿醋拌了，還有一種灰白的蒿，回去蒸熟與碎饅頭拌著蒜末吃，是我媽的最愛。最不濟，河灘裡都是棗樹，開花時把鼻子塞進米黃的小碎蕊裡拱著，舔掉那點甜香，蜜蜂圍著鼻子直轉，秋天我爸他們上樹打棗，一竿子掄去，小孩子在底下撿拾，叮叮噹噹被鑿得痛快。

風一過，青綠的大葉子密密一捲，把底下的腥氣帶上來，蛙聲滿河。表姐把塑膠袋、破窗紗綁到樹杆上下河抓魚，我膽小不敢，小男孩在我家廚房門口探頭輕聲叫「小靜姐，小靜姐」，給我一只玻璃瓶，裡頭幾只黑色小蝌蚪，細尾一蕩。

河邊上從這個時候，開始蓋紡織廠、紙廠、糖廠、油廠……柏油路鋪起來，姐姐們入了廠工作，回來拿細綿線教我們打結頭，那時工廠有熱水澡堂，帶我們去洗澡，她們攬著搪瓷盆子衝著看門男子一點頭，笑意裡是見過世面的自持。紡好的泡泡紗做成燈籠袖小裙子，我穿件粉藍的，我妹是粉紅的，好不得意。

我媽在工廠的理髮店給我燙個捲毛，隔了這麼多年，腦袋上包個黃色蛇皮袋的燙熱感還有，是文明讓人不舒服的啓蒙。

人人都喜歡工廠，廠門前有了集市，熱鬧得很，大喇叭裡翻來滾去唱「甜蜜的生活，甜蜜的生活，無限好囉喂……」聲震四野。有露天電影，小朋友搬小板凳占座位，工廠焊的藍色小鐵椅，可以把紅木板凳擠到一邊去。放電影之前常常會播一個短紀錄片，叫《黃土高原上的綠色明珠》，說的是臨汾。我媽帶我們姐妹去動物園時，每次都要提醒「電影裡說了，樹上柿子不能摘，掉下來也不要撿，這叫花果城」。

紙廠的大水泥管子就在河邊上，排著冒白沫子的黃水，我媽說這是鹼水，把東西泡軟了才能做紙。小朋友一開始還拿著小杯子去管子口接著玩，聞一下齜牙咧嘴跑了，本能地不再碰。

河變難看了，但我還是跟河親。跟表姐妹吵了架，攥著裝零錢的小藥盒出走，在河灘上坐著，看著翻不起浪的黃泥水。大人都講，小孩子是從河裡漂過來的，我滿腹委屈，到河邊坐著等，河總有個上游，往那個方向望就是個念想，怎麼還不來接我？

我上中學後，姐姐們陸續失業。之後十年，山西輕工業產值占經濟總量的比例從將近百分之四十下滑到百分之六。焦化廠、鋼廠、鐵廠……托煤而起，洗煤廠就建在汾河岸上。我們上課前原來還拿大蒜擦玻璃黑板，後來也頹了，擦不過來，一堂課下來臉上都是黑粒子。但我只見過托人想進廠的親戚，沒聽過有人抱怨環境——就像家家冬天都生蜂窩煤爐子，一屋子煙也嗆，但爲這點暖和，忍忍也就睡著了。

我父母也說，要沒有這些廠，財政發不了工資，他們可能攢不夠讓我上大學的錢。

河裡差不多斷流了，只有一點水，味兒也挺大。兩岸還有些蒿草，鳥只有麻雀了，河邊常看到黑乎乎的火燼裡一些皮毛腳爪，是人拿汽槍打了烤著吃。但我們這些學生還是喜歡去河邊——也沒別的野地兒可去，河邊人跡少，男女生沿河岸走走，有一種曲折的情致，不說話也是一種表達。

回憶高中最後一段，好像得了色盲症，記憶裡各種顏色都褪了，雨和雪也少了，連晚霞都稀淡一縷。坐在我爸自行車後面過橋時，每次我都默數二十四根橋柱，底下已經沒什麼水可言，一塊一塊稠黑泥漿結成板狀，枯水期還粘著一層厚厚的紙漿。河灘的棗樹上長滿病菌一樣的白點子，已經不結棗了。後來樹都砍了。但我晃蕩著雙腿，還是一遍遍數著欄杆，和身邊的人一樣沒什麼反應，生活在漠然無所知覺中。

「山西百分之六十的河都是這樣，」老頭兒說，「想先發展，再治理？太天真了。」

我問：「如果現在把污染全停下來呢？」

「挖煤把地下挖空了，植被也破壞了，雨水涵養不住。」

「你是說無論如何我都看不見汾河的水了？」

他看我一眼：「你這一代不行了。」

「這並不是最要緊的，要緊的是現在已經出現地下水污染了，」他說，「就你們家那兒。」污染物已經從土壤中一點一點地滲下去，一直到幾百米之下。

我覺得，不會吧，這才幾年。

但採訪完忽然想起一事，我媽常掰開我和我妹的嘴歎氣：「我和你爸牙都白，怎麼你倆這樣？」我倆只好面面相覷，很不好意思。

老頭兒這麼說，我才想起，搬家到小學家屬樓後，我家自來水是鹹苦的，難以下嚥，熬粥，粥也是鹹的。家家都這樣。像喝鐵釘一樣。後來查了一下，可不是，「縣城水的礦化度高，含氯化物、硫酸鹽、鐵」。

到現在，自來水也只能用來洗涮，東山裡的村民挑了深井水，或者在三輪車焊一個水箱，拉進城，在窗戶底下叫賣「甜水」。我媽買了紅塑膠桶，兩毛錢一桶，買水存在小缸裡，用這種水熬米湯，才能把綠豆煮破。

我想我們姐倆是不是枉擔了多年虛名，問我爸，他哼哼哈哈不理我這辯解，有天終於恍然大悟：「搞不好眞是氟中毒，這幾年趙康鎮的氟骨病患者多起來了，牙都是黃的，骨頭都是軟的，腿沒法走……」

我上網查水利局資料，發現襄汾是重氟區——有二十四萬人喝的水都超標，全縣的氟中毒區只分佈在「汾河兩岸」，在術語裡，這叫「地帶性分佈」，也就是說，用受工業污染的河水灌溉，加上農藥化肥濫用，造成土壤中的氟向地下水滲透。

河邊的洗煤廠是外地人開的，掙幾年錢走了，附近村長帶著幾位農民專門到北京來找過我，問能不能再找些專案，被焦油污染的地沒辦法復墾了，每煉一噸土焦，幾百公斤污染物，連著矸石、岩石、泥土，露天在河邊堆著，白天冒煙，晚上藍火躥動，都是硫化氫。我們二○○六年見過五層樓高的堆積，有人走路累了在邊上休息，睡過去，死了。

現在這些焦廠已經被取締，老頭兒說：「但今後幾百年裡，每次降雨後，土壤中致癌物都會向地下潛水溶入一些。」

我聽得眼皮直跳。

我一九九三年考大學離開山西，坐了三十多小時火車到湖南，清晨靠窗的簾子一拉，我都驚住了，一個小湖，裡頭都是荷花——這東西在世上居然眞有？就是這個感覺。孩子心性，打定主意不再回山西。就在這年，中國放開除電煤以外的煤炭價格，我有位朋友未上大學，與父親一起做生意，當時一噸煤十七塊錢，此後十年，漲到一千多塊錢一噸。煤焦自此大發展，在山西占到GDP的百分之七十，成爲最重要支柱產業。

二〇〇三年春節我從臨汾車站打車回家，冬天大早上，能見度不到五米。滿街的人戴著白口罩，鼻孔的地方兩個黑點。車上沒霧燈，後視鏡也撞得只剩一半。瘦精精的司機直著脖子伸到窗外邊看邊開，開了一會兒打電話叫了個人來，「你來開，我今天沒戴眼鏡。」

我以爲是下霧。

他說，嗐，這幾天天這樣。

我查資料，這霧裡頭是二氧化硫、二氧化氮和懸浮的顆粒物。臨汾是盆地，在太行山和呂梁山之間，是個S形，出口在西南方向，十分封閉，冬季盛行西北風，污染物無法擴散，全窩在裡頭了。

回到家，嗓子裡像有個小毛刷輕輕掃，我爸拿兩片消炎藥給我，說也沒啥用，離了這環境才行。他跟我媽都是慢性鼻炎，我媽打起噴嚏驚天動地，原先還讓我爸給她配藥，後來也隨便了：「你沒看襄汾這幾年，新兵都驗不上麼，全是鼻炎、支氣管炎。」

我爸是中醫，他退了休，病人全找到家裡來，弄了一個中藥櫃子，我跟我妹的童子功還在，拿個小銅秤給他抓藥，我看藥方是黃芪、人參、五味子……

「都是補藥啊？」我看那人病挺重的樣子。

我爸跟我說：「這些病是治不好了，只能養一養。」補了句：「十個，十個死。」

我吃一驚，說什麼病啊？

「肺癌、肝癌、胃癌……都是大醫院沒法治了，來這兒找點希望的。」

他說了幾個村子名，病人多集中在那裡，離河近，離廠近，他問了一下，都是農民，直接抽河裡水澆地吃糧，「這幾年，特別多」。

我問我爸：「不能去找找工廠？」

「找誰呢？河和空氣都是流的，誰也不認。」

二〇〇六年採訪孝義的市長，他白皙的四方臉，西裝筆挺，不論什麼問題，總能說到市裡的整頓措施。我問：「這個城市付出了沉重的代價，現在回頭來看的話，這個代價是不可避免的嗎？」

市長說：「這個代價是慘痛的。」

我問：「是不可避免的嗎？」

市長說：「這個代價是慘痛的。」

我再問：「是不可避免的嗎？」

市長端起杯子喝口水，看著我：「政府對於焦化，始終是冷靜的。我們採取措施之後呢，後面的這股勁我們給壓住了。」

「壓住了？」我問，「壓住了還會有這麼三十多個違規項目上來嗎？」

「因爲當時有個投資的狂熱，他們都想做這個事，市場形勢特別好。在這種情況下，我們態度是堅決的。」

「如果你們態度堅決的話，那麼這些違規項目就應該一個都不能上馬才對呀？」

他又拿起杯子喝了一口水，一言不發地坐在那兒。

我們對著看，看了很久。

晚上我跟老郝在賓館，正準備休息。

有人敲門，是廠子老總的大兒子。手裡拎一個布袋子，又沉又胖，帶子繞了兩圈纏在手上。看我一眼，說：「你能不能出去一下？」

呵呵，我說「你們談，你們談」，進了洗手間，把水龍頭打開，把門關上。等我洗完澡出來，這哥們走了。

老郝靠床上衝著我笑。

我只好說：「我們山西人太實在了，眞不把主持人當回事兒啊，就奔著導演去。」

我倆躺在床上猜了好久，一個布袋子裡到底能裝進去多少錢。

節目沒播成。

無以解憂，我們幾人約著去旅行，每到一地，我都對老郝和老范說，我老有強烈的童年感覺。老郝指著那些亂石中上千年的巨榕，或是落英繽紛的荷塘，笑我：「你們山西能有這個麼？」我剛開口「我們在舊石器時代……」她們都笑得稀爛。唉，說不下去了。

汾河邊的丁村人文化遺址，從我家騎車十幾分鐘就到。館裡有文字標明：「十萬年前，古人類在這裡生存，汾河兩岸是連綿不斷的山岡、砂地和禾草草原。當時的河湖沼澤裡長滿了香蒲、黑三棱、澤瀉……水邊草甸上有蒿、藜、野菊，東山坡上是落葉闊葉樹木，櫟樹、樺木、椿樹、木樨、鵝耳櫪……」石炭紀時這些繁茂的植被，千百萬年來的枝葉和根莖堆積成極厚的黑色腐殖質，地殼變動埋入地下，才有了煤。

小時候，人家在汾河挖沙蓋房，一挖濕河沙就有人來我家送龍骨，是一味中藥，我爸說是沙裡挖出的恐龍化石，用來止血。拿小鐵錘在生鐵缽砸開，一小段一小段豎紋的細條骨頭，裡面全是蜂窩樣的小眼，吸濕力很強，幹完活我們姐倆常把一根雪白的骨頭粘在嘴唇上，晃蕩著跑來跑去。

後來我查過，龍骨不是恐龍骨頭，是象、犀牛、三趾馬的骨頭化石，丁村人最早在河灘上製作石器時，狩獵採集爲生，獵的就是大象和犀牛。離我家十幾裡的陶寺遺址掘出的「鼉鼓」，腔內有數根汾河鱷的皮下骨板。四千年前，汾河裡還有鱷魚。

這裡是人類先民最早的農業生產地之一，那時已有收禾穗的石刀，脫殼去皮的石磨棒，由部落而入城市，文明興起。考古學家蘇秉琦教授說過：「大致在四千五百年前，最先進的歷史舞台轉移到晉南。在晉南興起了陶寺文化。它相當於古史上的堯舜時代，亦即先秦史籍中出現的最早的『中國』，奠定了華夏的根基。」

旅行時高明度的陽光、綠蔭、濃重的色彩、動物的啼叫，給我的童年之感，也許是我還是個嬰兒的時候，躺在那裡感覺到的東西——也可能是留在人的基因裡一代一代遺傳下來的遠古記憶。

幼年，我們無甚可玩，土就是玩具，尤其喜歡下雨，溝渠漫漶，雨停後一片泥塗。這些泥塗被大太陽曬得結了幹板，變得極爲平滑。我們拿著小刀就去撬起幾塊來，手感滑膩，拿在手裡削，沒人教，也沒圖樣可參考，我最擅長的也就是削出一把土槍，握在手裡比劃。我妹更小，連這個都不會，只能拿一個裝萬金油的圓盒子，找點稀泥巴，等乾了磕出來，晾在灘上，圓圓一小粒排起來，就算是藝術創造了。

我們不懂大人的煩愁。

山西百分之八十都是丘陵，黃土是亞細亞內陸吹來的戈壁砂石細末，一逢大雨，雨夾泥沖溝而下，曾經把整個打麥場沖毀，十幾萬斤麥子全入汾河，連墳頭也成耕地，清明只能在麥子地或者桃樹壟上，大家跪一排燒紙。人越多越墾，越墾越窮，千百年來大概如此。周秦時還是清澈的「大河」，到東漢「河水重濁，號爲一石水而六斗泥」。從此大河被稱爲「黃河」，是命脈，也是心病。唐宋以後泥沙有增無減，堆積在下游河床上，全靠堤防約束，形成懸河。伏秋大汛，三四千年間，下游決口氾濫一千五百九十三次。

而當下，大汛甚至成爲奢侈。一九四九年之後山西成爲全國的能源基地，支援東部，支援首都，占到全國外調量的百分之八十。六十年裡，總採煤一百二十億噸。可以裝滿火車後一列接著一列在地球上繞三圈，老頭兒給我們的報告裡寫：「每開採一噸煤平均破壞的地下水量爲二點四八立方米……造成全省大面積地下水位下降，水井乾枯，地面下陷，岩溶大泉流量明顯減少，缺水使七千一百一十公里河道斷流長度達百分之四十七。」

十年後再見，我做煤炭生意的那個朋友，把礦倒手賣給了別人，名片換成了北京一家手機動畫公司。我問爲什麼，他說「錢也掙夠了」。

我再問，他說：「這行現在名聲不好。」

再問，他說：「那礦只能挖五十年了。」

再問，他瞇眼一笑，伸了兩根指頭，「其實是二十年。」

煤炭的開採不會超過千米，挖穿之後就是空洞，如果不花成本回填，空洞上面的岩層、水層都會自然陷落，老頭兒說過，「山西現在採空區的面積占到七分之一了，到二〇二〇年，全省地方國有煤礦將有近三分之一的礦井資源枯竭閉坑，鄉鎮煤礦近一半礦井枯竭。」

站在我家門口往東看，遠遠能看到個塔影，唐代所建，山就叫塔兒山。山頂寶塔一直還在，這裡是三縣交界的地方，北側的崖被鏟成了六十度，高百米的陡崖上紫紅色砂岩剝離得厲害，一棵樹都沒有。到處是採礦塌陷的大坑，深可數丈。

有一天幾個人來我家閒聊，說塔兒山那裡的事怪得很，突然一下有個村子塌了。「那個誰，開著一個拖拉機，咔一下就掉下去了。」

他們吸一口氣，歪個頭「邪門」，磕一下煙，再聊別的事。

做節目時我到了採空區。

黑灰滿天的公路上，路全被超載的車軋爛，車陷在爛泥裡走走停停。夜路上也是拉煤的大貨車，無首無尾，大都是紅岩牌，裝滿能有七十噸重。

我去的叫老窯頭村。九十年代當地有句話，「富得狗都能娶到媳婦」。現在村裡煤礦由村主任承包，一個煤礦一年可以掙上千萬，每年上交村裡八萬。一千三百人的村莊，人均年收入不到六百元。人們過得比十年前還窮。

村委會主任競選，兩個候選人一夜沒睡，雇人騎摩托車發單子。稀薄的粉紅色紙，格式都一樣，承諾當選的幾件實事，最後一行是承諾給多少現金，這格空著，臨時用圓珠筆往上寫，挨家挨戶送，剛出生的小孩兒也算人頭。

全村人一夜沒睡，門大開著，聽見摩托車響就高興，摩托車經過不帶減速的，紙向門環上一插——這人出一千，那個人出一千五、兩千……兩千五……兩千七百五。天亮了。

但第二天唱票的時候，反而兩千五的那個贏了。他把現金搬去了，兩百多萬，放在一個大箱子裡，擱在大戲台子上。一打開，底下的人眼都亮了。頭上歪戴個軍綠雷鋒帽的大爺，眉開眼笑地指著戲台對我說：「哎呀，那還說啥，那是錢麼，是錢麼。」

現場歡天喜地把錢都分了，鄉人大主席團的主席坐在台上看著，對我說：「我管不了。我管，老百姓要打我。」

「反正也不開村民代表大會，煤礦的事只是村長一個人做主，也不給分錢。」老百姓說，他們的選擇從經濟學的角度可以理解，「選誰都行，我們就把這選票當分紅。」

一戶能領兩千五百塊，連嬰兒也可以領，年輕的小夥子都很興奮，買了嶄新的摩托車在土路上呼喝追趕。

只有一個矮個子老人，幾乎快要跪下來讓我們一定要去他家看看。他扯著我一路爬到山頂，看他家新蓋的房子。整面牆斜拉開大縫子，搖搖欲墜，用幾根木頭撐起來。他家的正下方就是煤礦，水源已經基本沒水了，他在簷底下擱只紅色塑膠桶，接雨水。

村裡人看他跳著腳向我哭叫幾乎瘋癲的樣子，都笑了。他們的房子在半山腰，暫時還沒事。原村長和書記都在河津買了房子，不住在這兒。

我們往山上走，走到最高頂。一人抱的大樹都枯死了，烏黑地倒在大裂縫上，樹杈子像手一樣往外扎著，不知道死多長時間了。我的家鄉是黃土高原，但這山頂上已經沙化得很厲害，長滿了沙漠中才有的低矮沙棘。風一吹，我能聽見沙子打在我牙齒上的聲音。

我不再想回山西了。

我媽和我妹都來了北京，山西我家不遠處是火車站，爲了運煤加建的專門月台就在十米開外，列車晝夜不停，轟隆一過，寫字台、床都抖一陣子，時間長也習慣了。但蓋了沒幾年的樓，已經出現沉降，一角都斜了。爲了讓這個小城市精神一點，有一年它和所有臨街的樓一起被刷了一層白漿，黑灰一撲，更顯殘破。我怕樓抖出問題，勸我爸：「來吧。」他不肯，家裡他還有病人、吃慣的羊湯和油粉飯，一路上打招呼用不著說普通話的熟人。他說：「你們走吧，我葉落歸根。」

有一天他給我打電話，說老宅子打算全拆了賣了。院裡滿庭荒草長到齊腰高，小孩子們在廢墟上跳進跳出，我幼年用來認字的黑底金字的屏風早被人變賣，插滿卷軸字畫的青瓷瓶不知去向，八扇雕花的門扇都被偷走，黑洞洞地張著。拆不動的木頭椽子上的刻花被鑿走了。我小時候坐的青藍石鼓也不見了，是被人把柱子撬起來後挖走的，用磚再填上，磚頭胡亂地齜在外頭。

房子屬於整個家族，家族也已經分崩，這是各家商議的決定，我也沒有那個錢去買下來修復。二〇〇五年我在雲岡石窟，離大佛不到四百米是晉煤外運幹線一〇九國道。每天一萬六千輛運煤車從這路過，大都是超載，蓬布也拉不上，隨風而下，幾個外國遊人頭頂著塑膠袋看石窟。大佛微笑的臉上是烏黑的煤灰，吸附二氧化硫和水，長此以往，砂岩所鑿的面目會被腐蝕剝落。

佛猶如此。

我把眼一閉，心一硬，如果現實是這樣，那就這樣，這些是沒辦法的事。只有一次，我奶奶去世幾年後，石榴樹被砍了，我不知道怎麼了，電話裡衝我爸又哭又喊，長大成人後從沒那樣過。我爸後來找了一個新地方，又種了一棵石榴，過兩年來北京時提了一個布袋子給我，裡面裝了幾個石榴，小小的紅，裂著口。

我看著心裡難受。

我可以自管自活著，在旅行的時候回憶童年。但我是從那兒長出來的，包括我爸在內，好多人還得在那裡生活下去。每天要呼吸，喝水，在街頭走過。人是動物，人有感覺，表姐在短信裡說：「再也沒有燕子在屋簷下搭窩了，下了雨也再也看不見彩虹了。」

「再也」，這兩個字刺目。

我和老郝動身，二〇〇七年，再回山西。

我碰上一個官員，他說：「你是山西人，我知道。」

「對。」

「臨汾的？」

「嗯。」

他知道得很清楚。帶著一點譏笑看著我：「你怎麼不給山西辦點好事兒？」

「我辦的就是。」

王惠琴七歲了，剪了短頭髮，黑了，瘦了，已經有點認生了，遠遠地站著，不打招呼只是笑。一笑，露出兩只缺了的門牙。

她家還是沒有搬，工廠也沒搬。在省環保局的要求下，企業花了六千萬把環保設施裝上了，帶著我們左看右看：「來，給我們照一照。」我問：「你這設備運行過嗎？」老總的兒子嘿嘿一笑：「還沒有，還沒有。」

當地炸掉了不少小焦化廠的煙筒，炸的時候，有個在工廠打工的農民爬到了煙筒上，苦勸才下來，跟我說：「你說我幹什麼去呢？地沒了，貸款也難，房子也不能抵押。但凡能幹點買賣，我也不願意幹這個，誰不是早晨起來天天咳嗽？」

八月，我採訪時任山西省長的于幼軍。他說：「山西以往總說自己是污染最重的地方之一，我看把『之一』去掉吧，知恥而後勇，以『壯士斷臂』的決心來治污。」

我問：「之前也一直在說治理污染，但關閉了舊的，往往可能又有一批新的開出來，爲什麼？」

他說：「爲什麼以前管不住？是因爲責任制和問責制沒有建立起來，沒有眞正落實。就算經濟總量第一的地方，考核官員時，環保不達標，就要一票否決，錢再多，官員提升無望。」

我問：「也有人懷疑，它會不會只是你任期的一個運動，過去了，可能會恢復常態？」

他沉默了一下，說：「我剛才說到的，一個是責任制，一個是問責制，只要這兩條能夠認眞堅持的話，我想不會出現大面積的反彈。」

我問他：「爲什麼不能在污染發生前，就讓公民參與進來去決定自己的生存環境？」

他說：「你提了一個很對的問題，一定要有一個公民運動，讓公民知道環境到底有什麼問題，自己有哪些權利，怎麼去參與，不然……」

他沒說下去。

一個月之後，臨汾黑磚窯事件，于幼軍被調離山西，孟學農任代理省長。一年之後，襄汾塔兒山鐵礦潰壩，二百七十七人遇難，孟學農引咎辭職。我從家鄉人嘴裡聽到一句慘傷的自嘲：「山西省長誰來幹，臨汾人民說了算。」

臨汾八年內換了五任班子，塔兒山潰壩事件中，被判刑的官員副廳級幹部四人、處級幹部十三人、處以下幹部十七人。當年送我小蝌蚪的小男孩，是國土局的一個科長，服刑一年。

在臨汾時，我曾去龍祠水源地拍攝。

沒有太多選擇。臨汾下面的堯都區有三個主要的水源地：龍祠、土門和屯里。根據環保局二〇〇五年六月的監測，土門向供水廠聯網供水的十五口水井，總硬度和氨氮濃度大多嚴重超標；屯里的水源地由於污染過重，在二〇〇三年十月被迫停止作爲市民集中式飲用水源。

山被劈了三分之一，來往的煤車就在水源地邊上。水源地只有十畝左右，「最後這點了，再沒有了。」邊上人說。

我站在柵欄外面往裡看，愣住了。

我從來沒見過這樣的山西。

附近村莊裡的小胖子跟我一起，把臉擠在鐵柵欄上，誰都不說話，往裡看。水居然是透亮的，荇藻青青，風一過，搖得如癡如醉，黃雀和燕子在水上沾一下腳，在野花上一站就掠走了，花一軟，再努一下，細細密密的水紋久久不散。

一抬頭，一只白鷺拐了一個漂亮的大彎。

這是遠古我的家鄉。

二○○○年，我們家的合影。我爸現在還一個人住在山西，他把這張照片放得很大掛在客廳牆上。

第八章
我只是討厭屈服

陳法慶正在解救一只倒掛在漁網上的麻雀。

他想解開網。母親衝他喊：「不要放，放了又吃果子，掛在那兒還能嚇嚇別的。」一群村裡的孩子，剛剛從地裡挖野菜回來，手裡拿著剪刀。不知怎麼「呼啦」一下進了院子，都盯著那只麻雀。

領頭那個個子最大，說「這個好吃」，伸手就去夠。

老陳一著急，把網剪破了，把鳥攥在手裡，翻過身，小心翼翼地用小剪子剪去纏在腳爪上的黑色細網。一點一點。

小孩不耐煩，伸手來抓。他一揚手，鳥飛了。

這個細節，和他有點剃得太光的後腦勺，讓我覺得他像電影裡的憨人阿甘。

他是農民，只上過六年學。一九九九年開始，爲了村子附近石礦的粉塵和流過家門口的髒水河，先到處投訴，隨後把區環保局告上法庭，再告省政府，接著給人大寫立法建議，最後乾脆自己出錢在《人民日報》打公益廣告，「要感化那些看報紙的公務員，去眞正關心環境」。

二〇〇六年，我見到他。能證明他富裕過的只是一輛滿是灰塵的奧迪。他準備賣了它，成立個環保基

《飛越瘋人院》中的麥克默菲。他押了十美金，搓了搓手，使勁抱住那個台子，沒搬起來，再一次用力，還是搬不動。他只好退下。突然，他大聲叫起來：「去他媽的，我總算試過了，起碼我試過了！」

金會。

阿甘只是電影裡虛構的人物，但陳法慶有他真實的人生：漏水的房子，生病的妻子，明天一早得補好的漁網，身後沒人跟隨。

村裡人都說：「陳法慶給我們辦了不少事。」

我問他們：「那這七年裡，村裡有沒有人跟他一起做？」

「沒有的。」一個矮矮壯壯的小夥子說，「前年他要我們聯名寫個呼籲，我沒寫。」

「爲什麼？」

他笑一下：「忙生活，忙得很。」

「那都是要鈔票的事。」老年人磕磕煙灰，「跟政府打官司，想都不要想哦。」

「陳法慶不就在做？」

小夥子插句話：「村裡人覺得他就是喜歡多管閒事。」

「閒事？這不都是你們每個人的事麼？」

「有他做就可以啦。」

所以他一個人做，告環保局的官司輸了，告省政府沒被法院受理，寫給人大法工委的信沒有回音。花在廣告費上的錢幾乎掏光他全部家產。

陳法慶只說：「到錢花光的那一天，我就停下來。」

有次與《半邊天》的張越聊起，她說：「阿甘是看見了什麼，就走過去。別的人，是看見一個目標，先訂一個作戰計畫，然後匍匐前進，往左閃，往右躲，再弄個掩體……一輩子就看他閃轉騰挪活得那叫一個花哨，最後哪兒也沒到達。」

郝勁松也剃著一個阿甘式的頭，後腦勺剃光了，幾乎是青的，頭髮茬子硬硬地拱出來。

二〇〇六年三月二十一日上午十點零三分，北京市第一中級人民法院。他坐在原告的位子上開口說話：「審判長，通知我的開庭時間是十點，被告遲到，我是否能得到合理解釋？」

審判長看他一眼：「現在你先遵守法庭程序。」衝書記員揮了下手。

書記員跑出去大聲叫：「北京地鐵公司！北京地鐵公司！」

片刻，兩位男士夾著公事包，匆匆入門，在被告席上落座。

雙方目光交匯的一剎那，法庭非常安靜。我明白了郝勁松為什麼說「不管你有多強大，包括一個國家部委，當你被告上法庭的時候，你是被告，我是原告，大家坐在對面，中間是法官。你和我是平等的」。

這場官司關於五毛錢。郝勁松在地鐵使用了收費廁所，認為收這五毛錢不合理，把北京地鐵公司告上法庭。他是個普通的學法律的學生，連個律師證都沒有，以「公民」的名義打官司。

兩年多，他打了七場——他在火車餐車上買一瓶水，要發票，列車員都笑了：「火車自古沒有發票。」於是他起訴鐵道部和國家稅務總局。

「在強大的機構面前人們往往除了服從別無選擇，但是我不願意，」他說，「我要把他們拖上戰場，我不一定能贏，但我會讓他們覺得痛，讓他們害怕有十幾二十幾個像我這樣的人站出來，讓他們因為害怕而迅速地改變。」

「錢數這麼小，很多人覺得失去它並不可惜。」我說。

「今天你可以失去獲得它的權利，你不抗爭，明天你同樣會失去更多的權利，人身權，財產權，包括土地、房屋。中國現在這種狀況不是偶然造成的，而是長期溫水煮青蛙的一個結果，大家會覺得農民的土地被侵占了與我何干，火車不開發票、偷漏稅與我何干，別人的房屋被強行拆遷與我何干，有一天，這些事情都會落在你的身上。」

「但是一個人的力量能改變什麼呢？」

「看看羅莎．帕克斯，整個世界為之改變。」他說。

帕克斯是美國的一個黑人女裁縫。一九五五年十二月一日，在阿拉巴馬州州府蒙哥馬利市，她在一輛公共汽車上就座。那時，南方各州的公共汽車上還實行種族隔離，座位分為前後兩部分，白人坐前排，黑人坐後排，中間是「灰色地帶」，黑人可以坐在「灰色地帶」，但如果白人提出要求，黑人必須讓座。

那天晚上人很擠，白人座位已坐滿，有白人男子要求坐在「灰色地帶」的帕克斯讓座，她拒絕。

當司機要求乃至以叫員警威脅坐在「灰色地帶」的黑人讓座時，其他三個黑人站了起來，唯獨帕克斯倔強地坐在原位。

如果對方是一個孩子或是老人，也許她會站起來，但這次，四十二歲的她厭煩了所有黑人每天在生活中所受到的不公平對待。

她說：「我只是討厭屈服。」

之後，她因公然藐視白人而遭逮捕。

她的被捕引發了蒙哥馬利市長達三百八十五天的黑人抵制公車運動，組織者是當時名不見經傳的牧師馬丁．路德．金，日後他得到「反種族隔離鬥士」和諾貝爾和平獎的榮譽。這場運動的結果，是一九五六年聯邦最高法院裁決禁止公車上的「黑白隔離」，帕克斯從此被尊為美國「民權運動之母」。

五十年後，在帕克斯的葬禮上，美國國務卿賴斯說：「沒有她，我不可能站在這裡。」

我看馬丁・路德・金傳記才知道，領導民權運動時，他才二十六歲。

爲什麼是一個年輕人提出了「非暴力抵抗」並且得到了回應？是什麼讓四萬多黑人，在一年多的時間，拒絕乘坐公車以示抗議，每一天步行外出，忍受著自己體力上的絕大付出？當三K黨對黑人的攻擊威脅到人身安全時，以暴制暴按理說是人最本能的反應，紐約的黑人領袖麥爾坎・X說：「非暴力是在火藥桶上放上一塊掩人耳目的毛毯，現在我們要把它掀開。」

但是大多數人還是忍受著攻擊、毆打、被捕、被潑上一臉的番茄醬，他們不知道自己需要堅持多久，沒有得到任何政治上的承諾，他們不可能贏得聲名，也不知道能不能有結果。

科學家說：「仇恨，是一些初級神經組織，深深棲身於人腦最新進化的外部皮層之下。」可爲什麼在一九五五年，他們的選擇並不是最原始的反應方式——忍氣吞聲？或者，戰鬥？焚燒？搶掠？破壞？

一九二九年，當馬丁出生的時候，美國黑人的中產階級已經漸漸形成，雖然有很多種族不平等的條規，但是他們享受著憲法所保障的基本自由。馬丁可以在南方的黑人大學裡，讀到梭羅的《論公民的不服從》，在波士頓讀博士前，已經熟悉了甘地「非暴力抵抗」的觀點。

再小一些，他還是小孩子的時候，可以與白人孩子一樣，從課本裡讀到《獨立宣言》：「人人生而平等，造物主賦予他們若干不可讓與的權利，其中包括生存權、自由權和追求幸福的權利。」

當一個人的本能要求他逃避或是還手的時候，他能留在原地、忍受著攻擊的前提是，有一個公正的遊戲規則，並且深信對方會回到遊戲規則當中來。

而二十六歲的馬丁・路德・金，就是這個群體中，第一代最懂得熟練地運用這個制度的操作規則的人。

《論公民的不服從》，這篇曾帶給馬丁．路德．金啓發的文章，今天被收錄在《美國語文》裡，是不少中學生的課本，教材裡這篇文章後面有三道思考題：

梭羅暗示誰應該對墨西哥戰爭負責任？

根據梭羅的觀點，爲什麼一小部分人可以濫用政府而免受懲罰？

根據梭羅的觀點，什麼時候美國人將會獲得在可能範圍內的最好的政府？

這樣的問題，提給上中學的孩子。

二十歲的我，讀的是財會專業。

我也有政治課，但抄在本子上的，是大學政治經濟學課上的一二三四，爲了應付考試，我都背了，從來沒主動問過問題，也沒人需要我們參與討論，背了標準答案就可以了，一個字也沒往心裡去，書的邊角上抄著流行歌詞。年輕的時候，是對社會參與最有熱情的階段，可是我到做了記者，才去想一些最基本的問題：政治和我有什麼關係？教育是用來幹什麼的？政府的存在是爲了什麼？

我採訪陳丹青時，這位知名的畫家從清華辭去了美術學院教授和博導的職務，因爲現行的政治和英語考試，讓他招不到他想要的學生。他說：「政治本來是一門學問，但我們的政治考試是反政治的，沒有人尊敬這個學科。」

他給我看一個女生的畫，很有莫迪里阿尼的味道，一根線條可以輕盈地抽打人一下，他喜歡她畫裡「水汪汪的勁兒」。這姑娘叫吳雯，想考陳的研究生，考了兩年，第一年政治、英語各差一分，第二年英語差三分。她未能考上陳丹青的研究生，但同一年她被倫敦城市大學藝術系錄取。我們越洋採訪她，她說：「我來了倫敦就去馬克思墓園看過，馬克思現在給我的感覺，跟政治書裡的是完全不一樣的。」

陳丹青其他的學生都不再考了，他說：「我接觸最多的情況不是質疑、反抗、叫罵，而是——這是讓我最難過的——所有人都認了。」

「怎麼叫『認了』？」我問他。

他笑了一下：「我現在隨便到馬路上拉一個人來，你見到這個人，就知道他認了，從很深處認了。」

編完這期節目，老郝去游泳，說光靠目測泳池的濁度就超了標，她一扭身出來，找到前台。人家是老國企了：「我們這兒，只要進去就不退錢的。」

「找你們館長來。」

「這兩天機器壞了，正在修……」

「機器壞了你們還放這麼多人進去？」

「把你的錢退你不就完了……」

她拿手機撥通了一一四：「喂，請問海澱區防疫站的監督電話？」……晚上還寫了博客公開此事，寫到「找你們館長來」，還問讀者：「你能想像我的表情麼？」

我樂了，因爲老范在底下跟了個貼——「我能」。

我們這種多年壓抑後激發出來的維權意識可能過狠了一點兒，有一天，張潔興致上來說要軍訓。大家去找他，說都這麼大歲數了，能不能不軍訓，搞點拓展也成啊。張潔是個一直對下屬比較民主的領導，也是一個無敵大好人，大概這次我和老郝太不講究方式方法了，領導有點下不來台，問有幾個人像她倆這麼想，在場的人都舉手。

他說：「就沒人贊成軍訓麼？那個誰，你進來，你說。」

那個誰把腳尖一踢，繃在空中：「我就喜歡在太陽底下流汗的感覺。」領導擰身出門，把門一摔：「就這麼定了，訓練的就是服從。」

兩天後，一群成年人穿著迷彩服，站在盛夏的大太陽底下練向左向右轉，我紮著一塊鮮紅的頭巾，老郝在槍上別朵野花，我倆吊兒郎當地站著，把軍體拳打得妖風四起。半夜還要拉練，讓把被子打成豆腐塊背在身上，我這輩子也沒這麼疊過被子，破罐破摔地坐在床上，被子往身後一堆，心一橫等著來檢查。

連長來了：「怎麼沒疊？」

我說：「不會。」

對方沒不高興，反倒樂了：「我給你疊。」

我不好意思了，覺得自己孩子氣。張潔是一個難得的好人，他只是喜歡那種整整齊齊的理想主義朝氣，也只有他能容許我們以這樣的方式表達不滿。但我還是忍不住寫了篇文章，寫美國有個新聞人克朗凱特，小的時候剛轉學到一個學校。

老師問：「二乘二等於幾？」

「四。」他很積極，第一次舉手回答。

「不對。應該答什麼？」

「四。」他肯定自己是對的。

「過來站在全班同學面前，想想正確答案。」女教師說。

他站在那裡，穿著母親爲他準備的最好的衣服，面對著還沒有認識的正在竊笑的同學們，試圖忍住淚水。

下課鈴聲響了，教師問：「現在，你想出答案來了？」他承認沒有。

她啓發他：「應該這樣回答：『四，夫人。』」

克朗凱特在七十年之後寫道：「直到後來，這種特性才在我身上強烈地顯露出來：我厭惡哪怕是最輕微的兵營式一律化的暗示……我一直在想，是否是這種獨立的迫切性，促使許多人選擇了新聞業這一行。」

老郝和我又出發採訪全國牙防組被訴一事。

李剛是提起訴訟的律師，他調查發現牙防組沒有法定意義上的認證資格，卻爲牙膏企業提供認證，起訴一年多，未果。他曾經懷疑這會像之前他提起「進津費」、「進滬費」等訴訟一樣不了了之。

但二〇〇六年二月，律師陳江以同樣理由在上海提起訴訟，他稱之爲聲援。於是媒體再一次掀起報導熱潮。一篇接一篇的追蹤，直到二〇〇六年三月二十一日，全國牙防組召開新聞發佈會，對這一事件作出解釋，二〇〇七年，全國牙防組被衛生部撤銷。

李剛說他非常意外：「不在預期當中。」

「爲什麼？」

他說：「因爲老百姓在向強力機構發出疑問的時候，已經習慣了沒有回應。」

但這次不同，如果沒有結果，也許會是不停止的訴訟和報導。推動這一切的，是一個一個具體的人，是可以叫得出姓名的律師和記者，還有那些買了報紙，打開電視，關注這個消息，打電話去牙防組詢問的普通人。

我把他們的故事寫成一篇博客，叫《我只是討厭屈服》。留言裡聽到了很多聲音，有人說：「爲什麼許多人都選擇屈服？因爲他們覺得投入太多，收穫很少或根本沒有。」

也有很多人在博客裡留言：「說話，眞不容易呢，我們絕大部分人都是普通人，卻希望其他人都能做個公民，這樣才會有人幫我們爭取更多的利益、權利……」

還有人說：「在國家壟斷企業面前，很多人首先沒有自信，爲什麼沒有自信？中國人習慣了聽從權威，大家都被這樣教育著，權威是至高無上的。」

有部電影叫《飛越瘋人院》。麥克默菲是一個裝瘋躲進精神病院逃避懲罰的流浪漢。所有的病人都在醫生安排下統一按程序打針、服藥、聊天。但他不肯。進行例行心理治療的討論時，他建議將白天的日程換到晚上進行，因爲大家想看世界棒球錦標賽的實況轉播。

護士拉奇德小姐說：「你要求的是改變一項經過仔細研究後制定的規章制度。」

麥克默菲說：「小小的改變沒有害處。」

拉奇德小姐不同意：「有些病人過了很久才適應了作息制度，如果現在一下改變了，他們會感到非常不習慣。」

麥克默菲說：「這可是世界棒球賽，比賽結束以後，還可以改過來。」

拉奇德小姐看上去像是有些讓步了：「這樣吧，我們進行一次表決，按多數人的意見辦。」麥克默菲十分贊成：「好極了！」他第一個高高地舉起了手。切斯威克也舉起了手。泰伯也想舉手，一眼遇到拉奇德的目光，馬上把手縮了回來；馬蒂尼手剛舉起，就停留在頭頂，裝著抓癢；塞夫爾手放在胸前，兩眼看著周圍，等著大多數人舉手，他也舉。

大家都想看球賽，但儘管麥克默菲一再鼓勵，仍沒有人敢違抗那目光。

拉奇德小姐宣佈：「只有三票。對不起，不能按你的意見辦。」說完起身向辦公室走去。

麥克默菲說：「這就是你們的作息制度？我可要進城去看棒球賽。誰願意和我一起去？」

比利不相信：「麥克，你出不去的。」

「出不去？」麥克默菲指著屋子中間那個花崗岩的洗臉池，「我可以用它砸碎窗戶。」

比利還是不相信：「你舉不起它。」

麥克默菲押了十美金跟他打賭，搓了搓手，使勁抱住那個台子，沒搬起來；再一次用力，還是搬不動。他只好退下。突然，他大聲叫起來：「去他媽的，我總算試過了，起碼我試過了！」

郝勁松打贏鐵路發票的官司後，很多人以爲他會和鐵路結下梁子。但後來他乘車時，乘務長認出了他，親自端來飯菜，問他：「發票您現在要還是吃完我再給您送過來？」

「你靠什麼贏得尊重？」我問。

「靠我爲自己權利所作的鬥爭。」郝勁松說，「權利是用來伸張的，否則權利就只是一張紙。」

在「新聞調查」，我採訪過一個人。他幫農民反映征地的事，在網上發帖提及當地領導，用了一個比較激烈的詞，被判誹謗罪，入獄兩年。

我在監獄採訪他，那時他已經服了一年多的刑。

「你爲什麼要這麼做？」

「因爲我看過一篇文章，說的是一個叫郝勁松的律師，那篇文章叫什麼……叫什麼屈服……」

「《我只是討厭屈服》。」我說。

他帶點驚奇地看了我一眼，說哎對，過了一會兒，說：「在那篇文章裡，那個律師說了一句話，他說權利不用來伸張的話，就只是一張紙。」

這個人相信了這些寫在紙上的話，然後穿著藍白相間豎條紋的獄服，滿臉鬍鬚，坐在這裡看著我。他進監獄後，廠子倒了，離了婚，監獄離他的家兩千里，沒人給他送生活費，村裡的人去看他，拾破爛的老人給了他五十塊錢，老漢戴著塌得稀軟的藍布帽子，對我說：「把他換出來，把我關進去吧，我老了。」

採訪結束的時候，他想對即將參加中考的女兒說幾句話。我說好。

他說：「等一下。」低了一會兒頭，腮幫子緊緊地咬得繃著，抬起來，帶著笑容對著鏡頭：「兒子……」扭頭衝我解釋，「我管我女兒叫兒子。」

「兒子，你不要爲爸爸擔心，要好好幫助媽媽幹活……」他的嘴都抽起來了，但他還是笑著，「你要記得爸爸跟你說過的話，爸爸不是壞人。」

採訪的時間到了，我站起身，說：「保重身體，來日方長。」

他臉上的肉都在抖，但他笑著說，好。

獄警押著他，轉身走了。走到十幾米快要拐角的地方，一聲尖利的哀號傳來，我扭頭看，他兩只手被銬著，不能擦淚，只能仰頭向天，號啕痛哭，那是從胸腔裡爆炸出來的哭聲。

已經看不見他了，監獄曲折的走廊盡是回聲。

回來後，我們趕了一天一夜的片子。審片的時候，還來不及配音，老郝拿著稿子對著畫面念解說。

有一段是我採訪他：「你後悔嗎？」

「我不後悔。」他說，「因爲我付出過。」

「你還相信法律嗎？」

「不。」他說，「我信仰法律。」

底下該是解說了，但沒有聲音，我轉頭看老郝，她拿紙遮住臉克制著。張潔和我也紅了眼睛。袁總看了我們三個一會兒，對張潔說：「你做了這麼多年新聞，還是這麼感性麼？」

轉回頭對著螢幕：「往下看。」

片子說到農民為反映征地問題，靜坐的時候被抓了十幾個人。

「沒有證據表明他們危害到了社會公共秩序，為什麼要抓人呢？」我問公安局長。

「我們預見到了，所以它沒有發生。」公安局長說。

我問他：「沒有發生為什麼要抓人呢？」

他說：「為了穩定。」

「可是穩定的前提不是法治秩序嗎？」

對方沉默，這個段落結束。

袁總說：「停。」

轉頭對我說：「你應該再往下問……這樣的結果能帶來穩定嗎？」

有一天晚上，郝勁松給我打電話，說他有點沮喪。

我給他講了這件事，說：「你是這個人的榜樣。」我差點脫口而出「你沒有權利放棄」，頓了一下，這個想法是錯的，他當然有權利放棄，正義是自己內心對自己的期許，不是用來脅迫人的，我改口成「你判斷要不要放棄」。

之後不久，他去了上海，成為上海黑車釣魚執法案的公民代理人。我又一次採訪他，節目中提到了他向鐵道部提起法律訴訟的往事。沒多久，採訪時任鐵道部新聞發言人的王勇平，車上他的同事問我：「你們為什麼要採訪這麼個刺頭，他是反政府吧？」

我說：「他挺較勁，也許也有虛榮心，不過我沒覺得他是反政府。他談的都是法律問題，您要覺得他談的不對，可以在這個層面上批駁他。」

坐在車前座的王勇平轉過頭說：「他是刺頭，但是我們的社會需要這樣的人。」

我採訪過一個政府官員，他在當地拆遷時，拿一個小馬紮，坐在居民樓下，坐了十幾天，兩邊煎熬，費盡唇舌為居民去爭取哪怕多一點點的利益。

「這是個公共用地拆遷，從現行法律來說，你可以貼一張告示就拆，為什麼你沒有這麼做？」我問。

他想了想，說：「因為如果有一天我的房子被拆，我也是一個老百姓。」

一九四六年，胡適在北大的演講中說：「你們要爭獨立，不要爭自由。」

我初看不明白。

他解釋：「你們說要爭自由，自由是針對外面束縛而言的，獨立是你們自己的事，給你自由而不獨立，仍是奴隸。獨立要不盲從，不受欺騙，不依賴門戶，不依賴別人，這就是獨立的精神。」

北京郊區曾經發生過政府與居民的劇烈衝突，這裡要建亞洲最大的垃圾焚燒廠，居民認為一定會產生嚴重污染，雙方座談時，臉都扭到一邊，「劍拔弩張」。

「溝通不可能麼？」我問。

居民代表黃小山說：「政府就要建，我們就不讓建。不管是誰，總說這個『就』字，『就』要怎麼怎麼著，那就沒任何調和餘地了。」

他組織居民舉牌子在博覽會門口示威，站在第一排，他頭髮是朋克式的，兩邊禿著，頭上一叢染得像個雞冠花，很好認。他聽見員警悠悠地說「就是那個黃毛」，他在雨裡渾身都抖，「不知道激動還是害怕」。在裡面待了一夜，出來他換種方式，把「論垃圾爲什麼不能焚燒」的材料不停向各級政府遞交，電視台組織辯論場場到。

政府的專家在辯論賽上認識他之後，請他參加去日本的考察團，「這個人，路上見著姑娘漂亮就使勁看，目不轉睛。他很眞誠，好就是好，不好就是不好，不高興的時候就罵。『眞』的人好交往，沒有偏激和成見。」

日本國土面積小，百分之九十的垃圾靠焚燒，東京的廠子就建在市中心，進去參觀要換拖鞋，他看明白了，垃圾焚燒的技術百年來已經很穩定，「重要的不是燒不燒，而是燒什麼，怎麼燒。」但小區居民在鏡頭裡罵他，說他「叛變」了，向著政府說話。

他有點兒像小魚，熱鍋上兩邊煎，但他說對抗不代表獨立，「誰也不信誰，不買帳，這不行，不能光服從，也不能光對抗，那只是個姿態。得有理由，有科學依據。批評政府，這事咱理直氣壯，但也得反思自己，既然我們每一個公民都是垃圾的產生者，也該反思我們自己應當做點什麼。」

他說現在的問題不是垃圾焚燒，而是中國百分之六十五都是濕垃圾，焚燒時如果達不到足夠高溫，就會釋放二噁英。塡埋也會嚴重污染地下水和土壤。他自己花錢開始研究「垃圾甩乾機」，想用這個技術來過濾垃圾的水分。「我是個混子德性，本來打算移民，現在我怎麼也不走了，這是我的地兒，我就留在這兒，死磕了。說句抒情的話吧，我在哪兒，哪兒就是中國。」

做這些節目時，常常會有人說：「不要往下做了吧，中國亂不起啊。」

我理解這樣的擔憂，老郝和我在北京美麗園小區，曾見到過激烈的衝突。進小區時我嚇了一跳，沒見過這樣的場面：整個小區掛滿了紅色標語和支持雙方的不同顏色的旗子。很晚了，馬路上都是人，揮著拳頭，打著標語，有人喊：「殺死雷霞。」

這些人都是住在這裡的業主，雷霞是業主委員會的主任。她剛打贏了官司，讓業主少掏物業費，但物業公司不執行法院判決，突然撤走，停電停水。有一部分業主說是業委會打官司才造成這個後果。他們圍在馬路上，向雷霞叫嚷。

電視鏡頭一對著，幾十人就圍上來，把手裡拿的紙幾乎揮到雷霞的臉上，大聲喊：「剝下他們的畫皮。」

雷霞不說話，手沒有架在胸前，也沒有放在兜裡，站著聽。

面向她站在最前頭的中年男子說：「你們憑什麼打這個官司影響我們生活？我們願意交這個錢，交得起，這是民意。」

雷說：「這是一個集體，大多數人作出來的決定，少數人是要保留一點來服從的。這是一個公理。當時票箱表達的意見就是只有十票反對。九百多戶投票，八百多戶贊成，這不代表民意嗎？」

中年男子說他們當時沒有投票，因爲想讓業主大會達不到半數而無效，人數最終過半後業委會官司打贏了，這些沒投過票的人在馬路上喊「打倒業委會」，業委會的杜平說：「眞正的民主是在票箱裡表達你的意見，而不是站在馬路上。」

但是，馬路上的聲音太大了。在我們的鏡頭裡，反對業委會的人打支持者的耳光，有人下跪，有人遊行，有人拉標語……

這是我第一次親眼見到這樣的場面，說實話，我也不知道這事兒會怎麼收場，不知道理性會不會在拳頭面前落敗。

後來我發現，最終起作用的，是那些住在小區裡，沒有投過票，也沒有反對過投票，原本與這兩方都毫無瓜葛的人。

他們被馬路上的聲音吵醒，漸漸加入議論，在家門口掛上支持其中一方的旗幟，聚在一起開會，建立小區論壇，在公告欄裡，貼出自己的意見……而這些人，是以前並不關心公共事務，不想爲兩塊錢的物業費花私人時間的人。

我們採訪了其中之一，他說：「以前不太感興趣，也沒有那麼多時間和精力，但這次一方面是覺得這麼多人圍攻一個人，感受比較深，也比較慚愧。我覺得不能再做沉默者，不去搭順風車，大家都站出來表示自己的意見，用選票來決定我們的未來。」

二〇〇六年的十月二十八號，美麗園進行了第五次業主代表大會的選舉，一千三百七十八戶，一千零九十四戶投票，三項決議的結果都是六百多對四百多票，最終決定業委會留任，用招投標程序選擇新的物業公司，不再續聘原物業。

這樣的一個結果在很多人看來，徒費大量的時間和精力，但它喚醒的東西，帶來了馬路上最終的安寧。

二〇〇八年，我在美國，正是他們總統大選前夜。

華盛頓博物館的黑人老保安知道我是記者時，突然說：「等一下。」

他飛跑著拿了張報紙給我看：「看，黑人新郎被白人員警槍殺，我們要去遊行。」

「你們要求什麼？」

「建立黑人自己的國家。」

我目瞪口呆：「不會吧？」他看我不信，說「你等等」，大街上隨手叫了三組人，一個年輕的家庭，兩個掛著耳機線的女孩，一對老年夫妻，都是黑人，「你們說，你們是不是想建立屬於黑人的國家？」

「當然。」六個人連遲疑都沒有，「你可以到我們的街區去看一看，美國仍然是白人的國家，不是我們的。」

「你們不是有奧巴馬嗎？」

「他的腦子是白的。」老黑人說。

那個帶著孩子的年輕男人說著說著居然哭了，他說他的街區員警的對講機裡，黑人的代碼，是「non human being」。

在這之前，我以爲上個世紀六十年代的美國民權運動和《民權法》已經順利地把種族問題基本解決了，奧巴馬一旦上台更是黑人的狂歡……這都是我的想像和從書中看來的概念。

在這個世界上，沒有一勞永逸的答案，也沒有完美的世界圖式。認爲一個人、一個概念、一次訴訟就可以徹底解決現實問題，如果不是無知，就是智力上的懶惰。但這個不完美的世界上，還是有一個共有的規則存在。

我問這個老黑人：「你們會選擇暴力嗎？」他說不會。「暴力解決不了問題，只有智慧能。」

「憤怒不也是一種力量嗎？」

「是，但是一種危險的力量。」

「那爲什麼不選擇這種力量？」

「我們還有更好的方式。」他說，「我們有法律。」

我們也有。

採訪郝勁松時，我問過他：「你以誰的名義在訴訟？」

「公民。」

「公民和普通百姓的概念區別是什麼？」

「能獨立地表達自己的觀點，卻不傲慢，對政治表示服從，卻不卑躬屈膝。能積極地參與國家的政策，看到弱者知道同情，看到邪惡知道憤怒，我認爲他才算是一個眞正的公民。」

我問他最後一個問題：「你想要一個什麼樣的世界？」

這個當時三十四歲的年輕人說：「我想要憲法賦予我的那個世界。」

第九章
許多事情，是有人相信，才會存在

二〇〇六年二月底，我接到通知，迷迷糊糊去別的部門開會。被驚著了，因爲在「新聞聯播」裡要開一個有我名字的專欄，叫「柴靜兩會觀察」。

在場有個叫汪汪的姑娘，倔下巴，一叢黑髮又硬又直，大眼睛毒得很，在日記裡記下一小段當時的情況，「柴靜比想像中瘦小，像個初二女生。有人在大聲嚷嚷，很吃驚的樣子：『這麼多人，就爲她一人忙活？』她好像完全沒有聽見。『新聞聯播』和央視一套兩會期間同時包裝一名記者，這是前所未有的。但是做慣了精雕細刻的深度報導的柴靜，知道她要面對的是什麼嗎？」

我不記得這些對話，可能聽見了也沒心思想，我發愁的是根本不知道怎麼做兩會。

我想按新聞專題的方式做，可兩會不是「新聞調查」，沒條件做深度專題，這次涉及四個部門合作，三十多位記者同時參與採訪，每個人都有自己跟了多年的地方代表團，各有各的採訪對象和採訪主題，節目很短，一人一句話就過去了，我的存在大概也就是包裝一下節目。我找來老范和老郝，想弄個演播室加些評論內容，但跨部門做事，新部門沒有演播室系統，找人都不知道該找誰，所有的佈景、片子、燈光……全超越常規來做。

我猜到她已經切到了空無一人的會議室，就用這個畫面說開場：「子路問孔子，您從政的話，第一件事是什麼？孔子說，必也正名乎。這句話用現代的話說，就是對權利的界定要有清晰的認定。這些空無一人的桌椅，其實就是憲法賦予代表的知情、參與、表達、監督的權利。」（CFP圖片）

汪汪的任務是協助我們，她日記裡寫道：「柴和她的夥伴不停地提出要求，設想著更完美的結果，申述著對節目的追求。而我和我的夥伴瞪著熬得通紅的雙眼，不停逼著自己想辦法，求製作部門搬桌子，求電信部門拆機器……我心說：『哪怕你把我們部的辦公室給拆了，也比到處求人好辦。』」老范、老郝是我拉來純幫忙的，我對她們急，又怕她們跟人急，更怕別人對她們急，腹背夾擊，心裡像過了火一樣，乾燥焦黃。

好在汪汪人活臉熟，一件件都差不多解決了。臨時演播室就建在新聞直播間的過道裡，台領導審片時經過，路過電線，每人都得局促地停住，小小跳一下。汪汪記錄道：「柴靜不停地說：『怎麼能這樣幹呢？』有人歎了一聲：『貧賤夫妻百事哀。』完工後，柴靜很克制，很客氣，說：『我們能自己幹的自己幹，儘量不麻煩別人。』」

我一點都不記得說過這樣的話，也不知道會給別人帶來這樣的感受。那時候滿心裡只有自己要做的事。

但這麼做，根本做不下去。

汪汪日記裡寫：「面對柴靜不是一件容易的事。因爲我不得不一直告訴她：做不到。」

「十分鐘的節目想一以貫之。」——「做不到。必須滿足兩會期間各路代表委員發言露臉的需求，要保證他們的時間。」

「想做出深度。」——「做不到。三十多路記者分頭採訪，面是攤得開，深度是不可預知的。」

「想事先設計。」——「做不到。做後期節目的人無法安排柴靜的日程表。」

「只要我有空我就可以採訪。」——「做不到。採訪線索、採訪對象、採訪路線、採訪設計要靠多個部門共同組成的前期記者團安排。」

她繼續寫著：「柴靜忍耐著，沒有流露出不滿。她臉上撲著粉，不，說掛著霜更像一些。她仍然表現出很有涵養的樣子，但是，當一個人表現得很有涵養，其實是傳遞著不以爲然的意思。」

瞧我當年這後娘臉，這讓人爲難都不自知的勁兒，不知道她是怎麼忍過來的。

兩天後，我在台東門跟老范、老郝告別：「你們都回去吧，再也別來了。」她倆想說什麼，我止住了：「你們要在，我更不好過，走吧。」加上當天有點夕陽，戰場上掩護戰友先撤似的。

日後汪汪說：「你會有那樣的心情，我可能比你自己都先知道。你堅持到生硬的地步，不肯讓自己軟弱下來，對人好又不知道怎麼表現，有的樣子實在是有點可笑呢。」

我橫下心，不折騰，一切按慣例來，這樣最簡單，因爲我連採訪都不會了。按「新聞調查」的習慣，每採訪一個人，坐下來問個二三十分鐘還問不完。可人家是晚上的新聞節目，只要三十秒的同期，一句話。我這兒問半天，節目根本來不及。

後來編導也沒辦法，寫了張紙讓採訪對象念。我握著話筒，站在那兒舉著。

拍完了，同事安慰我：「先打一槍，然後再在那個洞上畫一個靶子，效果是一樣的。」

我拖著話筒線，蹭著地，踢里踏拉往回走。

常青是我的現場攝像，穿件戶外裝，手裡攥倆核桃，到哪兒都揉著。他不太愛說話，尤其跟女同志，工作拍完完。在街上等車的時候，他大概看出我的沮喪，忽然開口說：「要不送你倆核桃吧，時間長了，磨圓了就好了。」

汪汪在日記裡寫：「今天傍晚柴靜完成採訪回來，看見我第一句話問：『你看我是不是成熟多了？』

「我愣了一下：『怎麼了？』

「她不肯說。不說就不說吧。這幾天，柴靜的臉色活泛多了。雖然有時會悄悄地歎氣。但不管什麼情況，跟人說話總是神色和悅，有時還會反過來安慰別人。」

她寫：「但我寧可聽別人發火，也不願意聽她歎氣。」

我出溜了，放棄採訪，演播室也不弄了，隨同事自己採，我找個人民大會堂的中心位置，對著彩旗昂首闊步錄完一個串場，卸妝回家。

回到家，我父母來北京陪我們姐妹一陣子，我跟我爸去給他的電動自行車上牌照，但當時在北京掛牌，發票除外，還要暫住證。我本以爲辦暫住證帶上個照片和身份證就可以了。去了才知道，還需要房主的戶口本。可房東住在豐台，去一趟太遠。

我爸說：「算了。」

我媽說：「還是去吧，聽說零八年外地人沒有暫住證就得被遣送回去。」

老頭有點倔：「那我不出門了。」

再勸。

他起身去臥室了：「我回山西去。」

媽在擇韭菜，半天不作聲，忽然說了一句：「其實最怕的是生病，生病以後醫保在家裡，還得回去住院。」

我爸老說要回山西，還有一個原因，他不說，但我知道，他總覺得應該再去掙掙錢。

在北京工作的外地人都知道，如果不違法違規，要讓父母在北京住，住在老人生活方便點的城區，有一套小點的房子，得多少年。這是身爲人子的責任，但父母總覺得孩子的負擔太重，心裡不安。

在家悶著。台裡給我開了一個兩會的博客，我看看留言。一個出生在貧困家庭的人，母親有精神病，不能幹活，父親把他帶大，九五年，他高中畢業，放棄上大學，打工賺錢，在城市基本安了家，把父親也接來，日子還沒過上多久，父親就得了重型肝炎，可以換肝，醫生說手術的成功率是八成，就算他借到二十萬元的手術費，就算手術成功，以後的幾年中，每個月還得準備八千元護肝費。

他寫：「面對巨額的手術費，我眼睜睜地看著把父親從中山三院接回了老家，二〇〇四年九月二十一號的早上，當護士拔去父親手上的針頭的那一刹那，我的眼淚幾乎可以說是爆發出來的。爲了不讓父親看到我痛苦的樣子，我幾乎咬破了嘴唇，目的就是要止住淚水。」

他說：「現在，我得了一種恐懼症，總是做噩夢，人也變得很壓抑。一是想到在父親面對死亡的時候，自己的無助，我就自責、內疚。二是恐懼要是哪一天自己得了病，留給家人的恐懼和無助。這個病，我們老百姓實在是得不起呀！！！」

三個驚歎號後，他說：「柴靜，祝你家庭幸福，工作順利。」

回去我跟領導商量：「能不能換個方式做兩會，比如從我家的小區說起？」

領導同意了。

我們站在小區門口，機器架起來，有點尷尬，路邊剃頭的白大褂師傅從眼鏡上挑眼一看，把手裡的頭一按，繼續理。賣彩票的大姐把採訪車拍得啪啪響：「往那邊停，那邊停……什麼兩會不兩會？別攔著我做生意。」

樓上的大哥帶著他家的薩摩耶犬從我身邊過，我攔著他，他笑：「說這有用麼？」

「不說肯定沒用，你說是吧？」

大哥呵呵一笑搖頭走了，倒是雪白的薩摩耶熟稔地站下，等著我摸它頭。

賣煎餅的胖大姐一向待我熱絡，我奔著她去了，頭一次見大姐扭捏：「嘿你這姑娘，兩會這麼大的事兒，我能說麼？」攝像機一架，她對著煎餅攤的玻璃用手指扒了幾下頭髮，說得我們關不了機：「哎我那孩子，學校收費太貴……」她一開腔，曬太陽的老太太們都圍過來了，一人一句，說藥費不合理，買菜買得心都疼……保姆小姑娘放下手裡的毛線，探頭看了過來，我樓下租房的小夥子也插話進來：「這房價能說說麼？……」

一直到採訪結束，大夥都散了，戴紅袖套的聯防隊大爺還追上來，問我能再對兩會說兩句麼，他要說的是沒人贍養他的事兒，「兩會能不能管？」攝像已經撤了，我手裡只有一個沒線的話筒，但我看著他的神情，說不出拒絕的話，拿著空話筒對著他，讓他說完。這節目在「新聞聯播」裡播了，在節目的結尾，我說：「至於我自己，我對兩會的願望是希望像我父母這樣的人，能更多地從這個社會得到依靠和快樂，因爲他們老了，而這個世界上有那麼多像我一樣的孩子。」

幾天後我們按慣例跟拍代表們去農村座談。那是京郊條件很好的村莊。不少代表和媒體，大概有三十幾人，都坐在茶几邊上，桌子上整整齊齊放了十個果盤，花生瓜子堆出圓滿的尖兒，男主人穿著毛衣，裡頭打著嶄新的領帶。

郭鳳蓮拉著女主人的手：「日子過得好嗎？」

我目瞪口呆，這就是她所理解的電視語言——不是她要這麼說話，是她認爲電視台要讓她這麼說，人家坐在那兒也不舒服。申紀蘭從屋子裡出來往外走。我想拉住她問兩句，老太太綳著臉一甩手：「在屋裡拍得還不夠啊。」

當記者這麼多年，沒碰見過這樣的情況，是眞羞愧。我們索性把機器暫時關了，跟這幾位代表說：「你們是代表農民說話的，可以在我們鏡頭裡說眞問題。」

郭鳳蓮看了我一眼，遲疑著說了一句：「我是關心……今年給農村的這三千億，這個錢能不能到老百姓手裡？」十幾個村支書本來都在一邊袖著手看，慢慢都走過來了，說：「不要大拆大建」；「不要把管理民主當成是用粉筆在小黑板上寫個錢數」……

我看見常青鏡頭搖過去，申紀蘭正在用勁拍郭鳳蓮的肩膀：「鳳蓮，你給老百姓說了實話。」

回去車上，常青說：「這個村子不錯，可以在這兒娶個媳婦兒。」

我跟他開玩笑：「你可不要顚覆我對你的看法。」

他忽然說了一句很有棱角的話：「今天不是一直在顚覆麼？」

天安門廣場上記者最多，鏡頭「呼啦」就上去了。

我半蹲著找了一條人縫給錄音把線拉著：「從這邊過去。」

這時，地方台的同行把他扛著攝像機的同事往後扯了一下：「不要和中央台搶鏡頭。」我來不及阻攔，那位攝像師已經迅速撤到後面了。這樣的話，大概他常常聽到。

我惶恐，不光是覺得對不住同行，對自己也沒有任何好處——新聞是爭出來的，如果不必找就有人主動等著你採，不用費力就可以問出答案，不滿意他還可以說第二遍，這種新聞，能有多少價値呢？

一個代表被二三十家圍著，來不及辨別哪家時，眾聲喧嘩裡才能檢驗有品質的問題。晚上吃飯的時候，在「新聞聯播」上看到一個我從沒見過的鏡頭，一張臉大概占去四分之三的畫面，是貼得太近造成的，還搖搖晃晃。

貼著他臉的是各個媒體的話筒。

這張臉是當時北大中國經濟研究中心的主任林毅夫，在人民大會堂門前，政協會議還有十分鐘就要開幕，他在說：「我的提案是給新農村提供公共產品的問題……」

圍著的記者太多，攝像肯定是被推來搡去，因爲晃得很厲害。離得太近了，又是廣角，林的臉幾乎是變形的。一塊看電視的同事端著飯碗樂了：「以前聯播可沒這樣的臉。」

「新聞聯播」的這條新聞還眞不短。

電視裡林毅夫正說到：「對農民的房子拆了再建的問題，要聽農民自己的聲音……」

辦公室大家都圍上來，看他怎麼說。沒人再管他占滿了螢幕、搖搖晃晃的臉。

第四年，我有點不想參加兩會報導了，有媒體採訪我，「你們今年報導哪十大熱點？」

我問她：「你記得去年的十大嗎？能說給我聽聽嗎？」

她笑：「能記住一兩個就不錯了。」

我說：「就像水龍頭一樣，這十天來了我就把它打開，特別繁華，嘩嘩流。開完會一擰，滴水不漏，到明年再來一次，跟去年已經沒關係了。」媒體倒是越來越熱鬧了，但都在新聞發佈會上比誰的衣服顏色鮮豔，能攔住高官問問題，哪兒人多往哪兒去，管這熱鬧是什麼，生怕自己落下。三八節拍點女代表，平常拍點穿得漂亮的少數民族代表，怎麼花哨怎麼來。三千多記者一起，大清晨冷風裡排成一個大方陣，長槍短炮，還有很多人架著梯子站在上頭舉著鏡頭，等著代表委員從車上下來，呼啦啦圍上去，一邊圍一邊有同行低聲問我：「咱們採訪的這人是誰啊？」

有天下了雨，政協委員都從北門進了，記者沒法在這個門停車，只能走路到正門。長安街沿線，一會兒一個，連傘都沒有，淋得透濕。

第二天是雪，早上洗完頭沒乾透，剛出門，髮梢上都是冰凌子。這次車停在廣場西邊，得走過一整個廣場到東門，地上全是水。四百米走過去，鞋和褲腿都濕了。等捂乾了，又得走回去。

第三天是風，五六級的風，一冬天也沒那麼冷過。我學了乖，穿上羽絨服和棉鞋，大圍巾裹著臉。回頭跟同事說話，嘴都凍得擰一塊了，張不開。

這次廣場空空蕩蕩，連站崗的都找個地方待著了。

只看見不知哪個台的姑娘，拿著話筒在出現場。她把大衣脫了，沒地兒放，夾在腿中間，就穿了一件白色西裝，裡頭一件紅襯衣。話筒一看是爲兩會專門備的，套了紅絨。

「三月的北京……」她剛張嘴，一陣風，話就堵回去了，頭髮都撲在臉上。

攝像戴著大帽子，縮在棉襖裡，大聲喊：「笑一點，重來一遍。」

我頂著大風哆哆嗦嗦地往前走，看著她努力地用手拂著頭髮，兩腿向內彎夾著棉大衣，滿面笑容地說：「三月的北京，春意盎然……」

汪汪再來找我談報導方案，我對她們說：「我不想做花架子。」

她找申勇主任跟我談。我心想，你居然告我的狀。她後來說起早早坐在二樓沙發上等我們的心情：

「又怕你到晚了讓申勇等，又怕你到早了讓你等，又怕冷落了你，又不知道說什麼你愛聽，又緊張你能不能通過，又緊張你通過了申勇能不能通過……眞是難爲了我這樣的小人物。」

哼。

她繼續扮可憐，說自己七年前剛進台的時候，「土頭土腦，唯唯諾諾，笨手笨腳，又怯又倔，不會討喜，有的人甚至一見我就忍不住會發火呢。」

我再生氣也笑出來，想起小時候有個夥伴叫小胖，回回破廟打鬼偷雞蛋，逃跑時都是她倒數第一我倒數第二，有種相依爲命之感。

申勇來了坐我對面，她坐邊上另一桌，托著腮，大眼巴巴地看著，我才知道，她找領導是怕我甩手不幹了。

申勇只說了一句話：「今年全部直播。我們要只想做花架子，就不找你了。」

這一年，我才開始想最簡單的問題：代表是誰？代表誰？兩會是要幹嘛？

有人說：「開了這麼多年會了，還需要問這麼簡單的問題？」

我說：「不信咱們問問自己。我是誰？中央台是幹嘛的？我們到底要做什麼？」十二年前，央視剛開始做兩會報導的時候，敬一丹是記者，她跟我說過當時第一反應是：「我們還能問啊？」等她成爲政協委員之後才發現，「開會並不像電視上那樣整齊劃一，會場的爭論是非常活躍的」。

新聞是選擇的結果，是人來選擇呈現什麼。

兩會不光發佈政府工作報告。代表是來審議報告的，審議本身是審查評議的意思，必要時提出批評和質詢，是人大代表的職責。審議過程中，不同觀點的碰撞是很正常的事，誰對政府工作報告的哪一部分提出意見和批評了？爲什麼？贊成者又是怎麼看的？誰的看法更合理？結果會對現實帶來什麼影響？

這一年我們沒去人民大會堂，也沒有臨時興起把代表拉去小學或醫院，抓個熱點談——代表的位置在人大分組審議的現場。

這是個簡單的問題，但我用了四年才走到這一步。

定下此事，演播車開到人大代表團門口候命，才發現一個可怕的問題。同事說：「三月五號開篇這天直播什麼啊？代表們都開會去了，二十分鐘，採訪誰啊？」

我也發愁，汪汪轉過來看著我。

我說：「誰？……我？你瘋了吧，我一個人說？誰要看啊？」

汪汪日後信裡承認她當時像賣保險的：「死乞白賴地和你掰扯，說只能靠你嘚啵了，放心，哪能把你撂那兒呢？說個十分鐘就行了。掰扯了幾個來回，你突然說：『其實二十分鐘也沒關係，我就是算準了時間好準備。』我頓時鬧一大紅臉，心事被人拆穿的感覺。其實你並沒有諷刺我的意思。」

呵呵，我早想好了怎麼報復她。

直播開始，我說：「請導播切一個會議室畫面。」我知道後期導播台上汪汪會面無人色——哪兒有直播前不溝通，臨時要求切畫面這麼玩人的？

我心裡知道她行，汪老師，來吧。

我等了一秒鐘，猜到她已經切到了空無一人的會議室，就用這個畫面說開場白：「子路問孔子，您從政的話，第一件事是什麼？孔子說，必也正名乎。這句話用現代的話說，就是對權利的界定要有清晰的認定。這些空無一人的桌椅，其實就是憲法賦予代表的知情、參與、表達、監督的權利。」

播完之後，我遇到申勇，他說：「第一次感到這個空蕩蕩的會議室這麼莊嚴。」

節目結束，看到一個人在我博客裡留言，說柴靜像個「教士」，絮絮不休地說著一些正確但是無人會聽的話。是，電視機前的人端著碗就走過去了，我在耳機裡甚至聽到跟我連線的主持人把話筒關了在閒聊。

我知道可能沒人聽。但這事兒就像談戀愛一樣，跟別人沒關係，只看自己能不能配得上自己的期望。

第一天節目完了，晚上十一點，我在咖啡廳對著第二天的文案發呆。汪汪笑咪咪地來觀賞了我一會兒，當天日記裡寫：「她有氣無力地和我說：『第二天可麻煩了，太亂了。』我很薄情寡義地想，這就不關我事了。我一向如此，就她那可憐樣老忘不掉。」

亂，往年只做單獨一位代表的議案，現在需要去找到同一議題的不同意見方。編導們更可憐，半夜三更挨個去瞭解每個代表對問題的看法：「今年我們直播，不需要您念發言稿，您就按您自己的想法那麼說，有不同意見也可以隨時插話。」

人家滿臉狐疑：「那不就吵起來了麼？」

「是啊，可以的。」

第二天，浙江一位人大代表叫莊啓傳，斜靠在欄杆上抽煙，看我們在那兒佈線，我過去打個招呼聊兩句：「您等會兒的觀點是什麼？」

他似笑非笑：「不就是聽你們央視的導演麼，讓演什麼演什麼。」

我說：「我們要的是您演您自己。」

「我敢說你敢播麼？」

「您是人大代表，我們是直播，您只需要對自己的言論負責就行了。」

直播中，代表邱繼寶講他的飛躍集團在政府支持下渡過難關的三點體會，剛說到第二點，就被莊啓傳打斷了：「你的觀點我認可，依靠政府解決問題。但是，政府給你的只是思路，不可能把全部問題都解決掉。可能更重要的……」邱繼寶大聲說：「我不是這個意思！」

坐在旁邊的人大代表周曉光搶進打斷：「邱先生的企業在我們浙江，是大企業。但我們浙江還有幾十萬家小企業。」

「企業解決問題不能完全依靠政府，如果過多依賴政府，這個企業就沒有出息，走不遠。」莊啓傳找個空子還是把話說完了。

邱繼寶本人臉漲得通紅：「當然得企業主導，關鍵是企業要面子還是要金子……」

原定八分鐘的會議直播一直在往後延，居然耳機裡沒人告訴我什麼時候停，汪汪發短信給我：「播出線上沸騰了。」

會議結束，現場的兩位紙媒同行議論，說這下中央台倒楣了：「本來他們要拍邱繼寶發言呢，結果變成一場大爭論了。」

我把邱繼寶請到直播的鏡頭面前：「這些反對你的聲音都是直播出去的，你會覺得尷尬和不舒服嗎？」

「作爲代表，怕尷尬就不要去寫建議，你爲了把深入的意見建議眞正帶到兩會上形成國家的共識，你肯定要結合實際，不對的跟他爭，誰有理，誰就是精英。」他說。

「爭論不是會讓意見更分散嗎，你爲什麼說可以達成共識？」

他說：「只有通過爭論才能達成共識，爭論是爭眞理，有理走天下。」

直播結束，我們進了電梯，邱繼寶沉默了一會兒，說了一句：「這也是第一次啊。」

「什麼第一次？」我說。

「我們開始有了真正的『議會新聞』。」

做這樣的節目，編導心裡沒底，問我：「直播中到底發生什麼，沒法把握，你能不能先給我你的提問呢？」我說我通常只準備材料，現場聽，具體要問什麼，可能到了那個時候才能知道。

汪汪說：「也有編導說他不喜歡你，覺得你欲望太強了，總覺得拚命想證明些什麼。」

我知道她什麼意思：「也許是我真不認爲直播前需要什麼都準備好……別介意，我就是這麼想的，如果記者不向未知的東西去問，那這個節目好不到哪兒去。」

「看你採訪，眼睛都放著光，攫取的光。」

我跟她已經熟到了可以胡說八道的地步：「攫取，對，提問者就得攫取。我還太不夠呢，好採訪是一刀一刀把一個人的魂兒活活兒剝出來曬，這個剝裡面全是邏輯，遞進，環環相扣。」再返過頭吹捧她：「但是編導在後期的台子上是神啊，剪輯和導播一秒之間，差之千里，一個鏡頭的調度，就是全部人生。多牛啊。這種各自歸位的陶然——哎你沒覺得我比以前嘴兒甜了麼？」

她嘿然一樂，把一份策劃案放桌上，食指一搓，推到我面前，「這個你肯定喜歡。」

是個叫老毛的代表，淡黑臉，濃眉毛，兩會發言時，當眾掏出一瓶深黃色的水，往桌上一蹾：「這是我視察時看到的被污染的河水，純黃色的呀……這就是當地十八個鄉八九萬農民喝了十幾年的水。老百姓眞是太苦了。當地最長壽的人也只有六十五歲，因爲體檢不過關，已經多年沒有年輕人能去當兵了。這次總理的政府工作報告大篇幅提到環境保護，可見中央是多麼重視。但爲什麼一條受污染的河流就是治理不了？有關部門協調工作太不實在，說實話就是失職！」他的手不斷敲桌子，自來捲的頭髮，都震得掉在眼前了。

當時擔任國務院秘書長的華建敏說：「老毛，你把這水給我，我給你落實。」

「哎呀，聽了這話，我太高興了呀！」他說這話的時候，六十歲的人，眼睛是濕的。

直播那天，代表團的負責人摸不清老毛的套路，想著要對我們直播負責，就跟他打招呼：「老毛啊，你發言的時候，我待會給你打手勢，你看著點哈。」

老毛這次拿了支玉米來，是要反映糧價太低了：「這麼大穗，才三毛錢，你摸摸。」

是，一大粒一大粒，金子似的。

直播裡，老毛還是和另一位職務是糧庫主任的代表爭了起來：「城裡人掙工資，漲工資速度很快。一九七六年以前，每斤玉米八分收購價，當時工資四十元左右。到二〇〇八年，玉米按提價到八到九毛算，只提十至十一倍；而城裡人工資已經達到一千三至一千四百元，至少提了三十倍以上。如按三十倍漲糧價，玉米現在應該是兩塊四往上。」

另一位代表說：「這肯定不行，糧食是特殊商品，這麼漲宏觀經濟要不穩定了。」

他說他知道，但是「得把農民的利益補上，種糧的人要有個奔頭，你看看你看看多好的玉米」，邊說他邊把玉米棒子塞在人家手裡，勁真大，玉米粒都搓下來了。

就這麼「吵」了四十分鐘。老毛嗓門大，我連找個縫隙打斷他都不容易，最後兩位算有個基本共識，說糧價一定要漲，「小步快走」。這話後來寫進了中央文件。直播完，人家過來拽一把他袖子：「哎呀媽呀你剛才咋不看我呢，我拼命打手勢，幸虧講得還行，你把我嚇死了。」他嘿嘿笑，說剛才我扭過頭裝作沒看見你。

人走了我問老毛：「你沒顧慮麼？」

「我就是個農民，還能咋的？」

「他平時是你領導啊。」

「我倆是平等的，都是代表。」

汪汪後來老念叨這一期：「那時候我們心裡沒底，因爲沒有套路，採訪的時候就像新聞正在發生，節目雖然粗糙，卻充沛著一種糊塗辛辣的感覺。」

我說：「咱們這個活兒像廚子一樣，要有那個烈火一騰，下鍋的時候響油刺啦的感覺。」

吹牛這種事吧，緊跟著就是丟人。

我的現場導演是紅梅，她做事靠譜，不是她的節目，我也央求她在，踏實。相處久了，她說：「我看了你好多天，其實你什麼特別之處也沒有，你就是平常說話。」

我還挺得意……啊，總算。剛入行的時候，老向觀眾擠眉弄眼，在心底大喊：「我在這兒，我在這兒呀。」紅梅這麼一說，我還以爲七年下來，我眞學到了平常說話。

結果某天直播，說起大家聽政府報告，我順口就說「萬人空巷」。等後來看這段視頻的時候，我汗出如漿，羞憤地踢我自己：「這詞兒他媽的你從哪兒學的？你怎麼就敢這麼用？」

我知道我是哪兒學的，還蹲在我爸的辦公桌下撿煙頭玩的時候，作文裡就寫：「平地一聲春雷響，十一屆三中全會開幕了……」

我的文學啓蒙書，是從廚房翻到的批判胡風的文件彙編，我自發創作的第一首詩是獻給雷鋒叔叔的。跳皮筋的時候，小女生唱的歌謠是：「一朵紅花紅又紅，劉胡蘭姐姐是英雄，毛主席題詞金光照，生的偉大死的光榮。」

我還以爲我都忘了。哪忘得了？只要不留意，它順嘴溜出來比什麼都快。也沒別的辦法，只能在日記裡羞辱自己：「我跟你說小柴，就衝你這敢這麼用這個成語，將來殺人放火的事兒你都幹得出來！」

人性是這樣，光靠自己靠不住。

有時候累了，半夜回來，就想著明天節目不管了，先睡吧，但看到有人在我博客留言：「你觀察兩會，我觀察你。」心裡一動。又在桌前坐下來準備材料……有人看著，不敢太輕慢。曾國藩說得對，世間事一半是「有所激有所逼」而成的。

兩會也這樣，會上有位呼籲停止銀行跨行收費的黃細花代表，這事她從廣東兩會一直追到全國兩會，我問她爲什麼這麼較眞。

她半開玩笑說：「還不都是讓你們媒體給逼的。」

我問一個哈佛的老教授，社會上這麼多問題，改起來有很多惰性，怎麼改？他說，讓問題浮出水面，讓它「不得不」改變。

我們第一次在直播中現場連線，讓選民全程線上聽會，直接對代表作出評價。有記者採訪我，瞪大眼睛問：「難道不滿意也能說啊？」

「當然可以啦，這是社會常態，有滿意就有不滿意，有了不滿意才能更好地督促代表履職。」

採訪農民工代表康厚明的時候，我們連線了深圳的農民工吉峰，他在直播中批評康厚明前一年履職時「過於軟弱」。這是我們兩會節目裡，第一次出現對人大代表的批評，未見得全面客觀，但可貴在於呈現了分歧。第二年，吉峰聽到康厚明在兩會上談到農民工養老保險轉續，地方保護主義是繞不開的障礙之後，給了他掌聲。

連線最後，我問吉峰：「你爲什麼要提出你的意見和疑問？」

他說：「我們不對自己的事情關心，誰來關心呢？」

直播完，回來車上有同行問：「你們這節目這麼說那麼說，會不會有風險？」

我想起老毛，當天採訪完他先走了，我正在直播鏡頭前採訪另一個代表呢，忽然眼前一黑。

一個黑影直接從鏡頭前穿過。

全場皆驚。

是老毛，嘴裡還嘮嘮叨叨：「我的玉米呢？」他一把從我身邊的桌子上拽走了那只黃澄澄的大穗玉米，看都沒看這一屋子人，和正對著的鏡頭。一回身，又從直播鏡頭前昂頭闊步出去了。

玉米是剛才採訪的時候他落下的。他帶玉米來，不是當電視台的道具，急著要拿回會場，是去說服其他代表。他心裡眼裡都沒有直播的鏡頭。

這只金穗大玉米兩會結束後我要來了，放在我家書架上，是四年兩會我留的唯一紀念。

二○○九年以後，我沒再參加兩會的報導，汪汪還是寫信給我說說人和事的進展。她有時候沮喪，有時候興致勃勃，有時候對我不耐煩：「你說得太天真，你能做的只有相信，卻不能證明它的存在。」

有一天，看到她一封長信，說直播中又採訪了老毛，今年明顯脾氣急，爲了一個持續多年的提案，農民貸款難，他提了幾年，之前答覆一直是「在探索中」。

今年，他說：「光探索不行，現在探索多少年了，城裡能抵押農村爲什麼不能抵押？剛才說擔保法，法律是不是人定的？爲什麼不能趕快修改？今天就得提提這事，你說著急不著急？農民不貸款農民怎麼能夠發展？不能總是探索，怎麼解決得拿出辦法了。」

她寫：「他說話急得嗓門都尖了。」

我問她，老毛爲什麼這麼急？

她說老毛得了結腸癌，六號開會說完這些，八號就回去化療了。他這是一個療程沒完，本來應該住院觀察的工夫跑出來開會的。

「咱們做了那麼多年兩會，」汪汪最後寫，「許多事情，是有人相信，才會存在。」

四年之後，汪汪才把當年她的兩會日記發給我。

她終究原諒了我：「不管柴靜多折磨人，但是除非你受不了，反正她是不走的。堅持也罷妥協也罷，好好壞壞她是不會走的。」

我看她這段，想起當年，我、竹青、宇君、小熊、何盈、李總管、小米、韓大叔……大家吵來吵去，深更半夜臨時改方案，我也知道要多耗無數工夫，但沒人埋怨。每天傍晚直播回來，一推十八樓那個小屋的門，「轟」一下的熱氣，七八個人都轉過臉衝我笑，桌上給我留著飯，姚華把塑膠袋裡猩紅的剁辣椒和蘿蔔乾拎過來，大眼睛的小溫溫給我倒杯熱水。

汪汪坐在電腦前查資料。我從不帶筆，一輩子丟三落四，一邊吃飯一邊左顧右盼，想找個筆在紙上劃一下。她背對著我，眼睛盯著螢幕，看都不看我一眼，一隻手把筆送到我面前。

她後來在信裡寫：「你有點驚訝，我理所當然。十幾平米的小屋，我們都擠在一起，彼此一舉一動不用眼睛看，用心就能知道。」

過了四年，她才告訴我，那個在留言裡寫「你觀察兩會，我觀察你」的人，就是她。

做了這麼多年兩會，我才開始想最簡單的問題：「代表是誰？代表誰？兩會是要幹嘛？」有人說：「開了這麼多年會了，還需要問這麼簡單的問題？」我說：「不信咱們問問自己。我是誰？中央台是幹嘛的？我們到底要做什麼？」

第十章
真相常流失於涕淚交加中

二〇〇四年，我在福建農村採訪拆遷。

圍攏的農民越來越多，人多嘴雜聽不太清，我索性站起身問：「你們當時同意這個拆遷方案嗎？」

「不同意！」居首一位農民說。接著大家紛紛喊起來：「不同意！不同意！」

我說：「不同意的人請舉一下手。」

呼啦啦全部的人都把手舉起來，老人家的手攥成了拳頭，喊：「我！我！」

我覺得這個鏡頭很有張力，也足夠說明問題。

晚上工作完，攝像李季在飯桌上提醒我，採訪最好不要用這個方式，可以約幾個人坐下來問，比較從容地陳述，拿出證據。人們圍攏的時候，表達的很可能只是一種情緒。

我沒說話，不完全聽得進去——農民利益受損這麼大，上訪無果，碰到媒體都不能表達一下嗎？再說了，有情緒也是現實。

幾個月後，在福建採訪一家藥業的負責人，兩位工人因爲搶修排污管死亡，輿論懷疑死亡與遮掩污染有關，環保局承認受到壓力無法調查此事，我們沒有偵查取證的權力，疑問再多，對方都可以否認，「沒有」、「不存在」。像我第一次做對抗性採訪時一樣窘。

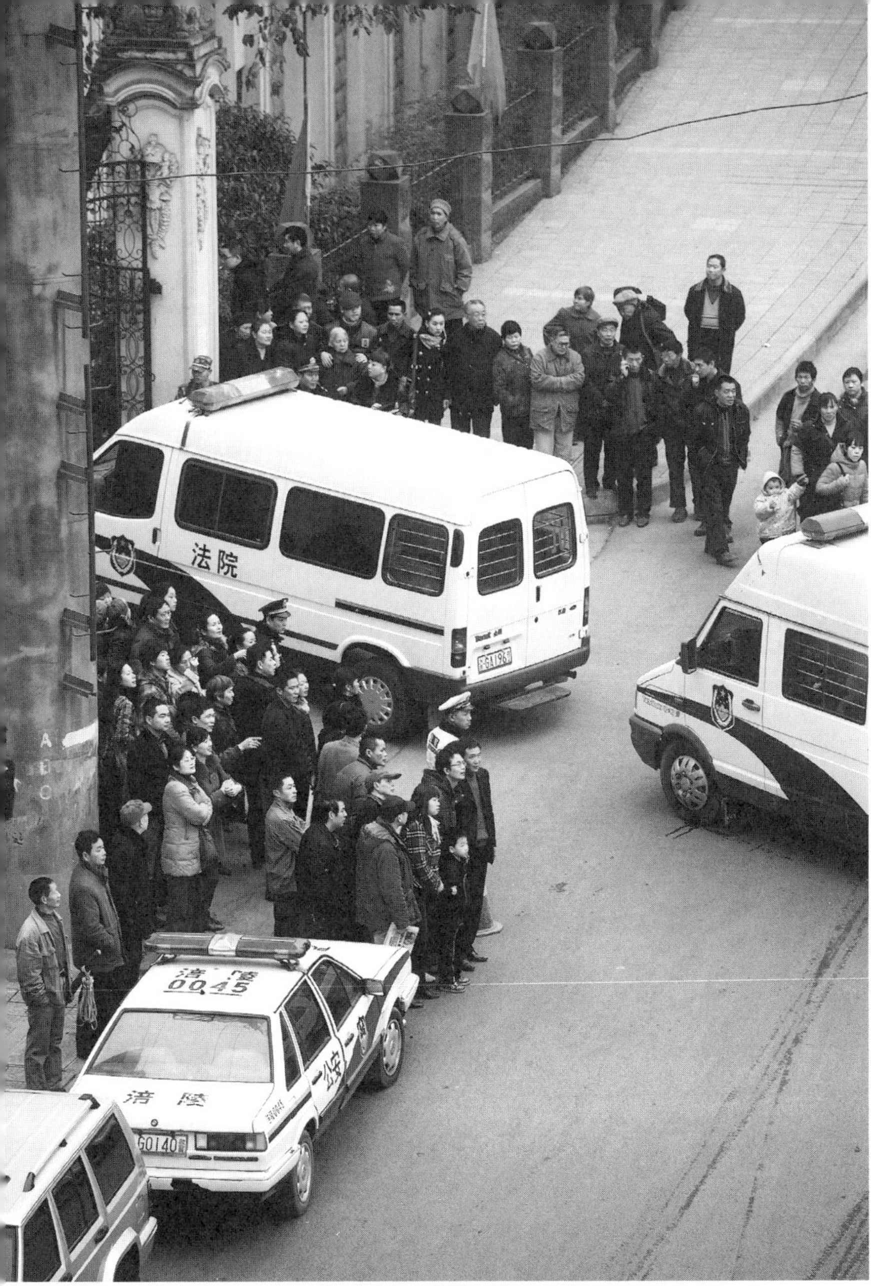

二〇一〇年二月五日上午，重慶市第三中級人民法院將對陳坤志涉黑案進行宣判。警車押運陳坤志駛入法院，被告家屬和市民在門口觀望。這期節目讓我不敢輕易再對任何事情直接發表評論。「保持對不同論述的警惕，才能保持自己的獨立性。探尋就是要不斷相信、不斷懷疑、不斷幻滅、不斷摧毀、不斷重建，為的只是避免成為偏見的附庸。或者說，煽動各種偏見的互毆，從而取得平衡，這是我所理解的『探尋』。」（CFP圖片）

我想起有次看美國哥倫比亞廣播公司（CBS）的新聞節目「60分鐘」，記者萊斯利採訪前任副總統戈爾，萊斯利問他：「你還會復出競選總統麼？」

戈爾一直打哈哈繞圈子，八分鐘，眼看這採訪要失敗了。

忽然她問：「戈爾先生，您還會留鬍子嗎？」

戈爾愣了一下，繼續支吾。

她一笑，收住了，全片結束——那一笑就是「看，政客」。

我大概模仿了這個採訪。我們坐在廠子的辦公室裡，刺鼻的二氧化硫味道，攝像師拿領子掩著鼻子，我問這位老總：「工廠的排污是達標的嗎？」

「是。」

「有沒有非法排污？」

「沒有。」

「那我們在這兒聞到的強烈味道是什麼？」

「我沒有聞到什麼味道。」

「您是說您聞不到？」我靠著椅背，歪著頭，挑了一下眉毛。

他的臉抽了一下：「我的鼻子，嗯，沒有您那樣靈敏。」

我笑了一下，節目結束。

事後大家都對這個結尾印象深刻，說真銳利。

我有點得意。

莊主任審這個片子，看完對我說了一句話：「要疑問，不要質問。」

這點諷刺之意都不能流露嗎？我問他：「可是怎麼對得起那些死去的人呢？」

「記者提供的是事實，不是情緒。」他說的跟李季一樣。

一出門，在南院碰上陳虻，沒躲得及。平日我臉上只要有任何異樣，他都會批評我——你要是看上去挺高興，他就會找你談談，覺得你「最近肯定沒思考」。但要是不高興，你試試？

「怎麼啦？」果然。

我剛說了個頭兒。

他就評論：「你的問題是你總是太投入了，熱愛就會誇張，感情就會變形，就沒辦法眞實地認識事物了。」

「都像你那樣……」我帶著情緒衝口而出。

「像我怎麼樣？」

「像你那樣老於世故。」

「你如果對這兒不滿意，你可以去CNN，或者你當自由撰稿人。」他火了，「你要在這兒就得……」

我打斷他：「像你這樣無動於衷？」

又談崩了。

每次跟陳虻吵完，倒都是他給我打電話，不安慰我，也不生氣，只是繼續跟我講。

「痛苦是財富，這話是扯淡。姑娘，痛苦就是痛苦，」他說，「對痛苦的思考才是財富。」

我拐了個彎，去京門大廈的機房找老彭訴苦。

當年評論部有幾大牛人。他是其中之一，被女同事叫「電視牲口」，有次編片子，十天十夜，吃住在辦公室，不洗不梳，屋子裡的味兒進不去人。當年，在羅布泊的小河墓地遺址，他扛著四十公斤重的機器和給養在沙漠中走，每天一瓶水，吃一塊乾饢。零下三十八度的天氣只有一條睡袋。回來吃火鍋的時候跟我們說，睡在千年古墓群裡，半夜被凍醒了，伸手摸到一根紅柳扔進火堆，睡眼惺忪中忽然看到滿天星斗。

老彭靠著滿牆帶子抽煙鬥，見我進來，多燙一只杯子泡茶，看都不看我，「怎麼啦？」

我嘟嘟囔囔地說領導不讓諷刺壞人，以爲他會支持我，但他說：「我早想罵你了，沙塵暴那期節目，鏡頭裡你跟著人家走到苦水井口，剛站下就開口問：這水能喝麼？」

我說這怎麼了。

他小細眼從黑框眼鏡上方瞪我：「你爸不是中醫麼，中醫講望聞問切，你急什麼？江湖的事不是非要人性命不可。你能不能先看一看，聞一聞，聽聽水聲，讓鏡頭裡的氣淌一淌，再問？」

我沒話可說，端起桌上那只青釉的日本瓷杯準備喝，他「唉」一聲，伸過手把杯裡第一遍泡的茶倒了，換上九四年的普洱，「這樣喝茶你的舌頭才喝得出薄厚。」

「新聞調查」的同事小莊有句話：「電視節目習慣把一個人塑造爲好人，另一個是壞人，實際上這個世界上沒有好人和壞人，只有做了好事的人，和做了壞事的人。」

小時候看電影，人物出場，小朋友們坐在一地瓜子皮裡，最愛問的是：「好人壞人？」衝鋒號一吹響，立刻熱淚盈眶，對壞人咬牙切齒。

我以爲自己不喜歡這模式，實際上除了這個模式，我也不太會別的。

張潔給了我選題的權力，有些題目他想讓我採訪，但我選擇不做，認爲有些採訪對象臭名昭著，想離他們遠點兒。張潔這人寬容，看我一副神色毅然的樣子，就作罷。

《鳳凰週刊》主編師永剛是我的朋友，說起這事含蓄地提醒我：「新聞記者有責任去記錄持任何一種觀點的人，評判是觀看者自己的事。」我轉著手裡杯子笑而不語，心想，各有各趣味。

那幾年我做節目的趣味是猛題，烈度高，對抗強，要像銅豆大雨，規模大，氣勢強，大地爲之顫動。

阿文被戒毒所賣去賣淫一案，一進辦公室，所長拎起暖瓶說「我出去打點熱水」，我伸手挽了他一下「不必了」，手指下他胳膊肌肉僵得像鐵。

他聲稱對所有賣人的交易不知情。

「我可以證明你說的都是假話。」同去的記者趙世龍拿支鉛筆指著他。

「我不認識他，」所長轉向我，脖子上靜脈突突跳動，「絕對沒見過。」

「你撒謊。」趙世龍半探起身子，「我假扮成人販子就是跟你交易的，有照片爲證。」

壞人暴露，我覺得任務完成了。

節目播出後，一家報紙的英文版要轉載此事，編輯給小項打電話問有關細節：「戒毒所從什麼時候開始販賣戒毒女的？前後有多少人被賣？這些人都來自何處？戒毒所販賣人口的非法收入有多少？這些錢都到哪裡去了？這個所的主管單位是誰？爲什麼沒有採訪他們？……」

小項說：「哥們，你提的問題太重要了，我們也特別想知道啊，但有些問題我們確實沒有能力回答。」組織者、戒毒所裡的管教當時在警方控制下無法見到，戒毒所販賣戒毒女的帳冊、放人單等重要證據被焚燒拍不到，小項說得很坦率，就算有千條萬條原因，但「從專業角度這個節目算是失敗的。只有一個圖像被處理的戒毒女的控訴，一個圖像和聲音均被處理的知情人的『洩密』，一個臥底記者，一場激烈的對質與抵賴。『新聞調查』一以貫之的準確、深刻、平衡原則在這個節目中並不能完全體現」。

雨過地皮濕，沒滲入土壤，也不觸及根鬚，龜裂土地上，再強烈的震顫稍後就不見蹤影，懲辦完個別人，戒毒所換個牌子，我已經轉頭做另一期節目了。

不過我覺得這沒辦法，處身的環境決定如此，就像小項說的：「一個饑餓的人，趕緊吃上一頓肉就能活命，這時候你不可能也做不到膾不厭細，只能端上一碗顫巍巍的紅燒肉。」

我認爲只要掌握的事實並無錯漏即可，法拉奇比我激烈多了，而且CBS的著名主播丹．拉瑟說過：「電視就是瞬間，要有戲劇性。」他出道就以挑戰尼克森總統著稱，對老布希總統的採訪幾乎演變爲一場爭吵，從來不諱言自己的立場和情感，「九．一一」之後他坐在地上含淚朗誦《美麗的美國》，這些都爲他贏得「勇敢無懼」、「富於感情」的聲名。

但總編袁正明審片時提醒我：「不要不能自持，你有時忘了在採訪。」

我對袁總說，觀眾沒人批評啊，還挺喜歡，覺得「性情以對」。

袁總黑著臉：「你別讓觀眾看出你的喜好來，生活裡你怎麼樣是你的事，上了節目你就不能有這個。」

還對症下藥，送我一本《金剛經》，我在心裡給他起了個外號，方丈。

小時候看《少林寺》，眞討厭老方丈，他問李連杰：「戒淫欲，汝今能持否？」

小李偷偷看眼手掌裡定情的信物，眉尖聳動，姑娘在門後看著呢，眼波像水。

老和尚沒完沒了：「能持否？」

「……能持。」

姑娘一扭頭走了。

挺蕩漾的心，你讓人家持什麼持啊你說。

袁總升了袁台，不管調查了，還偶爾提醒我：「你看人家芭芭拉·沃爾特斯，老了，越來越穩定克制，你也得這樣。」

「成熟是麼？」我心想可我還沒老呢。

「不是成熟，」他說，「這是你的職業要求，你成不成熟都得這麼辦。」

二〇〇五年，我與老郝報導《中國改革》雜誌被訴案。

因爲刊發廣東華僑房屋開發有限公司改制不規範、壓制員工表達意見、致使員工利益受損的報導，雜誌社被企業告上法庭，索賠五百九十萬。華僑公司強調報導有失實之處，沒有正式採訪公司，也未羅列對公司方有利的事實。

調查性報導很容易惹官司，只要數字或者細節存在爭議，被起訴的可能性很大，一旦被起訴，出於保護，證人多數不會出庭，媒體的一審敗訴率在百分之六十以上。

這次終於贏了。法官認爲報導個別地方與現實有出入，但並非嚴重失實，他的判決是：「只要新聞報導的內容，有在採訪者當時以一般人的認識能力判斷，認爲是可以合理相信爲事實的消息來源支撐，不是道聽塗說或是捏造的，那麼，新聞機構就獲得了法律所賦予的關於事實方面的豁免權。」

我問他：「您希望觀眾怎麼來理解您這個判決？」

「這個社會對媒體的容忍有多大，這個社會進步就有多大，一個文明、民主、法治的社會是需要傳媒監督的。」

我心頭一熱。

採訪華僑公司老總時，他說服從法律判決，也可以接受媒體的「豁免權」，但他說有一個疑問：「你也是做記者的，你說說，只聽了一方的言論，沒有另外一方的言論，那怎麼可能是一個公正的新聞呢？」

我問過當時雜誌社總編爲什麼不採訪華僑公司。他說：「大多數批評報導，無論你怎麼徵求意見，結果都是一樣。材料比較可作爲證據，那就不必再把各種不同的意見全部都反映出來。」

《中國改革》被起訴時，多家媒體對這件事的報導，也只有對雜誌社的採訪，沒有華僑公司的聲音。大機構在當下往往能決定一篇報導的存廢，媒體當然有警惕，有同仇敵愾之心，我也是記者，聽到總編拒絕交出線人來換取調解，說：「我不能放棄我的職業道德，讓我下獄我就下獄。」會感到熱血激沸。

但還是有一個小小的疑問，在採訪中浮了出來，我把它按下去，又浮出來——「給每一方說話的機會」，這不是我們自己鼓呼的價值觀嗎？如果實在不能採訪，要不要引用一些有利於他們的證據或背景？很本能地，我想，強力者剝奪別人的發言權，當他們的發言權也被剝奪的時候，就是對他們的懲罰，懲罰就是一種約束。

但我又想：「這樣一來，我們和當初壓制打擊舉報職工的華僑公司又有什麼本質區別呢？」

我勸說自己「我們是正義的」。

可是，正義好像沒什麼放諸四海而皆同的標準，不管我做什麼節目，我博客底下總有人留言自稱正義，說「凡CCTV贊成的，我必反對」。還有次與一位美國同行談到中國內地的一個問題，他下了一個絕對的判斷，我說我去過那個地方，瞭解到的情況有些不一樣。

他打斷我：「中國根本沒有眞正的記者。」

「眞正的記者首先要給對方說話的機會。」我說。

「你們是沒有信譽的一方。」

談不下去了。

二〇〇六年，四十八歲的安娜．波莉特科夫斯卡婭被暗殺。四年之前，我在電視上看到這位女記者進入七百多人質被綁架的莫斯科劇院，充滿敬佩。車臣綁匪要求她充當與政府之間的調停人，綁匪信任她，因爲她在報導中一再公開批評普京的決策給車臣造成的痛苦。

她的死亡原因至今仍有爭議，普京和車臣武裝都被懷疑。去世前不久，車臣武裝的負責人巴薩耶夫曾約她採訪自己，她拒絕了，說在人質事件後，「我已經沒有任何可與他談的，這世上沒有英雄，只有受苦受難的人民」。

她是十五年來，這個國家第四十三個被暗殺的記者。當時我寫了一篇博客：「殺害記者的人是想讓人們恐懼——爲需要眞相和想要思考而感到恐懼。」有張照片是一位老婦人把白玫瑰放在她遺像面前。我寫道：「俄羅斯的人民用花朵紀念她，這個世界上有一種力量，比什麼都柔弱，但比恐懼更強大。」

我被這支玫瑰深深打動。

後來遇到美國政治學者Ann，她在莫斯科待了十六年。我以欽敬口吻談起安娜，Ann遲疑了一下，說：「我爲安娜難過，但我並不讚賞她的報導。」

「爲什麼？」我有點意外。

「因爲她的報導中觀點太多，」她說，「她總是站在她認爲的弱者一方簡單地批評。」

我說安娜說她的原則就是「批評是記者唯一的語言」。

她搖頭：「這樣的報導很難客觀。」

我認爲她是美國人，不理解俄羅斯的記者要承受什麼，「她是在一個那樣的環境下，常常被迫害的人很難避免……」

她說：「但這樣慢慢會變成你本來反對的人。」

她的話有道理，但我還是不忍心從這個角度去評價安娜，我做不到。

朋友們討論此事，一位是同行，說「她是我們的光榮」。

另一位反對：「說『我』，不要說『我們』，你的情感不代表別人的判斷。」

這句話眞是煞風景，但刺激了我一下。

這位說：「我最反感拿悲壯的感情開玩笑了。」

那位慢悠悠地說：「是麼，什麼東西是神聖到不能開玩笑的呢？」

又刺激了我一下。

賀衛方豆瓣小組關閉後，有位前輩寫過一篇長長的博客紀念它，讚美它，文章下面的留言裡，有一個署名是這個小組組長的人，他說：「我們的小組裡有一部分文章是有建設性的，並不像您說的那樣篇篇都是。」

這人最後寫道：「不要因爲一樣東西死去就神話它。」

這話硬而清脆，像銀針落地。

也是在這一年，丹·拉瑟從CBS辭職。

二○○四年美國總統大選前兩個月，丹·拉瑟在主持「晚間新聞」時引用了一份一九七二到一九七三年的空軍備忘錄，暗示布希家族曾僞造小布希的服役記錄。

輿論大嘩，但最終文件的提供者承認他誤導了CBS，丹．拉瑟不得不離開「晚間新聞」，重回「60分鐘」當記者，二〇〇六年，他最終離開了工作四十四年的CBS。

我通體寒意——一條新聞有多人把關，爲什麼是主播辭職？新聞發佈會上美國同行說：「如果這個節目得當年的皮博迪獎，領獎的也是你丹．拉瑟，不是別人。這條新聞惹了麻煩，承擔責任的，也必須是你。」

丹．拉瑟說：「質問當權者是我一直的努力，我認爲事實本身是存在的。」

我看到「質問」二字，心裡咯噔一下。

美國媒體評論說，喜歡挑戰權威的嗜好和對「調查性報導」的狂熱，使丹．拉瑟在這次失誤中成了最大的受害者。

我寫了一篇文章，叫《話語權的另一半》，寫到了對華僑公司那次採訪：「我們也許沒有機會採訪被指證方，但是有沒有對自己獲知的一方信息存疑？能不能站在對方立場上向報料人發問？有沒有窮盡各種技術要素，體現出盡可能去尋找對對方有利證據的傾向？『做不到』，只是一個技術問題。『不必做』，卻是一個以暴制暴的思維模式。」博客裡引了小莊那句話：「一個節目裡應該沒有好人和壞人，只有做了好事的人，和做了壞事的人。」

底下有位讀者跟了一句：「過去你覺得只有好人壞人，現在只有好事壞事，將來只有有事無事。」哎。

福建三明殘聯爲當地老年人安排免費白內障手術，手術外包給一個沒有執照的醫生，發生醫療事故，導致多人失去視力。我們去前，已經有很多報導，我採訪殘聯負責人，四十多歲，採訪了一個多小時，結束後她哭了。

我有點意外，以爲怎麼著她了。

她說：「之前從來沒有人願意聽我把話說完。」

我和老郝對望一眼，沒想到是這個反應。

人性的好惡不可避免，去做免費手術的老人都貧窮，坐我對面，穿著帶破洞的舊解放鞋，吃飯只能一勺一勺抖抖索索餵在嘴裡，青布衣襟上掉著米粒。面對這樣的人不可能沒有同情，面對造成這個結果的人，也不可能沒有憤怒。

只是如果她沒說完這一個多小時，沒法知道手術的晶體是怎麼購買的，怎麼出的品質問題，醫生從哪裡來，定點醫院爲什麼會承包給一個沒有執照的人，誰給殘聯佈置的非完成不可的「復明工程」的指標……這個人的背後，隱而未見的複雜因果如同大網，鋪向無邊。

我依然尊敬並學習法拉奇和安娜，但也開始重新思量採訪，她們甘冒槍林彈雨，爲一次採訪可以傾注生命，性烈如火，同情心極深，但也容易將世界分爲掌權者與被侮辱者，將歷史的發生歸功或歸罪於某一個人，容易將好惡凌駕於事實之上。

法拉奇在「九．一一」之後寫《憤怒與自豪》，說自己「哭了六天六夜」寫下這本書——那不是報導，甚至不是文學，用她的話說是「訓誡書」，這篇檄文裡用的都是「壞蛋」、「強姦犯」、「蛆蟲」這樣的字眼。

淚水和憤怒是人之常情，但我慢慢覺得公眾對記者這個職業的要求是揭示這個世界，不是揮舞拳頭站在什麼東西的對面。

我到莫斯科，海關排了兩個小時都不放行，排在最前面的人從箱子裡翻出幾盒人參，遞給邊檢小姐，她一笑，熟練地在椅子上一擰身，彎身放進櫃台下，每人效仿，蓋章放行。機場巴士的玻璃是碎的，但可以清楚地看到路邊建築物外牆上鮮紅淋漓的大字：AMERICAN GO AWAY! 車上的俄羅斯記者說，光頭黨有五萬人，自命爲民族的士兵，攻擊不是斯拉夫面孔的外國人，認爲他們搶奪了自己的資源。在酒店門口，下車的人群忽然停下來了。前面是五六個光頭，穿著短皮夾克和金屬鞋頭，他們看過來的時候，陪我們的留學生突然轉過身去，臉色蒼白。他曾受過光頭黨圍攻，如果不是一對老夫婦喝止，「必死無疑」。誰也不說話了，緊緊握住手提箱拉杆，不遠處，員警背著手撈一把瓜子閑看著。

第二天我出門，找不到計程車，攔住了一輛破拉達，開起來像犁地一樣。頭髮蓬蓬亂的司機聽著重金屬音樂，能講一點英文，嘮叨著「還是共產黨時代好，有麵包吃」。

他猛地一個急轉彎，搶在一個大公車前面。

「知道嗎？彼得堡每個星期都有有錢人被暗殺。」他看了看我的表情，一笑，露只金牙，「哈，上次那個殺手，只殺人，十五萬美金，一點都沒動。」

他讚賞地揮一下手：「就是要跟這幫資本家幹到底！」

我有點理解了Ann的想法——一個世界如果只按強弱黑白兩分，它很有可能只是一個立方體，你把它推倒，另一面朝上，原狀存在。

二〇〇九年四月，我去重慶調查。一塊土地拍賣，三年不決，工廠因此停產，一些工人寫信給我們希望報導，信上按著很多紅指印，給我很深的印象。

此事的關鍵人物叫陳坤志，他被指證操縱土地拍賣。

「他有槍，指著人的頭讓人簽協議。」有人說。這人自稱被他拘禁過，人證物證都有。領導知道採訪有危險，讓我們把手機都換掉，用一次性的卡，說：「不採訪他，節目能成立麼？」

「基本的證據夠了。」編導劍鋒說。

「那不採也成，安全第一。」領導說。

其他採訪結束，夠用了，行李裝上了車，飛機過幾個小時起飛，我們幾個在賓館坐著，面面相覷，都知道對方心裡的話：「採不採陳坤志？」

不採節目也能成立，但是個新聞人，都放不下。

「那就電話採訪吧，採完走。」劍鋒說。

四點鐘，我打了他電話，沒有通，我和同事們對視了一下，鬆了口氣，又有點失望。

再撥一遍吧。

嘟的一聲響，非常清晰的「喂」。

「我是中央台的記者，採訪土地拍賣的事情，想聽聽你的解釋。」

「我在打高爾夫。」他說。

「能見見你麼？」我認爲他肯定直接掛掉或者說沒空，那樣我們就可以輕鬆趕路了，在機場還來得及吃碗米粉。

結果他說「來吧」。

很多人都會奇怪，爲什麼那麼多這樣的人居然會接受電視採訪，「60分鐘」的記者華萊士說過一句話：「因爲所有你認爲的壞蛋在心裡都不認爲自己錯了。」

採訪時，他幾乎是得意洋洋地承認了所有的事實，包括操縱拍賣，收了一千七百多萬仲介費用，但「操縱拍賣」在他看來是一次正當勞動，他甚至自覺有道德感，因爲做到了「對出錢的人負責」。至於那些被他拘禁要脅的人，他認爲都是想從中多撈一把的膿包，而他拯救了整件事，所有想搞掉他的人只像「蒼蠅一樣嗡嗡嗡」，都得不了逞。

我們坐在巨大的穹形高爾夫球場邊上，他把我當成了一個英雄故事的聽眾，我懷疑他知不知道正在說出的話對自己意味著什麼。

「我問過律師了，我做的在法律上沒有任何問題。」他歪著頭，臉上幾分得意之色。送我出門的時候，他已經沒有顧忌了：「我是公安大學畢業的，我就是要玩法律。」

在後來的調查和審判中，他被判處死緩。

但這事沒有完。陳坤志曾對我說過一句話：「這個事件中沒有人是正義的，別打著這個旗號，大家都是爲了利益。」

我原以爲，這是一個黑白分明的世界，分爲被欺凌的弱者和使用暴力的劫掠者。對他提供的信息進行印證後，我才發現，拍賣中被他劫掠的人有些確實不是單純的受害人，他們最初都是要從中牟利的，而且牟的都不是正常的利益，只不過，在叢林法則下，大魚吃小魚，最後被吃掉了。

那些向我們舉報的人領頭鬧事，把一個廠長趕下台，焊上鐵門不讓廠子生產，私賣設備分了一部分錢，不久又把另外一個廠長趕下台，又分了一部分錢。等陳坤志把拍賣控制成交後，他們以暴力相抗，拒不交地，把廠房和荒地拆成一個個格子租出去，又是一筆錢，都是這十幾個人掌握了……這些人不是我出發前想像的受害工人階級，沒有群像，沒有長得一模一樣的窮苦人群體，只有一個一個訴求利益的人。

採訪的時候，各方人士都寫了遺書，認爲自己將被黑幫分子所害，包括陳坤志也說「我被黑社會威脅」……我沒克制住好奇，請每個人都把遺書念了一遍，每個人都聲淚俱下。

想起在「百家講壇」採訪易中天，他反客爲主，問我，「新聞調查」的口號是探尋事實眞相，你說說，什麼是眞相？

我想了想，說：「眞相是無底洞的那個底。」

有觀眾看了這個節目，在我博客裡留言：「那你說說，什麼是探尋？」

底下有另一位觀眾替我寫了個答案：「保持對不同論述的警惕，才能保持自己的獨立性。探尋就是要不斷相信、不斷懷疑、不斷幻滅、不斷摧毀、不斷重建，爲的只是避免成爲偏見的附庸。或者說，煽動各種偏見的互毆，從而取得平衡，這是我所理解的『探尋』。」

採訪完重慶這期，我給錢鋼老師寫信，說這期節目讓我不敢輕易再對任何事物直接發表評論。

「我對一方缺席的採訪抱有疑問，哪怕技術上來講證據沒有任何問題，也必須讓他們說話和解釋。即便這些解釋會讓我們本來簡單的是非變得混沌，會讓我被動，讓我在採訪中陷入尷尬，讓我可能必須放棄一些已經做完的不錯的採訪段落，會帶來節目被公關掉的風險，也必須這樣做，不僅是對他們負責任，同時也讓我們自己完成對世界的複雜認識，哪怕這個認識讓我苦苦難解，讓我心焦。」

錢老師回信說：「追求眞相的人，不要被任何東西脅迫，包括民意。我們要站在二〇一二、二〇二二，甚至更遠的地方來看我們自己。」

信的最後，他說：「不要太愛惜你的羽毛。」

我明白他的意思，做調查記者最容易戴上「正義」、「良知」、「爲民請命」的帽子，這裡面有虛榮心，也有眞誠，但確是記者在困境中堅持下去的動力之一。現在如果要把帽子摘下，有風雨時也許無可蔽頭。

我把這些寫在博客裡，但有讀者問：「記者價値中立並不等於價値冷漠，難道這個職業沒有道德嗎？」

二〇一一年，福建歸眞堂藥業因活熊取膽汁入藥，被眾多名人與網友聯名反對上市，企業負責人邱淑花接受採訪前先哭了十幾分鐘，不回答具體的問題，只說攻擊她的人由西方反華勢力推動，她也沒有證據，只說：「就是陷害。」

我問：「有沒有一種可能，是現在的社會發展了三十年之後對於動物的保護意識要比以前強了很多，聲音也大了很多？」

她眼淚收住了：「這個我也沒辦法說了。」

我說：「那您願意把情緒沉澱一下，再梳理一下這個問題麼？」

活熊取膽這件事與二十年來法律、經濟、野生動物保護政策的變化和千百年來中國人與動物的關係有關。這些都不是情緒能夠回答的。我多以「有沒有可能……」開頭來提問，也是因爲我不確定自己一定是對的，不能輕易選擇立場，只想通過提問來瞭解「如果你採取了某個立場，將不可避免作出什麼選擇，另一些人的選擇會是什麼，按照經驗將會產生什麼後果？」

邱一直在強調絕不放棄活熊取膽，我問：「有沒有可能你們一旦上市了，國家產業政策現在正在變化，將來這個產業萎縮之後對股東、對你們也有風險？」

她猶豫了一下，鬆了口：「人工替代品如果能研發，我們也可以研發。」轉變看上去突兀，但在最初面對大量反對聲音時，晃動其實已經開始，人往往出自防衛才把立場踩得像水泥一樣硬實，如果不是質問，只是疑問，猶豫一下，空氣進去，水進去，他兩個腳就不會粘固其中。思想的本質是不安，一個人一旦左右搖擺，新的思想萌芽就出現了，自會剝離掉泥土露出來。

採訪不用來評判，只用來瞭解；不用來改造世界，只用來認識世界。記者的道德，是讓人「明白」。

應國務院新聞辦的邀請，我去跟政府官員座談。其中一位說到他爲什麼要封閉新聞，「因爲不管我放不放開，他們（記者）都不會說我好。」底下人都點頭。

到我發言，我說，說三個細節吧。一是有一年我在美國的時候，正好是CNN的主持人卡弗蒂用「暴徒和惡棍」描述中國人的「辱華事件」。我跟美國街頭遇到的黑人談這事，他說我們很討厭這個人，他也侮辱黑人，但他不代表CNN，也不代表白人，他只代表他自己。我又和美國國務院的官員談到美國的一些媒體報導中有明顯的挑釁與失衡處，他們灰頭土臉地說，「他們對我們也這樣」，但他們接受記者的職業角色，因爲「這是憲法給他們的權利」。

第二個細節是，有一次雪災剛過，我去發改委採訪一位官員，當時網上批評發改委在雪災中有應急漏洞，我問他這個問題，他答完長出口氣，說：「總算有人問我這問題了。」因爲他終於得到一個公開解釋的機會。如果一直封閉新聞，結果就是大家都會相信傳言，不會有人問你想回答的問題。

第三個細節是我在廣東採訪違法征地，剛坐下問第一個問題。這位市長就火了：「你居然敢問我這樣的問題?!」這個問題只不過是：「你們爲什麼要違法批地呢？」

他站起來指著攝像機爆粗口。

我提醒他：「市長，正錄著呢。」

「你給我關了！」他就要撲到機器上來了。

他怒氣衝衝：「我沒見過敢像你這樣提問的記者。」

「我也從來沒見過你這樣連問題都不敢回答的市長。」我當時也有點急了，第一次直接跟我的採訪對象語言衝突。

我們第二天一早的飛機走，準備睡了，晚上十一點，他大概是酒醒了，臉如土色地在門口等著：「再採訪我一次吧。」同事們對視一眼，說「別理他了」。

上午的採訪都已經錄下來了，他是漫畫式的形象，快意恩仇，而且充滿戲劇性，觀眾愛看。但我們要的不是他的失態，而是信息。陳威老王架機器，我洗了把臉，說「坐吧」。採訪了四十分鐘，他說違法征地的決策程序和地方財稅的壓力。採訪完出門時我對他說：「我可以不採訪您，這您知道。但我採訪了，是因爲我尊重我的職業，也請您以後尊重記者。」

說完這三個細節，我說：「您認爲媒體有偏見，是的，可能媒體會有偏見，世界任何一個國家都這樣，但糾正偏見的最好方式就是讓意見市場流通起來，讓意見與意見較量，用理性去喚起理性。」

一個數年未見的朋友碰面，說與幾個人在酒吧裡同看我的節目，「原來覺得你挺鬥士的，一看你現在都專訪官員了，都嘲笑你，我還替你辯解來著，說你也不容易。」

我說你聽內容了麼，他說沒有，我說哦。

他說：「你變了，從你的眼神裡就能看出來。」

「你覺得這樣好麼？」我問他。

他沉默了一下，說：「我覺得……對你好就好。」

我說節目是我自己的選擇，我覺得這個官員說的信息，影響很多人生活，觀眾需要瞭解。他說：「哦那你就是……」他發出了嘫嘫的音，但還是把後面那個刺激的字收住了。

他說話就這個風格，我不以爲怪：「不管報導誰，都是平等的吧。」

「你眞覺得你跟人家是平等的？」他說。

「對我來說，攝影機紅燈亮的時候，任何人都只有一個身份：『我的採訪對象』。」

他噗哧笑了，說：「太天眞了。」

我也笑：「是，凡事信以爲眞。」

在採訪筆記本前頁，我抄了一段話，歌德讓他的弟子去參加一個貴族的聚會。年輕的弟子說「我不願意去，我不喜歡他們」，歌德批評他：「你要成爲一個寫作者，就要跟各種各樣的人保持接觸，這樣才可以去研究和瞭解他們的一切特點，而且不要向他們尋求同情與共鳴，這樣才可以和任何人打交道……你必須投入廣大的世界裡，不管你是喜歡還是不喜歡它。」

不管圍觀者對他的期待有多深，環境有多鼓噪，他說：「我沒有戰鬥的情感，也不打算寫戰歌。」

那位朋友看到的節目中，我採訪的官員批評上級政府財政決策失誤，說了四十五分鐘，很坦率。

採訪完我問他：「您這個性怎麼生存？」

他說：「官僚系統是一個複合系統，只有一種人就玩不下去了。」

「那你靠什麼直言不諱還能讓人接受？」

他說：「準確。」

我想起問過Ann，如果你認爲安娜的方式並不是最好的方式，那什麼是？

Ann說：「Doing the right thing is the best defence.」——準確是最好的防禦。

無論如何自制，人的情緒是根除不了的，有時鬆，有時緊，永遠永遠。我讓老范編輯時把我表情過度的鏡頭掐掉，她不聽，有時還要強調出來，加點音樂，覺得記者有情緒才能帶動觀眾。我拿她沒辦法，只能自責：「你給我做一個牌子，採訪時我再不克制就舉牌子，上面寫兩個字：『自重』。」沒辦法，方丈說得對，和尚和記者這兩個工種，都要求人「能持」，持不了，或者不想持，只能別幹了。他送我那本《金剛經》裡，有一句注解「念起即覺，覺已不隨」，人是不能清空自己的情緒判斷的，但要有個戒備，念頭起來要能覺察，覺察之後你就不會跟隨它。

她嬉皮笑臉：「哎呀我們覺得挺好的，你又不是神仙姐姐。你是凡人，還是在地上走吧。」

有位觀眾曾經在博客裡批評過我，我覺得說得眞好，女人酒局上，說給她們聽：「如果你用悲情賄賂過讀者，你也一定用悲情取悅過自己，我猜想柴靜老師做節目、寫博客時，常是熱淚盈眶的。得誠實地說，悲情、苦大仇深的心理基礎是自我感動。自我感動取之便捷，又容易上癮，對它的自覺抵制，便尤爲可貴。每一條細微的新聞背後，都隱藏一條冗長的邏輯鏈，在我們這，這些邏輯鏈絕大多數是同一朝向，正是因爲這不能言說又不言而喻的秘密，我們需要提醒自己：絕不能走到這條邏輯鏈的半山腰就號啕大哭。」

他寫道：「準確是這一工種最重要的手藝，而自我感動、感動先行是準確最大的敵人，眞相常流失於涕淚交加中。」

第十一章 只求瞭解與認識而已

二〇〇六年兩會期間，網上有段視頻熱傳，是一只貓被一個穿著高跟鞋的女人踩死的過程。視頻裡，她臉上帶著笑，照著它的眼睛踩下去。那只貓的爪子微微舉起，無力地抓撓，直到被踩死。她踩的時候面對著一個攝像機，錄下的視頻被拿來在網上收費觀看。

當時在忙兩會，不及細看，路上聽到計程車裡電台主持人播報這件事，說：「已經通過對踩貓地點Google Earth和人肉搜索，發現踩踏的人是一名護士，拍攝者是一名記者。」

這兩個職業？我從椅背上坐直了。一個是同事眼裡很文雅、「有潔癖」的「白衣天使」，另一個，是扛著攝像機拍新聞的同行。

我寫博客說這件事，寫到曾收到觀眾用DV拍的錄影，在河南，鬥狗。現場全是人，老人蹲在那兒咬著煙捲，悠然說笑，小孩子嗑著瓜子跑來跑去找最好的角度，女人們抱著臉蛋紅撲撲的嬰兒，嬉笑著站在一邊。鬥狗場上的男人跪在地上，對咬在一起、身上全是血跡的狗吼叫：「殺！殺！」他們眼睛通紅，嘴角能看到掛下來的白線。贏了的人，可以拿三十塊錢。

我在博客裡寫：「是的，生命往往要以其他生命為代價，但那是出於生存。只有我們人類，是出於娛樂。」

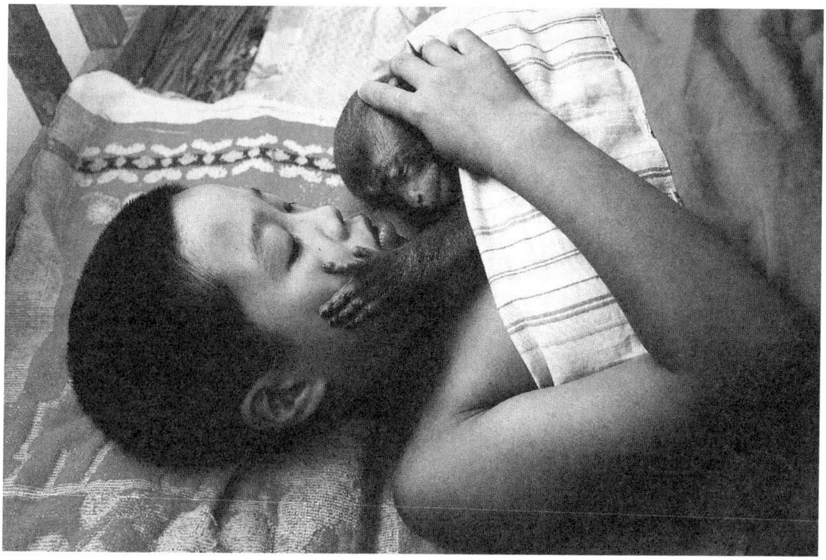

耍猴人的小兒子摟著小猴子睡在被窩裡，這是攝影師馬宏杰拍攝的《耍猴人的江湖》系列照片之一。生活就是生活，他沒有只站在哪一方的立場上，不讚美，不責難，甚至也不惋惜，但求瞭解認識而已。

老范有只貓，小圓臉兒，有點小瀏海兒，長得跟她一模一樣。經常我打電話給她，她就扯著兩只後腿把貓拖到話筒邊上：「叫，叫阿姨。」貓倔得很，一聲不吭。

我一直擔心貓跟著這樣的人也就算個苟活，但她認爲自己相當疼愛貓。她經常吃了上頓沒下頓，但貓養得癡肥，胖得都不會喵了。每晚她還摟著睡，貓死命掙也掙不開，第二天她一臉貓毛。

所以，她對踩貓的人氣得很。到兩會結束，這事兒已經過去一個月，她還耿耿於懷：「走，找他們去。」直到那時，踩貓的人、拍攝者、組織買賣者，都沒有接受過媒體採訪。

也有人說，過去這麼長時間的事兒了，還是新聞麼，還做麼？

老范和我都沒上過新聞學院，就靠直覺和欲望來判斷，覺得新聞和時間不見得有必然的關聯，就是觀眾想知而未知的東西。

視頻拍攝地是黑龍江與俄羅斯交界的縣城，拍攝虐貓視頻的人姓李，是我們同行，事出後離開了單位。老范給他發了很多短信，沒有回復。

找了一天，人影兒都沒有，邊境小城，晚上鐵一樣的天，蒼灰大雪，我們又凍又餓，找了一個地兒，盤著大炕。火燒得紅旺，坐在炕上穿著單衣，熱氣騰騰吃燉酸菜，一邊說這節目算是沒指望了。老范電話響了，她臉色一變，噌地滑下炕趿拉著鞋就出了門。

過了一會兒，她還沒回來。門開的這一縫，外面雪把地都白了，碎雪粒子夾著風一股子一股子地鑽骨冷，小宏趕緊撈起大衣給她送出去。

老范還站在雪裡接電話，披上衣服，下意識說聲「謝謝」。對方聽見問怎麼了，她說哦沒事同事給送衣服。

對方沉默了一會兒說：「你剛才一直沒穿大衣站在外頭？」

「哦，一看到你電話我忘了。」她說。

李就這樣接受了採訪。

這個光頭坐在我對面，一根煙銜著，粘在嘴角懸懸不掉，「『新聞調查』這樣的節目，隔了一個月才來做，肯定不是光來譴責的。問吧，越尖銳越好。」

他對殺死一只貓沒有興趣，也不享受虐待的過程。他說這麼做只是爲錢，拍下來提供給網站，一次兩千，比他一個月的工資要高，還不包括賣碟和高跟鞋的錢。

他說：「要只是一次性我也不會幹，這是一個可以長期做的事，有一個群體需要，這是一個產業。就像一只耗子溜到貓嘴邊了，我只要考慮吃不吃。」

「你在做生意？」

「對，不違法，沒有成本，沒有風險，收益很大。」他說。

「那道德呢？」

他笑一下：「公民道德規範裡又沒寫不能踩貓。」

我問他：「人的心裡不該有這樣的天性嗎？」他說：「剛開始看的時候有一點點感覺，然後就麻木了。」說完眼睛不眨看著我。

「什麼讓你麻木呢？」

「利益。」他答得飛快。

他不準備懺悔，也不是為了挑釁，這就是他眞實的想法。

老范坐邊上，後來她寫道：「說實話，他的坦率讓我絕望。一個過於主動甚至積極坦白自己內心陰暗面的人，往往會讓原本想去挖掘他內心弱點的人感到尷尬和一絲不安。他甚至都不為自己辯解一句。為什麼不在鏡頭面前，哪怕是僞裝歉意向大家懺悔以乞求寬恕呢？」

採訪間歇，老范跟他聊天。李說起多年前也曾經養過一只貓：「養了十七年，自己老死的，我經常抱著她睡。」我們都一愣。

「如果現在付錢給你，讓你踩你自己的那只貓呢？」老范試探地問。

「這個如果不存在，她在十幾年前就已經去世了。」

「如果有如果呢，你就當是一個心理實驗。」

「我會收下錢，讓人把她帶走，不要讓我看見。」

「如果一定要你看著，當面踩死呢？」

「如果……錢高到一定程度的話，可以。」

老范是個七情上面的人，臉上明明白白掛著傷心。這時候李開始反問她：「如果你也養貓……」

她打斷：「不用如果，我就養著一只貓。」

「如果他們付給你足夠高的價格呢？」

「絕不可能！」她說得斬釘截鐵。

「五百萬。」

「絕不會。」

「一千萬。」

「不會。」

「五千萬。」

「不會。」

「一億！」

她臉上像有個頓號一樣，很短地遲疑了一下。

「不會。」她回答。

他詭譎地笑了笑：「如果更多呢？總有一個能打動你的點吧？你只是不會那麼輕易地動搖你的底線，這是你和我的區別。」

知道我們要做這期節目後，有人在我博客留言：「我們要維護一條道德的底線。那條底線，是對生命的尊重，一個社會是有規則的，不是隨性而爲，不是暴力、濫交、背叛、屠戮！」

在同一頁的留言裡，另一個人說：「到底什麼是道德的底線呢？曾經有人問過我，我說因爲每個人的道德觀不同，所以這個底線是沒法規定的。他說至少要有個底線嘛，像孝敬父母什麼的。我說，每個人的處境不同，遭遇不同，所以想法不同，你怎麼知道你的底線就一定是別人的底線呢？他沒再回答。」

道德是什麼？

採訪完，深夜裡，我和老范人手一本日記，埋頭刷刷寫，面對這讓人迷惑的古老問題。

孟子說，「仁」就是「道德」……那麼，什麼是仁？他說，惻隱是「仁之端」。但惻隱是什麼？對象是誰？在什麼範圍內存在？每個人有自己的理解。

我寫過諾貝爾和平獎得主德國醫生施韋澤的故事，他在非洲叢林爲黑人服務五十餘年。在書裡他寫道：

「無論如何，你看到的總是你自己。死在路上的甲蟲，它是像你一樣爲了生存而奮鬥的生命，像你一樣喜歡太陽，像你一樣懂得害怕和痛苦，現在，它卻成了腐爛的肌體，就像你今後也會如此。」

在那篇文章的最後，我寫道：「如果我們對一隻貓的死亡漫不經心，我們也會同樣漫不經心地蔑視人的痛苦和生命。」

李的同事說他曾經救過四個人，高速公路上發生了車禍，四人受重傷，他路過，把幾人陸續送到醫院。

我問他，他說因爲「看不過去」，但他對一隻貓的死不以爲意，「網上說我殺了貓，接下去就會殺人，殺完人就會變成希特勒，搞種族滅絕。」他笑了一下，說：「其實對動物不好的人不一定對人不好，對動物好的人也不一定對人好。」

踩貓的視頻被放在一個叫「Crushworld」的網站上，這網站一個月的註冊量超過四萬，事發之後李聽到了無數的聲討，可他收到的信裡，還有一些，是通過新聞報導知道他的地址後，向他買光盤的。

「不要以爲他們離你很遠，他們當中有官員，有商人，什麼人都有，他們就是你生活裡的普通人。」他說，「事件過去之後，這個市場還會存在，因爲需求存在。」

他解釋：「因爲如果規則只是道德的話，人的道德底線是不一樣的。」

「假如當時這個行爲是違法的，有明確的法律規範，你覺得你會做嗎？」我問。

「不可能。」

「絕對不會？」

「這個底線堅決不能超越。」

十九世紀初，英國有人提出禁止虐待馬、豬、牛、羊等動物。提案在國會引起巨大爭議，最終被下院否決，這是人類歷史上首次試圖從法律上肯定動物以生命體存在。一八二二年，世界上第一個反對虐待動物的法案在英國出台，之後，陸續有一百多個國家通過《反虐待動物法》。不過中國目前還沒有此項法律。

美國最高法院的大法官霍爾姆斯說：「法律不是一個道德或是倫理問題。它的作用是制定規則，規則的意義不在於告訴社會成員如何生活，而是告訴他們，在規則遭到破壞時，他們可以預期到會得到什麼。」

我們問李，看視頻的到底是什麼人？

他說：「我不知道，知道我也不能說。」

我們在杭州找Crushworld網站的負責人Gainmas，他姓郭，名字、車號、住址、手機、照片都被人肉搜索過，貼在網上。

大風裡我們等到半夜，傳達室的人指指堆在桌上的一厚摞報紙：「已經十幾天沒人領過了，可能早搬走了，車也沒在了。」

第二天早上七點，我醒了，老范披頭散髮坐在對面床上，問我：「咱們……再去一趟吧？」

做新聞的人是賭徒，我通常賭完身上最後一分錢離場。她不是，她會把外衣脫了押在桌上，赤膊再來一局。

老范上樓去他家那層看看，我沒著沒落等在一樓。十五分鐘後，我收到她的短信：「他家門開了，有人下樓了。」

我剛奔到電梯口，門就開了，裡頭三個人，一個老頭，一個女人，還有一個男人。但這個男人跟照片上的Gainmas沒有任何相似之處，比照片裡的人起碼要胖二十斤，滿臉鬍子。

我不抱指望地迎上去喊：「郭先生。」

他本能一應。

反而我愣了一下，才說：「我是『新聞調查』的記者，想跟您談談。」

他倒是平靜，說：「到我公司吧。」

他說起自己的「僞裝」，這一個月裡，不斷有人敲他的門，給他打電話，威脅殺了他。

採訪前，他不斷地強調自己出身於文化世家，受過很好的教育，不像網上說的那樣是一個低級的魔鬼。

「那爲什麼要讓踩貓視頻出現在你的網站上？」我問。

他說：「這是一個戀足的網站，我是一個戀足者。」

我跟老范對望一眼，沒聽過這個詞。

他解釋：「戀足，是一個有針對性的對人體腳部強化的愛。我個人覺得，這可能是一種母系社會的遺留吧，就是一種對女權的崇拜，戀足，欣賞美麗的腿部，把它當作一種崇拜物來崇拜。」

「爲什麼對於腳的迷戀會引申出來踩踏？」

「作爲一種極端的分支，用這種方式來剝奪生命，他會感覺到一種權力的無限擴張，感覺到女權的一種無限釋放，感覺到生命被支配，他會反過來得到一種心理的滿足。」

他說他和很多戀足者都不願意踩踏動物，覺得踩一些水果就可以了，沒有必要利用別的生命來滿足自己。但他仍然提供了這個平台給另一些有踩踏欲望的人：「因爲法律並沒有像歐美國家一樣禁止這麼做。」

我問他，爲什麼會有人要看踩貓？

「我覺得這個跟每個人心靈從小蒙受的陰影，包括受到過很大的挫折，那種報復心態有關係。」

已經有幾十家媒體找過踩貓的女人，她始終沒有露面。

她已經離開了工作的醫院，也離開了家，她的女兒沒辦法上學，因爲媒體會找到學校去。院長是她信任的人，幫我們在辦公室打電話給她，免提開著，聽見她的尖叫：「再來記者我就跳樓了！」

院長慢慢按了電話，抬眼看我。我說那我們明天走吧。臨走，我委託他：「您就轉告她一聲，我們既不是爲了譴責她，也不是爲了同情她才來的，只是想聽她說說看是怎麼回事。今晚正好有一期我的節目，請她看看，再選擇要不要見一面吧。」

當晚播的節目是「以公眾的名義」，主角是郝勁松和陳法慶。節目放完半小時，院長打來電話，說她同意見見你們，但只是見一面，不採訪。

約在一百公里外一個陌生城市的賓館裡，開門時我幾乎沒認出她，比視頻上瘦很多，長髮剪得很短，眼睛敏感，嘴唇極薄，塗了一線口紅。

我們說了很多，她只是有些拘謹地聽著，說：「不，不採訪。」老范委婉地再試，她說得很客氣：「我見你們，只是不想讓你們走的時候留下遺憾。」

手機響了，她接了，突然站起身，「啪」一下按開電視，拿起遙控器，一個頻道一個頻道迅速往下翻。

我們問：「怎麼了？」

她不說話，眼睛盯著螢幕。一個電視節目剛播完預告片，要播虐貓的事。她一句話不說，眼睛盯著電視裡自己的截圖，面部沒有作遮擋，主持人正指著她說：「沒有人性。」

我們一起坐在床上，尷尬地把那期十分鐘的節目看完，她一言不發，走進洗手間。我聽到她隱隱在哭。

她出來的時候，已經洗淨了臉，看不出表情，拿起包要走：「你們去吃飯吧，我不陪了。」

我們僵在那兒。

還是院長說：「一起去吃頓飯吧，算我的面子。」

雪粒子下起來了，越下越密，我們四個人，下午三點，找到一個空無一人的小館子。

知道不可能再採訪，氣氛倒是放鬆下來。院長跟我們聊看過的節目，她一直側著頭，不跟我們目光接觸，只是說到抑鬱症那期，我提到心理醫生說有的人爲什麼要拚命吃東西，因爲要抑制自己表達不出來的欲望。她擰過臉看著我，很專心地聽。

過了一會兒，她話多了一點：「你們之前發給我的短信我都收到了，沒有刪，經常返回去看一看。」

老范看著我傻樂。

院長給大家杯裡倒了一點酒，舉杯。這酒烈得，一點兒下去，老范就眼淚汪汪的，斜在我肩膀上。

王忽然說：「這是我一個月來最快樂的一天。」

我們三人都意外得接不上話。

她說事發之後，女兒被媒體圍著，沒法上學，她就一個人，一只包，離開單位，離開父母和孩子，四處走。不知去哪兒，也不知道未來怎麼樣。但看見老范的短信裡有句「一個人不應該一輩子背著不加解釋的污點生活」，心裡一動。

下午很長，很靜。外頭雪下得更緊了，漫天都是。

我們喝了挺多酒，那之前我從沒喝過白酒，但她有東北女人張羅的習慣，過一小會兒就站起身給每個人添滿。

她說這些年，心裡真是痛苦的時候，沒人說，房子邊上都是鄰居，她就把音響開得很大，在音樂掩蓋下大聲尖叫……我問過她的同事，知道她婚姻有多年的問題，但她從不向人說起。她的同事說：「她太可憐了，連個說的人都沒有。」

「我再喝，就回不去了。」我手臂通紅，轉著手裡那個已經空了的玻璃杯。

「那就不回去了。」她說。

誰也沒提那件事，但臨走前，她突兀地說了一句：「其實我也很善良很有愛心，這件事只是欠考慮。」

我和老范沒接話。

晚上我們沒走。反正也不拍了，飛機明天才有，來都來了，就待一天吧。她叫上了自己的兩個朋友，約我們一起去唱歌。

小城市裡的ＫＴＶ，就是一個皮革綻開的長沙發，一台電視，頭頂一個會轉的圓球燈。她不唱，手交握著，兩膝併攏，靜靜聽別人唱。過一會兒，扭頭對我說，你唱一個吧。

我離開K壇很多年了，實在難爲情。她堅持，我看了眼塑膠袋裡捲著邊兒的點歌單，指了指第一行，陳淑樺的《問》，我高中時的歌。

誰讓你心動，
誰讓你心痛，
誰會讓你偶爾想要擁他在懷中。
誰又在乎你的夢，
誰說你的心思他會懂，
誰爲你感動。
……

我的媽呀，這個幽怨的調調，已經多年沒操弄了，我對著雪花飄飄的電視機唱：「只是女人，容易一往情深，總是爲情所困，終於越陷越深……」

KTV包間裡煙霧騰騰，男人們正大聲聊著，我只好唱得聲嘶力竭：「……可是女人，愛是她的靈魂，她可以奉獻一生，爲她所愛的人。」

我唱完，把自己都肉麻著了，不好意思。她一直盯著字幕看，一直到最後一點兒音樂消失，轉頭看了我一眼，說：「挺好的。」

過了一會兒，誰點了一首的士高舞曲。音樂響起，頭頂小球一轉，小包間都是五顏六色小斑點，在座的人有點尷尬地坐立不安。

她忽然站起身把外套脫了，我吃驚地看著，這人身上好像發生了小小的爆炸，從原來的身體裡迸裂出來，她閉著眼睛，半彎著上身低著頭狂熱地甩，撲得滿臉是頭髮，就是這一個姿勢，跳了半個小時。別人也站起來陪著她跳，但她誰也不看，不理。

深夜，我們回了賓館，送她到房間，也沒開燈，借著街燈的光斜坐著。

她忽然說起踩貓當天的事，李是怎麼找的她，怎麼說的。她根本不在乎錢，一口就答應了。他們怎麼找的地方，怎麼開始的。說得又多，又亂，又碎，像噴出來的，我和老范都沒有問的間隙。又說起二十二年的婚姻，她弄不明白的感情，她的仇恨……她強調說，是仇恨，還有對未來的絕望。

「我覺得我再也不會有歸宿了。」她說，「男人不會愛我這樣的女人。」

我和老范沉默地聽著。

她忽然說：「你們錄音了嗎？」

老范立刻把身邊的東西都掀開：「怎麼會呢？我們肯定尊重你怎麼會這麼……」

她打斷：「不，我是說，如果錄了音的話，你們就這樣播吧。」

我和老范對看一下，沉默了一小會兒，我說：「你休息吧。」

第二天早上，七點，院長來敲我們的門，說：「她同意接受採訪。」

我們在攝像機面前坐下來，拍她的剪影。

她帶著笑容，甚至愉快地和我的同事們都打了招呼。

我們從她在網上寫的公開信說起，信裡她道歉：「我不需要大家的同情，只求你們的一份理解，有誰能理解一個離異女人內心的抑鬱和對生活的煩悶？正是這份壓抑和煩悶，使我對生活喪失信心，致使發洩到無辜小動物的身上，成為不光彩的角色……我是多麼可悲、可恨。」

我問她：「後來為什麼要在網上寫那封公開信呢？」

「讓他們能對我有一份理解。」

「你希望大家怎麼理解你？」

「內心深處有一些畸形吧。可以用『畸形』這個詞。」

「為什麼要用這麼嚴重的詞呢？」

「心裡有病，的確是心裡有病，病態的心理。內心的壓抑和鬱悶，如果說我不發洩出去的話，那我會崩潰的。」

她看著我，眼光很信任，有一種終於把它說出來的鬆弛。

但是問完這些，我必須往下問，這是一期節目，我是記者。

「你為什麼要面帶微笑？」我指的是她踩貓的時候。

「我笑了麼？」她是真不知道。

「你是說你都沒覺察到自己臉上帶著笑容？」我心裡咯噔一下。

「是。」

「怎麼踩是他們給你的指令麼？」

她毫無猶豫：「不是。」

「那為什麼要選擇踩它的眼睛呢？」我問。

「這個細節不要描述了。」

「你為什麼不想再談起這些細節？」

「如果再談起這件事，好像又勾起我這些仇恨，不要談這些了。」

「你是說你把它想像成你仇恨的人，我可以這樣理解嗎？」

「對，可以這麼理解。」

「你踩的時候能聽見貓在叫嗎？」

「當時頭腦一片空白，好像什麼都沒想過，也沒有感覺到什麼。」

「你沒有意識到腳下這是個生命？」

「沒有。」

「你後來爲這件事情自責過嗎？」

「嗯。」

「你曾經有過極端的念頭嗎？」

「有過，我總感覺我內心受的傷，好像任何人都幫不了我，這些不談了，我不想談這些。對不起。」

她哭了。我知道她痛恨在別人面前流淚，對她說：「你去房間休息一會兒吧。」

她起身離開，我們幾個在房間裡等著，沒人說話。過了十幾分鐘，我去敲她的門，沒有反應。我突然想起，她的同事提過她有美尼爾綜合症，這種病受到驚嚇或是情緒極激動時可能會發生暈眩，我大聲叫來服務員打開房門。

她蜷在床上，縮作一團，手指僵硬痙攣，撕扯著枕頭。我蹲下來，給她把脖子上的絲巾解開，她皮膚滾熱。我試著去觸摸她的手，她掙開了我。

我們叫來醫生，注射了十毫克的安定，她才平靜下來。

我和老范坐在床邊看著她。

慢慢地，她睡著了。

回去路上，大家都許久不說話。

小宏說：「你的問題太刺激了，讓她窘迫了。」他看了看我，又安慰性地補了一句：「當然，你也不能不問。」

之後誰也不再提這件事，包括老范。夜裡，老范睡了，我睜著眼睛，檯燈的光擰得很微弱。本子上什麼也看不清，我還是用圓珠筆歪歪扭扭地寫下來：

「作爲一個記者，通往人心之路是如此艱難，你要付出自己的生命，才能得到他人的信任，但又必須在眞相面前放下普通人的情感……在這個職業中，我願意傾盡所有，但是，作爲一個人，我是如此不安。」

放下筆，我給王發了一條短信，希望她瞭解這個採訪對我來說絕不輕鬆，但是我希望，承受痛苦對我們都是一種清洗。

她沒有回。

後來我才知道，老范在機房編這段的時候也很掙扎。王的臉作了遮擋，但鏡頭裡可以看見她臉上帶著的那點笑容，側影的弧度。

老范說一直不敢看那笑容，總是下意識地用機器擋住眼睛。她知道很多人都期待著王在鏡頭面前低頭和懺悔，以便寬恕她。

「她的表情即便不是哭泣，最少也應該是沉痛的。」老范寫道，「可是她居然笑著。」

機房的深夜裡，老范再次面臨「雙城的創傷」時的選擇：要不要把這些人性複雜的狀態剪上去？會不會違背觀眾的願望甚至觸怒他們？

她說後來想起我告訴她的一件事。

非典的時候，小鵬目擊過一件摧折我心的事，當時我轉身走了，他沒來勸我，去跟大家會合吃飯了。我找了個地方坐了一會兒，也去了。

張潔有記錄的習慣，他讓小鵬拍一些大家的資料，小鵬就拿個ＤＶ問各人無厘頭問題，大家鬧哄哄。問到我，他說：「你怕什麼？」

我跟邊上人說笑，沒理他。

他說：「我知道你怕什麼，你怕眼淚流下來。」

大家哄笑：「靠，太作了太作了。」

我嬉皮笑臉把ＤＶ接過來，倒轉鏡頭對著他問：「那你最怕什麼呀？」

他看著我，說：「我最怕看見眼淚流下來。」

這幫壞蛋笑得更厲害了：「你倆是不是相愛了？」

小鵬也一笑，把機器收了。

老范說她坐在機房的螢幕前，想起這件事，看著王的臉，理解了「有的笑容背後是咬緊牙關的靈魂」。

最終她剪了上去。

虐貓事件中，有網友發起人肉搜索，公佈過這三個相關人的個人信息，有人把這幾個人的照片製成通緝令，以五十萬買他們人頭。我們採訪了搜索的發起者，他問起我郭的情況現在怎麼樣，我簡單說了說，他沉默了一會兒。

我說：「你爲什麼要關心他的處境？」

「他現在的處境吧，多多少少跟我有一些關係，我這邊想跟他說一聲抱歉。」

「有的人覺得，如果一個人可以直接對動物做出很殘忍的事情，那麼爲什麼我們不可以用語言來攻擊他呢？」

他說：「當初他做出這樣的行爲以後，就已經是錯了，既然他都錯了，爲什麼我們還要跟著他一起錯呢。」

「你說的這個錯是指什麼？」

「他攻擊了動物，而我們攻擊他。」

「攻擊的背後是什麼呢？」

「是在發洩，發洩當時憤怒的感情。」他說。

片子播出後，有人給老范留言說：「踩貓拍貓的人不見你譴責，倒讓正義的人道起歉來了，這是什麼邏輯？」

有天翻書，看到斯賓諾莎在《倫理學》裡說：「嘲笑、輕蔑、憤怒、報復……這些情緒，都與恨有關或者含有因恨而起的成分，不能成爲善。」

初做記者，我有過一個習慣，問那些被指證的人：「你不對這件事感到抱歉嗎？你要不要對著鏡頭對當事人表達一下？」總覺得這樣才能收場。袁總有一次批評我：「媒體不能介入，只能在對方有需求時提供平台。」這個界限細如一線，但絕不能邁過。

有次採訪一位老人。十六年前他是校長，被人勒索，未答應條件，對方強迫未成年少女誣陷校長嫖娼，並作僞證，校長上訪十六年，才得以脫罪。

當年的少女已經是母親，在我們鏡頭前面掉淚後悔，向校長道歉。

校長並不接受：「這麼多年，你只需要寫封信來就可以了，爲什麼不呢？」

辦這個案件的是一個當年二十出頭的員警，冷淡地說工作太忙，沒空考慮此事。

老校長長歎一聲：「原諒他吧，原諒他吧……他跟我三小子一樣大，不要處分他，我嘗過處分，那個滋味不好受。」

誣陷者現在是一個整天坐在門口太陽地裡的老人，六十四歲了，腦血栓，滿臉的斑，已經很難走路，也不會講話了，但能聽懂我說什麼，拿棍子在地上劃。

我拿張照片給他看：「你能幫我回憶一下嗎，十六年前在派出所的時候曾經指證過這個人說他嫖娼，到底有沒有這回事兒？」

他拿棍子狠狠敲地：「有。」

「您親眼見著的嗎？」

他點頭。

「員警說，那個小姑娘是你找來的。」我說。

他不答，勾起眼睛眨了我一眼。那一眼，能看到他當年的樣子。

我看了一眼他身後的房間，他住在一個櫃子大小的三合板搭成的棚子裡，被子捲成一團，旁邊放著一只滿是積垢的碗，蒼蠅直飛。鄰居說他老婆每天來給他送一次飯。

我問他：「你現在這個病有人照顧你嗎？」

他搖頭。

「孩子呢，不來看你？」

搖頭。

他臉上沒有悔恨，也沒有傷感。

眞實的人性有無盡的可能。善當然存在，但惡也可能一直存在。歉意不一定能彌補，傷害卻有可能被原諒，懺悔也許存在，也許永遠沒有，都無法強制，強制出來也沒有意義。一個片子裡的人，心裡有什麼，記者只要別拿石頭攔著，他自己會流淌出來的，有就有，沒有就沒有。

斯賓諾莎還說過一句：「希望和失望也絕不能是善。因爲恐懼是一種痛苦，希望不能脫離恐懼而存在，所以希望和失望都表示知識的缺乏，和心靈的軟弱無力。」

這話太硬了，我消化了好久。

他界定「觀察」的實質是：「不讚美，不責難，甚至也不惋惜，但求瞭解認識而已。」

虐貓那期節目播出後，我收到王的短信。

看到她名字，我沉了一下氣，才打開。

她開頭寫「老妹」，說：「節目我看了，非常感謝你們尊重我的感受，看了節目我有一種輕鬆感，心裡也沒有太大的壓力，請你放心。」

她要的並不是同情，節目也沒給她同情。採訪對象對一個記者的要求，不是你去同情和粉飾，她只期望得到公正，公正就是以她的本來面目去呈現她。

有人說，那麼她內心的暴力和仇恨怎麼辦？

每個人都有自己的命運，有自己的鬱積和化解，我不太清楚怎麼辦，也不敢貿然說。

二〇一〇年，在雲南大理旅行，當地朋友約著一起吃飯，當中有一對父子，兒子是一個十五六歲的黑瘦男孩。從小失母輟學，看了很多書，跟大人交談很敏銳，也很尖刻，往往當眾嘲弄，一點情面不留。他坐我邊上，說常常折磨小動物，看著它們的眼睛，說垂死的眼睛裡才有眞實。

「有時候……」他逼近盯著我說，「甚至想殺人。」

他帶著挑釁，想看到人們會怎麼反應。

我問他，爲什麼想殺人？他靠回椅背，說討厭周圍虛僞的世界，只能在暴力中感到眞實。

我說：「你說的這種眞實感要靠量的不斷累加才能滿足吧。」

他看著我，意思是你往下說。

我說你可以去看一本書叫《罪與罰》，講一個人認爲只要上帝不存在，殺人就是可以的，是意志的體現。這本書就講了他眞的殺了人之後全部的心理過程，最後發現殺人滿足不了人，「什麼是眞實？眞實是很豐富的，需要有強大的能力才能看到，光從惡中看到眞實是很單一的，人能從潔白裡拷打出罪惡，也能從罪惡中拷打出潔白。」

他問我：「什麼是潔白？」

我被這問題逼住，無法不答，想了一下，說：「將來有一天你愛上一個人，她也愛上你，從她看你的眼神裡流露出來的，就是眞正的潔白。」

一桌子人都是旅客，深夜裡雨下起來，沒有告別就匆匆散了，我擋著頭回客棧的路上，背後青石地上有個人踢踢踏踏跑來，是這個孩子，過來抱了我一下，什麼也沒說，倒退了幾步，就頭也不回地在微雨打濕的光裡返身跑走了。

當年我們拿到的河南鬥狗的線索，有一位叫馬宏杰的攝影師也在拍，拍了好幾年，他跟組織鬥狗的老闆是朋友。對方不久前還給他打過電話，很熟稔的口氣：「哥很不幸啊，又娶個新媳婦。」

很明顯他不是站在動物保護者的角度去拍的。

我問他：「你沒有那種難受嗎？」

他沒正面回答這個問題，只說不輕易用譴責的方式，他想「知道爲什麼」。

《耍猴人的江湖》，他陸續跟拍了八年。跟農民一起扒火車出行，帶著饅頭和十公斤自來水，眾人躲在下雨的敞篷車廂裡，頭頂塑膠布站著。猴子套著繩索，鑽進人堆裡避雨，都瑟縮著。

有張照片是耍猴人鞭打猴子，鞭子抽得山響，一個路人上前指責猴戲藝人虐待動物，要驅逐他們。下一張是猴子像被打急的樣子，撿起一塊磚頭向耍猴人老楊扔過來，又從地上操起刀子和棒子反擊，攆得老楊滿場跑，圍觀者開始喝彩，把石頭和水果放在猴子手裡。收工之後，老楊說這是他和猴子的共同表演，鞭子響，不會打到猴子身上，否則打壞了靠什麼吃飯？這場戲有個名字，叫「放下你的鞭子」。

收的錢有張五十元是假幣，老楊心情不好，盛了一碗飯蹲在窩棚邊吃，大公猴拿起一塊石頭扔到鍋裡，把一鍋飯菜都打翻了——因爲每天回來吃飯，猴子都是要吃第一碗的，這是祖上傳下的規矩，老楊這一天忘了。

最後一張照片，是另一個耍猴人的小兒子摟著小猴子睡在被窩裡，小猴子露出一只小腦袋，閉著眼睡著了，一只細小黑毛手掌擱在孩子的臉蛋上。

生活就是生活。他沒有只站在哪一方的立場上。在赤貧的中部鄉村，歷史上的黃河故道，土壤沙化後的貧瘠之地，猴子和人共同生活了六百多年。人和動物就是這樣，心裡磨著砂石，相互依存，都吃著勁活著。

刊登這些照片的《讀庫》主編老六說，他選這些照片的原因是：「預設主題進行創作，是一種可怕的習慣。往往大家認爲拍弱者，都要拍成高尙的，或者讓人同情心酸的，但是，馬宏杰超越了這種『政治正確』。」

我跟六哥說，做節目常犯的毛病是剛爬上一個山頭，就插上紅旗，宣告到達，「馬宏杰是翻過一座，前面又是一山，再翻過，前面還是，等到了山腳下，只見遠處青山連綿不絕。」

馬宏杰說他會一直把這些人拍下去：「拍到他們死，或者我死。」

我問他的原則是什麼。

「眞實。」他說。

老楊和猴子，這是馬宏杰最近拍的，照片還沒有發表過，他說要一直這樣拍下去。

第十二章
新舊之間沒有恕訟 唯有真與偽是大敵

一天傍晚時分，史努比打來電話：「吃飯？」

「行。」我說，「我請你，正打算下樓吃呢。」

他順竿上：「不成，你做。」

我氣笑：「憑什麼呀，只有方便麵。」

「不行。」

「那就下掛麵。」

「掛麵成。」

朋友太老就是這樣，連理都不講。

只好去超市，買只魚頭、料酒、一袋木耳，走到市場買點紅尖椒，又返回身買了兩只絲瓜與青椒。下完麵，炒只蛋放在裡面，再拍根黃瓜。

他靠著門看，又伸手在灶上一抹。我從鍋裡拿剁椒魚頭，白他一眼：「你再戴個白手套擦擦。」

他嘿嘿一笑：「怕你這兩年忘了生活。」

災難的本質就是災難：唐山大地震震後街景。（CFP圖片）

吃完飯，我倆喝茶。他帶著一點認眞的苦悶，說看一本雜誌每期的最後幾頁，都很受刺激。那裡的文章寫自己父輩，大都說父母儘管清貧，但是一生正直什麼的，告訴了自己什麼樣的人生道理。

他說自己的父親也老了，卻是個不反思的紅衛兵，老了對保姆還不好。他跟老朋友說話沒有遮掩，帶著困惑還有心酸：「難道就我爸跟別人不一樣？」

我跟他說，恐怕是媒體選擇的結果吧。七八年前看北京電視台一個談話節目。一個小姑娘跟她的父親，談父女之間的溝通問題。談到快一半，現場的嘉賓和觀眾就開始勸這個姑娘了，說你父親是何等不易，你怎麼能只看他的缺點呢，他養你這麼多年你要尊敬他如何如何。女孩一直聽著。後來她說了一句話：「我到這兒來就是來談我倆之間的問題的，你這節目如果是非要聽我跟我爸怎麼好的，我也能給你談成五好家庭。」說完站起來走了。

陳虻有次罵人，就是罵這種選擇。

記者拍了個片子，說一個中學老師辭掉工作，在家裡收留了一些有智力障礙的孩子，爲他們釘作業本，判作業，帶他們去吃麥當勞，把家裡床鋪都騰出來讓他們住。片子做得很動情。

陳虻說，他被那個釘作業本的動作弄得挺感動，但隱隱覺得不太對勁，就問記者：「這老師收錢嗎？」

記者說：「兩萬到三萬一年。」

他算了一下，收留四個孩子的話，怎麼算一年也有十萬塊，刨去給他們的花銷還能掙幾萬塊錢，遠遠高於他在學校當老師的收入。「當我不知道這樣一個事實的時候，那個釘作業本的舉動讓我感動，當知道的時候，我覺得那叫省錢。」

他接著問：「你爲什麼不告訴觀眾他收錢？誰教給你的？你明明知道爲什麼不告訴觀眾？」

記者沉默不語。

他後來說：「其實誰也沒教給他，但是在意識當中我們所拍的片子就是要歌頌一個人物，對這個人物有利的要描寫，對這個人物所謂不利的就要免去，這就是一種觀念，一種意識。」

陳虻說得對，但是，「誰教給你的」，這話問得，好像他是外星人。

他不管這些，不問你的成長史，也不同情你，只像把刀一樣，扎進人腦子，直沒入柄。

審個片子，他罵：「你是機器人嗎？」

等你改完了，抖抖索索給他看，他看完溫和地說：「你這次不是機器人了，你連人都不是，你只是個機器。」還引申：「你們老說想去表達自己的思想，老覺得誰誰限制你們表達思想。我想問問，你有思想嗎？你有什麼思想我請問？眞讓你開始去想的時候，眞讓你拿出自己對問題看法的時候，你能有看法嗎？」

錢鋼老師是另一種風格，不訓人，也不指點人，只是不論誰做得好，他總能看在眼裡。

我跟他哭訴，說自己除了課本，只看過言情小說，腦中空空，敲一下都能聽到回聲。

他樂了，說不用急，好香是薰出來的。他寫的《唐山大地震》，從來沒要求兒子去看，連當中文章被收入香港學生的教材，他都覺得不安：「這是自然而然的事情，不需要強求，更不要變成強制。」

他說每個人都有自己的文化密碼，在一定年紀的時候，自然會啓動。

我苦著臉：「可我都這麼大了。」

他笑，問：「你多大？」

「七六年的。」

他說七六年他二十三歲，去唐山採訪大地震，寫了一首詩，大意是：大娘坐在那裡，路邊架著鍋，正在烙餅，她的麵粉是從山東送來的，鍋是從遼寧送來的，煤是從山西來的，油是從河南來的，全國人民都在關心唐山，在大媽的鍋裡，你看到了階級友愛。

意思是，誰都有過年輕時候認識的局限。

我說那怎麼辦，我腦袋裡舊思維習慣改不了，新的又不知道怎麼形成。他只說，你有興趣的話，可以看一看歷史。

我不明白，我最痛苦的是怎麼做新聞，爲什麼讓我去看歷史？

他說：「你只管用力把一個人、一件事吃透了，後面的就知道了。」

過了幾年，唐山地震三十年，我想去看看。孫冰川總監一開始沒批這題，我理解，這種題不好做，收視也好不到哪兒去，還麻煩。

但我也說不上來爲什麼，拿著報題單又去了他辦公室。他在接電話，揮揮手讓我找個地兒坐，過了一陣子，抬頭看我愣愣地拿張紙還站著，歎口氣，伸手把紙接過去簽了。

後來有同行採訪我：「你向台裡報這個題時，是受什麼驅動？」

我說：「三十年發生了不少事兒，我也三十了，就覺得這是我的歷史，想知道。」

她問：「那時候你應該是山西一個不滿週歲的小女孩吧？怎麼會覺得這事兒跟你有關係呢？」

我跟她說：「我們會在『九・一一』時做那麼多報導，那是另一個民族的災難，爲什麼對於我們自己的災難反倒漠視呢？這一點我不明白。」

她問：「那你以前爲什麼沒這個想法？」

我被問愣了一下：「到了這個年齡，像有什麼東西扯著你一樣往回望。」

錢鋼帶我去看唐山當年的空軍機場，現在已經殘破不堪。一九七六年七月二十八日凌晨三點四十二分，相當於四百枚廣島原子彈威力的芮氏七點八級大地震，在距地面十六公里處爆發。百萬人口的工業城市瞬間摧毀，二十四萬人遇難。這個機場是幾乎所有倖存者通往外界的希望，從市區到這裡九公里的路上，車運的、走路的、抬著擔架的……有人是用手摳著地上的石頭，一點一點爬來的，地震發生時，很多人來不及穿衣服，有老婦人赤裸著身體，只能蹲著把一塊磚擋在身前。

一天裡，人們把衛生隊附近一個發綠的游泳池的水都喝乾了。

當年的女醫生現已六十多歲，比劃給我看：「從你坐的地方，往北四里，往西四里，全是人，躺在雨裡，地上不是雨，是血水。走路的時候踩著人過去，會動的是活人，不會動的就是死了。」

她白大褂下擺被染成了紅色，是被傷患和他們家人的手拽的：「醫生，救救……」最後一瓶氧氣，她給一個傷患用上。回來的時候，發現氧氣瓶周圍躺了六個人，每人鼻子裡一根導管，都接在瓶子上，也不知道哪兒找來的。

我上中學的時候，家裡有一本借來的《唐山大地震》。有個細節多年不忘，當時沒有麻藥，一位女醫生給一個小男孩用刷子把頭皮裡的沙子刷出來。這個女醫生就是她。

「四十分鐘。」她說，「沒有燈，用手電筒照著做的。」

她一邊掉眼淚，一邊用刀背刮那些結了血痂的淤泥。每刮一下，小男孩的手和腳就抽搐一下。六歲的小男孩，一滴淚也沒掉，不斷地念語錄：「下定決心，排除萬難，不怕犧牲……」

這些年，她一直惦記著他，想見他一面：「就想看看他的頭皮好了沒有，留沒留疤。」但是，當年這裡的人，都沒有名字，沒有照片。當時不允許拍攝任何影像資料，尤其是傷亡的人，醫生也不能告訴家人這裡的情況，「這是機密」。火車路過唐山，必須放下窗簾。

我問她是否把地震往事告訴她的後代。她說沒有。

我問：「那到您孫女這一代，還會記得麼？」

頭髮花白的老醫生搖搖頭。

「您不怕被遺忘嗎？」

她反問我：「不記得的事情多了，大饑荒你知道多少？反右你知道多少？」

我沒說話。

她一笑，把話收住了。

我採訪了一位攝影師，他是地震後唯一可以用相機自由拍攝的人，拍了一千多張，其中一張很著名，是孤兒們在火車上吃紅蘋果，孩子們都笑著。

他說其實當時車站上滿滿都是人，四千兩百多個孤兒，每個孩子頭上都別著小布條，布條上是遇難的父親和母親的名字。月台上拉著抱著的都有，哭聲震天。

我說：「那些照片我可以看看嗎？」

他說：「……不知淹沒在哪些底片裡了，從沒拿出來過，我只拿出了笑的這張。」

我問，是不讓拍麼？

他說不是：「是我自己當時的世界觀。」

「這個世界觀是什麼？」
「就是要正面報導地震。」
「你遺憾嗎？」
「遺憾，因爲災難更應該反映的是人的本質。」
有記者看完這段採訪，問我：「吃蘋果的孤兒的照片也是眞實的，爲什麼沒有直擊人的內心？」
我說：「那個刷頭皮的小男孩的細節之所以讓人記了很多年，那個醫生對他的情感之所以顯得那麼眞實，是因爲小男孩承受了極大的痛苦，是因爲他的堅忍。西藏人有句話說，幸福是刀口舔蜜。唐山首先是個刀口，如果刀口本身的鋒利和痛感感覺不到，後來的蜜汁你吮吸起來也會覺得少了滋味。」
地震三十年，有一個唐山當地媒體組織的災民見面會。我原以爲錢鋼老師會反感組織起來的聚會，但他沒有。他見到當年的人，擁抱著，大力拍他們背。大家坐了一排，挨個按要求發言，到他發言，就誠懇地說兩句。
可是我和老范有點犯愁，這種形式感太強的見面會，左繞右繞也繞不開安排的痕跡，要不要拍？如果拍了，怎麼能用在片子裡？只好作罷。
事後卻後悔。
陳虻說過一個事兒。有個片子記錄山東最後一個通電的村子，拍完編導回來說：「陳虻，抱歉，片子沒拍好。」
他說：「爲什麼？」
編導說：「因爲當天來了另一個電視台，非要『擺拍』。比如說農民家裡白紙裹的那種鞭炮，只有半掛了，一直烤在爐台上，捨不得放，就等著通電這天。結果這些當地電視台的不幹，覺得這不夠氣氛，愣要給人家買一掛紅鞭炮，讓農民拿一竹竿挑著、舉著，他們就拍。農民被他們擺佈得已經莫衷一是，不知道該怎麼弄，整個人的狀態都不準確了，所以我們沒有拍好。」

陳虻聽完說：「你爲什麼不把擺拍新聞的過程拍下來呢？」

大家都愣一下。

他說：「在認識這個事件的時候，有一個干預它的事件發生了，但你原本可以通過拍攝它，看到這背後更深刻的眞實，你失去了一次認識它的機會。」

見面會上，有位高位截癱的女性被介紹是身殘志堅的典型。會後錢老師帶我們去了她家。

採訪時，我才知道，地震後她脊椎斷裂，定下婚約的戀人離開，她嫁給了另一位殘疾人，醫生說她不能生孩子，但她決定當一次母親——「我要奪回地震從我身邊奪走的一切」……小孩生下來了，但不到三個月就夭折了，之後她三年沒出門，把自己囚禁在家裡。

見面會的當天，是當年她兒子夭折的日子。現場需要的，是一個抗震救災的典型，她說：「無法表露一點哀傷。」

我以爲她會憤怒或者難受，但沒有。她拿出當年寫的書，說在那個年代她也曾經塑造過自己，捏造過情節。她在書裡寫，地震之後，哥哥看到她被壓在木板下面動不了，卻沒救她，而是先去救別人。她疼得撕心裂肺，她哥哥卻在救完三個外人之後才來救她……但眞實的情況是，她哥哥當時非常著急，和別人一起把她抬上了擔架。

她拿出書來給我看，不掩飾，也沒辯解。

去唐山之前，我對這段歷史瞭解很少，我是帶著逆反、帶著「認識歷史，吸取教訓」的預設去的。但她是活生生的人，一邊把頭髮編成辮子，一邊帶著點羞赧問我：「這樣上鏡行嗎？」我端詳一會兒，把口紅給她，讓她塗上一點。我問她採訪前要不要先去上個廁所，她挺平靜地說：「癱瘓後小便失禁是感覺不到的，常常是褲子尿濕了才知道，來不及，只能在輪椅裡坐深一些。」

罪是她受的，但她沒有痛恨過去，連底掀翻。她一直留著七十年代與戀人的通信，怕這些信腐壞，就把信剪下來貼在本子裡，在旁邊手抄一遍，這樣想看信的時候，就不必翻看原件了。十年前她與戀人重見，男人看到她坐在輪椅上的模樣，放聲痛哭，她反過來安慰他。三十年來，她承受這一切，就像接受四季來臨。

採訪這樣的人，如果只是爲了印證自己已經想好的主題，這個主題不管多正確，都是一種妨害。談了一個多小時後，她說：我接受了這麼多採訪，但我從來沒這麼談過。

我只是一直在聽而已，聽我從沒經歷過的生活。

她說地震後躺在地上，天上下著雨，她渴極了，張開嘴，接雨水喝。她的手碰到一條大腿，還以爲是死人呢，沿著那條腿往上摸，摸到腰上才發現是自己的身體，腿已經沒有任何知覺。她抬頭看四周：「我覺得我已經破碎了，和唐山一樣。整個都拾不起來了，我後來所做的不過是把我一點點撿回來然後拼湊在一塊，跟唐山一樣。」

我小臂上全是碎雞皮疙瘩，就像那雨水也澆在我的身上。

唐山的節目播了。有記者問我：「這樣的節目有什麼呢？不過是把我們對災難的想像具體化了。」

我說：「錢鋼在八十年代已經意識到文學的本質是人，災難的本質就是災難。過了二十年，我們又重新回到這個軌跡上。換句話說，錢鋼在八十年代所做的那些努力，放到現在也並不奢侈。」

還有人在節目留言裡問我：「有那麼多人民更關心的事，爲什麼要做陳年的舊事？」是，土地拆遷，醫療事故，教育腐敗……哪一項都是「人民」更現實更切身的問題。爲什麼要去掀動陳舊的歷史？

很多人也問過崔永元這問題。

二〇〇八年，他離開了新聞，去做口述歷史的工作，訪問當年參加過抗日戰爭的中國老兵。走之前給我打過一個電話，說：「這時代太二，我不跟了。」

有一年他去日本NHK電視台，密密麻麻的中國影像資料。操作的小姐問他看什麼？他說看東北。問東北什麼，他說看張學良，「張學良調出來了，最早的是九．一八事變三天後的九月二十一日，三十分鐘，張學良的演講。我記得很清楚，裡面說了一句，委員長說，兩年之內，不把日本人趕出滿洲，他就辭職。這是張學良演講裡說的，我當時很受刺激。」

他的刺激是，我們也是電視工作者，但沒有這樣的資料，「而且這三十分鐘拿回來，誰也不會把它當回事」。

他跟我說：「是林語堂還是陳寅恪說的，這個民族有五千年歷史，非常了不起。他說，不管怎麼個混法，能混五千年就了不起。我覺得他一針見血。這個民族淺薄，沒有文化，不重視歷史。我說這個話根本就不怕得罪誰，就這麼淺薄。」

中國這些參與歷史的人很多已死去，有的正在老去，正在失去記憶。

「不能再等了。」他說。

他做歷史：「《論語》都是孔子死三百年以後才成書的，已經都不對了，再心得一遍，不知道說的是誰的事。我們做口述歷史這件事，就是直接聽孔子說……世世代代老聽心得，進步速度會非常慢。」

他採訪的是參加抗日戰爭的國共老兵，題目叫《我的抗戰》，「我們總說國家要體面，如果生活在這個國家的每一個人都灰頭土臉的，我不相信這個國家會體面。所以我建議多用『我的』，少用『我們的』。」

二〇一〇年我主持《我的抗戰》發佈會時，他已經採訪了三千五百個人，有時候一個人採訪一個多月，一百多盤帶子。收集的口述歷史影像超過了兩百萬分鐘，收集的紀錄影像也超過兩百萬分鐘，收集的歷史老照片超過了三百萬張。兩年花了一億兩千萬，這些錢都是他自己籌來的，到處找，「最感興趣的投資人是我們抗戰的對手，日本人。」

底下人笑。

我說：「很多人覺得這些事應該是搞研究的人來幹。」

他一笑，多麼熟悉的嘴角一彎：「他們在評職稱，還有更緊要的事。他們評完職稱也會想起來幹，不著急，誰想起來誰幹。」

有一位電視台的同行，站起來請他談一些對當下電視台紀錄片的看法。

「我對電視台的使命和節目編排沒有什麼想法，我也不願意想，因爲那樣可能會耽誤我幹正事。我有那個時間，就能多採訪一個人，多整理一些材料，這樣可能更有功德。我現在想，我二〇〇二年爲什麼得病，就是老想不該想的事，現在爲什麼快樂，就是不想那些事，只想怎麼把該做的事情做好，這一點可能更重要。」

他在台上衝我笑，說：「柴靜那時候總看到我憂鬱的樣子，不開心，但是她最近看到我，我很高興。」

二〇〇二年時，他不大上「實話實說」了，有一些傳聞，說的人都欲言又止。有次大夥在食堂吃飯，他坐下自自然地說「我的抑鬱症」，場面上靜得有點異樣。

有天我坐在電腦前，辦公室門一響，小崔進來了。我很意外：「你找誰？」

「找你。」他拉過一把藍布工作椅，坐我對面。

我們對坐著聊天，同事路過說：「呵，眞像調查的採訪。」

這不像普通辦公室裡的閒談。他一句寒暄沒有，談的是都直見性命的事。這些話題我不陌生——讓人失望的現實，缺少良知，缺少希望，缺少堅守的人……這些話，很多人在攝像機的紅燈面前說，很多人在文章裡說，很多人在喝酒後說。他是在一個平凡的下午，坐在一個並不熟絡的同事面前談這些。他說話的樣子，就好像，就好像這些東西都是石頭一樣，死沉地壓著他，逼著他。

我隱隱地有些不安。我只能對他說我們需要他，不是因爲他有名，或是幽默，而是他代表著我心裡評論部的「獨立精神和自由思想」，這是那塊牌子上「前衛」兩個字在我心裡的意義。姚大姐過來找我問個事，他立刻起身走了。

臨走拉開門，又回身說了聲「謝謝」。

我一時不知說什麼好，有點心酸。

他說現在一遍遍看自己片子裡的這些抗戰老兵：「我每看這個，就覺得自己非常渺小，我們受那點委屈算個屁啊。這裡所有的人都是九死一生，家破人亡，多沉重的詞啊，對他們來說小意思。受盡委屈，有誤會，沒有錢，半輩子吃不飽飯，兒女找不到工作，女朋友被人撬走，鄰居一輩子在盯著你。當我每天看他們經歷的時候，我忽然覺得我這個年齡經歷的所有事都特別淡。」

看片會上，拍《我的團長我的團》的康洪雷坐在底下，他說拍該劇之前自己只知道抗戰時國民黨的將領杜聿明、孫立人，他們確實戰功赫赫，很有名，有文字記載。「可下面的士兵就沒有人知道了。我和蘭曉龍開車沿著昆明一路走，一個一個採訪，越瞭解渾身越顫慄，越顫慄就越想瞭解。」

他拍《激情燃燒的歲月》之前，聽父親說了快五十年往事，每次回家都要說，採訪後，才發現這些國民黨老兵和他的父輩完全不一樣，「他們從來不說。越不說我越想知道，於是我們利用各種技巧，各種各樣的方式，一點點地知道。」

採訪完，他和蘭曉龍回到酒店，相對號啕。「之後我們在想，哭什麼呢？是哭這些老兵壯麗的往事和寂寥的今天，還是哭什麼？後來發現，我們哭我們自己的無知，自己的可憐。我們快五十歲了，中國抗戰這麼大塊波瀾壯闊的史實，你居然絲毫不知，你不可悲嗎？所以，就有了《我的團長我的團》。觀眾可以說好，可以說不好，但就我個人來說，我快五十的時候，做了《我的團長我的團》，只是為了讓自己心安。」

會上有觀眾發言，很動感情。

小崔拿過話筒說了一句：「我想補充一點，我聽出一點危險。我不希望大家誤解這個片子，《我的抗戰》就是『我的抗戰』，是自己的敘述。你之前聽到的共產黨把日本打敗，還是國民黨把日本打敗，這個片子不負擔這個任務，不管這個事。如果你想聽我知道的宏觀敘述，那就是日本投降時，無論是國民黨還是共產黨都感到很詫異。」

他說不要以為《我的抗戰》是要翻案，沒有那個味道，他和他的團隊對結論沒有什麼興趣。「去採訪幾萬個人，多少多少個小時，去重新對歷史下一個結論，可能又會誤導一批人，我們不想幹這樣的事。我希望五六十年以後終於有一本被大家公認的書，不管它是宏觀敘述的還是細節敘述的，大家認為它是眞實的。它在最後寫一句『本書部分資料取自崔永元《口述歷史》』，就行了，不要指望著我們這一代人因爲這一點採訪能夠對歷史得出什麼結論，做不到。」

陳虻某天在樓下碰到我，說：「我今天琢磨出來一句特別重要的話：要服務，不要表達。」這話沒頭沒腦，我也不知怎麼搭腔。

他說剛才在講課，有個人問他：「我們這工作，如果只是記錄一個人的生活，跟著他走，我們自己的人生會不會沒有意義啊？」

他生氣了：「他活著，他的存在要成了你表達思想的一個道具，他活著才沒有意義呢。別在生活裡找你想要的，要去感受生活裡發生的東西。」

他說：「別瞧不上服務這兩個字，描述複雜比評論簡單難多了。」

九六年他去日本考察時，曾與《朝日新聞》的人討論如何寫評論，對方說：「現在早過了我提供觀點讓別人讀的年代，我們只提供信息，讓人們自己作是非對錯的判斷。」

我找到一本書，是《朝日新聞》從一九八六年開始徵集的讀者來信，記錄普通國民對於二戰的回憶。

第一封信是六十六歲的熊田雅男寫的，「有人質問，當初你們爲什麼沒有反對戰爭？我想，是因爲國民已經被教育得對『上邊作出的決定』不抱懷疑。」當時還是少女的羽田廣子說：「我所知道的是日本人口增加，農村凋敝，甚至迫使和我一樣的少女賣身，讓我心痛不已。列強在離本國很遙遠的地方有很多殖民地，還有國際包圍圈的壓力，讓我這個小女孩也感到受到了欺侮，而五內如焚，不管是誰，都自然而然地認爲只有戰爭才能解決問題。」

一九三八年，孩子們都要學習武士道，年滿七歲，就要穿著黑色制服，背誦當時的兒歌「和大哥哥並肩坐，我今天上學堂感謝士兵，感謝士兵，他們爲國戰鬥，戰鬥爲國」，向被放在大門口中心位置的天皇照片行鞠躬禮。歷史課和德育課根據天皇的《教育敕語》，「忠誠是最高的美德」。

當時小學三年級的古澤敦郎在信中回憶說：「市禮堂的柔道拳擊對抗賽，日本人與美國人對抗，從頭到尾，觀眾興奮不已，給柔道選手鼓勁，斥罵拳擊選手。最後，柔道選手取勝時，全場歡呼之聲鼎沸，接著放映電影，是『滿洲事變』的戰鬥場面，我軍占領敵方的地盤，升起太陽旗，觀眾使勁鼓掌。」

他說：「從小，我們對於日本在戰爭中獲勝，以及我們長大了就要當兵，沒有任何懷疑，爲戰爭而生的日本人，就是這樣造就的。」

直到一九八六年，六十三歲的岩浪安男仍然認爲：「爲了我國的安定，必須絕對保證我國在包括『滿洲國』在內的中國大陸的利益，如與英美妥協，等於將我國的未來聽任他們的安排。」

他說：「我是被這樣教導的，我也相信這一點。」

那麼，知識份子去了什麼地方？那些本來應該發出聲音和警示的人呢？

日軍入侵華北日漸深入時，東京大學的校長和理學院的教授曾反對日語對華教學計畫，「不要再爲了日本的利益去妨害支那人的生活」，但「隨著『跟上形勢』、『整肅學風』的聲音，自由派教授一個個被解職，或者沉默下去」。

一九二五年，《治安維持法》頒佈。員警面對「煽動」或是「不敬」，可以以極大的權力處置。一開始是不宣佈對軍隊與政府不利的消息，後來發展爲對軍隊和政府有利的消息要大力宣傳。那些敢於堅持獨立性、發出不同聲音的報業成爲受害者，一九三六年，暴徒襲擊《朝日新聞》，砸毀辦公室，記者因批評政府被騷擾和逮捕。

之後，大眾傳媒上盛行的，是有獎徵集軍歌，和「爲飛機捐款」的新聞。

反對戰爭的人，被叫作「思想犯」和「非國民」。

在七十四歲的稻永仁的信裡，他記錄一個當年的小學教師，因爲這個罪名而遭逮捕，又被作爲現役兵扔進軍隊，老兵和下士官「眼神中帶著對知識份子的反感，因爲他是思想犯，非國民，軍隊會默許對這個人的半公開的暴力行爲」。

「他們先喊一聲『摘下眼鏡』，接著鐵拳打得他鼻青臉腫，滿嘴的牙都東倒西歪，第二天早上喝醬湯也鑽心的疼。再來，釘著三十六顆大頭釘的軍鞋、棍棒、木槍都成了打人的工具。用棍棒毆打臂部時，老兵讓新兵『間隔一字排開』，從頭打，打過一輪，解散，把他單獨留下，再打第二遍，連兩年兵齡的新兵也發瘋似的對他揮舞棍棒。

「那時部隊在靠近中蘇東部邊境的老黑山露營，是國境線，有的士兵自殺了，有些人逃跑了，衛兵實彈上崗，他抱著短槍上崗時，也曾經有好幾次把槍口塞進嘴裡——但是，戰爭終究會結束，無論如何，也要看著和平和民主降臨這個國家，這個頑強的信念阻止他去死。」

在信的末尾，稻永仁說：「這個人就是我，時間是一九三八年，離戰爭結束還有很長時間。」

戰爭結束四十年後，《朝日新聞》徵集這些信件，很多人寫信給他們希望停止，「我們正在極力將過去忘掉」，「翻舊帳沒有一點好處」。

《朝日新聞》的編輯說：「一個人忘掉過去可能有自我淨化的作用，但一個國家的歷史就不同了，儘量掩蓋，假裝這類事根本沒有發生過，難道對我們民族的良知沒有損害麼？」

出版這本書的是美國人。「這樣的事情怎麼會發生？這些現在生活在和平中、守法的社會公民，怎麼會像野獸一樣行事？再看看我的國家，我自己那些總體上可稱爲良善之輩的美國同胞，又怎麼與那些人——他們轟炸越南村莊，在驚懼中殘殺朝鮮難民——扯在一起？人們又怎麼能將那些聰明、好客、有著豐富想像力的中國人，與『文革』中那些痲木的人們聯繫起來？」

他說：「這些應該是有著足夠道德良知的個體，爲什麼會落入集體性的狂熱和盲從之中？每個民族或國家的人，不妨都這樣問問自己。」

對歷史說眞話，就是對現實說眞話。

這本書的最後，收錄了一封十七歲的高中學生小林范子的信。

「記得學校課本裡是這樣講的：『美國用原子彈轟炸廣島和長崎，戰爭在一九四五年八月十五日結束……特攻隊年輕的士兵犧牲了他們的生命，戰爭毫無意義，因此我們再也不要發動戰爭。』但爲什麼是我們，而不是發動戰爭的人在反省？我在閱讀了這個專欄之後，不再坐在教室裡被動地接受別人灌輸給我的東西了，而是主動地去瞭解。你們這些眞正瞭解戰爭的人，請多告訴我們一些，你們有責任把你們知道的告訴我們，就像我們有責任去知道它，這樣，一代接一代，輪到我們向後代講述的時候，我們才確信自己能擔起這個責任。」

錢鋼日後去了香港，不再做新聞，轉向歷史，埋頭發掘故紙堆裡的事，寫了一本書，託人帶給我一本。

其中有一個故事，是寫當年的《大公報》以「不黨、不賣、不私、不盲」立世，一紙風行。

恪守這八個字極不易，報紙因披露一九四二年河南數百萬人的大災荒觸怒蔣介石，曾被罰停刊三日，記者被捕。抗戰時報館被敵機炸毀後，把印刷機搬進山洞裡出報，困窘中仍然拒絕政府資助，被迫到鄉間收購手工紙，印刷品質令讀者忍無可忍，投書批評。報社頭版頭條刊發《緊縮發行啓事》道歉。寫到此處，錢鋼筆端有濃得要滴下來的感情：「誰聽過一家媒體對讀者有這樣的懇求？『一，將閱讀之報轉贈親友閱讀；二，迄今爲止單獨訂閱者，在可能情況下約集若干人聯合訂閱』……」

重壓常致人屈從或憤懣，但《大公報》主編張季鸞說大時代中的中國記者，要秉持公心與誠意，「隨聲附和是謂盲從；一知半解是謂盲信；感情衝動，不事詳求，是謂盲動；評詆激烈，昧於事實，是謂盲爭」。

他說，「不願陷於盲。」

錢鋼這本書叫作《舊聞記者》，他離群而去，在港大圖書館裡裹著厚大衣，閱讀數以萬計的微縮膠捲，寫下六十年前舊報紙裡的往事。他寫道：「研究新聞史的後人，會因爲不是在報紙和電訊稿上，而是在歷史讀物上發現某些記者的名字而不無惋歎，但他們終將意會的是，當曲折奔突的河流遇到沉沉壅蔽，改道是歷史的尋常，這也是一個新聞記者的職責，他似乎心有旁騖，『改道』別出，但他根本未曾離開一名眞正記者的信條。」

錢老師送這本書給我，我明白他當年讓我讀歷史的原因：「新舊之間沒有怨訟，唯有眞與僞是大敵。」

第十三章
事實就是如此

二〇〇七年，陝西農民周正龍稱自己在一處山崖旁，拍到了野生華南虎，陝西省林業廳召開新聞發佈會展示這些老虎照片，宣佈已滅絕二十年的華南虎再現。

外界質疑很多，一些人覺得照片上褐紅色老虎太假，一動不動，兩眼圓瞪，呆呆地頂著大葉子，不像眞的，但也只是狐疑，沒有定論。

我們開會，討論做不做此事。

有人說：「一張小破照片兒，有勁麼？做什麼呀？……找個第二落點吧。」第二落點，這是陳虻同志的常用語，意思是比別人高一個台階想問題。我也犯愁：「找什麼落點呀？環境保護？生物多樣性？利益鏈條？……」

開完會第二天，老郝說，麻煩了，南院裡不管碰見誰，都問：「聽說你們要去做華南虎啦？哎那照片是眞的還是假的？」

不管你的第二落點多漂亮，根本就繞不過去人的疑問：「眞的，還是假的？」

老郝、小宏、陳威、小畢、我，就這麼坐了二十小時的火車，一路打著牌出發了。沒一張策劃案，也沒有採訪提綱，輸的人興高采烈貼著一腦門子白紙條，誰也不討論節目——討論什麼呢？眞和假都不清

二〇〇七年十月，我和周正龍在地上擺放石子，還原他和老虎、石頭、樹之間的距離。真相往往就在於毫末之間，把一杯水從桌上端到嘴邊並不吃力，把它準確地移動一毫米卻要花更長時間和更多氣力，精確是一件笨重的事。（圖片來自視頻截圖）

楚，未知的全在現場呢。

鎮坪縣很小，只有五萬人，從離得最近的安康坐車過去也需要近五小時。縣城像個豌豆，小而圓，散個步二十分鐘就走完了。街上已經掛起大看板：「聞華南虎嘯，品鎮坪臘肉」，右下角印著只顯眼的老虎，兩眼直視前方，用的就是周正龍拍的照片。他拍照的相機是從親戚那裡借的，親戚是縣經貿局局長，正籌備註冊鎮坪華南虎商標，成立一個公司，開發虎牌產品。

周家在大巴山腳下。去的時候山已經封了，說要保護野生動物。記者們進不去，都在周正龍家門口待著，青山彎裡一棵鮮紅的柿子樹下，幾把竹凳子，團團坐喝茶，都是同行，互相打招呼：「喲，也來啦？」

周正龍正接受採訪，細長眼睛，鼻尖唇薄，拿著尺把長的刀，講當年作爲一個老獵人是怎麼把一頭大野豬幹掉的。

我聽了一耳朵，記者正問到：「現在你是很多新聞媒體追逐採訪的對象，有沒有覺得自己的生活變化特別大？」

「一天平均有五六班吧，一班人都有三四個。有時候搞到晚上十一二點，雖然我拿命把華南虎照片換來了，無非就是起這個作用，我個人也沒什麼好處。」

記者問：「聽說你那天晚上回到家以後落淚了，這是你這一輩子唯一一次掉眼淚，是嗎？」

周說：「我可以說五十幾了沒流過淚，包括我父母死我都沒流過淚……一看到那個老虎照片……我都不想回憶了。」

他有點哽咽。

我們幾個站邊上閒聊，陳威和小宏都認為周正龍沒撒謊。

我和老郝對望一眼，問他們爲什麼這麼判斷。陳威說，周正龍披個大黑襖，坐在一個山腳的菜地裡，背景是漫山遍野的秋天，逆著點兒光坐著，他笑：「從鏡頭裡看，那就是個老英雄啊。」

「我也看著他像。」小宏說，「撒謊的人怎麼敢直視鏡頭呢？」

幾個人聊了半天，事實不清楚時，每個人審美和直覺都不同，要靠這個來判斷，誰也說服不了誰。牟森有次跟我聊天，說這個世界上有各種各樣的主義，「所以人們對世界的知識不能來自評論，要來自報導」。「報導」就是對「事實和因果」的梳理。

人都走了，我和周正龍，兩只小板凳，坐在他家大門口樹底下，開始採訪。拿了幾個小石子，請他擺一下樹、岩石、他、老虎的位置。秋天日光還長，有的是時間問，不著急。

我問：「華南虎照片是眞的嗎？」

他的回答挺有意思：「我認爲百分之百是眞的，沒有一點假。」

接著往下問：「你當時大概離老虎有多遠？」

「從這兒就到上面那個樹。」

我回頭看了看那棵山崖上的樹：「那這麼估計的話，不到五十米？」

他說：「那不止的，我往前頭爬的時候，它耳朵一下就豎起來了。」

「隔了這麼五十米之外，你能看到老虎的耳朵豎起來嗎？」

「哎呀，那就講不清楚了，反正很近了。那個閃光燈我也不清楚，是怎麼打開的，我也不太會使，反正這麼一按，『咔嚓』一下，當時我把那個機子都甩掉了。」

我確認了一下：「你就沒拍了？」

他有點不耐煩：「它聽到一響，『嗷』的一聲。那個時候你還拍什麼？拍石頭啊?!」

我看了看手裡的資料：「但是根據你數碼相機的時間記錄，你閃光燈亮起的時候，是三十多張照片當中的第四張。」

他重複我的話：「第四張？」

「對。」

他像剛明白過來：「後面還有二十多張是不是？」

「對，這是相機的記錄。」我遞給他看。

他看了一會兒，說：「現在有點記不清楚了，到底是在這兒閃的，還是在那兒閃的，時間有點長了。」

「拿證據來。」記者兩手空空，就靠這一句話，從因果鏈條的終端倒著一環一環上溯。

野生華南虎在中國末見蹤影已經二十年，光靠照片不能認定它的存在。按照林業部門的工作程序，需要在盡短時間內，由兩名以上工作人員對現場動物遺留痕跡作出專業的測量、拍攝、分類，對周圍的植被地理等環境作出準確描述，還需要對當事人及周邊群眾進行調查走訪，並作出記錄和初步判斷，以保證核查信息的及時可靠和完整。

林業局負責實地調查的人叫李騫，是個小夥子。向他索要材料，才發現他沒有任何資料證明有過這次核查。問到後來，他說：「我相信周正龍，因爲他是個農民。」

我問他的上司覃局長：「李騫當時有沒有給你出示他認爲拍照對象眞實存在的證據？」

「那就是口頭上，就是這樣。」

「僅靠他一個人的說法嗎？」

他反問：「難道不可以相信他嗎？我對我的幹部，我在用他的時候，我對他們是很省心的。」

再問局長的上司，縣長說：「我相信我的幹部的說法，因爲他是我培養起來的。」

林業廳負責人說：「我相信鎮坪的說法，因爲他們是一級政府。」

一八九四年，美國傳教士亞瑟．史密斯寫過一本書叫《中國人的性格》。他觀察到當時的國人有一個強烈的特點是缺乏精確性：「分佈在城市邊的幾個村子，跟城相距一到六里，但每個村子都叫三里屯。」中國的「一串錢」永遠不可能是預想的一百文，陝西省是八十三文，直隸是三十三文，「這給誠實的人帶來無窮的煩惱」。

史密斯歎息這背後不求甚解的智力混沌：「你問一個中國廚師，麵包裡爲什麼不放鹽？答案就一個：『我們在麵包裡就不放。』『你們這個城市有這麼多好的冰製食品，爲什麼不留一點兒過冬？』答案也只有一個：『不，我們這兒冬天從來沒有冰製食品。』」

這種缺乏科學精神的文化滲透在整個老大帝國，蔡元培評論過：「自漢以後，雖亦思想家輩出，而其大旨不能出儒家之範圍……我國從前無所謂科學，無所謂美術，唯用哲學以推測一切事物，往往各家懸想獨斷。」

清朝覆亡後，北京這座中世紀都城開始現代化，需要建設用的工程藍本和施工程序，時任交通總長的朱啓鈐，只找到一本《大清會典》，這是記述清朝典章制度最權威的典籍，其中建築規範的工程做法部分，只有薄薄幾十頁——怎麼做到的？所有的數字都被改成「若干」二字。

爲什麼官府不記載這些技藝？朱啓鈐說：執筆寫文件的人，一看術語艱深，比例數位都繁複，寫到文件上怕上司詰問起來，自己說不清，乾脆就都刪汰了。越這樣，當官的越不懂，「一切實權落入算房樣房之手」，想寫多少寫多少，「隱相欺瞞」。

《中國人的性格》出版時，亞瑟．史密斯已經在晚清中國生活了二十二年，他在書中寫道：「一個拉丁詩人信奉一句格言：『一個瞭解事物原由的人，才是幸福的。』如果他住在中國，會把這格言改成：『試圖尋找事物原由的人，是要倒楣的。』」

照片是陝西省林業廳對外發佈的，我們採訪新聞發言人關克：「你們對外公佈虎照時有什麼依據？」

關克說：「我們沒有鑒定記錄，也沒有開論證會，但我們的結論是眞的。」

「爲什麼政府部門只發佈一個結論而不發佈依據？」

「我們這麼多年就是這麼做的。」

「那面對疑問，爲什麼不重新組織調查和鑒定呢？」

「只有民間的質疑啊，沒有上級部門疑問。」

「政府不是首先要面對公眾麼？」

「那我回答不了。」

「你怎麼看公眾的疑問？」

他說：「連國外的專家都沒說是假的，這些人就是不愛國。」

這個說法，讓我想起有個法國人曾對比著清朝時外國人的記錄，觀察現代中國：「我馬上吃驚地看到這個社會同他們描寫的社會十分相似，簡直可以說每個中國人的基因裡都帶有乾隆帝國的全部遺傳信息。」

這話讓我心裡一動。但這種基因靠革命根除不了。

傅德志被叫作「打虎先鋒」。這位中科院的植物學家從一開始就很激動：「用我的頭擔保，虎照是假的，當地絕沒有超過十公分的葉子。」周正龍的語氣也一樣：「如果虎照是假的，我願意把我的腦袋砍下來。」

傅德志在網上發通緝令，指名道姓哪個官員是「幕後黑手」。他並沒有去過大巴山區調研，我問他：「科學研究的前提是自知無知，誰都有犯錯誤的可能，您不考慮這種可能嗎？」

「我堅信我是正確的。」他的答案與他的對手如出一轍。

「爲什麼要用賭腦袋的方式呢？」

「我們林口的人說話都比較粗。」他說。

等周正龍眞的找到了二十公分左右長的葉子，拍了照片登在報紙上，我再去，傅德志看了一會兒報紙上的照片：「看見照片上周正龍手裡的匕首了嗎？他是在威脅我。」

他的博客裡有很多跟帖，「就是要以暴制暴」，「政府天然是騙子」。

周揚在八十年代的時候說過一句話：「賭腦袋的結果是產生新的偏見與迷信。」

我問鎭坪的縣長：「如果沒有調查研究，依據的是您相信一個人的人格，您覺得這個態度科學嗎？」

「就我們現在掌握的情況，我們覺得是眞的。」

我說：「您當時相信覃局長的工作，所以沒有問他要現場的核查。您認爲肯定有，但是我們調查發現是沒有。」

他遲疑了一下：「這個情況我不太清楚。」

「從剛剛這個細節可以看到，這種主觀相信，有的時候是很脆弱、很難站得住腳的？」

他臉上有什麼僵凍的東西化了一點：「那你說的……可能對這個有一點忽略。」

以前「新聞調查」老說啓蒙，我一直以爲是說媒體需要去啓蒙大眾。後來才知道康德對啓蒙的定義不是誰去教化誰，而是「人擺脫自身造就的蒙昧」。

「要寬容。」陳虻從認識我開始，說到最後一次。

我聽煩了：「你不要用像眞理一樣的標準來要求我。」

「你要成爲一個偉大的記者，就必須這樣。」

「我不要成爲一個偉大的記者，我只要做個稱職的記者就可以了。」

「你爲什麼不聽我的話？」

「因爲這是我的生活。」

「可是我說的是對的。」

「我不需要完美。」

……

每次談，我都氣急敗壞——有這樣的領導麼？你管我呢？

過陣子明白點的時候，臊眉搭眼再去問他：「人怎麼才能寬容呢？」

他說：「寬容的基礎是理解，你理解嗎？」

後來我做節目，常想起這句「你理解嗎」，才明白他的用意——寬容不是道德，而是認識。唯有深刻地認識事物，才能對人和世界的複雜性有瞭解和體諒，才有不輕易責難和讚美的思維習慣。

有這樣一個心理的定位，採訪的姿態上也會有些變化。

採訪鎮坪的林業局局長時，問他對媒體的疑問怎麼看。他說：「我們不想他們怎麼想的，野生華南虎在鎮坪的存在不容置疑。」

我說：「覃局長，我們都非常願意相信華南虎在鎮坪存在。只是我們知道在國際上認定物種的存在，需要有幾個前提條件，首先是要發現活體，其次是發現屍體，要有影像資料，然後是有研究者的目擊。」

他愣了一下說：「關於你說的這幾點我確實還不知道。」

換作以前我可能會問：「您是林業局局長，連這個也不知道嗎？」把他堵在牆角，微笑看著他。現在覺得，一個五萬人的山區縣城，一個剛剛從黨校校長調來當上林業局局長的人，不瞭解此類專業的知識也是有可能的，最重要的不是「你怎麼能不知道」，而是「那麼現在你知道了，怎麼面對」。

覃局長仍然說：「華南虎的存在不容置疑。」

如果以前，我可能會再逼一下，「但是公眾有質疑的權利」，但現在我的目的不在通過一段採訪，將某人推向極端或者讓他難堪。我問他：「在這樣重大的科學結論上，是否應該更嚴肅更科學更有所保留比較好，而不是不容置疑？」

這好像是我第一次在採訪中有與對方討論的心態，因爲我漸漸知道，有時偏見的造成是利益和庇護，也有無知和蒙昧。媒體重要的是呈現出判斷事物應有的思維方法，而不是讓一個人成爲公敵。

但不管怎麼問，覃局長的回答仍然是：「當然要科學，但我認爲不容置疑。」

「不容置疑」這個詞，他重複了三遍。

我想了想，換了一個問法：「那您的依據是什麼？」

他說：「拍這個照片之前，專家組作過報告，說我們這兒是有華南虎的，所以總有人會拍到，不是周正龍就是李正龍、王正龍。」

二〇〇七年七月六日，陝西省林業廳曾組織專家對二〇〇六年牽頭實施的《陝西華南虎調查報告》進行評審，專家們認定鎮坪縣仍有華南虎生存，只需要影像資料爲證，就能申報建立華南虎國家級自然保護區。

好吧，那就採訪專家組。

專家組的王廷正組長在西安，他七十多歲了，高校教授，說當時論證會就在西安召開，專家沒有去鎮坪當地調查，鑒定的依據是省華南虎調查隊提供的疑似華南虎的腳印、虎爪印，以及當地群眾的反映。尋找這些腳印和虎爪印時有三位群眾作出了突出貢獻，三人中有周正龍。他被通報表彰，獎了一千元，採訪中他說過：「縣領導來過我家，鼓勵我如果將來能拍到華南虎照片，可以獎勵我一百萬。」

鎮坪縣領導曾經拿這些腳印找中科院動物研究所的謝焱教授做過鑒定，我們電話採訪謝教授，她說當時已經明確告知對方，都是一些靈長類、熊類的腳印：「我們在東北地區有很多經驗，能夠非常明確地判斷，那個確實不是老虎腳印，老虎的腳印基本上是一個圓形的。」

王組長堅持這是老虎的腳印。

我在網上查詢過他的學術背景，他專業研究齧齒類動物，搜尋引擎查找他所發表的論文，主要有《豫西黃土高原農作區鼠類群落動態》、《棕色田鼠種群年齡的研究》，我問：「您有沒有發表過關於華南虎的論文？」

「我沒寫這個。」

「您有沒有在華南虎的基地作過專項研究？」

「沒有。」

「就是說您是在沒有研究過華南虎，也沒有實地考察的情況下，作出這個地方有華南虎的判斷的？」

「只能是，根據我搞動物分類學，這個角度上我認爲它應該是華南虎。」

我們還查詢了其他幾位參與論證會專家的專業背景，發現都沒有大型獸類的研究方向。

「您是研究田鼠的，劉教授主要是研究金絲猴的，還有一位許教授主要是研究魚的？」

「對。」

「聽上去這些跟華南虎差距都挺大的。」

「人家要開鑒定會了，省上沒有研究這個的，他只能是找動物學工作者。」

我問：「假如是一個關於田鼠的鑒定，可是由研究華南虎的專家來做，您覺得合適嗎？」

老人家想了一會兒，說：「好像也不太合適。」

老郝在邊上聽完整個採訪後，晚上跟我說：「你走得很遠。」

「什麼意思？」

「總是我們覺得可以了，你還要往裡走，而且走得很遠。」

「你覺得我尖刻？」

「倒不是。」

「那是什麼……狠？」

「哎對。」

我明白她的意思，老教授滿頭白髮，在他家裡採訪時，給我們每人倒杯水，待人接物的柔和像我們自己家裡的長輩。採訪時，他神色裡的迷茫或者難堪，讓看的人心裡手下都會軟一下，想「那個問題還是別問了吧」，但我還是問下去了。

我問老郝：「那你覺得我對他這個人有惡意麼？」

「那倒沒有。」

「哎，說真的，」我從床上爬起來正色問她，「我對人刻薄麼？」

她「哼」一聲：「對女的還行。」

「也不一定，我是個正直的人，你但凡有點錯兒，我都左思右想，鼓足勇氣跪諫。」

「滾。」

我又想了一會兒，對她說：「我沒想太好，但我感覺記者應該是對事苛刻，對人寬容，你說呢？」

她又「哼」了一聲，算作贊同。

省林業廳發佈照片後，已向國家林業局申報鎮坪華南虎保護區，我們去的時候，縣城裡已經掛上「野生華南虎保護區辦公室」的牌子。我們電話採訪了林業廳負責人孫廳長。

「您覺得這個鑒定有公信力嗎？」我問。

「比如說王廷正教授，他是我的老師，他搞了一輩子獸類，華南虎能不是獸類嗎？」

我張嘴想問，沒插進去。

他繼續說：「第二個的話呢，我覺得他們瞭解陝西的山水。」

「他們也許熟悉陝西的山水，可是他們不熟悉華南虎啊。他們怎麼做這個鑒定呢？」

他反問我：「那你認爲我應該相信誰呢？」

「在蘇州跟福建都有華南虎的繁殖基地，有很多人熟悉虎的習性。中科院也有十幾位研究大型貓科動物的專家，他們可能權威一些，你們有沒有想過邀請他們？」

「我認爲陝西的專家可以代表陝西的水準。」他說完把電話掛了。

第二天，接到通知，華南虎事件不要再炒作。我打了個電話給梁主任：「我認爲我們不是在炒作，是想認識清楚問題。」

梁主任沉吟一下，說你等等。

他打電話給主管的部門：「『新聞調查』有它一貫求實、負責的標準，讓她試一試吧。」又回電話對我說：「你們寫個文案。」

晚上我想這文案怎麼寫，這期節目出發前，有人說：「這樣的題材太小了，一張照片的事兒，不值得用四十五分鐘的『新聞調查』去做。」這話讓我想起胡適。他本是寫《中國哲學史大綱》的學者，卻花了大量時間去考證《紅樓夢》、《水滸傳》這種通俗小說。輿論責備他不務正業，他後來解釋：「我是要借這種人人知道的小說材料提倡一種方法……什麼東西，都要拿證據來，大膽地假設，小心地求證。這種方法可以打倒一切教條主義、盲目主義，可以不受人欺騙，不受人牽著鼻子走。」

我原來覺得這句話並不高妙。

這次調查，才理解他爲什麼說「有了不肯放過一個塔眞僞的思想習慣，方才敢疑上帝的有無」。

我寫了一個文案給梁主任，開頭說：「照片的眞假之爭，不僅事關技術，更是對事件各方科學精神的檢驗。」

他看完說：「可以，蠻好。」

我頭一回恨不得擁抱領導。

吳縣長是最後一天才接受採訪的。

他之前不答應，那天忽然接受了，情緒很好：「小柴你應該看看昨天某某電視台採訪我，向他們學習一下，做得很好。」

下屬們在飯桌上站一圓圈，共同向縣長敬酒：「昨天節目裡您說得眞好。」

吃完飯，在鏡頭對面含笑坐下後，他把昨天節目裡的話又說了一遍：「最終這個照片的眞僞需要國家權威部門進行鑒定，但是作爲我們，我們肯定是確信無疑，鎭坪發現了野生華南虎，不僅僅是鎭坪的榮耀，同時也是中國的榮耀。」

我問：「爲什麼這麼說呢？」

「我覺得這個就是我所說的，盛世出國虎，虎嘯振國威。」這句話他在昨天節目裡也說過，帶著得意之色，又說一遍。

「您不覺得……」

他還沒說完：「因爲華南虎是中國虎，是國虎。」

我問：「您不覺得它首先是一個科學問題，而不是一個政治問題？」

他眨了下眼睛，說：「當然它首先肯定是科學的問題。」

我問：「那您不覺得現在外界對於周正龍照片的眞僞，包括鎭坪是否存在華南虎這樣的結論都存在爭議和質疑的情況下，首先應該弄明白眞相問題，然後再去尋找它的意義嗎？」

這個問題，其實也問向我自己。

我二十出頭做新聞評論節目「時空連線」，時任新聞中心主任的孫玉勝審我的片子，說「你應該去現場做記者」，又說「現在不是評論的時期，是報導的時期」，意思是沒有夯實的報導爲基礎，評論只是沙中築塔。

做新聞調查後，遇到熱點事件時，我常與同事討論，「我們的落點在哪裡？能有新意麼？價值觀能高於別人麼？」但慢慢覺得，你有一千個漂亮的第二落點，有一個問題還是繞不過去：「眞，還是假？」美國的新聞人克朗凱特在世時，他的老闆希望他在晚間新聞的最後五分鐘加上評論，他拒絕了：「我做的不是社論，我做的是頭版，最重要的是爲電視觀眾提供眞實客觀的報導。」他的同事抱怨他過於謹小愼微了，但他說：「如果我一會兒想不帶偏見地報導，一會再就同一題目發表一篇鮮明的社論，觀眾會把整個廣播業看作持偏見的行業。」他每天節目的結尾語都是「事實就是如此」，這也是他去世前最後一篇博客的名字。

對虎照的調查中，幾乎每個人物的採訪，我都用了三個小時以上，交叉詢問時間、地點、人物、證據、相機、速度、距離……知道節目中用不了這麼多，有些東西也不便放在片子裡。但疑問一旦開始，邏輯自會把你推向應往之地。採訪時局長臉露難色說：「要不我們不願意接受你採訪呢，你問得太細。」可是，眞相往往就在於毫末之間，把一杯水從桌上端到嘴邊並不吃力，把它準確地移動一毫米卻要花更長時間和更多氣力，精確是一件笨重的事。

胡適說過做事情要「聰明人下笨功夫」，我原以爲下笨功夫是一種精神，但體會了才知，笨功夫是一種方法，也許是唯一的方法。

我擔心過觀眾對技術性的東西會感到厭倦，但是後來我發現，人們從不厭倦於瞭解知識——只要這些知識是指向他們心中懸而未決的巨大疑問。現在出發前，我只敢問：「我們能拿到的事實是什麼？這個事實經過驗證嗎？從這個事實裡我能歸納出什麼？有沒有跟這個歸納相反的證據？他們能不能被足夠呈現？」

回到北京，老郝編節目，修改了十幾次。一個月過去了，天已經冷了，暖氣還沒來，我倆半夜裡穿著棉襖戴著帽子坐在電腦邊上，一來一回傳稿子。

這麼長時間播不了，通常編導就算了，把帶子貼上橙色標籤，封存在櫃子裡，去做下一個節目，養活自己。老郝沒放棄，在看上去沒指望的困境裡熬著，一級一級去找領導審片。有天夜裡，她在MSN上敲了一行字：「柴靜，我覺得我要出問題了。」

我嚇一跳。

她說在不斷地哭，一邊寫一邊哭：「不是痛苦，就是控制不了。」

我她之前那麼多節目沒播出，我沒見她叫過苦，也沒見她軟弱過，這次這種情緒有點像崩潰的前兆，我也沒什麼可安慰她的，只能跟她繼續討論，一遍遍修改，不斷地改下去。

事情有一陣子像是停下來了，像是要被人忘記了，過去了。老郝繼續去聯繫攝影家協會，聯繫發現年畫的人，聯繫全國人大，聯繫律師協會……年底節目最終能夠播的時候，我們採訪了郝勁松，他對周正龍提起訴訟。

我問他：「你是以公益訴訟知名，這次爲什麼要介入虎照事件？」

郝勁松說：「我覺得這次仍然涉及公眾的利益。」

「指什麼?」

「現在華南虎事件已經不是簡單的一個照片的眞假問題，而是關係到社會誠信、社會道德底線的問題，我們說一個不關注眞相的民族，是一個沒有前途的民族，一個不追求眞相的社會，必然是一個墮落的社會。」

「爲什麼我們一定需要一個眞相呢?」

「眞相是一個民族發展最基礎的東西，即便將來你查到有華南虎，這個照片眞假你仍然不能繞過，因爲這是民意的要求。」

二〇〇七年十二月八日節目播時，新聞時效已經過去了。但播出的反應之強烈，讓我覺得，人們不會忘記沒有答案的事情。在眞相面前，這世界上不存在特殊的國民性，人性本身想要瞭解萬事原由。

二〇〇八年二月四日，陝西省林業廳發出《向社會公眾的致歉信》:「在缺乏實體證據的情況下，就草率發佈發現華南虎的重大信息，反映出我廳存在著工作作風漂浮、工作紀律渙散等問題。」之後周正龍被警方證實是用老虎年畫拍攝假虎照，用木質虎爪模具在雪地捺印假虎爪印，十一月十七日因詐騙和私藏槍支彈藥罪，被判有期徒刑兩年半，緩期執行。本案涉及的十三名政府工作人員受到處分。但原林業廳副廳長朱巨龍與新聞發言人關克仍然堅持虎照爲眞。

國家林業局在鎭坪做了兩年的野外調查後，於二〇一〇年四月發佈結論:調查期間調查區沒有華南虎生存，該地自然環境不能滿足華南虎最小種群單元長期生存。

一只野生老虎的生存至少需要七十平方公里的森林和豐富的偶蹄類動物。一九五八年鎭坪大量山林被砍伐用於煉鋼，羚羊和林麝被有槍的民兵「差不多打完了」。一九五九年，華南虎被宣佈爲害獸，號召捕獵。七十年代全國打虎能手在京召開狩獵會議。一九七七年，中國政府宣佈保護華南虎，但九十年代開始，偷獵者以虎皮、虎骨牟利。二十一世紀開始，人類再也沒有發現野生華南虎出沒。

二〇一二年四月，周正龍出獄，對媒體說，要用餘生上山尋虎。

第十四章
真實自有萬鈞之力

二〇〇八年五月十二日，汶川地震。

我在美國愛荷華州的一個小鎮上，沒有網路，沒有電視信號，連報紙都得到三十公里遠的州府去買，搞不清楚具體的情況。

打電話請示領導。張潔說：「別回來了，前兩天調查拍的東西都廢了，現在做不了專題，都是新聞。」

我發短信給老郝：「怎麼著？」

她說：「已經不讓記者去前方了，要去的人太多，台裡怕前方的資源支持不了，有人身危險。」

我問羅永浩，他正帶著人在前方賑災。

「已經有疫情了。」老羅說。

我回：「知道了。」

「日，就知道你會更來勁。」這個糙漢。

我改了行程回國，直接轉機去成都。上飛機前，我買了份《紐約時報》，從報紙上撕下兩張照片，貼身放著——一張是一對四川夫婦，站在雨裡，妻子哭倒在丈夫的懷裡，戴著眼鏡的男人臉色蒼白，抱著妻

二〇〇八年五月，北川楊柳坪村。我們送文超的牛奶，他倒在礦泉水蓋裡，用手指蘸著餵這只小貓。它細弱得連路都很難走，村裡人都說它活不了，孩子說他也這麼想，但他想養活它，「它也是一條命」。（圖片來自視頻截圖）

子，閉著眼睛，臉向著天，腳邊是藍色塑膠布，覆蓋著孩子遺體。一張是年輕士兵懷抱著一個孩子，帶著一群人從江邊崩塌的滑坡上向外走，江水慘綠，人們伏在亂石上匍匐向前。

到了綿陽，最初我被分去做直播記者。

我拿著在醫院帳篷找到的幾樣東西——一個滿是土和裂縫的頭盔，一只又濕又沉的靴子和一塊手表，講了三個故事：男人騎了兩千里路的摩托車回來看妻子；士兵為了救人，耽誤療傷，腸子流了出來；還有一個女人在廢墟守了七天，終於等到丈夫獲救。

我拿著這些物品一直講了七分鐘。

史努比也在災區直播點。我說的時候他就站在直播車邊上看著。看完沒說話，走了。

我知道，他不喜歡。

我說怎麼了，他說得非常委婉，生怕傷著我：「你太流暢了。」

「你是說我太刻意了？」

「你準備得太精心。」

「嗯，我倒也不是打好底稿，非要這樣說的。」

「不是這個意思，我當時看到你的編導蹲在地上給你舉著話筒，心裡就咯噔一下。他還給你遞著這些東西，我就覺得不舒服，這麼大的事兒發生了，不該有這些形式和設計。其實那些東西放在地上，也沒有關係，或者，你停一下，說，我去拿一下，更真實。」

還有些話，他沒說。

後來我看到網上的一些議論。

那個等了七天的女人，終於等到丈夫獲救，出於保護，他眼睛被罩著，看不見她。她想讓男人知道自己在身邊，又不願意當著那麼多人大喊，於是伸出手，在他手上握了一下。她說：「我這二十多年來每晚都拉著他的手睡。」

他蒙著眼睛，笑了。

她也笑了。

我講到這裡，也忍不住微笑。

有人很反感。一開始，我以爲是這笑容不對，因爲我是一個外來者，表情太輕飄。後來我看了一遍視頻。是我在說這一段時，只顧著流利，嘴裡說著，心裡還惦記著下一個道具應該在什麼時候出現，直播的時間掐得準不準。我只是在講完一個故事，而不是體會什麼是廢墟下的七天，什麼是二十年的一握，我講得如此輕鬆順滑，這種情況下，不管是笑與淚，都帶著裝飾。

這一點，觀眾看得清清楚楚。

史努比委婉地說了那麼多，其實就是一句話：「你是眞的麼？」

第二天，在綿陽，我們趕上了六級餘震。跳下車，往九洲體育館跑，那是災民臨時安置點。館裡空空蕩蕩，八九千人已經安全撤離，只有一個人坐在裡頭。

我走過去，他背靠牆坐著，也不看我。

我蹲下去問他：「現在這兒不安全，你怎麼不出去呢？」

他抬起頭，是一個三十多歲的男人，黧黑的臉，兩只胳膊搭在膝蓋上：「我老婆孩子都不在了，我還跑什麼呢？」

我蹲在那兒說不出話。

他安慰我：「你出去吧，這兒不安全。」

晚上的直播，我講了這個細節。又有批評的聲音，認爲調子太灰色。

這兩次直播給我一個刺激，這兩個細節不說不眞實，可是笑和淚，這麼簡單地說出來，確也不紮實。我想起零三年的新疆，有些東西是眞實的，但並不完整。

到了北川，在消防隊附近安頓下來，晚上迎頭遇上一個當地電視台的同行。

他搖搖晃晃，酒氣很大。我掃了一眼，想避開，路燈下他臉上全是亮晶晶的汗，好像發著高燒，眼睛赤紅，手抖得厲害。

「幹嘛喝這麼多？」我帶了點責怪的口氣。

「受不了了。」他張開著嘴巴，就好像肺裡的空氣不夠用一樣，在用嘴痛苦地呼吸。他癱坐在地上：「那個血的味兒……」

我聽不清。

「就在兩個大石板底下……」

我蹲下，聽見他說：「她說叔叔，你救我。」

他囈語一樣：「我說我會救你的，可是我搬不動啊，我喊了，我瘋了一樣地使勁，我搬不動啊柴靜，我只給了她兩個大白兔奶糖。」他轉過頭來，臉憋得青紫，啃咬著自己的拳頭，要把什麼東西堵住，再這樣他會憋死的。

我把手放在他胳膊上，像拍嬰兒一樣拍著。

他的喉嚨裡像是突然拔掉塞子一樣，哭聲仰面向天噴出來：「只有兩個……糖……啊……」

我沒帶紙，兜裡只有一個皺巴巴的口罩，我拿出來，把鐵線抽了，給他。

他攥著，擰著，也不擦臉，頭上全是青筋。

我們倆盤腿坐在空空的水泥地上，頭頂是三樓燈泡昏暗的光。他大聲號哭，我默然坐著，身邊常常有人走過，沒人奇怪，也沒人注意。他們已經看得太多。

那天晚上，羅陳、陳威、老金和我，幾個「新聞調查」的同事商量了一下，一起退出了直播。我們要做一期有足夠時間的節目，不管能不能播。

第二天在九洲體育館，幾千人從災民臨時安置點回家，我們看著烏泱泱的人，商量「拍誰呢」。想法也一樣：「誰都行。」

一對夫妻，男人穿舊的深綠呢子軍服，四十歲左右，綿羊一樣的眼睛，有點張惶。女人挽一桶食用油，拿網兜拎著臉盆。就他們吧，我迎上去。

跟葉哥葉嫂坐車回家。他們家就在北川縣城邊的楊柳坪村，上山的路都垮了，房子大小的石頭和土方砸在路上，只有摩托車能過，每輛車載兩個人。我坐在葉嫂身後，摟著她腰，到了半山一拐彎，路的一半生生劈掉了，一輛摩托車孤零零地懸在邊上。往上開，到了海拔一千三四百米處，稠白的霧氣像河一樣，重得要用燈破開。

葉哥的家在一樹梨花底下，深山冷，花還開著。房子從後面看是完整的青磚牆，一繞過來，前頭全塌沒了，地基、堡坎都震壞了，這是葉哥葉嫂在震後第一次見到自己房子，站著，呆看著，手裡挽的東西不知覺地落在地上。

鏡頭也那樣呆著，誰都不說話，三四分鐘。山裡非常安靜，只有些微的鳥叫，雨落在椿樹的葉子上，細密地簌簌作響。

葉哥走進廢墟，翻找出一樣東西，用手抹上面的土灰，抹了又抹，站在那兒不動。我走過去看，是兒子在遇難前一天跟他下的象棋。房梁上掛著一串紙鶴，綠色方格作業本的紙，疊得很笨拙，像大元寶，是兩個月前，三八節那天，兒子送給葉嫂的。

地震那天，他家附近四面山搖晃不停，地裡幹活的女人以爲山神發怒，跪下來轉圈向四面祈禱。葉哥一個大跳出屋，躍到土豆地裡，片刻恍惚後，大叫一聲，撒腿往山底下跑。山底下就是縣城，曲山小學在城裡，兒子在上課。路已經斷了，房子一樣高的石頭在路上堵著，路邊的陡崖上都是樹和灌木，葉哥從崖上往下連跑帶跳，「像瘋了一樣」，二十多分鐘到了縣城舊城邊上。縣城被王家岩和景家岩兩座山夾著，最窄的地方只有一公里，路已被埋，巨石下露出壓成片的計程車前蓋。只有從崖邊往上運人，人們正接力把傷者傳出來。

他可以回頭再找別的路去學校，但猶豫了一下，他伸手接住了遞過來的一個傷者。

我是一個外來的人，聽他說完，除了陪他們站著，一起去撿一只鍋，或者往灶底下塞一把柴火，沒有別的辦法。

葉哥葉嫂把房子前頭的荒地鏟平，拿廢墟裡的碎水泥塊把四邊墊上，怕雨水進來，帳篷還沒到，就找了塊破爛的彩條布，搭在門口的梨樹上，把房子裡的床墊拖出來，放在裡頭。細雨紛紛，越下越密，落在人頭上。我問過葉哥怎麼不在災民安置點等一等再回來，他說：「不要緊，那麼多殘疾人，我們好手好腳的，能把自己的家建起來。」

他搬了兩塊石頭，找了只鐵鍋，把蓄水池前兩天殘留的一點雨水燒開，泡了碗方便麵，沒有拆調料袋，紅色塑膠袋子轉著圈漂在面上。

他們倆坐在一杆木頭上吃，一邊跟我說話。葉嫂差不多四十歲了，她說，將來還要生一個我那樣的兒子，我一定好好地養育他。

葉哥補了一句：「就像對第一個一樣。」

我聽見背後有嗚咽聲，回頭看是編導羅陳，他跟他倆差不多大，也有一個兒子。

我們在山上住了下來。陳威搭了帳篷，沒自來水沒電，也沒有手機信號。每天走一段山路，用小碗從一口快乾涸的山泉眼舀點水，倒在桶裡拎回去，順便找個有信號的地方給台裡打電話。草姐姐負責片子的後期，第一天拍的東西傳回去，她說領導覺得這段還是有些灰色，先不播了。

領導這麼想也很正常，不過生活會自己長出來的。

「那你們要拍什麼主題啊？」草姐姐問。

我說：「不知道。」

以前我害怕「不知道」這三個字，做節目前，沒有一個策劃案、一個主題方向，我就本能的不安。可這次我覺得，不知道就是不知道。

「那怎麼辦？」草姐姐得負責播出，「要不要找找鎮裡和村委會，做點全景式的採訪？」

我挺奇怪地想起一件無關的事，鐵凝三十多歲的時候，見過一次冰心，冰心問她：「姑娘，成家了沒有？」

「沒有。」

「嗯，不要找，要等。」

後來，我們誰也沒找，就等在原地。

晚上睡覺，山裡靜，靜得不容易睡著。

知道死，和經歷它，是不一樣的。

二〇〇三年冬天，奶奶去世，家人沒在電話裡告訴我，只說病了。但我聽到我妹的聲音，大概也就明白了。回到家的時候，一屋子的人，有很多事情要做，很多人要安慰。

等人少一點的時候，我想看她一眼。

移開棺木，她臉色如常，只不過閉著眼睛，就像我幼年時夜夜看著她的樣子。從嬰兒時我跟她睡，每晚她撫摸我背才能睡著，長大一點，晚上睡下我常常側頭看她，她被子上蓋一個深灰大褂，枕頭上鋪一只青色格子手帕，我把臉偎過去，手帕上是洗淨後在爐邊烤乾的肥皂味兒。她的嘴微微地張著，我聽她呼吸，有一會兒害怕了，覺得呼吸好像停了，就輕輕拿手摸一下她的臉，暖和的，這才放心，又想她死了我怎麼辦，自己哭半天。

我把手探進棺木，用手背在她右側的臉上慢慢滑了一下。

死是一件沒有辦法的事，除了忍受，沒有別的辦法。

只能忍受。

我知道，對葉哥葉嫂，沒什麼採訪可言，沒法兒問，問什麼呢？我也不想試圖勸誰別難過。

他們允許我們在旁邊陪伴就夠了。燒火做飯時，我幫著塡點柴。有時候機器開著，很長時間也沒人說話，只是柴火劈啪的聲音，火苗的藍尖飄過人的臉，熱一陣，冷一陣。葉哥葉嫂要是想說話了，我們就聽著，有時候兩口子商量以後怎麼蓋房子生活下去，挺有雄心的樣子。有時候又沉默著，幹什麼都沒有心思。

這就是生活吧，不可能靠喊口號就度過去。

過兩天他們幫鄰居打蒜薹，鄰家的女人遇難了，只剩父子倆，孩子十二歲，叫文超。楊柳坪村八十八戶人家，遇難二十二人。不同於群居的北方農村，山村裡住的人少而分散，路遠，主要靠家族和血親的紐帶，能來的都來了，十幾個人。

文超穿件圓領小紅衫，褲頭膝蓋上釘著小熊，不愛說話。

我問他怎麼不去山下學校過兒童節。

他說不想去。

邊上他姨說：「他不想下山，別人都去，就他不去，說也不聽。」

我說：「捨不得你爸嗎？」

他哭了，拿袖子掩著眼。我不再問，摟他肩膀搖一搖。

打完蒜薹，女人們張羅著吃飯，葉哥戴著個不知道哪兒來的黃色礦工安全帽，前沿磕破了，從廢墟裡頭幾塊水泥底下扒拉臘肉，很滿意的樣子：「嗯，這個沒偷走。」

大夥用石頭壘了個灶，找點柴火，拿石片把臘肉外面的灰刮掉，放在鍋裡煮。水熱了，再撈出來，用刷子吃力地擦著肉外頭薰的黑焦色，擦完成了蠟黃。我負責切肉，一刀下去，熱氣直往上躥，大厚肉片子，透明的油「滋」一聲。

葉嫂扭頭喊：「你去地裡找找有沒有土豆。」

男人挖了十幾顆回來，滾刀切大塊，煮，炒。

居然還從哪家塌了的梁底下找出一塑膠壺玉米酒來，大夥有了一點興致。

把廢墟清一清，露天擺了三張矮桌子，天已經擦黑，村裡人捨不得點火，借著麻藍的天上一點晶明的星光擠著坐，狗在膝蓋底下蹭來蹭去，不扔東西給它，它就拿嘴拱你腰一下，往後一坐，眼巴巴望著。葉哥一邊扔點肉皮一邊笑：「它好久沒見著人了。」

陳威得拍這段，幾米之外盯著機器。

村裡人不覺得我們是來工作的，那個機器他們看慣了，就像他們的鐵鍬一樣，直對著鏡頭招呼他「來吃嘛」。

陳威坐在機器後面的石頭上，揚揚手裡的煙：「我抽完這根。」

我坐在桌上，文超的小叔是個年輕人，舉起了小酒盅：「地震之後第一次這麼多人見面，算個團圓酒，來。」

這一杯下去，我的胃裡像著了火一樣。

文超的小叔叫志全，他的女兒也在縣城上小學。

我們跟他一塊去挑水，路上遇到一個不認識的村裡人，跟他打招呼，「嗳」一聲，男人之間那種口氣。

那人偏過頭對我說：「是他把我兒子從土裡拽出來的。」志全聽了卻臉色一黯，不說話，走著走著，拿樹枝抽了一下路邊的石頭。

晚上火堆邊上我們才談這事。

他說：「我愛人就是怪我這事，我原來是軍人，她知道如果我路上沒耽誤，去了一定能救出我女兒。」

我想說他已經盡力了，這是無能爲力的事。但覺得這話沒有意義，他也不需要我說什麼。四川人說「火落在腳背上」，這個痛別人明白不了，烙著他，折磨著他，沒辦法了，喃喃自語一樣說出來。他說最難受的就是覺得孩子不會怪他，「她如果活著，要是寫作文，肯定會寫《我的爸爸》。」

火堆照明不夠拍攝，羅陳坐在我左手邊，舉著我們帶來的蠟燭，滾熱的白蠟油流在手上，他沒動，一滴一滴，火燭在風裡躥動。

志全說：「她那天早上說，爸爸，給我買一個霜淇淋，我沒給買。我就是後悔，兩塊錢一個的霜淇淋，我爲什麼沒給她買？」

文超趴在他膝蓋上哭得抬不起頭。

志全摸著侄子的頭髮：「你爺爺十二歲討飯到這裡，才有這個家，你身上流著他的血，不要哭。」

片子裡有只小貓，地震後倖存的，剛出生，找不著媽了。

小傢伙細弱得站都站不住，常常鑽在我的迷彩服深處，拚命吮吸，以爲那黑暗溫暖處是它的母親。小利爪把我抓疼了，我「呀」一聲，陳威就把它揪過來，豎在臉前，露著白肚子，夾著煙那只手指著它的臉，教育一頓。貓一聲不叫，可憐巴巴地在煙霧裡瞇縫著眼睛看他，他歎一口氣，把它放下了。

文超也沒有了媽媽。我們送他的牛奶，他倒在礦泉水瓶蓋裡，用食指蘸著，一點一點讓小貓舔，貓的臉比藍色瓶蓋大不了多少，尖細的緋紅舌頭一捲一捲。吃飯的時候，他右手拿筷子挾菜，左手掌心裡托一塊大窩筍，給它練牙。

「村裡人都認為它活不了，你也這麼想嗎？」我問他。

「是。」

「那你為什麼還養它？」

「它也是一條命。」他低頭撫摸它。

文超走到哪裡，貓就踉踉蹌蹌跟著。到我走的時候，它已經可以站在狂吠的大狗鼻子前頭，不躲不閃，面無懼色。

受難者不需要被施予，或者唱《感恩的心》，我們心懷敬意拍這個片子。

我們找了一家日常開農家樂的村民，給了一些錢，就在他家做飯吃。他家房子沒大礙，還養有一百多只雞，災後容易有瘟，女人拿把菜刀，把大蒜切成白片，又剁成末餵它們。但還是有一些雞走在我們邊上，腳一軟，就撲騰著倒下去了，歪成一團。大家都用眼角掃彼此一下，裝作沒看見，不提這事。幸好山高風冽，沒暑熱。

豬也沒有吃的了，村民把豬捆住腳運下山去餵，橫放在摩托車上，夾在兩人之間，後面那人一手抓著豬腳，一只手揪著豬耳朵。豬不吭聲，大概是注意到有人在看它，就抬起頭，兩只眼睛烏溜溜的，眉心裡有一個被砸傷的紅口子。我們對視著，它的臉被扯起來，像有點驚訝的樣子，一直看著我，車拐了一個彎，就不見了。

山上沒糧了。

鎮裡發糧食的幹部只有三個人。捲頭髮的胖大姐滿頭全是土。瘦得凹著臉、眼睛全陷下去的主任，砸傷後沒包紮，一瘸一拐，腳腫得鞋都扣不上。上百人圍著他分糧油。大卡車一過轟得滿天灰，他大聲吆喝著，口罩耷拉在下巴上。他說幾天沒回家了。我說那你家裡人誰照顧呢。他停了好久說：「只有他們自己照顧自己了。」

我問：「其他幹部呢？」

他說：「當時正在開會，都沒跑出來。」

「多少人？」

「三十多人……死的太多了。」他用力地眨眼睛，胸口一起一伏，「不說了，不說了。」

我們記錄的都是生活裡的片斷。遇上了就拍，遇不上就待著，在葉哥家門口坐著。有時候下場雨後太陽出來，杉樹上水淋淋閃著光，雨滴在房上，匯成極細的水流在瓦間蜿蜒鑽行，從殘破的瓦頭沒遮沒攔地掛下來。

陳威不愛多說，不搭訕，他身上有股寥落的勁兒，一臉鬍茬，總是稍遠一坐，燒杯苦極了的野茶，聽著別人說話。但我知道，比起世界上的任何一個地方，他更願意待在這兒。

他有那麼一雙眼睛。

當年拍雪災，廣州車站十幾萬人被困數天，終於可以上車的時候，士兵拉著繩子圍成一個細的通道，人群急吼吼地往裡走，一個大兵喊「快點快點」。陳威的鏡頭搖過去，旁邊的長官急得嗓子都劈了：「什麼他媽的快走，快走就出事兒了，走穩，走穩。」

人群到了月台上，一個姑娘拿著箱子，往車上趕，眼看著到了跟前，摔倒了。車開了。

她歪坐在地上，箱子翻倒在一邊，看著車從面前開過，一節一節，越來越快。

陳威的鏡頭一直中景對著，沒有推上去，也不拉開。

過了小一會兒，一個乘務員入了畫，過來扶起她，拉起箱子。他倆一起看著車，轟隆隆遠去，把月台都震動了。

陳威的鏡頭還是那樣，一點沒有動，車越來越快，車窗成了條紋，兩個身影還茫然地定在月台上。

這兩個鏡頭，勝過千言萬語。

六一那天，葉哥葉嫂很不好過，幹什麼都沒有心思。葉哥說：「我今天一早上都在想他，你看我幹活的時候都是傻傻的，一下弄這裡，一下弄那裡……」葉嫂說：「每次路上摩托車一響，總覺得是他回來了。」

文超叫他們乾爸乾媽，是他們兒子最好的朋友。他沒了媽媽，一整天都在葉哥家待著，抱著貓坐在一邊。

午飯後，葉哥爲了安慰他，翻出兒子的那盒象棋，鋪在地上，跟他下了一盤。葉哥有點心神不定，剛下了幾個子兒，就喃喃自語：「我是輸了吧？輸了沒有？」

陳威拍了一會兒，把攝像機撤到很遠的地方。正午的陽光下，蟬聲無休無止，地上都是樹葉的黑影子，棋盤放在地上，一大一小，兩個身影蹲著，遠處煙青的山，再遠什麼都沒有。

我們幾個站在遠處，久久地凝視這一瞬間的寧靜。

有一天在葉哥家坐，聽到坡上有人叫喊。

「喲，怎麼吵架啊？」我們就上去了。

有個老爺子一頭亂髮，圍著快曬成白色的藍圍裙，正爬在梯子上，往半塌的房頂鋪瓦。底下站著他兒子，正衝他嚷。原來老爺子死活不去兒子家住，非得修自己的房子，還拒絕別人動手。「我把這房子掀球了！」他五十多歲的兒子喊不下他，急了。

我們去了，爺爺一看人多，煩了，下來。

我問：「您多大歲數了？」

他正在氣頭上，兩眼圓睜，手一甩：「沒得好大。」

村長在旁邊做工作，一邊樂：「他八十三。」又轉頭對他喊：「這是北京來的記者。」

老爺子不管記者是幹什麼的，聽到北京倒是氣平了：「北京來的，哦，北京來的，北京地震沒有？」

一臉關切，我挺感動。

聊了會兒，村長說：「他唱山歌唱得最好。」

我哄他：「唱一個吧。」

老爺子強得很：「不唱。」誰說也不行。

後來幾天，他還住在半塌的房子裡，天光從殘瓦上漏一滿地。白天也點一堆柴火，跟幾只大肥貓圍在火邊，頭髮亂蓬蓬，手抄在藍布裙裡，臉映得微紅。他耳朵背，也不懂普通話，我每次經過他家門口，就大喊一聲「爺爺」，這個詞他聽得懂，每次都一樂，滿嘴沒牙。

臨走前一天，傍晚吃完飯，在葉哥家坐一堆閒聊。村裡人聽說我們要走，都聚來說話，天暗下來，一個一個深灰淺灰的影子，路邊蹲著，或者坐在石頭上。男人說縣城裡的樹、房子和路，女人們聽著，拿樹枝子在地上劃拉，有時候自顧自低聲說上一陣子，把小貓拿來撫弄一會兒。暮色裡看不見臉了，聽著點聲音也是個熱呼氣兒。

爺爺忽然從坡上下來，人前一站，直接開口唱了一段，唱完了，拔腿就走。弄得我們手忙腳亂，幸好還錄上了幾句。

後來羅陳把爺爺唱的歌放在每個節目段落的開頭。聽不懂他唱什麼，讓村裡人翻譯，他們也說聽不懂。但那段時間我醒時夢裡都是那幾句，老覺得他在唱「什麼什麼楊柳坪哦……村嘰」，唱得我心裡一起，一落。

幾年後，說起這期節目，草姐姐才說：「你們當時在四川，第一天拍完傳回來的片子，領導看了有點擔心，說這樣的片子會不會太灰色，乾脆讓他們回來吧。」但她沒有轉告我們，也不干預，日子一天天過去，生活最終從片子裡流淌出來，審片的時候，「大家都接受，台長都哭了」。

當時來不及想這些，羅陳趕這個節目三天沒睡，實在睏得不行了，我說我來寫後面的解說，你去睡會兒吧。他和衣在沙發上倒一會兒。寫完我去找張潔：「這期讓我配音吧。」他看我一眼，我當時重感冒，鼻音重得可怕。

我問他：「你覺得這聲音行麼？」

他還在沉吟。

我說：「你不讓我配我跟你拚了。」

配完音，我回到家，才收拾行李，把沾滿泥土的靴子放在架子上，擦掉暴雨打在桌上的黑點，把催我領郵件的單子揉成一團扔到垃圾袋，洗一遍衛生間，潔廁靈濺在手腕上有些腐蝕的疼。袋子裡的東西——望遠鏡、電筒、頭燈、救生衣，一一放好，洗臉的時候我看到髮際線和臉上的顏色相差很大，胸脯和胳膊上完全是棕黑色。

要了外賣吃，在一堆書的底下找到安德森．庫珀的書。他是美國有線電視新聞網（CNN）的記者，作過很多災難和戰爭的報導，在序言裡他寫道：「回到家裡，等待我的是一疊疊的帳單和空蕩蕩的冰箱。去超市買東西，我會完全迷失……一群女孩一邊喝著水果顏色的飲料，一邊談著化妝品和電影，我看見她們的嘴唇在動，看見她們燦爛的笑容和挑染的頭髮，我不知該說些什麼，我會低頭看著自己的靴子，然後看到上面的血跡。」

窗外小區門口，人們剛剛打完球回來，互相拍打著哈哈大笑。

「我在外面待得越久，情況就越糟糕，回來後甚至無法開口說話。」他說，「我會去看電影，去見朋友，可幾天後，我發現我又在看飛機的時刻表，尋找可以前去報導的地方和事件。」

我們都努力把自己報導的世界與生活分隔開，但是都發現自己已經成爲它的一部分。

他說：「我以爲我能就此脫身而出，不受任何影響和改變，但事實卻是我根本無法解脫。根本不可能做到視而不見，即使不聽，痛苦還是能滲透到你內心深處。」

節目播出後，一位素不相識的導演打電話來說「安排讓你朗誦一首詩」，就要跟我談論內容。

我打斷她：「不，不朗誦。」

她有點意外：「這可是念給大地震的。」

「我是個記者，不適合念詩。」

她還繼續說。

「我知道這詩很好，這事也很好，」我說，「只是我不適合，您找別人吧。」

我並不反對詩，也不反對朗誦，我只是不喜歡被「安排」的感情。

我採訪過一個姑娘，她在地震中被壓了五十多個小時，截肢後在病床上開始畫畫。有一張是她自己被壓在廢墟下，只能看到臉，一只手撐著頭上的石灰板，眼睛睜得很大，向外看，那是她「絕望又希望」的一刻。

她說畫這張畫的原因，是後來玉樹地震發生，別人要她給災民畫張畫來展覽，「給他們畫個新家園吧」。

但她畫了自己，她說「這樣才是對他們的安慰」。

只有同樣經歷過無邊黑暗的人，才有資格說，我理解你。

第二年，還去不去楊柳坪做回訪？羅陳做完前期回來有些猶豫：「村子裡沒發生什麼事。」

「那就好。」我說，「就拍沒事吧。」

「不過葉哥葉嫂沒懷上孩子。」

嗯，這就是生活。

去的時候是清明，鈷藍色群山，中間有條縫子，一匹油菜花的金緞子瀉下來，山裡冷得扎人，還點著炭盆。我們每天跟大夥圍著炭盆喝茶，還是那樣，遇上什麼就拍點，沒有就不拍。男人們去幫著村裡砍木頭蓋房，我給文超輔導功課，題答對了我倆就一人吃一粒糖，腮幫裡硬邦邦的一小塊含一個下午。爺爺的耳朵更背了，我倆說不了話，臉貼臉對著鏡頭照個相玩兒。

鮮紅的辛夷花剛開，落得漫山遍野都是，葉哥還穿著那件綠呢子軍服，把山坡上的油菜花拿鐮刀砍掉，讓蒜苗長起來，金光閃閃的花橫七豎八倒了一地。正午山裡靜，只有群蜂在水窪邊隱隱不絕的嗡嗡聲，陳威把掉在茶水裡的野蜜蜂用隨身的刀尖小心地挑起來，移到新砌的水泥台上，它在太陽底下，歪斜了一會兒，抖一下，就飛走了。

日子就像胡適說的，「平淡而近自然」。

我們一起進北川縣城，路側都是燭火，兩條火線，在青灰的天底下蜿蜒不已。曲山小學隔著條河，沒法過去，離河最近的大石頭上，一個中年女人坐著看對面，一動不動。

葉哥在賣紙錢的地方選了很久，挑一個書包，選了紅的，有奧特曼。放下，又選了個藍的。地震之後有過一次大泥石流，他們在城裡的房子被埋了，找了半天找不著。他和葉嫂就在警戒線後跪著，香插在石塊中間，對著小學的方向燒紙，葉哥看著紙灰飄飛，喃喃說：「你最喜歡背新的書包，這個書包你喜歡吧？」

文超轉身一個人走了。

我和志全找了好久，發現他站在另一所小學的教學樓面前，一樓沒了，二樓直接坐下來了。志全對我說：「他就是從二樓跳下來的，看到自己的同學就差那麼一點沒能跑出來，只有頭露在了外面。」

文超還是在那兒站著，一句話不說。

回到家裡，給文超媽媽上墳。他爸燒紙，對著墓地說：「往年清明都是你張羅，今年我弄，也不知道對不對。」木訥的四方臉上帶點淒涼的笑容。

他爸想再娶個女人，但孩子不接話。他爸讓我勸勸。這不是靠勸能過去的。

文超跟我說，總是夢到他媽喊：「超娃子，吃飯。」孩子臉上兩行淚。

晚上，陳威說，我以爲你當時會像「雙城的創傷」那個節目裡一樣，抱一下那個孩子，或者給他擦眼淚。

我沒答話。

吃過晚飯，我一個人走了走。大山裡烏黑的沉默，一盞燈都沒有，看的時間長了，才看到蒼暗的雲層滾滾而流。

我向北望。

這一年我沒法回去給奶奶上墳。前一年拔完雜草，在她墓碑前坐一會兒，上面刻著她享年九十四歲，想起小學的時候，我剛學會算術，在課本上算她的壽命，嗯，她是一九一〇年生，我要她活到一百二十歲，我歪歪扭扭地在課本上畫加法等式……也就是……嗯，二〇三〇年……

她去世快六年了，我不跟人談她，不看她照片，也不願意別人跟我提她，每次夢裡終於看見她的時候，心裡都鬆一下：「看，她沒死，我就知道。」

夢裡她總是衣衫破爛，被人追趕，我把她護在身後，像動物一樣對那些傷害她的人齜著牙，威脅他們，但最後，她總在我懷裡死了，我絕望地摳著牆皮，牆都碎了。

有時候，在夢裡我小聲喊她：「奶奶。」

她靠在門邊上，看著我，不認識了，說：「誰呢？」

我心裡淒涼，又覺得，是我沒照顧好你，不值得你認得。看她手裡拎著東西，我伸過手：「那我幫你拿吧。」她遞給我，我跟她一起往前走，她還容許我陪她走這一段路。

文超臉上的眼淚，我擦不了，感情在血肉裡，尖刀剜不掉。採訪時我倆都坐在小板凳上，佝僂著忍受。

有一天葉哥說起兒子，說你們知道他什麼樣兒吧。

我搖搖頭，不知道，也沒問過。

他試探地瞄了下葉嫂，又看我，說：「鎖起來了。」

她帶點著惱的笑，從腰裡拔出一串鑰匙：「我不許他看。」

堂屋邊上有個小門，鎖打開了，門裡頭有一個箱子，也上著鎖，用更小的一個鑰匙打開。

葉哥拿出來一捆東西，用燒焦一角的舊紅領巾紮著，是孩子的獎狀、照片。拆開給我看，都是從去年廢墟裡扒出來的，不少殘缺不全，他帶點笑，說你看這個獎那個獎，等翻到孩子照片的時候，葉嫂「刷」一下就站起來，走了。我說：「葉哥，你去看看吧。」他去了，鏡頭沒跟著，等在原地，也沒再往下拍，就到這兒。

過一陣兒，葉哥挑水回來，我出屋去接他。陳威站在屋裡架著機器，那算不上採訪，只是說話。我說：「我這來了幾天，你喝好幾頓酒了，可比去年喝得多。」

葉哥踩著石頭，腳尖輕敲：「以往從不喝酒，現在沒兒子管我了，原來呢，他在的時候就說，爸爸，你少喝點，有客人你再喝一杯嘛……我還希望，有朝一日，有下一個兒子的話，還像我前一個兒子那麼聽話，哎呀，簡直是萬福，眞的是萬福。」

我說：「但是葉哥，你現在要生孩子啊。生孩子你不能喝酒，對吧？」

葉嫂用腳踢著那塊石頭：「他是不聽的，他是不聽的。」

「我還是要聽，聽我還是要聽，聽還是要聽。」葉哥說。

我說：「這是大事。」

葉嫂抬起眼，對我埋怨：「他從地震過後到現在，是又吸煙又喝酒。」

葉哥說：「你都不能給我保密啊？」

我說：「你這得接受監督。」

「行。」

我說：「你得答應我們。」

「我一定答應你。」他說。

就這些家常話，完整地放在節目裡，這種採訪是我以往的大忌，我覺得記者不能發表意見，不要議論，不要參與別人生活，我對自己有很多的要求。

現在我知道，有時話本身可能沒什麼意義，它只是到了嘴邊。

在北京時，有位兄長的親人過世，朋友們勸解他，說其實死去的人解脫了，唯有生者痛苦。

他不說話。我心想，像我這樣的生者，怎麼配這麼想。

兄長順路捎我回家，他坐在計程車的後座，我坐在前座，都沒說話，車裡忽明忽暗，都是沿路的燈，過一會兒他開腔了，他說他決定要生孩子了，兩個。說你要是遇上瞭解你的男人，就生個孩子。

我沒搭腔。

黑暗裡，他的手隔著柵欄，在我肩膀上，輕拍一下。

像是滿心說不出來的叮嚀，也是一種不必說出來的安慰。

志全的媳婦懷孕了。

人們總是說，新的生活就這麼開始了。忘記吧，忘記過去，新的生活就開始了。

採訪的時候，家裡女人們都在灶間忙，給建新房的工人們備飯，木柴燒旺的火膛上，吊著漆黑的小鍋子，咕嘟嘟煮著，皮肉燉爛的味兒，帶著花椒和八角的腥香味兒，漫得滿屋子都是。志全媳婦不愛說話，正拿辣椒和鹽巴往鍋裡抖，火映得半邊臉上發亮，我問她肚子裡孩子動的時候，是什麼感覺，她低頭撥火，過了一會兒，我才發現她哭了。

她說：「昨天夢到我女子，夢見她買了糖粒子，八十顆，問哪兒來的錢，她說是爸爸給的。」

我明白她。

手從奶奶臉上滑過的時候，有人在邊上對我喊「不要哭，不要哭，不要把眼淚掉進去」，把棺木關上了。

怎麼會哭呢？我有什麼資格哭？

在我小得還不會說話的時候，她就在那裡，青布的斜襟大襖，掖一只淺灰的手絹，通紅的石榴花開滿樹，她用小勺把嫩黃的雞蛋羹劃幾下，把軟滑的小方塊餵到我嘴裡。雨在簷頭輕輕地頓一下，拉長一點，落下來，落在青磚地上一個細的小渦，小水滴四濺。

吃完了，她用額頭頂著我的額頭，讓我的小脖子長一點勁兒。

哄我喝藥時，藥邊總放一碗水，手裡一粒話梅糖，「一口，一口下去」，等我吞下藥，她就先餵我喝水，再把糖放在嘴裡，一下午，按一按我的腮幫子，硬硬的還在。

長大一點之後，她的頭髮都是我剪。我笨拙地拿個梳子別住她頭髮，毛巾鋪在她肩膀上，拿小銀剪把長的地方剪掉，她脖子後面有一個很深的窩兒，那兒的頭髮特別不好剪，要用手握住，說「不要動不要動」，一根一根地剪。

上初中夜讀回來，她在爐子上烤了紅薯片和花生，我遠遠地順著甜香就進了門。我吃東西，她給我捂著手，用山西話說「怎麼老是冰淬的」。我倆雙雙把額頭貼近鐵皮爐子，借著那點暖和氣兒說個不了。她有時候自己也笑：「就是憨親哩。」

她老了，貼身穿著我小時候的紅棉襖，一天天衰弱了，我每年只有幾次回家，給她洗澡，剪指甲，她喝中藥，我在邊上放一碗水，手裡放一粒話梅糖，頂著她的額頭哄她「一口就下去了」，她冰涼的紋路印在我額頭上。她歎口氣：「你怎麼還不結婚呢，你結了婚我心裡就靜罷了。」

她九十歲時，我回家過完年要走了，走了幾步，又轉回身看著她。

她拿拐杖輕點一下地，說：「去吧，我死不了。」

她下葬前，我收拾她的遺物，抽屜裡有我從沒見過的我爺爺年輕時的照片，還有一個《毛主席語錄》的紅塑膠皮，夾著我嬰兒時的照片。挖墓穴的農民在邊上抽煙談笑，生老病死在這片土地是平淡的永恆。我坐在棺木邊的地上，手裡攥一把黃土，天上白雲流過。

我第一次有了生一個孩子的想法。那個孩子會是新的，我用手輕撫奶奶的棺木，她會在他的身上活下去。

離開楊柳坪的時候，羅陳說：「錄個結束語吧。」

我們下了車，雨下得又輕又細，深青的群山全被濡濕了，去年的裂縫裡青草簌簌地拱動，濕黑的山坡上一層一層墨綠的杉樹林，梨花淺白，空氣裡都是水滴和鳥叫。我站在細雨中，說了最後一段話：「一年之後，我們重回楊柳坪，去年地震的時候，很多坍塌滑坡的山體，現在已經慢慢重新覆蓋上了草木，就在這片山巒之間，正在建成新的房屋、村莊和家庭。人的生活也是這樣，經歷了磨難和艱辛，正在生根發芽，一片葉子一片葉子地長出來。我們離開的時候清明已過、穀雨將至，楊柳坪到了雨生百穀、萬物生長的季節。」

做完這期節目，評獎的時候，夏駿在，他是以前「新聞調查」的老製片人，常敲打我。這次開會，到他發言評價節目，他頓了一下，說：「柴靜是個漂亮姑娘。」

底下人笑聲噓聲四起。

他接著說：「她自己也知道，所以老忘不了。」

我抬頭看他。

「這次她忘了，所以節目好。這算她的成年了。」

第三年的時候，我已經離開「新聞調查」，沒有去楊柳坪，同事們接著去了，不管是誰，記得就好。史努比說的，「記者」就是「記著」。

也有人說，該換個主題了，給觀眾一些新鮮感。

看《讀庫》，《霸王別姬》的編劇蘆葦說他有一年寫杜月笙，花了很笨的工夫整理史料。導演看了沒興趣，「主題沒新意」。

他批評這位導演後來的作品：「只刻意求新，爲賦新詞強說愁，所以矯情虛妄。生活並不需要時時有新的主題，即使是華麗的《霸王別姬》，力量也在於眞實的市井人性。」

他說：「眞實自有萬鈞之力。」

我和爺爺。誰也沒聽懂他的歌子，但那段時間我醒時夢裡都是那幾句，老覺得他在唱「什麼什麼楊柳坪哦……村囔」，唱得我心裡一起，一落。

第十五章 只聽到青綠的細流聲

二十出頭，在湖南衛視時，我採訪黃永玉，問他的「人生哲學」是什麼？

他說兩個字：「尋常。」

我心想，這也叫哲學嗎？

「天上那麼多高幹子弟，七仙女爲什麼要下凡嫁董永？」他說，「因爲她什麼都有，只缺尋常。」

我聽不懂。

北京奧運，我和攝像老王領了主新聞中心（ＭＰＣ）的記者證，任務是報導每天的例行新聞發佈會。每天中午幹完活就沒事了，這個證不能進運動員採訪區，但可以看所有的比賽。我坐在大門口小圓桌邊，撕了半天餐巾紙，團了好多小球，說：「老王，要不……咱們再做點什麼再去看吧。」老王是個痛快人：「行，做什麼？」

全世界媒體都在這兒，金牌運動員有無數人採訪，我說：「那咱們就採訪不顯眼的吧，失敗者也成，只要打動咱倆的就算。」

沒人佈置，也就沒有平台可播出，沒編輯，沒經費，拍攝的磁帶都沒有。我們的證件也接觸不到運動

梵高對他弟弟說過：「沒有什麼是不朽的，包括藝術本身。唯一不朽的，是藝術所傳遞出來的對人和世界的理解。」

員，只能在比賽結束後的大巴車上找人，再找人送我們進奧運村。

以往當主持人，事事有人安排，覺得採訪才是頭等大事，車到了採訪地點，編導打電話讓對方來接人，在車上等的時間長點，我心裡便有點不耐煩：「怎麼不早五分鐘想到打電話呢？」現在你自己幹吧，借帶子，還帶子，聯絡人，找翻譯，找車，定時間地點，打場記，寫稿子，貼發票……這些小事兒要樣樣做到，比採訪難多了。

要拍攝比賽，我們沒有比賽區的證，好不容易說通北京奧運會轉播公司（ＢＯＢ）的人放行，被一位中國志願者攔住：「對不起，不能進。」

我嬉皮笑臉，說你上司都同意了：「就讓我進去吧，這是我最後一個機會了。」

梳馬尾的姑娘手背在身後：「今天也是我最後一次值班，請您配合我工作。」老王在我肩上按一下，「走吧。」轉身的時候，她在背後說：「再見。」

我沒回頭。

做節目時說得挺高明，真到了生活裡，就這麼個修養。

慚愧。

最吃力的是沒翻譯。

小姑娘姓周，阿拉伯語的大三學生，捲髮大眼，非常可愛。

同行對我說：「她阿語不行。」

沒辦法，她是唯一願意陪著我等八個小時的志願者。伊拉克的短跑運動員達娜晚上九點才到。小周的翻譯的確不太行，結結巴巴：「二〇〇三年，街巷裡有搶劫和屠殺……我見過很多殺戮，街上有汽車炸彈。我也有……面對過死亡。」

二十三歲的達娜，穿著從約旦買來的二手跑鞋，鞋幫是裂的。教練是她的未婚夫，每天接她去巴格達大學操場上訓練，都要穿越兩派交火的地區，她躺在汽車後座上躲避子彈。但大學的灰泥跑道是露天的，有次屋頂上的狙擊手向她開槍，子彈擦過她，打在旁邊的一棵樹上，她暈倒後，第二槍打在了地面上，泥濺在她臉上。一刻鐘後，她洗了一把臉，又回到場上：「如果坐在那裡不訓練，就會不停地回想起槍擊的情景。當你訓練的時候，才會忘記所有的一切。」

最初國際奧會宣佈取消伊拉克代表團參賽資格，她像孩子一樣不停地哭叫。我說你還年輕以後還有機會，她說：「沒有人知道自己在伊拉克的命運是什麼。」制裁取消後，她在椅子上又跳又叫。

說到這段時，翻譯半天沒吱聲，我奇怪，偏過頭看她。

小周正在低頭哭，小捲髮一抖一抖。

達娜看著她，晶亮的兩大顆淚，含了一忽兒，撲落掉了下來。這個故事她在媒體面前講過多次，我只見她這次掉了眼淚。

翻譯或是採訪，不僅是工作，是人與人的往來。

老王看體操比賽的初賽，一堆十五六歲的小女孩裡，一個三十多歲的女人在跳馬，頭髮又短又硬，他有點奇怪，指給我看。我查資料，才發現三十三歲的丘索維金娜這是第五次參加奧運會，這個高齡體操運動員是爲了用比賽的獎金給兒子阿廖沙治病，也爲此離開烏茲別克斯坦，加入德國國籍。

約了她，快開始了，才發現寫提綱的紙不見了，一頓亂翻，像個溺水的人，只能從直覺開始問：「你代表德國隊比賽，很多人，包括你的教練不理解。他們認爲你可能不愛國，你怎麼看？」

她說：「如果他們也承受了這樣的痛苦，也許他們就能理解。可是，我希望他們永遠都不要承受這些痛苦。」

「什麼樣的痛苦？」我問完這句，丘索維金娜沒有等翻譯，就直接回答了問題，她從我臉上看懂了我在問什麼。

通常採訪有翻譯時，我說完話都低頭看稿子，受不了與採訪對象沉默對視的壓力。但這次我的膝蓋上空空如也，每說完話，丘索維金娜看著我，我也看著她，這片刻的空白正常得像一段呼吸。她的感受在我心上過一遭，反應出下一個問題，有些問題甚至在我想到之前，就來到嘴邊。

我在當天的日記裡寫：「交給那個叫柴靜的人，不要把她勒得那麼緊，不要鞭策她，也不要控制她，讓她去。」

一切亂紛紛，但心就像鐵鉈子，慢慢沉到水底下去了。要對付這大攤子事，只能沉下去，倒是靜下來了。我也不知道爲什麼，反而比以往愛動感情。

有天在《中國日報》上，看見德國舉重運動員施泰納在領獎台上，髮梢都是汗，一手舉著金牌，另一手長久握著亡妻的一張照片。照片是一年前，還沒出車禍，妻子和他在森林裡跑步時，他喊了一聲她的名字，她轉回頭向他微笑的樣子。

我看了心裡悶痛一下。

施泰納的長相是老王的斯拉夫版本，黑板刷一樣的頭髮，又寬又紅的臉膛，眼睛像牛犢一樣柔和。之前，他是奧地利的運動員，二〇〇〇年被查出糖尿病，雅典奧運會只得了第七名，賽後奧地利媒體形容他是一個可有可無的選手，德國姑娘蘇珊寫信鼓勵他，兩人結婚後，施泰納轉入德國的俱樂部。妻子一直在攢錢，想來北京爲他助威加油。奧運前一年，她在海德堡遇到車禍去世。

我說：「那個車禍發生之後，你是怎麼熬過來的？」

他用手抹了一把臉，歎氣輕不可聞，說：「這個事情發生的三個星期之內……」他停了一小會兒，身體輕輕搖晃，「就是……每天喝酒，待在一個沒人知道的地方。之後我接受了治療，運動是最好的治療。我恨這件事爲什麼發生，恨是我的動力，去舉起更多的重量。」

採訪完，他說他害怕奧運結束前的這些天，因爲他已經舉起過世界上最沉的重量，無可再舉，媒體散後，只剩他獨自一人。我看著他搖搖擺擺離開，奧運村暮色四合，沒人認識他，最親近的人已不在世上，這是他的異國他鄉。我叫住他，上前說：「能擁抱一下你嗎？」他咧嘴笑了一下，給我一個熊抱。我說：「你不孤單，你說出了我們每個人的內心。」

拍完我們傳帶子回台，得到通知，這個片子可能會在晚上播。九點鐘，我兩手撐著膝蓋，直直地坐在沙發上，守著電視等，一直到夜裡兩點也沒看到。

我從沙發上起身，坐到電腦前，MSN上有紅燈在閃，有位也在媒體工作的朋友問我奧運做得怎麼樣。他之前不支持我去做這類報導，覺得跌了調查記者的份，他自己也離開了北京，避開奧運。

我回了一句：「沒什麼，只是沒偷懶。」

他寫了句奇怪的話——「這個世界上有很多極端認眞的蠢人。」紅燈又閃一下，補了一句：「當然不是指你。」

我說指什麼。

他說：「比如一個母親，孩子生病，她天天祈禱，但是還是去世了，這不是愚昧麼？」

我說：「這是愛。」

他說：「愛和善是能力，而不是情感。」

我說採訪施泰納時，他說爲什麼重返舉重，因爲他恨——他恨失去所愛。但人在死亡面前有什麼能力呢？所以他把憤怒都發洩在杠鈴上，如果沒有訓練，他說自己會瘋掉。

我說：「這愚蠢嗎？我不知道。只有這樣他才能活下去。」

我也不指望播出了，能做什麼就做吧，像達娜這樣的運動員，只能參加女子一百米預賽，沒人轉播這種比賽，我和老王刻了兩張ＤＶＤ給她，就算一個中國電視台爲她留下的紀念吧。我過意不去的是，老王辛苦了這麼多天播不了，常規的ＭＰＣ發佈會報導播了，也沒打他的名字。

我跟後期溝通，他們說：「攝像都沒打名字。」

我說：「這都不對。這是對所有攝像工作的不尊重。」

第二天還是這樣，我有點急了，人家也很無奈，問我：「那你的攝像叫什麼？」

「他叫王忠新，忠誠的忠，新舊的新。」我一遍又一遍地說，還是沒打上。

老王是籃球迷，奧運男籃小組賽中國對美國那天，我想讓他看一場。但當天下午，他得先跟我去採訪香港自行車運動員黃金寶。黃金寶曾經是專業運動員，十九歲停止訓練，兩年後重返自行車時已是一個胖子推銷員，用了十五年走到北京奧運會，被認爲是奪冠熱門，但八月十六號，最後一場比賽中，只拿到第十五名。他神色有點茫然地問我：「爲什麼要採訪我們？」

他的教練姓沈，左腿裝著假肢，最初沒有經費，沒有場地，只有這一個辭職的「肥仔」跟著他。他倆在雲南的深山裡練習，每天至少兩百公里，他租輛破貨車跟著徒弟，天熱的時候假肢把腿磨破，肉是爛的，血淋淋。癒合，又磨。

「沒有人邀我們參加國際比賽。因爲我們沒有一個隊伍，我們只有兩個人。深山裡我就看到他一腳一腳地騎，我曾經想過，走到什麼時候是頭啊？渺茫嗎？非常渺茫。想金牌？對，你想拿，但是這一腳腳踩能拿嗎？如果拿不到的話，他還會有這個動力嗎？」

天色已經稠藍，攝像機需要重新調白，籃球比賽馬上要開始了，但師徒二人憋了一肚子話要說，我沒法說「停」，我回頭看了一眼，老王一心一意彎著脖子調焦，粗壯的後頸曬得通紅，背上像有塊鹽鹼地。

沈教練繼續說：「這次奧運失敗之後，我知道黃金寶的心裡是翻江倒海一樣的難受，但是第二天他還是一腳一腳在那踩，陪著隊友訓練，示範自己的錯誤，說：『你不要學我。』」

他站在場邊看，想讓黃金寶停下來，說你不要再蹬了。

但實在開不了口。

凌晨三點，回家的路上，雨牽著線一樣從髮尖往下淌，鞋濕了，踩下去裡面有個水泡，「咕唧」一聲。人有一種疲倦的興奮，像烏黑的深淵裡著了火，回到家在床上好久睡不著。八月的雷眞厲害，洪大悶重，一聲下來，底下的車都叫了，此起彼伏，好一陣子才停。過一會兒「嚯啦啦」一聲，車又動物一樣本能地吼哮起來。

我乾脆爬起來，寫台北跆拳道運動員蘇麗文的稿子。參加跆拳道爭奪銅牌的比賽前，她已經有嚴重的左膝傷，比賽時只能單腳站著，把左腿像布袋一樣甩出去攻擊對方。她被擊倒了十四次，我問她每次倒地之後的幾秒鐘裡，在想什麼。

她說：「前兩秒用來休息恢復體力，下兩秒來想戰術如何回擊。」

不是自憐，也不是忍受痛苦，她要贏，這是運動員的企圖心：「不管自己能夠做到什麼樣的程度，就算腳斷掉也要繼續努力，有呼吸，就有希望。」

以往我很少做這樣的題目，覺得是普通勵志故事。記者要反映更複雜艱深的世界才讓人佩服。現在這期節目，沒有審片人，也沒有觀眾，沒有外界評判，我只是一個人，面對另一個活生生的人，她的左膝撕裂，腳趾斷了，坐在輪椅上，被踢腫的手纏著紗布，跟我說的這幾句話，漚在我心裡。

下半夜，雷聲停了，雨聲瀟瀟，八月的長夜仿佛沒有盡頭。

有同行後來問過我，說我們都覺得你挺理性的，爲什麼今年做地震和奧運的節目這麼感性？是，我天性比較拘謹，平常三個女青年喝個酒，我只能愁眉苦臉抿一小口兒，老范和老郝都摟在一起淚汪汪了，我尷尬地拍著她倆，說不早了咱走吧，這兩人就上火「你這人特沒勁」，嫌我不投入不表達。加上過去幾年我一直想避免文藝女青年的毛病，怕煽情，刻意強調旁觀，刻意抽離，把戒律當成一根繩子捆在身上。

當然，不約束不行，沒有這職業要求著，毛病早氾濫成災了，但是捆得太緊，有的東西確實就流淌不出來了。

汶川地震的節目中，文志全坐在火堆邊說到女兒的時候，我克制得喉嚨都疼了，眼淚還是流了下來，拿手擦了，以爲沒人看見。

但編的時候，在鏡頭裡能看出來，我就對羅陳說：「把這個拿掉吧。」

他說爲什麼。

我說，記者應該冷靜，不應該掉眼淚。

他說，我覺得挺好，不過分。他留著這個鏡頭。

我想起錢鋼老師的話，在「雙城的創傷」中，我給小孩子擦眼淚的鏡頭引起爭議時，他說，別太急著回答對還是不對，清水裡嗆嗆，血水裡泡泡，鹹水裡滾滾，十年後再來回答這個問題。不到十年，我心裡的規矩走了好幾個來回，也還沒有那個最後的答案。當下只覺得，太固執於一個律條，覺得記者就應該怎麼樣，非要誇張，或者非要掩飾，都是一種姿態，是一種對自己的過於在意。

陳虻有一次審片子，審完對編導說，這片子得改，觀眾看不懂。

那位編導說，你看懂了麼？

他說，看懂了。

編導說，那你比觀眾強在哪兒呢？

他愣住了。

實習生跟著我，練習寫解說詞，寫到「遒勁有力的大手」，被我刪了。他說這不挺好嗎？

我說：「我們不要形容詞，少點修飾。」

他說：「你不是說要有感情嗎？」

我說：「寫東西的人不用帶著感情寫，寫得客觀平實，事物自會折射出它本身蘊涵的感情。」

他有點嘀嘀咕咕的。我問怎麼了，他說，那柴老師您這節目什麼主題？我說沒什麼主題，就是幾個人的故事。

他說：「啊？我覺得『新聞調查』挺深刻的，如果只做這些人生故事會不會太平常了？是不是要提煉一下？」

我跟他說，有一次吃飯，在座有個研究佛經的朋友，我湊話題問了幾個宏大問題，人家也就天空地闊抽象談了一陣子。

出來的時候，六哥皺著眉跟我說：「柴姑娘，以後如果採訪，千萬不要有這種『大哉問』。」

「就是具體的生活，越具體越好。」他說。

這個時候，老范突然出了一場大事。

她出事的時候，我和老郝晚上都睡不著，心裡有什麼把人頂著坐起來。老郝說，一閉眼，就是她。

我倆到處找人打聽求助，碰到肯幫忙的人，明白爲什麼有個成語叫「感激涕零」。

我那陣子什麼也幹不了，問一個朋友：「你出事的時候是什麼感覺？」

「一塊石頭落了地。」他指內心的恐懼終於到了。

「如果是你親近的人出了事呢？」

「那是一塊石頭砸在心裡。」

我哪兒也不去，在家等消息。書不能看，音樂不能聽，只能幹一件從來不幹的事——背單詞。一頁書放在眼前，瞪著眼看到黑，還是這頁。

唯一能想的是覺得她不會垮，當年我們做雙城、虐貓、金有樹、未成年少女……都是沒指望的事，一家一家敲門，寫信說服，在凌晨的酒吧裡踩著雪把他們找出來……她不會垮，她一直是這樣，這次也會，但我和老郝就怕她受罪。

她去了美國，很久沒有音訊，過節時給我寄過一個雪花音樂球，沉得要死。我一直扔在書架上，從沒動過，現在呆坐著，瞥一眼看見了，拿過來，仔細看一看，把底盤上的鈕轉一轉。

叮叮叮。

叮叮叮。

透明的玻璃圓球裡，雪花飄啊飄，兩個雕得面目不清的小姑娘在裡頭傻呵呵地轉。

我沒想到過會這樣。這麼多年，換了很多地方和工作，跟誰合作都成，跟誰分開也成。想的都是——有的是將來，永遠有下一撥人，下一個地方，下一種生活。

五月初，她和我在紐約見過一面。我帶條朱紅的裙子給她，她立刻脫掉風衣換上，小女孩氣地要我也換上另一條土耳其藍的，她腳上靴子跟裙子不配，居然就打赤腳。春寒未退，路人還有穿羽絨服的，她就這樣光著腳露著背走了一站地，直到碰上超市我買雙拖鞋讓她穿上。身邊人們在冷風裡攬緊大衣匆匆而過，我把披肩拉開兜著老范，一路她唧唧呱呱，說笑不休。

在哪裡生活都是一樣的，沒什麼生活在別處。地鐵上滿頭小辮的黑姑娘在電話裡跟男朋友吵架，報館裡都是開會熬夜菜色的臉，咖啡館裡兩個花白鬍子老頭對坐著看一下午人來人往，酒吧裡心高氣傲沒嫁出去的女人端著酒杯一眼把所有男人分成三六九等，父親帶著兒子在晚春才破冰的河邊一言不發地釣魚……人類只是個概念，一代一代人都是相似的生活，這輩子決定你悲歡的就是你身邊的幾個人。

叮叮叮。

那陣子誰跟我說什麼大的社會話題，我都不想聽，說：「一萬個口號都比不上親人睡不著的一個晚上。」

她平安回來時，正趕上老郝生日，我們三個找了個地方，開了瓶龍舌蘭。那天我喝得最多，我們仨頭扎在桌子上，腦袋堆在一起，我說：「以後哪兒也別去了，好歹在一塊吧。」

我把老范和老郝拉來幫我編奧運的節目，「幫」的意思就是沒有錢，也不能在字幕裡打名字，如果被人知道了可能還有麻煩。

她倆編的時候，原始素材在台裡系統內已經找不到了，只剩下不多的一點帶子，都在這裡了，拚的完全是編輯的功力。

施泰納這集，我看過素材，但是看老范編輯的數分鐘，施泰納第一次挺舉二百四十六公斤，重量把他重重扯蹲，嘴唇憋出聲響，他抖著將杠鈴推向頭頂，腳胡亂地轉著圈想支撐，最終無力，將杠鈴從腦後扔下，向上蒼做了一個攤手無奈的姿勢。第二次嘗試，施泰納舉起了二百四十八公斤，但俄羅斯選手奇吉舍夫領先，施泰納想要奪金，只有一次機會，在原有挺舉重量之上追加十公斤，眾人都覺無望，對手臉上已經是狂喜。老范配的音樂是You Raise Me Up：

「When I am down and, oh my soul, so weary, When troubles come and my heart burdened be...」音樂襯著他的話：「在她彌留之際，差不多還有三個小時的時候，我向蘇珊承諾過，我會一直在這兒陪著你，我會一直向前，去參加奧運會，去爭取金牌……」

他的教練用力在他臉頰拍打，他跑上台，深呼吸一下，拎起他從未舉起過的二百五十八公斤重量，提到胸口，掂量了幾下，不斷呼哧出氣。杠鈴片把二十公斤的金屬杆都壓彎了，全場寂靜，他大叫一聲，推舉杠鈴，舉過頭頂，踉蹌了兩下，脖子掙得通紅，艱難地向前努著，撐了兩秒鐘，鈴聲響後，杠鈴重重摔在地上。他忘卻一切，歡喜跳躍，捶打地面。鏡頭緩緩拉升，在空中俯視他的背影，話外音是採訪中他說的話：「我不是一個迷信的人，但那一刻我可以肯定蘇珊在注視著我。這是一場獻給蘇珊的勝利。」

他俯身親吻杠鈴，音樂唱道：「I am still and wait here in the silence, Until you come and sit awhile with me...」

最後一個鏡頭是他站在領獎台上，餘喘未息，右手持玫瑰，左手舉起蘇珊照片，放在肩頭，注視升起的國旗，胸口一起一伏，音樂正唱到「I am strong when I am on your shoulders, You raise me up to more than I can be...」他像個小孩子一樣，紅鼻尖上掛著汗珠笑了。

我都哭得現形了，這在看自己片子的經驗裡是第一次。

老范最愛的是埃蒙斯夫婦那段，用了Fix You，她在心神俱碎時曾反復聽過。

美國步槍射擊運動員埃蒙斯是公認的射擊天才，四年前的雅典奧運會，他一路領先，最後一槍卻不可思議地看錯靶位，在他人靶上打了一個十環。冠軍由中國選手獲得，他一言不發離開賽場，當晚酒吧裡安慰他的捷克射擊名將卡特琳娜成爲了他的妻子。四年後的北京，卡特琳娜拿到奧運會第一塊金牌後，來現場解說丈夫的比賽。埃蒙斯打完前九槍後，領先第二名三點三環，我已經準備好了描述他的勝利。最後一槍時他打得很慢，最後一個扣下板機，我抬頭看大螢幕的一瞬間，眼前突然被驚呼和站起的人群淹了，站在高處的老王臉色變了，跺著腳對我說：「丟了，丟了。」

我當下的反應是回身去看卡特琳娜，從她圓睜雙眼的錯愕中才確認埃蒙斯眞的射丟了，他最後一槍出現重大失誤，只打出四點四環，中國運動員邱健獲勝。體育館裡手臂林立，媒體湧向冠軍，我脫口而出「雅典悲劇重演」，卡特琳娜呆住數秒之後，離開座位，向場地邊緣走去，鏡頭跟著她，她在人群裡時隱時現，側頭找尋，老王沒有推特寫，只是伴隨，她隔著欄杆，向場地中嗒然若失的埃蒙斯伸出手去，埃蒙斯將頭抵在欄杆上，她俯身下去隔著柵欄攬住他，一只手護持著丈夫的脖頸，另一只手摩挲他的眉毛，像在安撫委屈孩子時的溫存。音樂與現場的人聲交替出現：「When you try your best but you don't succeed, When you get what you want but not what you need, When you feel so tired but you can't sleep...」

老范跟我說過她爲什麼用這歌，她說生活到了眞的艱難處才能體會，「只有最親的人才能瞭解和陪伴你的傷痛」。

我們沒有接近這對夫妻，這刻不必打擾。我只是走到欄杆附近，在他們身後待了一會兒，回身去向鏡頭描述：「不是妻子在安慰丈夫，是埃蒙斯在安慰妻子，他說我已經盡力，一切都會好的。卡特琳娜伸出手，在他鼻尖勾了一下，兩人笑了。」

「Lights will guide you home, and I will try to fix you...」鏡頭是他們在混亂人群裡依偎離開的最後一瞬。

達娜那段又不同，是老郝編的，沉靜有力。

她用了一個長鏡頭，遠遠地凝視向前奔跑馬尾甩動的達娜，像是看護著她，跑過人群，穿過空無一人的場地，無休止地向前跑去，若有若無的鋼琴聲襯著達娜的旁白：「如果不再跑步，我的生命也就此停止。」

凌晨兩點，老范穿著白襯衣戴著耳機坐在右邊的機房，老郝穿著藍裙子對著左邊的非線編輯機……我拿著柳丁水跑來跑去：「要不要喝？要不要喝？」被她倆不耐煩揮手趕到一邊，心滿意足地坐著。

幾年前，我、張潔和老范，談起爲什麼要賣力工作。

老張說：「爲了理想。」

我說：「爲了樂趣。」

老范說：「我爲你們而工作，你們高興，我就高興。」

我一直覺得她太孩子氣，現在才明白她的心情。

編到蘇麗文，配樂想不出來了，翻來覆去看帶子。有人提了句梁靜茹，說她有個歌叫《勇氣》，我搖頭說這太直白了。想起有一次在KTV看過這個歌手獻給因病去世父親的《掌聲響起》。

我半開玩笑地說：「《掌聲響起》？」

要在以前，肯定不會想到這歌，想到也不會用，嫌這歌太平凡，唱爛了。想起這歌，是因爲蘇麗文說過，在出發之前，她曾經與身患癌症的父親有過一個約定：「我拿金牌回去，他說他的病就會好。」

老范試探著唱：「孤獨站在這舞台，聽到掌聲響起來，我的心中有無限感慨……」

旁邊編輯機的鏡頭上，蘇麗文被踢中傷處倒地。她的教練實在看不下去，要衝上賽台，被裁判制止了，裁判問她是否要停止比賽。

她在地上雙拳相擊，表示「我可以，我可以，馬上站起來」。

嗯，嗯。

「經過多少失敗……經過多少等待，告訴自己要忍耐……」

我和老范搖頭晃腦大聲合唱，「掌聲響起來……」

蘇麗文最後一次從場地上拖起自己，她說：「我聽到很多觀眾一直叫我站起來。然後我也覺得，對，非站起來不可，對。」

她用這個方式撐到最後就是想告訴父親：「有呼吸就有希望。」

旁邊的實習生宋達加進來與我們合唱：「掌聲響起來，我心更明白，你的愛將與我同在……」

這歌這麼平常，但唱到這裡，螢幕上正是比賽結束，蘇麗文抱頭倒地，像個孩子一樣蜷著身哭泣，全場七千人起立爲她鼓掌。

尋常，卻有力。

有天晚上一點多，關主任路過機房，看到我們，眼神怔了一下，但正忙著，沒停步走了。

第二天這個時候他又看見我，終於忍不住問：「你在這兒幹什麼？」

我說做了一期節目，但不知道給誰做的。

他樂了，說他看看。

看施泰納的時候，關主任把眼鏡兒摘下來擦了擦，實習生吳昊捅捅我，小聲說：「哭了。」

看到埃蒙斯失利時，我脫口而出的那句話「雅典的悲劇重演」，他說：「是失敗，不是悲劇。」他說得對，在節目裡我保留了這句話，結尾時我說我當時的想法錯了——失敗不是悲劇，放棄才是。

關主任在新聞頻道擠了一個下午五點的時間，把這期節目播出了，沒有欄目，問叫什麼，我想了想，別往花哨裡起了，就叫「奧運瞬間」吧。

片子需要個小宣傳片，要一句廣告語，我呆坐在機房外的藍色塑膠凳子上苦想。

在法國奧賽博物館，我看過一張梵高的大畫，畫的是十九世紀法國的鄉村阿爾。夏天午後，一個農民和他老婆，兩個人幹活幹累了，躺在麥子堆的陰影裡睡著了，白金的光，天空是被微風沖淡的藍色。坐在地上看這張畫，能感到麥子被太陽曝曬後的悶香，農夫農婦蜷著身體沉睡的安恬。

以前我老覺得藝術在廟堂之上，是什麼嚇人的東西，非要有高端的意義才成。看到這幅畫，感覺它什麼都不說，只是留下了一百多年前的這一瞬間。梵高對他弟弟說過：「沒有什麼是不朽的，包括藝術本身。唯一不朽的，是藝術所傳遞出來的對人和世界的理解。」

我借鑒他的話，寫了這句宣傳語：「奧運之美，不僅在奪取金牌的一刻，還有那些蘊涵著人類精神的不朽瞬間。」

在機房錄這句宣傳詞，宣傳片嘛，總得有點腔調，我儘量讓聲音戲劇性一些：「奧運之美……」錄了好多遍，好像可以了，看一眼老范，她也說行了。出來的時候，錄音的技術人員對我說：「我覺得這不是你。」

「你在我心裡一直是很冷靜的。」他說。

我立刻明白他的意思：「你是說要去掉所有的裝飾？」

我回到機房，再錄一次，像平常說話一樣。

錄完第一句，他在外面對我伸拇指。

我自己聽的時候，發現他是對的。

節目在一個小角落裡播出，沒有重播，也沒有預告，我想肯定不會有人看到了。晚上接到錢鋼老師的信，題目就是「你做的《奧運瞬間》好極了」。

我心一暖。

他在香港。一般人在他的境地，不是變得偏激，就是變得冷漠了，但這樣縫隙裡的節目他都看到，不光是我的，不光是「新聞調查」的，央視的節目他都看，不苛責，只要有一期好點的，一定寫信來誇獎。地震時看到我們在楊柳坪拍的節目，他在信中說，當下的新聞人做事要「戒峻奇陡峭，置身高寒」，要「溫暖平易」。他說奧運的節目與地震的節目「一脈相承」。

「他們做他們的，我們做我們的。」他說，要堅持自己的價值與信念，「一腳一腳地踩下去」。

MPC門口小圓桌是各國媒體記者閑來喝杯咖啡的地方，有位國際大報的記者負責報導政治，問我報導什麼，我說報導幾個人的故事。他問我採訪了誰，聽完說一個都沒聽說過，你們報導這些乏味的事情幹什麼。

我向《紐約時報》的老編輯Clark發牢騷：「他們根本不管你做了什麼或者試圖做什麼，只說你乏味。」他看著愁眉苦臉的我，笑得咳嗆起來，以老人的寬厚拍拍我肩膀，說：「不要去聽那些聲音，你唯一需要關心的就是讓自己強大起來。」

還有一位美國地方電視台的記者，頭髮快掉完了，穿一件廉價灰西裝，我倆聊天，他說美國的報紙十年內都會消失，做電視的人也可能越來越少，聊到不得不走了，他對我說：「不用擔心。」

我沒明白。

他說：「因爲你對人眞的好奇。很多人已經……」他做了一個癡呆的表情。

我笑。

他安慰我：「什麼都會變，但人不會變，好的採訪者永存。」

這一年，地震和奧運把我扔到了一個以前沒有的赤手空拳的境地，但心也定了一些。我就生活在這裡，沒有完美新世界，沒有需要等待的未來，沒有要向外界索求的理解，也不需要通過跟誰比較才能判斷自己，要做的就是此時，就在此地，就是此身。

朋友楊葵有次遇到年輕人發牢騷。他說：「別抱怨。去想爲什麼同樣的體制下，同樣的時間裡，蘇聯有阿赫瑪托娃，我們只有《豔陽天》。」

他說做自己的行業，就要做點不求速成的事：「我知道我們只是人肉的梯子，這是我這代人的命運，我做不到更好了，但是，還是要做個樣子出來給將來的人看——你要是比我還差，你就別幹這行了。」

十年前，我在廣院上學。有天課上放錄影帶，是日本的紅白歌會，沒字幕，就那麼胡看，一堆小男小女在台上撲來撲去。

快睡著的時候，忽然掌聲雷動請出了一個人。

是個穿和服的三十多歲的女人。

舞台一下就撤空了，就剩下她，和服是藏藍底子白花朵。

她微鞠躬，唱了一首歌。也沒什麼姿勢動作，嘴角一縷悲喜不分的笑。她的沉靜留給我很深的印象。

一直到十年後，偶然機會，牟森找到這個視頻發我，說常常醉酒在街頭嚎唱之，我才知道歌詞：

從上野開出的夜行列車走下來的時候
青森站矗立在雪中
回去北方的人群
大家都默默無言，只聽到海浪波濤的聲音
我獨自走上渡船，看見快凍僵的海鷗
不禁掉下淚來
啊，津輕海峽冬景色
在北方的盡頭
陌生人用手指著：請看，那就是龍飛岬
被呼出的熱氣弄濛的窗玻璃
擦了又擦，也只能看見遙遠的濃霧而已

再見了，親愛的，我就要回去了
風的聲音在胸中激蕩，眼淚幾乎就要掉下來了
　啊，津輕海峽冬景色

唱這歌的女人叫石川小百合，我找她的資料，二十歲左右她就唱過這首《津輕海峽冬景色》，視頻裡一副現代女性裝扮，長捲髮，七情上面，手搖身送，用盡擻聲技巧，努力要吸引觀眾的眼睛。後來大概是經歷了人生的滋味吧，才唱出這滿紙風雪、哀而不傷的沉靜，像這歌的詞作者阿久悠說的，「不惹眼，不鬧騰，也不勉強自己，要做個落後於時代的人，凝視人心」。

牟森還向我推薦過美空雲雀的《川流不息》。她早已去世，已經是二十年前的歌了，現在是一個鼓噪的年代，不是甘居尋常的人，聽不到這青綠的細流聲：

不知不覺走到了這裡，細細長長的這條路
回過頭的話，看得到遙遠的故鄉
崎嶇不平的道路，彎彎曲曲的道路
連地圖上也沒記載，這不也就是人生
啊，就像河水的流動一樣
緩緩地，流經了幾個世代
啊，就像河水的流動一樣
毫不停息地，只見天際染滿了晚霞

生命就如同旅行，在這個沒有終點的道路上
與相愛的人攜手爲伴，共同尋找夢想
就算大雨濕透了道路，也總有放晴的一天
啊，就像河水的流動一樣
安詳平穩地，讓人想寄身其中
啊，就像河水的流動一樣
四季的推移，只等待雪融罷了
啊，就像河水的流動一樣
安詳平穩地，讓人想寄身其中
啊，就像河水的流動一樣
無時無刻，只聽到青綠的細流聲

第十六章
邏輯自泥土中剝離

進央視第一天陳虻問我：「你從湖南衛視來，你怎麼看它現在這麼火？」

我胡說八道了一氣。

陳虻指指桌上：「這是什麼？」

「……煙？」

「我把它放在一個醫學家面前，我說請你給我寫三千字。他說行，你等著吧，他肯定寫尼古丁含量，幾支煙的焦油就可以毒死一只小老鼠，吸煙者的肺癌發病率是不吸煙者的多少倍。還是這盒煙，我把他拿給一個搞美術設計的人，我說，哥們請你寫三千字。那哥們會給你寫這個設計的顏色，把它的民族化的特點、它的標識寫出來。我給一個經濟學家，他告訴你，煙草是國家稅收的大戶，如果全不吸煙的話，影響經濟向哪兒發展。」他看著我，「我現在把煙給你，請你寫三千字，你就會問：『寫什麼呀？』」

後來我知道，他經常拍出那盒煙當道具震懾新人。但是，他最後說的一句話十年後仍然拷問我。

「你有自己認識事物的坐標系嗎？」

新聞調查六年，我做得最多的就是征地題材，各種口音，各個地方，各種衝突。節目組每天一麻袋信

裸露的土地，不必有任何裝飾。新聞調查六年，我做得最多的就是征地題材，各種口音，各個地方，各種衝突。節目組每天一麻袋信裡，一半是關於征地的。陳錫文說，中國的土地問題一定會面臨一個非常大的坎。這個坎過去了，就能帶來對中國經濟不可估量的推動，過不去，所有的國民都要付出代價。（CFP圖片）

裡，一半是關於征地的。

在福建塗嶺，拆遷戶不同意搬遷，開發商糾集人一起衝進家門，戶主的兒子最終被砍死，頭部中三刀——一個剛復員回來的年輕人，二十三歲，一臉稚氣，鬍子還沒怎麼長，腮邊連青氣都沒有。我去時是五個月後，門框上還有深褐色的血手印。

採訪時開發商已在獄中，我把死者照片拿給他看，他面無表情：「不認識。」

我說：「他跟你名字一樣，叫蔡惠陽。」

他一臉意外的模樣。

「這是你們殺死的人。」

「哦。」他說，「當時我昏過去了，不記得了。」

死者的家靠近高速公路，我們去的時候，路邊都是白底黑字的標語，雨打風吹，墨淋漓地流下去，除了「冤」，看不出其他字樣了。

開發商說：「我也是受害者啊。」

「你？」我冷冷看著他。

「我的錢早就給政府了，我一直追，一直追，他們承諾我村裡人要搬的。我不還錢，別人也要殺我。」他說。前一天，鎮政府的人告訴我，因爲群眾上訪，政府把這個項目暫停了。

我對開發商說：「你這個項目都停了，你憑什麼讓人家搬？」

他兩眼圓睜：「停了？」

「對。」

「沒人跟我說停了呀？」他急了，「群眾上訪了，我們也可以上訪啊。你政府跟我簽協議以後一直沒提供用地，又不退我錢，你這不是騙我嗎？」

採訪鎮長，他說，跟開發商簽的「兩個月拆遷完畢」只是一個「書面上的表達」，開發商「應該心知肚明的嘛」，所以說停就停了。

我問鎮長：「那有沒有想過你們這種暫停可能激化開發商跟拆遷戶之間的矛盾？」

他說：「我們從來就不要求開發商跟拆遷戶去接觸。」

「你有沒有想過這種情況下，開發商和拆遷戶的矛盾就像是一個炸藥桶一樣，如果這個時候丟進一根火柴會是什麼樣？」

他繞著圈子不正面回答：「群眾要求緩一緩，我們就緩一緩嘛。」

幾年下來，我要問的問題都爛熟了：「有沒有張貼拆遷的文告？」「有沒有出示安置補償的方案？」「有沒有簽補償的協定？」「有沒有跟村民協商過怎麼補償？」……

我也聽慣了各種口音的回答：「沒有。」

但凡我採訪過的衝突激烈的地方，沒有一個是有省裡或者國務院的土地審批手續的，全是違法征地。

「審批了嗎？」我問。

「報批了。」鎮長說。

「審批和報批是一個概念麼？」

「是一個概念。」他連眼睛都不眨。

我只好再問一遍：「審批和報批是一個概念麼，鎮長？」

「嗯，是兩個概念。」

「那為什麼要違法呢？」

「法律知識淡漠。」他還跟我嬉皮笑臉。

氣得我在採訪筆記裡寫：「太沒有道德了」。

節目做了一遍又一遍，信件還是不斷地寄來，領導說還是要做啊，但我看來看去，覺得按著這個模式已經很難做出新的東西了。零八年十月，張潔說：「反正現在編導們都忙改革開放三十年特別節目，你自己琢磨做一期土地的節目吧，不限制內容，不限制時間。」

我叼著橡皮頭，看著白紙發呆。

束縛全無的時候，突然發現自己頭腦空空。我原來覺得，行萬里路，採訪了這麼多人，還不夠理解這個問題嗎？現在才知道遠遠不夠。我原以為好節目尖銳就成了，陳虻說：「不是說你把採訪對象不願意說的一句話套出來叫牛逼，把他和你都置於風險之中，這不叫力量。要是拿掉你這句話，你還有什麼？」

他解釋：「你的主題要蘊涵在結構裡，不要蘊涵在隻言片語裡，要追求整個結構的力量。」

他說的是大白話，不會聽不懂。是我已經感覺到，卻說不出來的東西，又痛又快，好像從事物中間「穿」過去了，有一種非常笨重又鋒利的力量。

我不知道這個東西是什麼。

我找各種土地政策的書看，看到周其仁的《產權與制度變遷》，都是法律條文和術語，但步步推導酣暢淋漓「穿」過去的勁兒，一下午看來，簡直讓人狂喜。

我和老范去北大找周其仁。

周其仁說他不接受電視訪問，拿過我的策劃稿看一眼，裡面都是以往節目的片段，他一分鐘不到看完，挺寬厚：「已經不容易了，我給你三點意見。」

他說：「第一，不要用道德的眼光看經濟問題。」

我動了下心，欲言又止。

「第二，不要妖魔化地方政府。」

我有點意外，我的節目裡對他們的批評，是有理有據的，爲什麼說我妖魔化他們呢？

「第三，」他說，「不管左中右，品質最重要。」

嗯，不要用道德眼光看待經濟問題。我在紙上寫下這句話……經濟問題是什麼？很簡單，買和賣。我在紙上寫：「那買的是誰？賣的是誰？」自問自答：「買的是開發商，賣的是農民。」

「那政府是幹什麼的？」

「政府……嗯……把地從農民那兒買過來，再賣給開發商。」

「你到市場上買白菜，需要政府中間倒一趟手麼？」

「但地和白菜不一樣啊，地不都是國有的麼，國有的政府就可以拿去吧……是不是？」

「農村土地是集體所有，不是國有，爲什麼農村的地，農民的地，要讓政府來賣呢？」

我腦子裡什麼東西搖了一下，又站住了：「別胡想了，『任何單位和個人進行建設，需要使用土地的，必須依法申請使用國有土地』，這句話是明明白白寫在《土地管理法》裡的，這裡所說的『依法申請使用的國有土地』，包括『國家所有的土地和國家征收的原屬於農民集體所有的土地』，所以農村集體的土地一旦變成建設土地，就要變成國有土地。你不是背過麼？」

我想停下了，可那個聲音不打算停下來：「這……合理嗎？」

「怎麼不合理？」思維的慣性立刻回答，「立法都是有依據的。這可是根據憲法來的。」

我心裡那個非常細小的聲音在問：「如果……」

「如果什麼？」

「……」

「說吧，如果什麼？」

「如果憲法有問題呢？」

去國家圖書館，查到一九五四年憲法，沒談到城市和城市郊區土地的所有權問題。再往後，一九七五年憲法、一九七八年憲法，也沒有，再往下查……這兒，在這兒，一九八二年十二月四日，第五屆全國人大第五次會議通過的《中華人民共和國憲法》，第十條第一款：「城市的土地屬於國家所有。」

那個聲音猶豫了一下，又掙扎著問出一個問題：「可是，礦藏、水流、森林、山嶺、草原等自然資源屬於國有還可以理解，爲什麼城市的土地非得國有呢？」

嗯……憲法裡就這麼一句話，無注解。

網上也查不到。

我問周其仁，他說他也持有同樣的疑問。

我勸他接受訪問，他一樂：「去採訪陳錫文吧，他都知道。」

陳錫文是中央財經領導小組辦公室副主任，中央農村工作領導小組辦公室主任。學界當時對土地問題爭論很大，我不知道一位官員的解釋是否服眾，周其仁說：「就算反對他的人，也是尊重他的。」

我要走的時候，他又補了一句：「陳錫文是個有些emotional（感性）的人，不要讓他扮演滅火的角色，讓他順著說，他能說得很多，很好。」

這句話後來很有用。

我在「東方時空」時已採訪過陳錫文。採訪結束後一起吃工作餐，一大桌子人，他說起豐台民工小學被拆，小孩子背靠拆了一半的牆站著看書，等老師來了才放聲大哭。他說到這兒停下，從褲袋裡抽出一條皺巴巴的藍布手絹，擦眼睛。

媒體這個行業，提起誰來，大都百聲雜陳，但我認識的同行私下說起他，無一吐槽。有位同事說他採訪另一個官員時，對方有點支吾，他還拿陳錫文勸人家，那位一笑，說了句掏心窩子的話：「陳主任六十了，我才五十，他已經忘我了，我還忘不了。」

二〇〇六年兩會時，我對陳錫文有個短採訪，別人大都是對報告表態，他談農村水利，當時離西南大旱還有四年：「越來越多的水利設施是滿足城市，滿足工業，就是不讓農業用水。這種局面如果下去，短則三五年，長則七八年，我們整個農業灌溉系統，要說得可怕的話，甚至是崩潰。」

審片人說：「這個人說得再尖銳也能播。」

「爲什麼？」

「因爲他特別真誠。」

採訪陳錫文，是他開會的地方。好幾天沒怎麼睡足的臉色，嘴唇青紫，滿屋子煙。在毛背心外頭套了件外衣，鞋子上頭露一點老秋褲的褲腳，坐鏡頭前，說「土地的事情是該談一談」。

我問他，八二年憲法的「城市的土地屬於國家所有」，這話從哪兒來的？

他答：「『文革』前國家沒財力建設，到了八二年，人口膨脹，沒地兒住了，北京的四合院、上海的小洋樓都得住人，可是城裡不像農村，沒土改，都有地契，就改法律吧，改成城市土地國有，人就住進去了，相當於一個城市的土改。」

這麼大的事，居然沒有引發社會動盪，「私權」這個概念當時還讓人陌生和戒懼。沒想到的是，這一句原本爲了解決城市住房問題的話，誤打誤撞居然埋下了農村征地制度的巨大矛盾。很快，中國城市化開始，城市土地都屬於國家所有，所以，農村土地一旦要用於建設，都經由政府征地，轉爲國有土地。

陳錫文說的也都是大白話，不含糊，沒有把玩語言的油滑，字字用力氣說出來，嘴角帶些白沫，他也不自知。他說問題的根源並不在政府征地上，全世界各國政府都征地，但只有用來建醫院、學校，涉及公共利益建築時才能征。可是，一九八二年，「憲法裡加了這句話後，建設用地裡有沒有經營性的利益在裡頭？肯定是有的，那些地怎麼變成城市土地？憲法沒有講。」

「講不清楚變成什麼結果？」

「講不清楚就變成多征。」

經濟學上有一個著名的理論，叫「巴澤爾困境」，就是沒主的事情，會有很多人來要占便宜。這個困境與道德關係不大，而是一種必然發生的經濟行爲。

採訪的場記我看了又看，再對著那張白紙，戰戰兢兢寫下節目中的第一句話：「在市場經濟中，有一條眾所周知的規則：自由地買和賣，等價交換。在三十年的改革開放之後，中國已經因爲尊重和適用這條規律，得到巨大的發展，但是卻在影響人口最多的土地問題上有了一些例外。」

多麼尋常的一句話，我敝帚自珍，看了又看。一個人從小到大拾人牙慧，寫日記的時候抄格言，做電台的時候念別人文章，做電視了模仿別人提問，像是一直拄著拐杖的人，現在試著脫手，踉踉蹌蹌，想站起來。

我猶豫著，寫下了第二句：「『給農民的不是價格，是補償。』陳錫文用一句話說清了農民的處境，『地拿過來了你去發展市場經濟，拿地的時候你是計劃經濟，這事兒農民就吃虧了。』」

多大虧呢？

我算了一下：「按國務院發展研究中心課題組的資料，征地之後土地增值部分的收益分配：投資者拿走大頭，占百分之四十到五十，城市政府拿走百分之二十到三十，村級組織留下百分之二十五到三十，而最多農民拿到的補償款，只占整個土地增值收益的百分之五到十。」

像有什麼推著我手裡的筆，去往某地。「如果一方總占便宜，另一方總吃虧，那麼這樣的商品交換，是不能持續下去的。」

不能持續下去的結果是什麼？

我握著筆，字歪歪斜斜寫得飛快，像扔了拐杖的人邁開打晃的腿往前跑。「不能持續下去的結果，就是中國大地上，因此而起的各種衝突和群體性事件，以至於『征地』這樣一個普通的經濟行為，演變成為我們這個轉型時代最重要的社會問題之一。」

我明白了，這個「穿」過去的東西就是邏輯。

深夜裡，我細看當年的節目。

二〇〇四年，我坐在福建一個村莊的石頭磨盤上，問對面的小孩：「你幾歲啦？」

她兩只小辮子上繫著紅色的塑膠花，怯怯地伸出五個指頭。

我說：「上學嗎？」

孩子的奶奶說：「沒有錢。」她七十五歲，房子被拆了，沒有土地，沒有社保，兒子死了，媳婦走了，幫人掃地養活娃娃，將來讓她去學裁縫掙錢。

「你想上學嗎？」我問那孩子。

「想上。」

她看我一眼，仰臉看她奶奶。奶奶滿面的悲苦，孩子嘴一彎，哭了。

老人把孩子按在胸前，無聲地哭，眼淚沿著皺紋縱橫地流。小孩子的哭聲憋著，過了好一會兒，才從胸前很悶地爆發出來，哭了很久。小仲在剪輯的時候，這哭聲隨著村莊的鏡頭，一直上升到空中響徹整個大地。

鎮裡親自成立開發公司，把土地賣出去給工廠，這筆錢進了開發公司的帳，再去買地。大量征的地閒置著，有個紡織廠的地荒了四年，我們的車繞著上千畝荒地轉了好久，沙塡到了半人高。買地時是兩萬五千塊錢一畝，現在最低價是十六萬八千元一畝，企業不是在做生意，是在做土地買賣。

這種節目播出後，總有很多觀眾留言給我們，說把那些貪官污吏抓起來就好了，事情就解決了。一九九七年修訂刑法時，非法批准徵用、占用土地就已被列入刑事犯罪，嚴厲程度在全世界都是前所未有。但新刑法施行十年來，到我採訪時，陳錫文說，還沒有一位官員因此入獄——因爲若想對國家機關工作人員定這個罪，必須以他有「徇私舞弊」行爲作爲前提。也就是說，如果你抓到一個官員違法批地，但他沒有徇私舞弊，就拿他無可奈何，而你抓到他徇私舞弊了，判的時候大多只能以受賄罪判，與違法批地無關。

這個罪名變得失去了牙齒。

我採訪的違法批地官員，接受採訪挺坦然，一位市委書記說：「九三年分稅制改革，我現在一半以上財政收入要交給中央，剩下的這一點，要發展，要建設，經濟增長有指標，我這兒沒有什麼工業，種田也不交農業稅了，你幫我算算，我怎麼辦？也是一片公心，是吧，公心。」這是周其仁說的「不要妖魔化地方政府」的意思。

我們採訪完，有的官員被處分了，逢年過節還給我發個短信，說謝謝你們當年的支持，現在我已改在哪哪任職了。

這話。

我卡住了，控訴我擅長，觀眾會在哪裡掉眼淚我也知道，可這次，這矛盾密佈的現實，要想砍一刀下去，卻如入棉被，無處著力。媒體上各派對土地產權問題的筆戰也沒有共識，幾乎人身攻擊，從譏取戾。爭議就集中解決之道上，「土地要不要私有化」。

實習生一邊轉著手裡的圓珠筆一邊說：「趕緊把地都給農民，讓他們直接賣給商人，問題不就解決了嗎，囉嗦那麼多幹什麼呢？」

我問他：「你將來想幹什麼？」

小夥子挺坦率，「當製片人。」

「當了製片人呢？」

「當台長。」

「當了台長呢？」

「影響別人。」

「影響別人什麼呢？」

處。

「……這個還沒有想。」

我說：「你還是給我一個賓語吧。」一個動詞總是比較簡單的，但如果沒有賓語，它不知會落腳何

陳錫文的採訪播出後，我在網上看到一個留言。

這哥們是在洗腳城對著電視無意中看到的，他說聽到一個問題嚇了一跳，一腳踩進了盆底：「記者居然敢問『土地不私有，是意識形態的原因麼？』」

咦，這個問題怎麼了？

中央政府的決策是土地性質不改變，陳錫文是起草決策文件的人之一，當然只能問他。

陳錫文說：「我覺得不是意識形態的原因，中國的資源稟賦在全世界來說非常獨特。土地人均只有一畝三分八，很小的私有制規模非常快就會分化，這點土地只能維持溫飽，剛過溫飽，不能有任何風險，遭遇一點風險，就得賣地賣房子。」

「有些經濟學者說農民能判斷自己的生活，能讓自己的利益最大化，你讓他自己作判斷不就行了嗎？」

「判斷錯了怎麼辦？現在農村沒有社會保障，賣了房賣了地誰來管？進了城要不政府管起來，要不他自己有就業。否則走第三條，出現大的貧民窟，這個社會就毀了。」

這期節目播後，各種地方甚至找到我這兒，說能不能讓陳主任來看看，我們這兒農民用宅基地可以換戶口，換市民身份，這保障行了吧。我說跟陳錫文沒私交，沒法帶這個話，但這個問題他說過：「社會保障是政府應該提供的公共服務，在哪個國家、哪個地方，可以跟老百姓講，你要獲得我的公共服務，你就

要拿你的財產來？這是在製造新的不平衡。」

我問他：「他們認爲農民是願意的呀？」

他可能這話聽多了，有點急了，手揮起來：「你敢跟農民說實話麼？你把他的地拿過來，給他二十萬，你賣了兩百萬，你要敢跟他們說實話，農民也願意，那你就隨便。」

他沉了一下氣，緩緩說：「不能再對不起農民。」

陳錫文說他十八歲當知青，在黑龍江當大隊出納，當生產隊長，十年後放棄一切回上海，就爲了能上一個研究農村經濟的大學。他見過在強制力下中國農民一夜之間分到的土地，也一夜之間收回，知道一個出發點再良好的概念一旦脫離現實會造成什麼，「最苦的總是農民，最無奈、最無助的也總是農民」。他說自己經歷了從理想主義向經驗主義的轉變，認識到書本概念如果變成教條，容易像飛人雜耍一樣腳不沾地，左右擺盪。他認爲解決土地問題的前提——「先要把農民社保這條路鋪平，無論在犄角旮旯還是走到最繁華的地方，都在這張社會保障網的保護之下，都有生存的能力。」

陳錫文的說法不代表眞理，但是提供了一個前提，當他說這不是意識形態的原因時，土地問題回到了原本的經濟問題、法律問題、社會管理問題。不談主義，只談問題時，權威主義就不能在學術問題上存在了，人人都得用論據與事實來說話，也不能不尊重實際的現實經驗。

我想起周其仁當初第三句話：「不管左中右，品質最重要。」

老范幫著我編這個片子，到了這個部分有點愁：「你說咱片子有沒必要這麼深？觀眾會不會不容易體會？」我也沒底，這一期節目就採訪一個人，從頭說到尾，四十五分鐘。

我倆有點發愁，扔下稿子，一起去看陳虻。他得胃病住院，一進門，他坐在沙發上，嫂子正給他洗腳。細條病號服裡人有點瘦得打晃，但看到他烏黑的頭頂，心裡一下寬了。

「怕你病著，你又不讓來。」之前我發過幾次短信說來看他，他都回絕了。

「我也沒讓別人來，但他們都來了。」病了還是這麼一點不留情面，噎得我。

他說做完手術好多了，過一陣子就能出院，還是有點虛弱，在病床上側身躺著，說了兩個小時業務。

給老范解釋什麼叫「深入淺出」，有位同事跟他說片子不能編太深了，「我媽說她看不懂」。他說：「思想、你、你媽，這是三個東西，現在你媽看不懂，這是鐵定的事實，到底是這思想錯了，還是你媽的水準太低，還是你沒把這思想表達清楚？我告訴你，你媽是上帝，不會錯，思想本身也不會錯，是你錯了，是你在敘述這個思想的時候，敘述的節奏、信息的密度和它的影像化程度沒處理好，所以思想沒有被傳遞。」

他問老范：「『雙城的創傷』是你做的吧？」

老范有點吃不準他是要怎麼罵，怯怯地說：「是。」

「當初評獎是我主張給金獎的，爭議很大，我當時在台裡七〇一看的，最抓人的就是『雙城』。大家儘管在看的時候，一會兒說這個採訪不能這樣，一會兒說那個不對，但是誰也不走，他跳不開。我有一句話，就是片子一定要帶著問號行走，不管我們在瞭解的過程中發生了什麼錯誤，但是這個問題本身是眞的。對於記者來說是眞的，對於觀眾來說就是眞的。」

老范當年被罵得夠嗆，聽到這兒喜出望外。

我心想：「怎麼就不見你表揚我一次呢？」

他頭就轉到我這兒來了：「柴靜這個人吧……有一些眾所周知的缺點。」

我笑，就知道他。

他接下去說：「但她還是有一個特點的，她不人云亦云。」

剛想百感交集一下，他看了我一眼，當天剛錄完節目臉上有妝，他惡狠狠地說：「把眼線擦掉，畫的那是什麼。」

回頭編節目，就從我們自己最大的疑問開始。

我問陳錫文：「城市人可以賣房，農民建小產權房，中央政府不讓買賣，有人指責說這是所有制歧視，欺負農民？」

陳錫文說：「我說句不客氣的話，有些反對者連最基本的概念都沒弄明白。北京房價到這個地步，爲什麼沒有人想去把玉淵潭填了蓋房呢？把北海填掉？頤和園填掉？開發商都知道，誰要去招它，肯定是自己找死。這叫管制。」

哪個國家都有管制，國外的農民也不能自由決定土地買賣，該長莊稼的地不能長房子。他在美國看一個縣裡的土地用途規劃圖，掛在公共禮堂裡，任何人可以提意見，「這道紅線在圖上一劃，土地價格差距至少三四十倍」，這條紅線就是管制。

「關鍵是誰有權利來劃？」

「就是啊，你劃到線外肯定要跳腳，憑什麼？但民主投票，從頭到尾你在現場，你都是知道的。大多數人同意了以後，由議會去審議通過，不會出不科學不公平的東西，傷了很多人利益。」

各國政府只有涉及公益性用地時才能出面征地。而判斷一塊地到底是不是公益性，也不用政府來定。我問：「那怎麼判斷？」

他說，「這個事是社會常識。」

我一愣，「這麼複雜的事靠常識來決定嗎？」

他說：「陪審員制度，一堆老百姓坐那兒，他一聽就明白了，這個地要幹什麼，是不是公益。」如果判下來是公益用地，價格也由市場決定。「沒有道理說因爲是公益項目，所有人都可以從中得好處，完了就是我一個人吃虧。」

我說會有人說您這樣會鼓勵釘子戶。他說，「釘子戶哪個國家都有，說白了，地貴點好，便宜了才會濫用。」在過去的十一年中，中國耕地的總面積減少了一點二五億畝，超過了一個河南省的耕地面積。相當部分地方政府土地占到預算外收入的百分之六十。高耗能、高污染的企業發展模式停不下來，也與超計畫的建設用地供給有關。他的意思是，既然源頭在一九八二年憲法給予了政府商業用地的徵用權，不必繞遠路改革，一步退出就是。

「但地方政府有現實財政問題和官員考核的壓力？」

「眞正的收入要靠發展經濟，不是吃地爲生。眞正管理好了，土地收益也未見得比現在少，中國的所得稅是累進的，人們兜裡有錢，稅才水漲船高。如果覺得現在的制度哪兒有問題，就改哪兒呀，不能把三十年好不容易建起來的法律體系給越過了。」說到這兒，他滿面憂患，一瞬間露出衰弱之色。

我問：「有人會問，在目前中國的現實環境下，您說的這些是不是太理想了？」

他沒正面回答這個問題，只是說：「這個征地制度不改是不行的，最可怕的就是，如果從上到下都有賣地的積極性，回過頭來再過若干年，後悔都來不及，城市退不回農村去，農地就沒有了。」

採訪陳錫文時隱隱感覺，不是我在引導提問，是邏輯在引導我，邏輯自會把鏈條只只咬合，使任何一環不能拆解，這鏈條就是結構。結構不是記者創造的，記者只是看見它，把它從深埋的泥土裡剝離出來。

有人看這期節目我採訪陳錫文時，透出政府要逐步退出商業用地之意，幾乎是狂喜地打電話問：「是不是定了？定了就可以現金找村支書買地了。」覺得這個熱氣騰騰的鍋蓋眼看快被頂開了。

陳錫文在採訪中一再強調，只能把鄉鎮企業的用地拿來直接與企業交易，這塊地才占每年出讓土地的百分之二，小得很，就像煮沸的高壓鍋只能先用一個小縫散熱。

他的話與其說是在警告，不如說是對改革能不能再進行下去的憂慮：「如果土地大量流失，誰也擔不起這個責任，只能停下不搞。」擔心的是當下的政府管制水準，一旦突然放開，如果與用地饑渴症結合，會帶來不可估量的風險。很多人看電視聽到這兒就有點急了——那這走一步移半步的，走到什麼時候去呢？我也是個急性子，做新聞時有一個慣性，想在節目中找一個一勞永逸的標準答案。想起有個節目拍過一個小朋友，一丁點兒大。他爸教他念課文，說雷鋒叔叔在泥地裡走路，一個腳窩，一個腳窩的。他問兒子：「爲什麼是腳窩不是腳印啊？」

圓頭娃娃想了一會兒說：「因爲他背著很沉的東西，所以走得慢，踩下去就是一個窩。」

這一腳踩下去的窩，在於鄉鎮企業用地轉成建設用地時，政府退出，不再征地，一退一進之間，就往前走了。但因爲土地是集體產權，只能由村集體與企業直接談判交易，我跟陳錫文談過，他被批評對農民是「父愛主義」，把他們捆綁在集體中，容易受到村莊裡強勢人物的左右和支配。

他說三中全會有個關鍵性突破，講農民的土地承包經營權由三十年轉爲「長久不變」，這其實就是產權的清晰——「以後拿這個地自己經營也好，股份合作也好，流轉也好，最後去組織去搞專業合作，這樣慢慢經濟上就獨立了。」

獨立？我有一點遲疑，他想說什麼？

他打了個比方：「就像你住的小區，有個居委會吧？它管你的衛生、安全，還收點費，但不會管你在哪兒上班、掙多少錢，更不管你的私人生活。農村的村委會也應該是這樣。」

村委會……像居委會一樣？我從來沒這麼想過。

多少年下來，我做過很多批評基層村組織如何侵犯村民權益的事，我記錄過很多的淚水、不公和憤怒，但一期節目做完，我總覺得換一個好的村官，或者監督上更有效果就好了，從來沒認真想過一個村莊集體生活的實質到底是什麼樣兒。他說的是一個我從未想像過的中國農村。

「那誰來管農民的經濟生活？」

「農民可以自由成立經濟合作組織，來管理自己。」

我想起在美國的農業州愛荷華，見到農民的平均年紀是七十歲，家中兒女也都去了大城市，四下一望，全無人煙，只有數只大狗作伴。兩個老人耕種百畝土地，靠的是村民之間經濟合作，耕收需要的大型用具和勞力，都向商業公司共同租用。老爺子家裡的網路可以看到最新的糧食行情，沒什麼村委會要來管他的經濟生活。

自治，本就是一個解縛的過程。解，不是一扯兩斷，是需要找到線頭，以柔和手勢輕輕一抽，讓一切歸於本來應然。

當天談了四個多小時，結束時已經半夜十二點，他已經六十歲了，我有點過意不去：「最後用不了那麼多。」陳錫文說：「不要緊，我多說點，你就多知道點。」

初稿完成後，我發給陳錫文，讓他看看政策或者法律有無引用失誤，順便把八萬字的場記也發過去了，算個紀念。附信中我寫「如果信息有不確處，請指明」。

他發回來，稿子動了兩處。

一處是把解說詞裡原來寫他是「最權威的農業問題專家之一」拿掉了。還有一句話，「經濟學家周其仁也無法解釋這個疑問，直到採訪陳錫文，我們才發現這當中埋藏著一個巨大的歷史秘密」，也拿掉了。

他把場記也發回來了，場記是我們全部的採訪記錄，速記倉促中打了不少錯別字。我讓他看的幾千字正式稿件已經核對過了，這些場記只是個紀念，他也知道。但這八萬字裡，所有錯誤的字，他都用紅筆一個一個改過來了。

節目裡，陳錫文說：「幾億人要轉爲城市居民，這個過程你是遲早要來，這種城市化，能帶來多大的投資，造成多大的消費市場，不可估量，潛力極大，但問題是，現在才只有一半人進城，地就成了這樣，污染成了這樣，以後怎麼辦？不認眞考慮，很難說這件事是禍是福。中國經濟如果出問題，一定是農村經濟出問題，中國未來一個大的坎就是幾億人進城，就看這個坎能不能過得去。」播出時，我媽說：「這個人怎麼這麼敢說啊，聽得我都心驚肉跳。」

美國有一個得普利策獎的華人記者，叫劉香成。作爲曾在美聯社、《時代》週刊任職的記者，他拍了四十年的中國，被認爲是反映中國政治最優秀的攝影師之一。他說：「其實我從來不拍政治，我只拍普通人，只不過普通人的生活反映出了政治。」

我後來琢磨，這期節目中，陳錫文看待事物的方式也是這樣。他不從意識形態或者某一概念出發，也不刻意站在它的對立面，說出事即時無所顧忌，也不故作驚人之語。他只是關心普通人的生活，他要解決這些生活中的具體矛盾。矛盾解決的方式，自然指出要走過什麼樣的路。

審片時，我跟袁總談：「我在這個片子裡學到不能用道德眼光看待經濟問題。」

他一笑，說：「不能用道德眼光看任何問題。」

在廣東調查違法批地時，我問鎮裡的書記：「您覺得一個地方政府發展經濟的目的是什麼？」

「我覺得就是讓自己地方的群眾過得比以前好，這是我最大的目的。」

「那我們看到的這個發展經濟的結果，是農民失去了土地，失去了保障，沒有就業的機會，生活水準比以前下降，這是怎麼回事？」

「因爲這個……水準下降？你現在這樣提出來，我這個還要去調查，到底是下降了什麼？下降了多少？」

「您轄區內這些人這幾年到底靠什麼生活的，您不清楚嗎？」

「一般都是靠自己的一些，打工這樣的性質去（掙錢）。」

「您覺得這樣對農民負責任嗎？」

他往後一靠，一直沒有回答這個問題，通常人在沉默的壓力下都會說些什麼，但這次他打定了主意不發一言，等待著採訪的結束。

結尾時，我錄了一段串場：「陳錫文說，中國的土地問題一定會面臨一個非常大的坎。這個坎過去了，就能帶來對中國經濟不可估量的推動，過不去，所有的國民都要付出代價。而能不能越過這個坎，關鍵就在於有沒有科學、民主、公平、公正的制度。從這個意義上說，當前征地制度的改革，不僅僅是在爲九億農民爭取他們手中應有的權益，也是在爲這個社會當中的每一個人尋找公平有序的未來。」

播出後，有位觀眾給我留言：「你爲什麼要選一個特別唯美的秋天樹林邊，一個光線很漂亮的地方錄這個結尾串場呢？這樣的話，應該在裸露的土地前錄才對。」

是，在這樣的現實面前，不必有任何裝飾。

第十七章
無能的力量

盧安克坐在草地上，七八個孩子滾在他懷裡，打來打去。

我本能地拉住打人孩子的手：「不要這樣。」

「爲什麼不要這樣？」

我就差點說「阿姨不喜歡這樣」了，繃住這句話，我試圖勸他們：「他會疼，會難受。」

「他才不會。」他們「嘎嘎」地笑，那個被打的小孩也樂。

盧安克坐在小孩當中，不作聲，微笑地看著我無可奈何的樣子。

後來我問他：「我會忍不住想制止他們，甚至想要去說他們，這是我的第一個反應，可是你不這麼做？」

「我知道他們身上以前發生的事情，還有他們不同的特點，都可以理解。」

「但是理解夠嗎？」

「如果已經理解，然後再去跟他們說一句話，跟反感而去說一句話是不一樣的。」

我啞口無言。

一旦瞭解了盧安克，就會引起人內心的衝突，人們不由自主地要思考，對很多固若金湯的常識和價值觀產生疑問。盧安克並不是要打翻什麼，他只是掀開生活的石板，讓你看看相反的另一面。（王瑾　攝）

盧安克是德國人。過去十年，他生活在中國廣西山村，陪伴著當地的留守兒童。他一直拒絕電視台的採訪，博客首頁，寫著一個不太常用的郵箱，附著一個說明：「因爲我上網的時間不是很多，請你不要超過五句話。」

看完了他博客裡的幾十萬字——都是關於教育的，我無法清楚地感觸到他。他的經歷並不複雜，一九九〇年到中國旅遊就留了下來；九七年在南寧的一所殘疾人學校義務教德文；九九年到河池地區的一所縣中學當英語老師，因爲不能提高學生的考試分數，家長們有意見，他離開了；二〇〇一年開始，他在河池市下屬的東蘭縣板烈村小學支教。

但我看盧安克的文章，他不提這些，不寫什麼故事，也沒有細節，都是抽象的詞句，像潛入到無盡波濤之下，浮沉擺盪，不斷地看見什麼，又不斷地經過。

聯繫採訪的時候，老范也非常爲難，不知道該對盧安克說什麼，猶豫半天寫下：「你讓我想起中國著名的搖滾歌手崔健的一首歌——《無能的力量》，這種『無能』，有的時候，比『能』要強大一百倍。」

老范常常能用直覺捕捉我需要長時間分析才可以達到的點。

南寧到板烈有四小時車程。桂西北多是喀斯特地貌，路沿山而建，「之」字轉盤路甩得人不可能打盹。一路只見石山，山高水枯，土壤也是棕色石灰土，好一陣子才看到一小片玉米地。

到的時候，小鎮上正逢集市，只有二十平米，三四家露天的賣肉攤，屠夫持刀待沽。舉目可及幾乎全是老人，身邊一群三五歲的小孩子。年輕人大都出門在廣東打工，穿著民族服裝的壯族老太太背著嬰兒，在小攤上挑粉紅色的小鞋子，孩子會叫「奶奶」了，還沒叫過「媽媽」。

盧安克從小賣部的後面拐出來，在窄成一線的土路上接我們。他將近一米九的樣子，有點駝背和營養不良，一件假冒的湖人隊籃球服，晃晃蕩蕩掛在身上，有點髒了。淡黃的捲曲頭髮沒怎麼梳理，睫毛幾乎是白的，與十年前照片上青年人的樣子有了些變化，更瘦了，臉上有了深深的紋路。

他的朋友把我介紹給他，我也隨著叫他「安克」，他不招呼，也不問我們叫什麼，只是微微笑著，轉身帶著我們走。

這個時候，攝像把機器舉了起來——一旦意識到鏡頭扛了起來，作爲記者就知道採訪開始了，任何搭訕或者閒聊都要「有用」，不然，你對不起那個扛著幾十公斤機器的肩膀。

我儘量找點話說，盧安克有問必答，答得很簡單，不問不說。我隱隱覺得這種提一口氣、略帶活潑的勁兒是不對頭的，但又沒辦法對攝像說「放下吧」，也太刻意——這麼一轉念，頭一次在機器面前彆扭起來。

學校上一年爲了迎接上級「普九」檢查，剛翻修過，之前教學樓沒有大門，沒有窗戶，沒有操場。男孩子們一見盧安克，呼嘯而上，像小猴子一樣掛在他身上，四五個人鑽來拱去，以便讓身體盡可能多的部分接觸到他。

攝像放下機器問我：「現在拍什麼？」

這是再正常不過的一問——迅速進入採訪，明確接下來每一步拍攝方案——以前每次都是這麼幹的，這次我卻覺得有點受刺激。但必須作決定，不能讓大家扛著東西僵著。

「那就先拍一下你住的屋子，可以嗎安克？」我說。

他很隨和，帶我們去了他的宿舍。一間小房子，一張床，牆上貼著以前住過的老師留下的一幅迎客松。攝像和老范在安排採訪的地點，拿一只凳子放過來放過去，看在哪兒光線好，按理我這時應該是與採訪對象溝通，讓他放鬆下來，多瞭解一些信息。我跟盧安克聊著，觀察周圍有什麼細節可以問的，有的問題他沒有表情，也不作聲。

旁邊他們挪板凳的響動聲好像越來越大，我腦殼完全敞開著，每一聲都磨在神經上，我不知道自己爲什麼這麼局促不安。

當天下午，我們先採訪一對姐弟，父母常年在外打工，盧安克帶著我們去孩子家。

家在山上，山是高原向盆地的過渡，少有平地，房子就建在斜坡上，站在高處一眼望不到鄰居。進了門，屋內幽黑，右手邊有根電燈線，我摸著拉了一下，燈是壞的。沒什麼傢俱，石灰牆上只掛著破了一半的鏡子。一台舊電視正正放在廳當中，是姐弟倆生活的中心。

十歲的弟弟黑亮精悍，眉宇間已是山民的氣息。天有些冷，他一腳踩住小腿粗的樹幹，拿小鐵斧賣力劈柴，大家都覺得這鏡頭很動人，過一會兒火暗下來了，攝像機拍不清楚了，我們停下來，說再添點柴。

再過一會兒，拍攝結束了。我讓弟弟帶我去他的菜地看看——之前他說自己在屋後開了一小塊地種菜——但他拒絕了。

「爲什麼呢？」我有點意外。

「你自己去。」他看都不看我，去火邊俯耳跟盧安克說悄悄話，看了我一眼，極爲尖銳。

「你肯定在說怎麼考驗我們。」我想用開玩笑的方式掩飾一下。

盧安克對他笑：「不行，他們城裡人會不喜歡。」

我隱約聽見一點，就問：「是要拉我們去玩泥巴？」

「你願意嗎？」

「當然了。」我認爲我喜歡。在我對自己的想像裡，我還認爲自己喜歡下大雨的時候滾在野外的泥巴地裡呢。

採訪結束，是傍晚六點多，天已經擦黑，山裡冷得讓人發抖。我們準備坐車下山，弟弟來時跟我擠在副駕駛座上，回去的時候，不看我，說不坐車，腳不沾地，飛跑下去了，盧安克說要跟他一起。

走到門邊，盧安克忽然站住了，溫和地問我：「我們現在去，你去嗎？」

「現在？」我愣住了。

我沒想到自己頭腦中第一反應是「我只帶了一條牛仔褲」。

我根本不敢再回答我想去，那是做作，非要努著去，弄得滿身泥，甚至雀躍歡呼……只會是個醜陋的場面。

我納悶了一晚上。我問老范：「我做錯什麼了？」

「什麼？」

「那個孩子。」

她說：「沒有啊，我覺得他對我們很接受啊。」

我說：「不對，一定有什麼不對。」

「你想多了。」她說，「對了，明天能做盧安克的主採訪嗎？」

我皺著眉，急躁地說：「不能，放到最後再做。」我知道她急切地想要把主要採訪拿在手裡才安心，這是常規的做法，但我沒法告訴她……我幾乎有一種願望，如果能不採訪盧安克就好了。如果突然出了什麼事，或者他明天拒絕了我們的採訪，就好了。

通常我和老范會交流一下採訪應該怎麼做，但這次隻字未提。我帶著近乎冷漠的神色寫自己的提綱，她在隔壁床上時不時看我一眼，期待著我說點什麼，我被這小眼光一下一下打著，幾乎快恨起她來了。

我是對自己感到憤怒，憤怒是對自己無能的痛苦。

第二天，我們還是拍攝孩子。

板烈小學有兩百四十名小學生，一百八十名是住宿生，很多孩子從四歲起就住在學校裡，一個宿舍裡七八張床，半數的床是空的，因為小孩子選擇兩個人睡一張床，為了打鬧，也為了暖和。家裡給帶的倒是最好的紅綠綢被子，久無人洗，被頭上磨得又黑又亮。

孩子們的衣服大多是父母寄來的。問父母怎麼知道他們的身高，其中一個說：「我一米二，我用折尺量的。」另一個孩子的球鞋，是自己上集市買的，十八塊錢，用粉筆描得雪白，明顯超大，兩只腳尖對得很整齊擱在床下。

盧安克不是這所學校的老師。他沒有教師許可證，不能教正式的課程，只跟孩子們一起畫畫唱歌，生火做飯，修被牛踩壞的橡膠水管，週末也陪著他們，下過雨的泥地裡，從高坡上騎自行車衝下來，濺得一身爛泥。

這些小孩子性情各異，但都粘著盧安克，一條腿上橫著躺四個孩子，嘰嘰呱呱叫他「老爸」。我試圖看這是不是孩子在外人面前的攀比心理，發現不管我們在不在他們視野裡，都一樣。

學校中心有一棵木棉樹，有些年頭了，長得高又壯，他們仰脖看：「盧老師，你說大馬蜂窩會不會掉下來？」

「不知道。」他慢聲說。

有個孩子揪著他往下坐，把衣服袖子拉下來老長，盧安克就歪站著。孩子問「大馬蜂會不會蜇人」，一個門牙上粘著菜葉的傢伙嬉笑著戳他：「蜇你。」

他兩個扭打翻滾在一起了，盧安克也不去看，跟剩下的幾個繼續聊馬蜂的事。

我打心底羨慕這些孩子……不是羨慕他們和盧安克的親密關係，是羨慕他們合理自然。他們的一舉一動不用去想自己在做什麼，他們有什麼話就說，有什麼感情就釋放出來，無拘無束。

人多的地方總有老范，她也圍著盧安克：「木棉樹什麼時候開花啊？是不是鮮紅鮮紅的？安克你有沒有開花的照片給我拍一下，安克……」她才不管他的反應呢，倒也歡天喜地。

我遠遠地看著他們。我的任務是採訪這個人，我也想接近他，但一旦在他面前，我就意識到「自我」的存在。這東西我熟悉多年，一向靠它保護，現在卻讓我窘迫不安，進退不得。

主採訪總要開始的。

事後我想，我們做對了一件事，就是放棄了平常在屋子裡打著幾盞燈，佈置好幕布，反光板反射著臉的佈景，而是把採訪地點放在了盧安克常去的高山之上。他和孩子有時一天在群山裡走幾十公里，這些山上除了草之外什麼都沒有，累了就在空空的天底下睡一場。

扛椅子上山頂的時候，學校的領導說大冬天的坐外頭太冷了。冷就冷點吧，如果不坐在土地上，手裡不能摳著地上的草莖，我覺得我心裡一點勁兒都沒有。

山腳下是小學校，我和盧安克坐著小板凳，腳邊放著一只破搪瓷盆子當炭盆。他沒襪子，穿著當地老農民那種解放鞋，鞋幫上的洞看得到腳趾。我想問一句，他溫和地說：「不要談這件事。」

機器上的小紅燈亮了，攝像給我一個手勢，一切必須開始了。

我從盧安克的經歷問起，覺得這樣有把握一些。

「當年在南寧發生什麼了？」

「我記不起來了。」

「你爲什麼要來這裡？」

「我不知道該怎麼說。」

他沉靜地看著我，很多次重複這兩句話。

我腦子裡有個「嗡嗡」尖叫的聲音：「這個採訪失敗了，馬上就要失敗了。」

我又問了幾個問題，問到他爲什麼到農村來，他說：「城市人思考的速度好快，我跟不上。」

「那個快會有問題嗎？」

盧安克說：「我就是跟不上。他們提很多問題，我沒辦法思考，慢慢地來，他們早就已經到下一個話題了。」

他並不是影射我，但我心裡明明白白地知道，這就是我，這就是我。我還勉強地接了一句：「嗯，還沒弄清問題就往下問？」

盧安克：「嗯，或者早就已經告訴我答案了。」

後來，我幾乎沒有勇氣看自己在這個鏡頭裡的表情，人內心被觸到痛處會臉色發白。

我想起之前曾經有電視台同行，幾乎是以命相脅地採訪了他，說：「你要不接受採訪我就從樓上跳下去。」他同意了，但後來沒有播。我明白了那個採訪是怎麼回事，肯定是後來完全沒有辦法編成片子。媒體的常規經驗，在盧安克面前是行不通的。

他不是要爲難誰，他只是不回答你預設的問題……你已經在他書裡看過的，想好編輯方案的，預知他會怎麼回答，預知領導會在哪個地方點頭，觀眾會在哪個地方掉眼淚的問題。

我放棄了。

腳底下的炭劈啪作響，每響一下都是小小的通紅的崩潰。我不帶指望地坐在那兒，手裡寫的提綱已經揉成了一團。這些年採訪各種人物，熟極而流的職業經驗，土崩瓦解。

我抬起頭看著他。

盧安克忽然說：「昨天……」

「……我們去那孩子家，那時候正燒火。你說你冷了，他很認眞的，他一定要把那個木柴劈開來給你取暖。後來他發現，你是有目的的，你想採訪有一個好的氣氛，有做事情的鏡頭，有火的光，有等等這樣的目的。他發現的時候，就覺得你沒有百分之百地把自己交給他，他就不願意接受你，而你要他帶你去菜地看，他不願意。」

我連害臊的感覺都顧不上有，只覺得頭腦裡有一個硬東西「轟」一下碎了：「是。昨天晚上還想了很久，我想一定是我出問題了，但出在什麼地方呢，我就問她。」我指指站在邊上的老范，「她安慰我，說不會的，她覺得他很接受我們了。我說不是，我說接受我們的孩子不會是那樣的一個表現，一定是有一個什麼問題。」

盧安克說：「他怪我帶你們上來，說要把我殺了。我也覺得對不起他，就跟著他跑下去了。」

天哪。

我說：「我很自責，我覺得我做錯了，我都不知道接下去該說什麼。」

「目的是好的，但是是空的。」

「空的？」

「空的，做不了的。如果是有了目的，故意去做什麼了，沒有用的，沒有效果，那是假的。」他的聲音很慢，我從沒聽過一個人在鏡頭面前的語速這麼慢。

「你是說這樣影響不到別人？」我喃喃自語。

「這個很奇怪，想影響別人，反而影響不到。因爲他們會感覺到這是爲了影響他們，他們才不接受。」

「很多時候我們的困難是在於說，我們是……」——不，不要說「我們」了，不要再僞裝成「我們」來說話了，「……我是成年人，這些經驗成爲一種障礙，我能夠意識到它，但是不知道該怎麼去做。」

「把學生的事情當成認眞的，自己的事情不要有目的，我覺得就可以。」

他看著我，因爲太高，坐在板凳上身體彎著，兩手交握在膝蓋前方，看著我，眼窩深得幾乎看不清眼裡的神色。

記者是一個觀察人的職業，這個職業保護我幾乎永遠處在一個主動的位置，一個讓自己不動聲色的殼裡。盧安克從來沒叫過我的名字，也沒有寒暄過，他是我採訪的人中對我最爲疏淡的一個，但在他的眼光下，我頭一次感覺自己的殼被掀開，蝸牛一樣脆弱細嫩地露出頭來。

我問他，村裡有人說你不喝酒，不抽煙，不掙錢，不談戀愛，問這樣的生活有什麼樂趣。

他笑了：「有比這更大的樂趣。」

「什麼樂趣？」

「比能表達的更大的樂趣。」

「能舉個例子嗎？」

他又笑了：「昨天弟弟接受你採訪的時候也是樂趣，我觀察他對你的反應，我理解他。看到有的情況你無能，因爲你還不知道他的情況，這也是樂趣。」

我也笑起來了。

按理說，被人洞察弱點，是一種難堪的境地，但我並不覺得羞臊或者沮喪。那是什麼感覺呢？怎麼也回憶不起來。採訪已經無所謂了，鏡頭好像也不存在，我鬼使神差地講起我小學近視後因爲恐懼把視力表背熟的故事，說了挺長一段。我以前約束過自己，絕不在電視採訪時帶入個人感受——這是我的禁忌。但不知道爲什麼，這個畫著黑色驚歎號的禁忌也一起在崩潰的紅光中粉碎了。看節目的時候，我發現自己講這段時目光向下，很羞澀，跟我八歲的時候一樣。

我已經顧不上周圍都是我的同事：「因爲我最大的恐懼就是跟別人不一樣，我會被挑出來站在什麼地方。大家說，看，她跟我們不一樣。怎麼才能克服這種恐懼？」

他說：「以前我不想見記者，不想給別人看到我做的事情。後來我看到曼德拉說的一句話，他說，如果因爲怕別人看到就不做自己覺得該做的事情，把它隱藏起來，那就等於說誰都不能做這個事情。如果自己把它做出來並讓別人看到，那就等於說誰都可以這樣做，然後很多人都會這樣去做。因爲這句話我才考慮接受你們的採訪。」

盧安克剛來板烈村的時候，村裡有人認爲他是特務，有的拉他去政府跑專案，有的偷走了他的錢和手電筒，他什麼反應都沒有。「這樣我就變成了一個沒用的人。」他說，「這樣我就自由了。」

他在這裡生活了十年，走在村裡，老太太們把背上娃娃的臉側過來給他看看，咪咪笑。成年男人不多與盧安克說話，沒人斜眼覷之，也不上來搭話，兩相無事。

採訪間歇，村長出面請我們在自己家裡吃飯，讓媳婦涮了個大火鍋子，肥羊肉片，炒各種羊腰子、羊雜。村長是個大嗓門的漢子，喝幾杯粗脖子通紅，挨著勸我們幾個喝酒，勸法強悍，但不勸盧安克。

這裡土地瘠薄無法保水。大石山區還有人用一根鐵絲，從高處山岩石縫中將一滴滴水珠引進山腳下的水缸裡。老百姓在石頭縫裡種出來的玉米才一米高，結出的玉米棒還沒有拳頭大，常常只用來釀包穀酒。我們在路上多見到醉漢，盧安克說他曾經反感這裡的人總是喝酒，後來他理解這些成年人，跟打打殺殺的孩子一樣，「情感得不到發揮，生活不允許，如果太清醒，太難受了。」

現在他與這些人「互相理解」：「他們也不再勸我酒。」

盧安克從湯裡拽了幾根青菜吃。村長跟他老婆說：「去，給盧老師炒個雞蛋。」

他不吃葷，平常吃的跟他的學生一樣——學校太窮，各家也是，一個學生一星期的伙食費是兩塊錢，孩子每天的午餐盒裡，米飯上只蓋著一個菜——紅薯葉。十歲的孩子，看上去只是六七歲的身高。

我和老范曾經想買哪怕最便宜的粗棉線襪子寄給盧安克，因爲村裡買不到合適他大腳的襪子，但他不同意，認爲給這裡任何東西，都會讓學生之間不平等。

他靠翻譯書和父母的資助活著，每個月一百塊的生活費。

飯桌上我提到，縣裡的官員託我們說，要給你開工資。盧安克拒絕了，不加解釋。他在博客裡寫過一句話：「我不敢向學校要工資，因爲我怕學校向我要考試成績。」

我問他：「你不喜歡物質嗎？」

「不是不喜歡物質，我喜歡自由。」

他四十多歲了，在廣西山村從青年變成了中年人，沒有家，沒有房子，沒有孩子，一個人走在山裡，有時睏了就睡在山頭。

我在傍晚走過這裡的山，南嶺山系從西南傾斜下來，山高谷深，紅水河在陡峭處不是流下來的，而是整條河咆哮著掙脫牢籠從高處躍下。天快黑的時候，龐大的山脈烏沉沉無聲無息，紅壤上草木森森，濃烈刺鼻的青腥之氣，偶爾可見的一兩星燈火讓人更感到孤獨。

我問他：「你想要愛情嗎？」

「我不知道愛情是什麼，沒經歷過。」

我心裡一緊。

他接下去說：「我在電視上看過，覺得很奇怪。」

「奇怪？」

「電視上那種愛情故事根據什麼產生的，我不知道。怎麼說，『一個人屬於我』？我想像不出來這種感受。」

他說過，他能夠留在中國，很大程度因爲他的父母「從來不認爲孩子屬於自己」。他的父親以教師的身份退休，母親是一個家庭主婦，他的雙胞胎哥哥是國際綠色和平組織的成員，妹妹七年中一直在非洲納米比亞做志願者。

我問：「可是就連在你身邊這些小男孩的身上，我都能看到他們對人本能的一種喜愛或者接近，這好像是天性吧？」

「他們屬於我，跟愛情的那種屬於我是不一樣的。一種能放開，一種是放不開的。」

「能放開什麼？」我還是沒聽明白。

「學生走了，他們很容易就放開了，沒有什麼依賴的。但我看電視劇上那種愛情是放不開的，對方想走很痛苦的。」

「你不嚮往這種依賴和占有？」

「不。」

我可以從智力上理解這句話，但人性上我抵達不了。我問：「這樣的自由你能承受嗎？」

他微微一笑：「我願意。」

我不能理解一個人能夠不受人類天性的驅策，找他的經歷來看。

一九六八年九月，他出生在德國漢堡。小時候，他跟雙胞胎哥哥都很內向，不管別的小孩怎麼欺負，都不反抗。他寫過：「這些痛苦也不是沒有用，從痛苦的經歷中我得到將來面對問題時需要的力量。」

父親四十五歲時，爲了教育他們兄弟倆，由工程師改做老師。常有人對他媽媽說，這兩個小孩太不現實、太虛弱、總做白日夢，要求媽媽把他們的弱點改掉，但父母不急於讓他們成爲什麼樣的人，只讓他們發展下去——兄弟倆過生日，得到的禮物只是一些木材，他們用這些木材去做了一些自己創造的模型。

在德國，基礎教育學校不止一種，父母給他們選擇了一所不用考試的學校，課本都是孩子自己寫的，「我的父母和老師沒有把我當成傻瓜，沒有讓我做那種考傻瓜的練習題，比如說『用直線把詞語連接起來』。這種練習只是在把一個人有創造能力的思維變得標準化。第二個原因是，我的父母和老師沒有把我當成聰明人，沒有過早地開發我的智力。」

他也要參加中考。外語沒有及格，他乾脆去了一家小帆船工廠做學徒，自己設計帆船，參加國際帆船比賽，「我這麼喜歡玩帆船，是因爲在玩帆船時不需要思考，所有的反應都從感覺中來，這就是帆船在行進時對於風、重量和波浪的平衡感。這種平衡感在閉上眼睛時特別能發揮出來。」

之後，他向漢堡美術學院申請入學，沒有基礎知識，他給教授們看自己的工業設計品，教授們的看法是：「已經有知識的人不需要更多的知識，缺少的是創造性。但給盧安克這個只有創造性的人增加知識，他就可以實現他頭腦裡的東西。」

他不通過高考就進入了大學。

設計飛機模型時，他沒有畫圖或計算，也沒用過電腦，只是去體驗和感受風流通的情況：「整個形態是我們做模型時用手摸出來的。我們做出來的飛機是一架世界上飛行距離最長的滑翔機。可見，如果得到了對於力學等本質的感覺，就能直接感覺到弱點在哪。」

畢業後他不想掙錢，父母擔心他沒有生存的能力，他做了一份裝卸貨物的工作，每天扛三千個大包，做了兩個月，父母說這樣太可惜了。他說：「爲了錢做是可惜的，不是工作低級可惜。」

父親說：「那你可以爲別人服務了。」

他不知道要做什麼，只隨著自己的興趣漂流，有一個晚上隨帆船漂到一個無人的小島上，「我在水邊上了一個小山，慢慢地看天上的星。我感覺到那些星星離我其實很遠，在宇宙中什麼都沒有。如果我在離世界無限遠的地方，我怎麼能再找到我們的世界？如果我在我們所謂的宇宙之外，我怎麼還能找到這個宇宙？」

他回身潛入人類內心，相繼在德國和巴西從事教育志願者工作，作精神科學的研究。

一九九〇年，他來到中國，想要留下來，他沒有對這個國家的狂熱辭句，只說：「德國一切都完成了，中國才剛剛開始。」

但之後十年，他遭遇了一連串「失敗」。

最初，對志願者管理不嚴，不需要教師證的時候，他在南寧的中學教學，想教「好的而不是對的」英文，「如果學生能夠造這樣的句子：Run like the kite; I can fly a bike. 這是多麼有想像力的句子，但是根據中國的考試是錯的，因為沒有這樣的標準答案。」段考的時候，他教的班級英文成績全年級最差，只有六個學生及格，家長們不快，他離開，在博客裡以巨大的篇幅批評和反對標準化教育，反對整齊劃一的校園，反對「讓人的心死去」的教育理念。

他去了廣西隘洞鎮的一個村子，租間每月十元的房子，招一群從來沒受過教育的十四到十八歲的青少年。他們只會說壯語，盧安克教他們普通話，想讓他們從嘗試改變自身環境的事情做起，比如怎麼畫地圖、修路，但後來發現因為年齡太大，這些學生們只能完成任務，不能自發地創造。

事後他寫：「這些事情全都失敗了，失敗得非常嚴重。但假如我當時就成功，不成熟的事情就會變得很大，而我自己就會變成我不喜歡的那種人，命運通過失敗指出應該走的路。」

他到了當時只有拖拉機能夠通行、沒有電和自來水的板烈，與剛剛入學的孩子在一起生活，漸漸理解了現實：「中國人感情很強，以前都是憑感情決定事情，缺點真的很嚴重了，需要標準化把它平衡。壞事情也需要發生，如果沒有壞事情，我們會意識到什麼造成壞事情嗎？但它肯定有一天要過去的。」

他曾經把德國教育模式的書翻譯到中國來，現在他也放棄了，「我覺得西方的教育不適合這裡。每個地方給學生帶來不同的生活，不同的影響，所以他們需要的教育也不一樣。我的教育都是觀察學生自己想出來的。」

「但那樣就意味著你沒有任何經驗可以去借鑒？」

他說：「知道一個模式也不等於有經驗。」

這時我才理解，他說過去的事不記得了，是真的不記得了。

我說：「你一步步這樣退到農村……」

他說：「我覺得不是退，是一步步接近我喜歡的地方。」

我們選擇盧安克身邊的孩子來採訪時，老范跟我商量：「那個眼睛很溫柔的小孩子比較誠實。」

我說：「嗯，對，還有那個，比較活潑，小臉兒滴溜溜圓那個……就是上次大牙上粘菜葉的。」

有雙溫柔眼睛的孩子，說盧安克在下雨的時候和他去山上，看到被砍伐掉的原始森林，盧安克說樹沒有了，樹的根抓不住土，土就都流走了。這孩子後來就去阻止砍樹的人。他被恥笑，但臉上沒有忿恨：「我們還是要想辦法，一定要勸服他。」

小圓臉也可愛，他寫了篇作文，被盧安克貼在牆上，名字叫《騎豬》，活潑可喜：「那年春天，我家養了一頭又肥又壯的豬，有一天我突發奇想，我不能想想騎馬的滋味，何不想想騎豬的滋味？說幹就幹，到了豬圈，我趕出那頭豬，迫不及待地往它身上騎。第一次沒跳上去，我往後跳了幾步，向前一伸，準備起跳，豬就看見前面一堆飼料，飛快地往前跑，我撲豬屁股上，自己卻一屁股坐在地上。看來不行，得想個辦法，我向前輕輕觸摸它油光光的背，就看起來很舒服，趁機會我用力一跳，ＯＫ，我騎到豬背上了。豬在前面跑，爸爸和爺爺在後面追，奶奶和媽媽拿著棍子在前面打，終於豬停了下來，我從豬背上滑下來，定了定神，拍拍豬屁股，強作鎮定說，老兄你幹得不錯。爸爸虎著臉說，你老兄也幹得不錯。我知道情況不妙，撒腿就跑了。」

他給我們嘰哩呱啦念，聲音清脆得像一把銀豆子撒在瑪瑙碗裡。我控制不住一臉笑容。

盧安克身邊的孩子裡還有一個最皮的。

我跟別的學生說話，他都會跳進來問：「說什麼說什麼說什麼？」

等打算跟他說話的時候，他已經跳走，或者把別人壓在身子底下開始動手了。我們有點無可奈何，如果不採訪他，他就會來搶鏡頭，干擾別人。我只好採訪他，他坐在凳子上急得不得了，前搖後晃。採訪完他我暗鬆口氣：「去吧去吧，玩去吧。」

他立刻操起飯盒，跑到院正中，一群女生堆裡，把鋁飯盒往一個女生腳下「咣當」一扔，「給我打飯」，轉身就跑了。那是他姐姐。女生們拿白眼翻他。

再見他是在草地上，幾個孩子滾在盧安克身上折騰，我說了句：「老師會累的。」有孩子鬆開了：「會哦。」

這個小皮孩掰著盧安克的胳膊看他：「你會死嗎？」

「會。」

「你死就死，跟我有什麼關係，我舒服就行。」

小黑臉上的表情狡黠又凶蠻，我張口結舌不知該怎麼應答。盧安克摟著他，對他微笑：「是啊，想那麼多，多累啊。」

我對這些孩子中的一些有偏愛，不可避免地流露出來，就算我的記者身份要求我，也只是在一定程度上控制自己。我不明白，難道盧安克沒有嗎？他把小黑臉和小圓臉一邊一個都摟在懷裡的時候，是一樣的感情嗎？

我迷惑得很。

我先拐了個彎問他：「你認爲孩子應該是什麼樣的呢？」

「如果自己作爲老師，想像學生該怎麼樣，總是把他們的樣子跟覺得該怎麼樣比較，是教育上最大的障礙。這樣我沒辦法跟他們建立關係，這個想像就好像一面隔牆在學生和我之間，所以我不要這個想像。」

我有點懵：「我們平常接觸的很好的老師也會說，我想要一個有創造力、有想像力的學生，難道你沒有嗎？」

「那學生做不到，他會不會放棄呢？會不會怪這個學生？」

哦。

他說好感與反感是最有危害的心態：「我以前考慮過很多方法，最後放棄了，方法都沒有用，總是想著這個，沒辦法眞正去看學生是什麼樣子的，如果很開放地看得到，很自然地就會有反應，適合學生的反應，而這種反應學生很喜歡，很容易接受。」

我說：「那很多人覺得，你只是一個生活中陪著他們的人，你並沒有在教育他們啊？」

他說了一句，當時我沒有注意，日後卻不知不覺盤踞在我心裡：「教育就是兩個人之間發生的事，不管是故意還是不故意。」

我憋不住，直接問：「那這個孩子說你死跟我有什麼關係，這話你聽了不會感到不舒服嗎？」

他笑了一下，臉上紋路很稠，說：「我把命交給他們了，不管他們怎麼對待我，我都要承受了。」

在課堂上，有時男孩子大叫大鬧，甚至罵他嘲笑他，盧安克無法上課，就停下來。他說自己也有發脾氣的衝動，但立刻抑制，「我受不了凶」，這個抑制比發火會更快地讓班裡安靜下來，男孩說：「我管不住自己，你讓我出去站一會兒。」盧安克就開門讓他出去站著。

我轉述孩子的話：「他們說你太溫柔了，如果凶一點會更好。」

他說：「有的人他沒有承受能力，別人罵他，或者對待他不好，他承受不了，所以他必須反應，本來不想打人，但因爲受不了就必須打人。他控制不了自己，就是心裡不自由。」所以他說：「我像接受淋雨一樣，接受他們帶來的後果。」

我問過盧安克，爲什麼學生之間的攻擊行爲很頻繁？

「那是他們的教育方式，跟父母學的。學生也互相這樣教育，他們沒有看到更好的方式。」

我從來沒見過他跟孩子講什麼大道理。「語言很多時候是假的。」他說，「一起經歷過的事情才是眞的。」

他讓學生一起畫畫、做音樂，一起拍電視劇，主人公是一個最終明白「人的強大不是征服了什麼，而是承受了什麼」的孩子。他說：「要通過行爲來學習，不是說話，說話是抽象的，不侵入他們的感受，但用行爲去學習，更直接。」

「但你覺得他們能理解嗎？」

「可能頭腦想不到，但他們的頭腦中都存在，他們已經接受了，沒理解，但大了，他們會回憶，會理解。」

盧安克說：「文明，就是停下來想一想自己在做什麼。」

那個黑臉的小皮孩，只有待在盧安克懷裡的時候，才能一待十幾分鐘，像只小熊一樣窩著不動。即使別人挑釁他，他也能暫時不還手。他陪著這些孩子長大，現在他們已經六年級，就要離開這所學校了。這些小孩子，一人一句寫下他們的歌詞組成一首歌，「我孤獨站在，這冰冷的窗外……」「好漢不需要面子……」大家在鋼琴上亂彈個旋律，盧安克把這些記下來拼在一起，他說，「創造本來就是亂來。」

這個最皮的孩子忽然說：「要不要聽我的？」

他說出的歌詞讓我大吃一驚，我捉住他胳膊：「你再說一遍。」

「我們都不完美/但我願爲你作出/不可能的改善。」

我問：「你爲誰寫的？」

他指著盧安克：「他。」

做這期節目時，我和老范一反常態，只談技術與結構問題，不談任何內心的事。後來看她文章我才知道，她也在這過程中無數次地問自己：「我自問我爲什麼心裡總是這麼急呢，做節目的時候急，沒節目做也急，不被理解急，理解了之後也急，改變不了別人急，改變了也急。爲什麼我心裡，總有那麼多的放不下，那麼多的焦慮呢？」

我問過盧安克：「你寫過，中國農村和城市的人，都有一個最大的問題是太著急了。怎麼叫『太著急了』？」

盧安克說：「來不及打好基礎，就要看見成果。」

我說：「會有人覺得那就太漫長了。」——那人就是我，那人就是我。

他說：「小學老師教了一批一批，都看不到自己的成果。」

在採訪他的時候，他說過：「如果想改變中國的現狀，然後帶著這個目的，做我做的事情，那我不用做了。幸好我不是這樣的，我不想改變，我沒有這個壓力。」

我當時一驚，擔心他墜入虛無：「如果不是爲了改變，那我們做什麼？」

「當然會發生改變，改變自會發生，但這不是我的目的，也不是我的責任，不是壓在我肩膀上的。」

「改變不是目的？」我喃喃自語。

「它壓著太重了，也做不到。」他說，「但你不這麼想的時候，它會自己發生。」

聽他說話，內心長久砌起來的磚石一塊塊土崩瓦解——不是被禪悟式的玄妙一掌推翻，是被嚴整的邏輯體系，一步步，一塊塊，卸除的過程。

我問：「你原來也有過那種著急的要改變的狀態，怎麼就變了，就不那樣了？」

「慢慢理解爲什麼是這個樣子，理解了就覺得當然是這樣了。」

「你對現實完全沒有憤怒？」

「沒有。」

「你知道還會有一種危險是，當我們徹底地理解了現實的合理性，很多人就放棄了。」這是我的困惑。

「那可能還是因爲想到自己要改變，所以沒辦法了，碰到障礙了，就放棄了。我也改變不了，但也不用改變，它還是會變。」

「那我們做什麼呢？」

「把自己的事情做好。」

在這期節目後的留言裡，有一種共同的情緒，盧安克給人的，不是感動，不是那種會掉眼淚的感動，他讓你呆坐在夜裡，想「我現在過的這是什麼樣的生活」。

有天中午在江蘇靖江，飯桌上，大家說到盧安克，坐在我旁邊的一個人也很觸動，但他說：「這樣的人絕不能多。」

「爲什麼？」

他看上去有點茫然：「會引起很多的矛盾……他在顚覆。」

這奇怪的話，我是理解的。他指的是一旦瞭解了盧安克，就會引起人內心的衝突，人們不由自主地要思考，對很多固若金湯的常識和價值觀產生疑問。盧安克並不是要打翻什麼，他只是掀開生活的石板，讓你看看相反的另一面。

我問過盧安克：「你會引起人們的疑問，他們對原有的標準可能不加思考，現在會想這個是對還是錯，可是很多時候提出問題是危險的。」

「如果怕自由，那就危險，自由是一種站不穩的狀態。」

「從哪兒去找到不害怕的力量？」

「我覺得如果只有物質，那只有害怕，如果有比物質更重要的事情，就不用害怕了。」

他在這次採訪中下過一個定義：「腦子裡沒有障礙才是自由。」

我曾以爲盧安克有信仰，我直接問了，他笑了一下，說：「爲了自己的靈魂和需要向神傾訴嗎？太自私了吧。」

他明確地寫過，很多人的信仰是沒有獨立個人意識的迷信，是一種提出條件的思想——「如果我做什麼，就得到什麼結果」，這是一種「教育上的誤會」，想要影響人類的精神，故意採取什麼固定的策略是無效的。

人們驚歎他的「神性」，這是與他最相悖之處，他認爲人的內在毫無神秘可言。他在廣西的山村裡，把十幾本德文的精神科學的書翻譯成中文，就是想揭示精神是如何一步一步形成的，「破壞和脫離精神依賴並得到獨立意識的手段就是相信自然科學。人們只有相信科學，才能獨立思考，才能在精神方面獲得自由。」

這過程意味著人人可得。

在這期節目的結尾，我本來有一段串場。這是節目的常規格式，通常需要點明主題，這節目報題是以關心留守兒童的主題去報的，就得這麼點題收尾評論。我大概說「一個國家的未來，在小學課堂上就已經決定了」如何如何。

梁主任在審片的時候把它拿掉了。他說：「這個人不需要爲他抒情，他的行爲就是他的力量。」

年底常規，主持人都需要送節目去評獎，我說那就拿盧安克這期吧。對方好意打電話來說，這個主人公沒有做出什麼成果，不容易得獎，換一個吧。

我說，送這期節目是我們對評委的尊重，如果他們有興趣就看看，沒有也不要緊。

老范也說，許多人聽說盧安克後的第一個反應都是問她，「這個德國人在中國鄉村到底做了什麼？有成果嗎？教出了什麼牛人嗎？」

她說：「我每次都難以面對這樣的問題，盧安克的教育方式實在無法用常規意義上的『標準』和『成功』來形容。非要這麼衡量的話，那麼他更是一個常規意義上的『失敗者』。」

以八年前板烈小學五年級一個班裡的四十六個學生爲例，他們中，只有八人堅持到了初中畢業，大多沒畢業就到城裡打工去了，有的還沒讀完初一就結婚了，甚至有個父親來找他說：「我的兒子就因爲學你，變得很老實，吃了很多虧。」

老范寫：「從世俗的意義上說，沒用，沒效果，不可效仿，也不可推廣；他做的事情，很可能無蹤無影，悄沒聲息地就被呑沒在中國茫茫的現實中，但他的存在本身，有一種令人內心惶然震顫的力量。」

盧安克說：「我的學生要找到自己生活的路，可是什麼是他們的路，我不可能知道。我想給他們的是走這條路所需要的才能和力量。」

他很難被效仿，也根本不鼓勵別人來做志願者。

節目播出後那個暑假，有三所大學和幾十個志願者去板烈小學給學生補課，搞晚會，來來去去。盧安克說，學生「被忘記」的狀態改變了，成爲「被關注後又被忘記」。他在博客上寫：「請你先弄清楚：你是不是只因爲我才想來？是不是期待著看到什麼？如果是，你面對學生就不是眞實的，對學生不可能是純粹的，所以你也就會被他們否認。如果你僅僅是爲了學生，你也不一定需要選擇一個已經有志願者的學校。」

在給老范的回信中他寫過：「有很多其他的人被學生吸引到這裡，但他們都沒有留下來。爲什麼呢？他不可能留下來，是因爲他與當地之間沒有了命運關係。」

那段時間，盧安克每天收到上千封的信件，博客點擊量驟增，每天十幾萬。

盧安克說那些來尋找他的人「一下子要求我離開學生去休養，一下子要我寫什麼，要我帶頭什麼」，他不得不躲到學生家去，因爲「我午睡的時候隨時都有一位陌生人坐在我的床頭等我醒來」。

這當中有一部分是要嫁給他的陌生女性。有人寫「我不敢想像你在你的學生和理解你的人心目中有多麼偉大」，想在他身邊生活半年，研究他這個人。

他回信說：「我不要你們關心我，我要你們關心我的教育方法。」

她來信說：「我不太理解你的教育方法，但非常理解你。」

他寫過：「我最害怕的是崇拜者，因爲崇拜基於的往往是幻想。崇拜最終的結果也只能是失望。」

也有記者短信我：「請告訴我盧安克的電話，我要給他一個版來報導他，幫助他。」

我回信說：「他有公開的郵寄地址，你先寫信給他，徵求他的意見再說吧。」

他自信滿滿：「不，我直接電話他，精誠所至，金石爲開。」

我寫：「他沒電話，另外，我覺得還是尊重他的意願。」

他回我：「那我去找他，精誠所至，金石爲開。」

我沒有再回了。

過了半小時，他又發短信來，說已經登上火車，留下餘音嫋嫋，「精誠所至，金石爲開」。

還有次開會，碰到一個人，帶點詭異的神色說：「你做了盧安克的節目？」

我說：「是」。

飯桌上他坐我對面，忽然把臉湊近來，聳著肩，帶著狎昵的口氣極輕地說：「我覺得他是個戀童癖。」

一只流浪貓探頭探腦地走過來，想找點吃的。他突然站起來，暴喝「滾，滾」，圓瞪著雙眼衝過去，把貓趕了出去。

盧安克半合法的身份開始變得敏感，他暫時關閉博客，聲明自己沒有取得志願者與教師資格。但這引起了更大風波，媒體認爲當地政府要驅逐他，輿論的壓力很大。

我寫信詢問情況，征得他同意後，在博客裡作了說明——他在板烈的生活和工作正常，沒有離開中國，也沒有被要求離開學校。他希望媒體和公眾「千萬不要給廣西公安廳和教育部門壓力」，他「需要的身份」也正在解決當中，希望不要再有人去板烈看他。

我在信中問他，我們是否能與當地政府聯繫，溝通解決他身份的問題。

他說很多人都試圖幫助他，「城市人好像不太願意承受各種事實，就想出各種改變事實的手段。但我都不願意走那種非常規管道，因爲這樣的管道和手段才讓我們的社會變得不公平。」

這話刺動我，我感到茫然，不知要怎麼做，只能等待。

更多的媒體開始介入這件事，認爲向廣西政府與公安部門施壓可以讓盧安克的狀況變好，河池官方不得不派電視台到板烈小學拍攝盧安克的生活，來澄清驅逐的傳言。

日後我看到盧安克在博客裡寫：「現代社會人的追求就是想要有保障，對一切的保障。如果出現任何意外，人們馬上就要找一個負責人，讓上級負責任。上級就很緊張，怕出事，所以要管好一切，不允許任何意外發生。反過來說，我們爲什麼要提那麼多要求？偏偏這些要求給我們帶來的是不自由。」

二〇一〇年，爲了避開這種狀態，盧安克離開板烈小學，暫時回國，很多人嗟呀欷歔。不過，春節後知道他以旅遊簽證重回板烈，我並不意外。

二〇〇四年，他在板烈曾經出過一次車禍，農用車輪子脫落，車從幾十米的山坡滾下去，差兩米就要掉進紅水河，被一棵巨樹擋住。一個朋友死亡，而他的脊柱壓縮了三釐米，日後才慢慢恢復。

我問過他，這樣的結果一般的人會承受不了的，對吧？

他說，如果承受不了能怎麼樣呢？

「會選擇走的。」

「離開就不會再有車禍嗎？」

我本能地說：「但最起碼不是在一個陌生的地方，貧窮的地方，和得不到醫生的地方。」

「我覺得這次車禍就把我的命跟這個地方連得更緊了，走了就沒有命了。」

他還會回來，是因爲他要陪伴春節父母不回來的孩子。我問過他：「他們會長大，他們會離開這個學校，離開你。」

他說：「當然，都會過去。」

「那你怎麼辦呢？」

「沒有考慮以後的，不考慮那麼多。我考慮那麼多，活得太累了，反正我這一輩子要做的事情，我覺得我已經做了，如果我現在死去也值得，沒什麼遺憾。」

最理解他的人是他的學生。學生說過：「如果一個人爲了自己的家，他家人就是他的後代；如果一個人爲了自己的學生，學生就是他的後代；如果一個人爲了人類的發展，那麼人類就是他的後代。」

知道他回到板烈後，我寫信對他說：「因爲我們的報導，才對板烈的孩子和你的生活造成了這些沒有想到的不良影響，對不起。包括我在內，很多人從這期節目中受到好的影響，但與不良的影響相比，這種好的影響好像顯得很自私了，以至於我都不能開口向你表示感謝。」

他回信說：「其實我有承受的能力，只不過現在的情況要求我學會和發揮比以前更大的承受能力。你放心，我會學會。」

我沒有再回復這封信。

我再沒有可以說給他的話。他不需要安慰，不需要去知道自己是多麼重要，他說過：「以爲自己的名字能給別人力量，是最壞的一種幻覺或者邪教。」

LAKERS

LAKERS
24

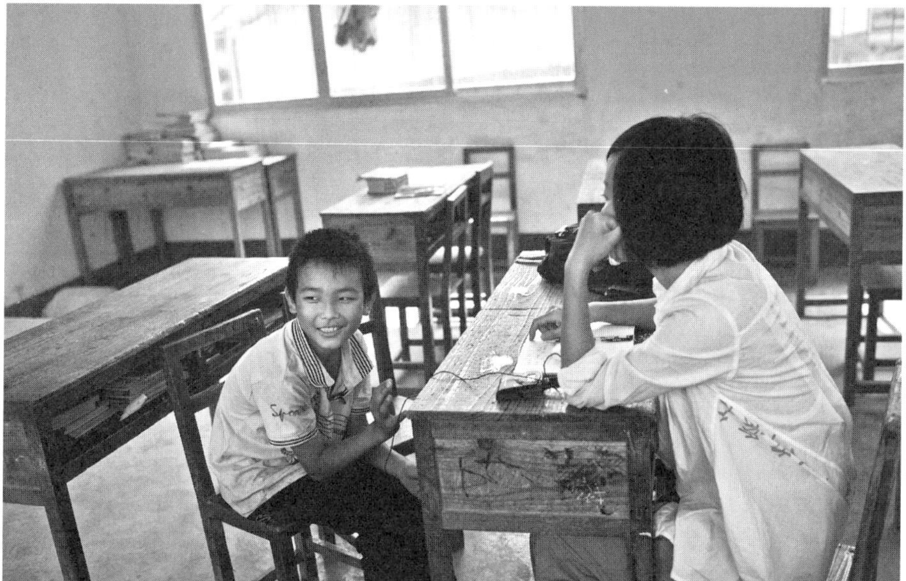

我也沒有什麼困惑要向他請教。他一再說：「很多人需要我告訴他們一個怎麼樣才正確的生活，但我真的沒有辦法告訴他們。假如我知道那麼多，這些積累的知識也只會阻礙我的行爲。如果一個老師不理睬自己的感受，僅僅根據知識去做，這會讓學生感到虛假。怎麼會有對和錯的事呢？根據自己的感受去做，這就是對的吧。」

他寫過，「感受」不是欲望和情緒，沒有「要達到什麼」的動機，只是「誠實和持續不斷地對事物平靜觀察」。盧安克要的不是別人按他的方式生活，恰恰是要讓人從「非人」的社會經驗裡解放出來，成爲獨立的自己。人們不需要在他那裡尋找超我，只需要不去阻止自己身上飽含的人性。

我沒有寫這封回信，還有一點，是怕我一旦非要寫什麼，我會不由自主地寫下對他來說毫無必要的感謝……曾有過無數次，在被自身弱點挾持的時候，我掙扎著想以「盧安克會怎麼做」來脫身。改善常常是不可能的，但多多少少，因爲他的存在，我體會到了一些從沒想過、未曾明白的東西——把自我交付出去，從此就活在命運之中的必然與自由。

節目播出三年之後，二〇一二年，我收到盧安克的信件，他寄給我一份跟孩子一起拍的電視劇，說希望留給有願望的人，「我可能沒有機會繼續跟我的學生做事。」

在二〇一〇年，他與一位認識八年的中國女志願者結了婚。我祝賀他，他回信有些低落：「既然我同意成家，那我就要跟著老婆走。雖然我感覺到，我的學生就是我的孩子，板烈就是我的家，但我不能要求老婆也這麼看。她有她的夢想和需要，我不能不理她。我現在要面對的就是這些。」

我從沒把世俗的事情與他聯繫在一起，意料之外，但轉念也覺得是情理之中，「家庭的溫暖和情感，一定會是另一種安慰吧，也許還有未來作爲父親的感受。」

他沒有直接回答，說他如果離開學生，「心都死去了」。

「那麼，有一個問題，請原諒我問得直接一些，在上次我採訪你時，你曾說過，你不知道什麼是愛情，什麼是『一旦走了就放不開的』『一個人屬於另一個人的愛情』。那麼，現在對你來說，你的看法改變了嗎？如果我的問題太私人，請你不用回答就是。」

他沒有直接回答，只說：「我已經不是一個單身漢，已經不可以根據我一個人的想法來決定事情。眞是對不起。」

我們在板烈再見時，盧安克穿著跨欄的背心，晃晃蕩蕩從稻田邊上走過來，瘦了些，笑起來眼紋深了，淡金的眉毛已經發白了，整張臉上幾乎只有淺藍的眼睛有顏色。我問「你好嗎」，他說「也好，也不好」。

四面人多，不好說話，他帶我去了山上一個學生家，是班上最沉默寡言的小孩，叫小羅，與智障的哥哥同班，父母打工，他們相依爲命。小羅一進門，先找盆淘米，拿一把扳手，在電鍋壞的按鈕處擰了幾把，把飯做上了，山裡人家來了客都是這樣。

豬圈旁有一叢小番茄，才成人指甲蓋大，他倆往下摘，我問：「這麼小能吃了就？」盧安克說：「這更有味道。」遞給我一個，我在衣服袖子上擦了擦，嘗嘗還不錯。家裡沒有別的菜，只有桌上放著一些扁豆，有些日子了，我們把捲邊的角摘了，打算跟小番茄炒在一起。盧安克與上次我見到時有些不同，滿腹心事，把豆角一只只掰斷，我埋頭摘了一會兒，說：「我一路上想著你這次恐怕跟以前心情不太一樣。」

他說是。

我扔了一把豆角在鋁盆裡：「難道有可能這是你最後一次回來嗎？」

他不看我，「我擔心有這種可能。」

我抬起眼，「記得上次採訪的時候，你說這個地方有你的命，你要是離開你的命就沒了？」

「從心裡來理解是這樣的。」

「你理解你妻子嗎？」

他說：「理解，她是女人。」我聽見旁邊老范和編導螞蟻齊歎息。

他起身劈柴生火，準備炒菜。我問他：「怎麼跟他們解釋呢？跟孩子？」

靜了一會兒，他問我：「那我怎麼處理？」

我怔住了，沒回答，也沒說不知道。我從沒想到過他會問別人他內心的困惑，我被這個困惑之深驚住了。

他起身劈柴，蹲在地上，左手扶著柴火，右手小鐵斧一下一下劈開縫子，嵌進去的斧子拉起木頭來再用力剁下去，我蹲在附近撿碎片，攏進火裡。老范說看重播的時候，很長時間，都只有劈柴在火裡燒裂時嗶剝的聲音，和濺出來的幾星火燼。

這次的採訪全部是盧安克的安排，他挑選的地點、時間，他讓我們拍烈日下剛收割完的稻子，拍小羅家邊上的晚霞，我們想選擇更好的時間，他堅持：「不拍天要黑了。」他甚至寫了採訪的提綱，手裡攥著一張字條，上面寫著中文和德文交織密密的字，「我怕我自己忘了什麼。」

我沒見過他這麼失穩，也沒見過他這樣在意。

我採訪的孩子中，有一個扮演電視劇主角容承，其他老師說他在班上最調皮，常帶著男孩們鬧事，被稱為「老大」。他接受採訪時有些緊張，拿著飯盒的勺子僵坐在桌邊，要求盧安克一定要在邊上。

我問了幾個問題：「你為什麼演容承？」「覺得他性格是什麼樣的？」……他都說「不知道」，幾個問題下來，我看他是真不知道，帶了一點放棄的感覺，轉頭對盧安克說「可以了」。

孩子突然號啕大哭起來，捂著肚子倒在桌子上。我說怎麼了這是，趕緊看他，他說肚子疼。疼得枕在胳膊上，一只拳頭按著自己胃。

我以為他是吃飯時說話著涼了。倒杯熱水給他，他不喝，問他要藥嗎，他搖頭。

盧安克蹲在他身邊，撫摸他的背，對他並不說什麼，跟我說了一句「我做德語口語翻譯的時候，也會肚子疼」。

我明白他指什麼，但不確定，俯身對孩子說：「是因為我的問題給你壓力了嗎？如果是，那我真的對不起了，韓運。」

他埋在胳臂裡搖頭，「不是」，掙扎起來，臉上還掛著淚水，但表情毅然，「你問吧」。

是他這一句話，讓我覺得，盧安克說的是真的。他蹲在孩子身邊，不看我，輕聲談：「這裡是農村，自然的力量很強，叫他爬山，他什麼山都爬，但叫他反思自己的一些問題他會很痛苦的。」

盧安克陪他回了宿舍，老范看我的神色，知道不理我為好，帶著大家去拍外景，我一個人坐在空蕩蕩的六年級教室裡，氣惱不已，「三年了，三年了我還在犯錯，我怎麼這麼蠢，我又問錯了。」我心裡知道，是我心裡那點放棄他的想法，流露在了臉上，男孩覺察了。

坐了半個小時，我絞著手，下去吃飯，小潘老師殺了一只鴨子熬了個熱氣騰騰的火鍋，大家都坐定了，盧安克在他旁邊給我留了把竹椅子。吃了幾口熱的，我緩過來點兒了，背地裡我問他：「我怎麼老沒辦法改變我的弱點？」

他說：「如果那麼容易的話，還要這麼漫長的人生幹什麼呢。」

有半天的時間，盧安克帶著我們組和韓運走了三個小時山路，去爬山，在剛下過雨的小山澗裡捉螃蟹，躺在草地上，一直到快日落。他說不用去安撫和溝通什麼：「跟他溝通沒有用，跟他一起行動有用。創作就是這個道理，一起做某一件事，自然就融合在一起了。」

孩子家裡每人都有一張自己參與的電視劇ＤＶＤ，看過了無數遍，還是嘻嘻哈哈又看一遍，遇到同學再看一遍，說起一起偷吃大米或者爛泥巴埋到下巴的細節，是眞快樂。我們被招待吃了三頓飯，殺了一只雞，孩子在水龍頭底下洗內臟，盧安克蹲著給他打傘。臨走時韓運又拿出中午剩下的飯和碗筷繼續留人，只爲了拖延點時間和盧安克多待一會兒。

盧安克說不吃了，孩子不吭聲，坐在了門口凳子上。

盧安克走過去，摸了摸他的背，柔聲說：「再見。」

韓運沒抬頭，盧安克出了門。

我們收拾完東西，出門的時候對孩子說：「再見。」他還是沒有抬頭，也沒說話，只是擺了擺手，小拐過一個彎，盧安克站在那裡，看著夕陽快下的山，一動不動地站著，事後他告訴我，離開孩子時他也哭了。

潘老師說他哭了。

我知道了他爲什麼要寫信給我，在離開之前他要交托於人，留下一樣東西來替代他：「創作可以成爲他們的權威，可以給他們歸屬。」

當年我們採訪的六年級學生，現在一半上了初三，一半去了外地打工，打工的孩子往往會加入幫派，盧安克說這是一種歸屬的需要。他在信中提到一個在非洲獅子山參加內戰的十二歲小孩，殺了很多人，爲了避免受不了的感覺，他天天吸毒。後來這個孩子在聯合國的會議上解釋：「我們加入部隊的原因是，我們找不到可以吃的，失去了自己的家，但同時盼望著安全，盼望著自己屬於什麼，在這個所有歸屬都垮下來的時代。」

他說這跟留守兒童的情況是相似的，只不過極端得多，誇張得多，「中國的社會沒有那樣的背景情況，但中國的留守兒童將來也會成爲一個失去控制的因素，除非我們能給他們帶來歸屬感。」

這也是當下的中國人最強烈的感受。這樣一個快速變化的時期，傳統的家族、集體斷了，新的又沒有建立起來，空虛只會導致消費和破壞，只有當人們能感到創建自己世界的滿足，不會與別人去比較，不會因爲錢，因爲外界的壓力感到被拋棄，這才是眞正的歸屬。

在通信中，我們曾談到，「創作」這個詞現在常常被當成是一種「手段」——用來吸引孩子學習更多的手段，或者一種學習之外的調節。好像生活中總有一個偉大莊嚴的目的，一切都爲這個目的服務。這個目的是什麼呢？爲了服務於一種意志吧，當這個意志讓你去改造世界時，你要具有改造需要的知識。而創作在盧安克不是手段，就是歸屬本身。因爲青春期的孩子是通過行動得到感受，從感受中才慢慢反思，反思又再指導行動的，所以他說，說話是沒有用的，讓他們一起進入，共同完成那個「強大的人不是征服什麼，而是能承受什麼」的故事，感受會像淋雨一樣浸透他們，在未來的人生裡緩緩滋養。

紀律可以帶來秩序，但卻是被動的，只有一個人歸屬於一件事，一群人，一個社會，才會有認同和發自內心去照顧它的願望。

採訪結束後，盧安克說他已經滿足，現在可以去「承受新來的責任，家庭的責任，不管是什麼結果」。

我說這句話裡面有一種很沉重的意味。

他說：「我也不知道我生活在這個世界上是爲了什麼，有什麼使命，這個只能是慢慢摸索的，所以只能慢慢看有什麼結果，也許過了幾年我明白，爲什麼要這樣。」

「你想檢驗自己？」

他好像觸動了一下，說對。

我說那你害怕那些對你有期待的人會失望嗎。

他說：「把希望放在別人的身上是虛擬的，所以無用。如果自己不去做，那就不會有希望。」

當時暴雨初晴，強光照透了天地，我說：「人生的變化很多，也許三年後我們會再見，再談一次，謝謝你。」

他微笑，說：「也謝謝你。」

採訪完第二天，盧安克離開板烈，去了杭州，進了妻子聯繫的工廠，一個星期後他辭職，因爲手續問題，去往越南，等待命運中將要發生的事情，他說：「別人對我佩服的地方其實是我的無能，我無能爭取利益，無能作判斷，無能去策劃目的，無能去要求別人，無法建立期待。也許有人以爲那是超能，這個誤會就造成了我現在的結果。還可以用另一種表達：人類大部分的苦都是因爲期待的存在。其實，在人生中不存在任何必須的事情，只存在不必要的期待。沒有任何期待和面子的人生是最美好和自由的，因爲這樣，人才能聽到自己的心。」

在我寫到這裡時，他仍然在越南，身處在語言不通、無法工作的邊境。除了保持與他的通信，我也沒有更多能做的事。

板烈那場最後的採訪，是在山間高處一片梯田裡的水泥儲水台上，開始之前下了雨，幸好土地裡有一把破舊的大遮陽傘，是前幾天收麥子的農民留下來的，盧安克把它張了起來，足夠我們幾個、加五六個小孩子、還有一個看熱鬧的老農民容身。小羅站在我身邊，幫我拿著本子，兩手抱在胸前。雨下了好一會兒，從傘簷上穿了線，山明一會兒，暗一會兒，大家緊靠著，面向各方自看暴雨裡青綠的田野，很久，有一點金光從東山破過來，烏青的雲滾動奔跑，相互推移，雨就要過去了。

就是此時的感受，讓我想起哲學家雅斯貝爾斯的一句話，在這期叫《告別盧安克》的節目結尾我說，教育，是人與人之間，也是自己與自己之間發生的事，它永不停止，「就像一棵樹搖動另一棵樹，一朵雲觸碰另一朵雲，一個靈魂喚醒另一個靈魂，只要這樣的傳遞和喚醒不停止，我們就不會告別盧安克」。

（王瑾　攝）

第十八章 採訪是病友間的相互探問

二〇一〇年年尾，一個案件的審理引起舉國熱議。陝西西安，一個叫張妙的女人在騎電動車時被汽車撞倒在地，駕車者拿隨身攜帶的尖刀在她的胸腹部連刺六刀，導致張妙主動脈、上腔靜脈破裂大出血死亡，殺人者是西安音樂學院鋼琴專業大三學生葯家鑫。

輿論分歧巨大，幾乎每次朋友聚會都會討論。有幾位力主判死刑，也有幾位認為對任何人都不應判處死刑，學法律的何帆一直沒有表態。

問到我，我說：「死刑既然還沒廢除，就應該尊重現行法律，按現有的法條該判死刑就判死刑，不然談不上公正。」

「父母送子自首，被告人又是獨子，你們是不是要考慮一下父母的感受？」何帆說，「中國自古有『存留養親』的傳統。比如，兄弟倆運輸毒品，論情節都可判處死刑，考慮到他們的父母還健在，這時是不是得考慮留一個？當然，『存留養親』也不能一概而論，如果兄弟倆把別人一家幾口都滅門了，還需要留一個嗎？……」

大家都不認可：「你這個也太……司法彈性這麼大，還怎麼樹立權威啊？」

我自覺還算客觀，覺得輿論中說的富二代、軍二代那些傳言都沒去考慮，也不贊成群眾去衝擊法院，

藥家鑫用這雙彈鋼琴的手刺死了張妙，他的未來也從此熄滅。「做新聞，就是和這個時代的疾病打交道，我們都是時代的患者，採訪很大程度上是病友之間的相互探問。」（圖片來自視頻截圖）

只是就事論事。「我記得，刑法裡說，如果犯罪手段特別殘忍，後果特別嚴重，社會危害極大，就算自首，也不能考慮從輕，對吧？」

他沉吟一下：「這個……算不算特別殘忍？」

這次他被別人打斷了：「這還不算特別殘忍？這還不算社會危害極大？」

「與蓄謀已久、精心策劃的殺人相比呢？」

我按自己理解說：「故意殺人是針對特定對象的，我作爲旁觀者並不用恐懼。但是撞人後殺人，人人都可能成爲受害者，這就是社會危害性極大。」

他笑：「這是你個人的感受。」

我說：「美國聯邦最高法院的霍姆斯大法官不是說過麼，法律的生命不在於邏輯，而是經驗，經驗不就是人們的感受？」

場上無話。

又過了一會兒，話題轉到什麼樣的人可以減免死刑，有人舉了一個例子，說情殺就應該免死。

諸人爭論，這位朋友請了兩位女服務生進來，問她們：「如果一對情侶，男方出軌，在爭吵中女方失手殺死了他，這女人應該判死刑麼？」

兩個姑娘互看一眼，說：「不應該。」

他說：「看，這是共識。」

兩個服務員轉身要走，何帆說：「等一下。」

他說：「我也講個眞實的情殺案子，一個男的極端不負責任，女朋友多次爲他墮胎，女友第四次懷孕後，堅決要把孩子生下來，他不想結婚，就把女友殺死，連腹中孩子一起焚屍，你們兩位覺得應該殺麼？」

兩個女孩幾乎同聲說：「當然應該殺。」

「那到底情殺該不該免死呢？」何帆說，「我只是覺得，有時候，人們對事情的感受和判斷不同，跟講故事的方式有關。正義不能一概而論，只能在個案中實現。」

二〇一一年六月七日，中午電視新聞，我聽到：「葯家鑫被執行死刑。」轉過身看電視時，穿著橫條紋T恤的葯家鑫，剃著平頭，狹長的臉，眼眉低掛，簽完死刑執行書，低頭被兩位戴著頭盔護具的法警押著離開。

我看到這條新聞時，死刑已經執行完畢。

站在電視機前，心裡一片空蕩。

判決詞裡寫：「該犯犯罪動機極其卑劣，手段特別殘忍，情節特別惡劣，後果特別嚴重，依法判處死刑。」

這話是我引述過的，剝奪他生命曾經是我的意志，我的主張。那爲什麼我會有這胸口惱人的空茫？

我打開電腦，找到一張他的圖片，我從來沒認眞地看過這張臉，葯家鑫，對我來說只是一個名字，一段二十幾個字的事實。我對他只有最初知道這新聞時震驚與厭惡的情緒。

看了一會兒，給老范發了一個短信：「看到新聞了麼？」

她回了一個字：「唉。」

當天的筆記裡我寫：「爲什麼人聲稱追索公正，要求死亡，但死亡來到這一刻，你感到的不是滿足，也不是爲它的殘酷而驚駭，而是一種空茫？它讓你意識到，剝奪生命是什麼意思？就是一切的發展，一切的可能，結束了。張妙死了，葯家鑫死了，但如果只是死，結束了就過去了，那就是白白死了。」

一個多月後，我們去了西安。

張妙出事前數月，搬回了娘家，四壁空無一物，房間裡燈泡都沒有，衣物全火化了。

她沒有單獨的遺照，只拍過一張班級集體照和一張幾個女孩的合影，她都站在最後一排，紮一個馬尾，黑衣，翻一個大白襯衣的領子，妹妹說她不愛說話，照片上不像別的姑娘勾肩搭背，背微微地窩著，雙手垂在兩側，帶著怯和厚道，笑起來有點抱歉的樣子。

「小時候身體不好，住過好幾個月院。」關於女兒她父親說得最多的是「小時候給她吃的奶粉」。在農村，這些都是對娃的金貴。

她初中退了學，一直打工，前些年，有個在烤肉攤幫忙的小夥子喜歡過她，疊了五百二十一個幸運星給她，後來他出事判了刑，想見她一面，她沒去，但一直留著那些幸運星，用一個牙膏盒子封著，去世之後，外甥拿著玩，丟了一些，被打了一頓。

她嫁人時，電視、影碟機都是借來的，在婆家的日子過得也不容易。出事前出來打工，賣麻辣燙，想讓兩歲的兒子吃好穿好點。

我在院子裡的時候，孩子也來了，嬉笑玩樂，我們買了玩具給他，他拿著偎到我懷裡「給你，摩托」，我笑：「寶貝，不是摩托，是奧特曼。」

張妙父親緊緊地盯著孩子，偏過頭歎口氣，幾乎輕不可聞。

她母親這兩年身體不好，出事後有些精神恍惚了，我們採訪父親時，聽到她在房間裡哭喊。

我問她父親：「要不要勸一勸？」

張妙父親黝黑的臉，瘦得像刀刻一樣，說：「不勸，這事沒法勸。」臉上是日夜錘打遍的無奈。我在那個哭聲裡坐不住，回頭對攝像說了一聲「我去看看」。她坐在裡屋的席子上哭喊：「媽給你做好了飯，你怎麼不回來吃……」我坐她身旁，也無法說什麼安慰，只能把手放在她的胳膊輕輕撫摸。

葯家居住的小區是西安華山機械廠的宿舍，上個世紀九十年代修建，葯家鑫的父親葯慶衛穿著白色的確良襯衫，裡面套著一個白背心，站在樓下等著我們。他說一家人在這兒住了將近二十年。

樓房沒有電梯，我們走上去，房間是水磨地，坐下去是硬的轉角沙發，廁所裡馬桶拉的繩子是壞的，用勺子盛水沖。

葯家鑫的房間桌上，放著他十三四歲的照片，家裡沒有近幾年的照片，照片前面放著一副眼鏡，他在庭審的時候戴過，眼鏡邊上放著兩張濱崎步的專輯。

葯慶衛說：「四十九天了……電腦沒停過，就放在那兒，一直放著他愛聽的歌，他說：『爸，你給我放那些歌，我聽一下就能回去。』」

葯家鑫的床上換上了涼席，掛了蚊帳，他媽說：「夏天來了，我害怕蚊子咬著他。」她天天躺在兒子的床上睡覺，「我抱著他平時愛抱的那個玩具，那個狗熊，我都沒有捨得去洗，我就不想把他身上的氣味給洗掉。」

葯慶衛說：「我在農村的時候，總聽說人死了以後家裡會有動靜。我以前特別怕這個動靜，現在特別希望有。其實有啥動靜，什麼動靜都沒有。」

快到傍晚，客廳已經漸漸暗了下來，他停了一下，說：「沒有，真的，人死如燈滅。」

葯家鑫死後，葯慶衛開過一個微博，寫：「葯家鑫的事情上，我負有不可推卸的責任，我平時管教孩子過於嚴厲，令孩子在犯錯之後害怕面對，不懂處理，最終釀成大禍。」

葯家鑫幼年時，父親隨軍在外，讀幼稚園時開始按母親要求學琴，母親一個月工資五十塊錢，三十塊交上課費，學不會被尺子打手，一邊打葯家鑫一邊哭，但不反抗，「他也知道多學一次得多少錢」。

母親說：「從小我教育他的，凡是和小朋友在一起玩兒，只要打架了，不管誰對誰錯，他回來肯定是挨罵的。」她哭著問我：「不是說嚴格管教才能成材嗎？難道嚴格管教也錯了？」

小學一年級，葯家鑫的同學逼著他背自己，不背要給一塊錢，他就背了。老師找他父親去，把對方孩子也叫來了，讓他父親處理。他說：「我想著孩子玩兒嘛，小事沒必要太計較，背就背一下嘛，我沒有幫助他。」

中學裡有同學打葯家鑫，按著他頭往牆上撞，他害怕父母說他，不敢說，又不敢去學校，害怕那個學生再欺負他。

母親說兒子的個性太「奴」，陝西話，懦弱的意思，「怕男的，尤其是他爸」。

葯慶衛說：「因爲我，當兵的可能都有點……自己說了命令性的東西，你該幹啥幹啥，我也沒給他去說什麼理由。」

我問：「批評也有很多種方式，您……」

「我可能說話有點尖酸，我對別人不會這樣，因爲我想讓我兒子好，一針見血地扎到要害，他可能是很刺痛的。」說完補了一句：「但是過後去想想我的東西，都是比較正確的。」

「他一般是什麼態度？」

「不反抗的，光笑笑說，那我就是咋也不對。」

他又補了一句，「男孩不能寵，我怕他以後給我惹事。」

葯家鑫在庭審時說：「從小，上初中開始我就特別壓抑，經常想自殺，因爲除了無休止練琴外，我看不到任何人生希望。我就覺得活著沒有意思，覺得別人都很快樂，我自己做什麼都沒有意義。」

他對同學說過：「我心理可能有些扭曲了。」

同學說，他沉迷一事時往往近於狂熱，喜歡日本歌星濱崎步，MP3裡全是她的歌，他不懂日文，就全標成中文，在KTV只唱這個人的歌，在網吧裡下載一個關於濱崎步的遊戲時，有人喊地震，大家都跑出去，只有他一個人坐在裡面，說「如果跑出去又得重下」。

他開始上網，打遊戲，翹課，父親認爲這是網癮，有段時間專門不工作，只在家盯著他。一個月，葯家鑫被關在居民樓的地下室裡，除了上課，吃住都在裡面，沒有窗，從外面鎖上。

葯家鑫是什麼感受，葯慶衛並不知道，「他沒有跟我交流，我們也體會不了他心理的鬥爭過程。」他加了一句：「但是以後很正常了，他好了。」

葯家鑫對父親的意志有過一次反抗，中學上了法制課後，他拿著書回來說爸爸壓迫他、管著他。葯慶衛陪著兒子翻了一遍書，告訴他：「我是你的監護人，當然要管你，不然你犯了錯就要我來承擔責任。」

去做節目之前，老范發過一個報導給我看，說葯家鑫做過雙眼皮手術，還說夢想有了五百萬就去整容。底下評論裡都在罵「變態」，我當時看了，嘴角「嗞」了一下，也略有些反感。

在他家裡，我們想拍攝他過去的資料，發現初中後他沒有照片，全家福裡也沒有他，他母親說他初一發育變胖後不願意再拍照，當時體重是一百六十八斤，不到一米六五，胖到了胸前的骨頭壓迫肌肉產生劇痛，醫生說再不減肥有生命危險。葯慶衛說：「他在特別胖的時候，眼睛就不容易看見，尤其一笑的時候，眼睛就沒了，別人就笑他，他就跟我說要整容。」

「你怎麼說？」

「他說這個我就打擊他，」葯慶衛說，「我說好不好都是父母給你的，如果破壞了以後就是對我的不尊重——也不是不交流，不過我說的話有可能有點……像他媽說的，讓人有點接受不了。」

他又接了一句：「但是我說的應該是正確的。」

葯家鑫之後繞過父親，有什麼事跟母親說，他媽說：「他太在意了，總是說，總是說，說這個遺傳怎麼這樣啊，我爸的雙眼皮爲什麼我沒有？我可憐這孩子，儘量滿足他，所以我就同意讓他去割了雙眼皮。」

他用了四個月時間減肥，瘦了六十多斤，以至得了胃潰瘍。

日後他考上大學，外公獎勵了他一萬塊錢，他花了一半去做了雙眼皮的整形手術。

葯慶衛說這麼多年他從來沒有鼓勵過兒子，這是他的教育方法：「他非常熱衷幹的事我都會打擊他，我就是不讓你過熱，我就想澆點涼水，不要那麼過激。」

他不願意讓兒子考音樂學院，極力想讓他學理科：「其實也是從經濟考慮的，但是我不能跟孩子說這個話。」他背地裡去找了教鋼琴課的老師，讓老師多打擊兒子。

葯家鑫一直不知內情，他對父親說過：「我上一次課，被打擊一次，越上我越沒有信心。」

他還是學下來了，專業考了第一。

他從大一開始兼職掙錢，在酒店大堂彈琴，後來當家教，打多份工，在城郊之間往返，他媽希望給他買車，「一個學生晚上十一點才回來，不安全」，他爸不同意，因爲這樣太張揚，會把退役的費用全花光，後來是他媽硬作了主，他爸點頭的前提是葯家鑫每個月給家裡一千塊錢。

葯家鑫買過一把電動按摩椅給葯慶衛，他沒有喜意，只說：「我要的不是這個，只有一個要求，將來你掙不著錢，別問我要。」

狂熱與極寒交激，淬出一顆赤紅滾熱的心。葯慶衛帶著疑惑說：「他掙錢好像上了癮一樣，這個月掙四千，下個月就要掙五千。」

他說「上了癮」的口氣像是在形容一個病人。但他也沒問兒子爲何如此，覺得「上進就好」。

出事當天，夜裡十一點左右，葯家鑫開著車返回家。

法官問過他，你是向哪個方向開？

他說：「對不起，我分不清東南西北。」

他四個月前才開上。在路上「打開影碟機看濱崎步的演唱會」，邊看邊開。「又開了一會兒，只聽『嗵』的一聲撞上了什麼東西。」

他裝著刀的包就放在副駕駛位置上，下車查看時，他是隨身帶著包下去的。因爲「我父母叮囑我，貴重物品要隨身攜帶」。

他看見張妙躺在地上，哎喲地叫著疼，臉衝著被燈照著的車牌，他認爲對方在看自己的車牌號，就拿出了刀，他們之間沒說一句話，張妙伸胳膊擋了一下刀，沒擋住。只是「哎喲，哎喲」喊了兩聲，胸、腹、背被刺中。

刀是案發當天買的，庭審時他說因爲晚上從沒走過這條路，帶把刀防身，之前跟別人發生過糾紛。發生過什麼糾紛？他沒說，庭審沒提及，我問他父母：「他平時說過爲什麼事需要帶刀嗎？」

他母親說：「沒有，他就是這一點，心裡有事從來不跟我們講。」

父親說：「我們的街坊鄰居在一起都說，大部分孩子都是這個樣子，跟父親說不到兩句半就竄開了，都是這樣。」

關於殺人的動機，葯家鑫在公開採訪時說過一句「農村人難纏」，這句話後面還跟著一句沒播的：「我害怕她沒完沒了地纏著我的父母。」

他做了漆黑一片的事情，張妙胸腔主動脈、上腔靜脈被刺破，開始大出血，她沒有了與家人告別的機會。

葯家鑫開車離開時，把刀子扔在副駕駛座，不敢看，喪魂落魄地往前開，「一瞬間，好像所有的路燈全滅了。」

葯家鑫向家人隱瞞了眞相。一直到第三天早晨，他叫醒母親，讓她抱下他，說害怕，車禍死了人。葯慶衛從單位打車直接拉他去自首，路上沒有問詳情，「太自信太自負都不好，我不問他，就是太相信他不會對我撒謊，他說是車禍我就相信是車禍。」

日後他們看新聞才知道實情，他母親說：「我看新聞才知道他動刀了，動刀了呀……我就是想問他爲什麼要帶刀，爲什麼要這樣？你撞了人，你可以報警的，車是上了全險的呀，爲什麼要動刀呀？我也不理解。」

她每說「刀」這個字的時候，聲音都重重地抖一下。

葯慶衛說：「自首絕對沒有後悔過，後悔就是太匆忙。應該問問他，這個是絕對後悔，後悔一輩子。」

他再也沒機會瞭解兒子的內心。

藥家鑫臨刑前，他們見了一面，十分鐘裡，藥慶衛已經來不及問這個問題。

「進去以後藥家鑫已經坐在那兒了。我一走進去他就是『爸我愛你』，重複了好幾回，我說我知道，我也愛你，你不要說了，我知道，我也愛你。」

他哭出了聲：「那是我這輩子第一次說我愛你。他說：『你們好好活著，我先走先投胎。你們將來走了以後，下輩子當我的孩子，我來照顧你們。』」

他不知道藥家鑫什麼時候被執行死刑，但心裡清楚這是最後一面。「我從不相信人有靈魂，我這時候眞願意人有靈魂，我說你有什麼事兒沒辦，給爸托個夢。他說我一定給你托好夢，噩夢不算。他平常說話聲音很細，但是說這些話的時候聲音很大很大。他說我托的都是好夢，噩夢不算，不是我托的。」

藥家鑫對他父母說，不要怨任何人，一切都是他的錯，他有罪，願意贖罪。

但這一句話讓藥慶衛突然心生疑問，到我們採訪時，他仍認爲可能是受到外界的要求，藥家鑫才說出這話：「他這句話太成熟了，以至於我不相信是他自己的想法。難道他能比他爸還成熟？」

這種心態下，他聽到藥家鑫說死後想要捐眼角膜時，心裡很不受用，覺得也有可能是別人授意，他說：「你不能捐。你的身體每一部分都是爸媽給的，你完整帶來，完整給我帶走。」

藥家鑫說了好幾次，每次他都立刻頂回去，因爲網路上一些人說他是軍隊高層，干預司法，叫他「藥狗」、「藥渣」，他內心不平，越說越激憤，兩眼圓睜：「我對藥家鑫說：『你捐了以後，人家用上你器官，再有什麼事，我沒有連帶責任我都受夠了。』我說希望你把你的罪惡都帶走，不要再連累別人。」

採訪中，他說到這兒，突然停了下來。

葯家鑫已死，之前所有關於他和父親的關係都只是旁述，是推測，是揣想。但聽到這句話，看到他臉上的表情，這個細節，像把刀，扎透了這件事。

當時葯家鑫沒有解釋，也沒爭辯，說：「好，我聽你的。」

這是他最後一次違背自己的意願，聽他爸的話。

葯慶衛再說起這個細節時，緊緊攥著手，眼睛用力眨著不讓眼淚流下來，憋得滿眼通紅：「我有點偏激了，應該滿足他的心願，我不知道他咋想，也可能希望借助別人的眼睛，能再看到我們。所以說，還是那話，人不能衝動，衝動是魔鬼。」

「人最大的慈悲是給生命一個救贖的機會。」他說。

播完這期節目後，我收到柏大夫的短信：「看了你的節目，我落淚了，記得宋嗎？他很好，已經從海軍退役。」

宋是我八年前採訪的患有抑鬱症的男孩，在十六七歲時曾經因爲網癮被父母送去柏大夫處救治。小時候被寄養在奶奶家，他認爲受到不公平待遇時父親不幫助他。「他從來就沒有鼓勵過我，」他說，「我並不喜歡上網，網癮只是因爲現實生活中不快樂，沒有寄託。」

他十六歲的時候體重一百八十斤，醫生對我說：「他爲什麼胖？因爲他要靠吃來壓抑自己的憤怒。」他安慰自己的方式，是在鏡子上用墨水筆寫「我是帥哥」，再拿水潑掉。

父親那時與他在家中幾乎不交談，說對待他像對一個凳子一樣，繞過去就是，「不理他，恨不得讓他早點出事，證明自己是正確的。」

心理治療時，宋面對柏大夫，說起小時候被人欺負，父親不管他、不幫他的經歷，在眾人面前用拳搥打牆說「我恨你」，把手都打出了血。

他父親也坐在現場，淚流滿面：「我從來沒想到他會恨我。」

這期節目播出五年之後，宋上了廚師學校，當過兵，交了女朋友，在一個環保機構工作，瘦了四十斤，常常給我提供污染事件的報導線索。

柏大夫發完短信後不久，我也收到宋的短信：「我看了葯家鑫這期節目。」只此一句。

我未及細問，一年以後，才想起此事，短信問他：「你當時爲什麼感觸？」

他回：「他平時不是一個壞人。」

我有點不解：「你怎麼知道他壞不壞？我採訪了半天，我都不敢下結論。」

「姐，」宋寫，「我問你，你採訪的時候，發現他傷害過什麼沒有？」

「那倒沒有，他媽說，他喜歡動物，不許她媽教訓狗，狗死了難過了很久，如果看到家裡殺活魚，他害怕，這頓飯就躲開不吃了。這些信息我們節目都沒用，不知道眞不眞實，你相信麼？」

他沒回答相信不相信，直接答：「他會覺得動物很可憐，是因爲動物不會傷害他。」

我說：「一個有同情心的人會去殺人嗎？」

短信斷斷續續，過一會兒才來：「他逃避責任或者害怕吧，不成熟，不知道怎麼向家裡交代，也不知道以後這個事會給他帶來多少累贅，怕承擔。」

「怕承擔的自私可能不少人都有，但他這麼做太極端了吧？」

他又停了一大會兒，才寫了兩個字：「無奈。」

「什麼意思？」

「他心裡有憤怒，」他寫，「所以他覺得，我不讓你張嘴。」

我聽著心裡一凜：「他是在模仿傷害他的人麼？」

「不是。」他說得很堅決。

又停頓了一下。他說：「他在逼自己。」

他的話像是雨點越下越大，打在篷布上，我站在底下能感到震顫，但沒有切膚之感，我接觸不到那個雨，但隱隱覺得這句話裡有某種我感覺到但沒法說清楚的東西，只能問他「什麼意思」，他乾脆打電話來了：「路上太冷，發短信折騰得很，我在路上走呢，這樣說痛快點，你想問什麼就問吧。」

我說：「你認爲他憑什麼要加害一個已經被他傷害的人呢？」

「他下車的時候並沒有拿出刀對嗎？他是看到她在記他的車牌號……」

「這個動作怎麼了？」

「這個動作在他看來是敵意，」他聽出我想打斷他，「我知道，她當然是無辜的。但你現在是在問我，葯家鑫會怎麼想，我是在試著告訴你他的想法。」

我閉嘴：『好，你說。」

他沒有用「可能」「或許」這樣的推斷詞語，直接說：「他覺得，你記住了車牌號，我爸媽知道了，就饒不了我，這對他是天大的事。」

「出個車禍怎麼算是天大的事？」我又忍不住了。

「可能對你來說不是，」他一字一句地說，「這對他來說就是天大的事。」

一瞬間，我想起小學五年級的時候打碎了一只碗，在等我媽回來的時候，我把碎片一片一片拼在一起，一只全是碎紋的白瓷碗，窩在一摞碗的最上面，等著她。到現在我還覺得，那個黃昏，好像比童年印象裡哪天都暗都長，那種如臨大敵的恐懼。結果我媽回來，發現之後居然大笑，跟鄰居當笑話講，我當時心理不是如釋重負，而是莫名其妙的鬱悶：「就這樣？難道就這麼過去了？」

「但是，爲了這樣的恐懼去殺人？」我無論如何理解不了。

他在冷風裡走路，說話時氣喘得很粗重。「你當年採訪我的時候，有件事我沒有告訴你，」

他說，「我曾經有一次拿著菜刀砍我姐姐，如果不是他們攔住了我，我不知道會發生什麼事情。」

「你？」我意外，他在生活裡幾乎是懦弱的，一開始認識時，他都無法與人對視，在抑鬱症治療中心，當著眾人面連上台去念一句詩都做不到。

他說：「我內心是有仇恨的，因爲大人老說我，老說我姐姐好，老拿我們倆比，所以我就要砍她。」

「如果你覺得大人欺負你，那爲什麼你報復的不是大人？」

「因爲我打不過大人，但她比我弱。」

「可她並沒有傷害你？」

「她向他們告我的狀。」

我聽到這，忽然寒意流過胸口，想說什麼，但沒有說。我倆都有一會兒沒說話。

他停了一下，接著說：「從那以後，大人對我好點了，我是發洩出來了，但葯家鑫沒有。」

我們掛掉了電話，幾分鐘後，我又收到他的一條短信，他說：「我知道你想問我什麼，其實剛才我中間有幾次，很長時間沒回你短信，是在寫：如果是我小時候，那時的我也許會像他一樣。後來又刪了。」

我說爲什麼。

他說：「我眞不想再這樣說我爸了，覺得不好，也不用這樣說他，歲數大了不容易，何況他們都只是不會教育孩子。葯家鑫不像我這麼幸運，他就是沒扛過去這幾年。」

六月七號那天，葯家鑫的父親與他見完面，走回家，從正午的電視新聞裡知道了兒子被執行死刑的消息。

他不看我，也不看鏡頭，眼光漫散向虛空，「我那天去還囑咐他幾句話，我說孩子，現在特別熱，走的時候，你要把買的衣服都穿上，那邊會很冷，他說我知道。那天去我還給他包了點餃子，帶了他愛吃的火龍果，就刮成瓢弄個飯盒給他。我走回家，人已經沒了，我就不知道那個時候，他穿衣服吃飯，夠不夠，我想看看他。」

當天下午六點鐘左右，他寫了微博。「好無助，希望大家哪怕是大罵也好，什麼聲音都是安慰。」抽泣堵在胸腔裡，推得他身子一聳一聳：「這個房子，我回來時候這半拉都是黑的，沒有任何動靜的時候，罵聲不也是聲音，不也是一種安慰嗎？當一個人走在一個深山，連一聲鳥叫都聽不見的時候，你是很害怕的。」

我們走的時候，已經不早了，葯慶衛留我們吃飯，說給你們一人做一碗番茄麵，我們通常不在採訪對象家吃飯，這一次大家說好，人忙活的時候，能把心裡的事暫時放下一會兒。

我們幾個坐在褐色的四合板桌子邊，他把幾個疊在一起的塑膠藍凳子拔開給我們坐，在陽台的灶下麵條，一面自言自語：「這兩個月都沒怎麼動鍋灶，麵下得不好，都粘了。」

家裡沒有別的菜，他炒了一小碗蔥花，放在桌上給我們下飯，我說，讓他媽媽也來吃吧。

他木板板的臉，說不用叫了，臉上表情與張妙父親一樣。

走的時候，他妻子還躺在葯家鑫的床上，蚊帳放著，她摟著那只大狗熊蜷著。天黑了，葯慶衛坐在桌邊上，愣愣的，眼睛一眨不眨，臉都垮下來，鬆垂著，坐在半暗的房間裡，我們招呼他，他才反應過來。

節目播後，也有一些人在我博客裡反復留言，說：「你為什麼要播一個殺人惡魔彈琴的樣子？讓他父母說話？」

宋打斷我時說過：我知道張妙是無辜的，但你現在的疑問是，葯家鑫為什麼會這麼想？我在告訴你這個。

二十三歲的宋嘗試著以他的人生經驗去理解同齡的葯家鑫，並不一定對，但他打斷我，是覺得，如果帶著強烈的預設和反感，你就沒有辦法真的認識這個人。也難以避免這樣的事情再發生。

葯家鑫未被判死刑前，音樂人高曉松曾經在微博中評論：「即便他活著出來，也會被當街撞死，沒死乾淨也會被補幾刀。人類全部的歷史告訴我們：有法有天時人民奉公守法，無法無天時人民替天行道……生命都漠視的人會愛音樂嗎？」

數萬人轉發他的話。

一個月之後，高曉松作為被告出現在法庭上，他醉酒駕駛導致四車追尾，一人受傷，被判服刑六個月。

六個月後我採訪他，說：「也許會有人問你，一個生命都漠視的人怎麼……」

我沒有問完，高曉松說：「我覺得我活該。每一個犯了錯的人，別人都有權利把你以前的言論拿出來印證你。」

他說他出事就出在狂妄上：「我早知道會撞上南牆，明明酒後的代駕五分鐘就到了，非要自己開車走，這不是狂妄是什麼？」

他出身清華，少年成名，二十六歲已經開校園民謠的音樂會，崔健跟他談過一次，說：「你的音樂當然很好聽，但是你有一個大問題，你不瞭解這個社會，也不瞭解人民怎麼生活。」他回答：「我代表我懂的那些人，你代表你懂的那些人，我們加在一起，就爲所有人服務了。」

他現在想起此事，說當年的自己「其實是強詞奪理，就是我眞的是對眞實的人生缺少……我連敬畏都沒有，就是缺少大量的認識」。

與高曉松關在同一間牢室的人，有受賄的官員，行賄的老闆，打人的貴公子，黑社會，偷摩托車的……從前沒交集、不理解的人，現在關在一塊，睡在一個大通鋪上，每天輪著擦牢室裡的廁所，擦得明光鋥淨。

他原來覺得自己夠文，也夠痞，可以寫「白衣飄飄的年代」，也能混大街，後來才發現，「你也就混混清華附近的五道口，那些混西客站的根本不知道你寫的歌，也不認識你是誰。跟坐牢比起來，什麼都是浮雲，眞的就是」。

他用塑膠水瓶，在蓋子上扎眼做一個滴漏，刻下道子，整夜滴著，「有個響動，有個盼頭」，用蘸湯的紙糊著圓珠筆芯當筆，趴在被子上寫字，生病時有人把攢下的一塊豆腐乳給他吃，「就是世間最大的情義」。

看守所裡，一只不知從哪裡來的小貓，每天會從補充熱水的小窗口裡露出頭來，人人都省下饅頭爭相餵它，「那個貓是個特別大的安慰，你覺得自己還是個人，還能餵別人。你會聽到，隔壁的那個黑社會本來特別厲害，能聽著在隔壁罵人，特別凶。就那貓一去了，他也叫，『喵』，特別那個。」

都是人，也只是人。

在看守所的電視裡，他看到另一起英菲尼迪車撞人案，長安街上，有人醉酒駕駛撞死四人，被判了無期徒刑，那個人也被輿論形容爲「惡魔」，他認識那個人，是一個曾經與他合作過的舞蹈師，他知道那人生活裡怎麼說話，婚禮上什麼樣子，對職業的態度是什麼。他看著這個新聞，後怕，也難受，第一次想，「那人也有可能是我。」

採訪完葯家鑫和高曉松，編導和我都討論過，要不要把輿論對他們的各種疑問都積累出來，再一一回答。

我說：「我覺得還是只陳述，不解釋吧。」

老老實實地說出知道的那一點就可以了。

何況我們知道的並不完整，不敢說這就是結論，我只知道他倆身上攜帶的病菌，人人身上或多或少都有。

王開嶺是我的同事，他說過：「把一個人送回到他的生活位置和肇事起點，才能瞭解和理解，只有不把這個人孤立和開除出去，才能看清這個事件對時代生活的意義。」

他還說了一句我印象很深的話：「做新聞，就是和這個時代的疾病打交道，我們都是時代的患者，採訪在很大程度是病友之間的相互探問。」

五年前，我和老郝曾在江西調查私放嫌疑人的公安局長，採訪結束後我少年意氣，曾發短信給她說

「贏了」。之後這位局長被捕，三年後，老郝與公安部的同志一起去深圳拍攝，在監獄裡見到他。

他被判了十六年刑，剃了光頭，穿著囚服坐在鏡頭前懺悔。

老郝回來後對我說：「他沒有認出我，他就是崩潰了，看著他號啕大哭，我心裡特別複雜。」

我沒說話。

這位前局長因爲當過員警，在牢裡受了不少苦。老郝向監管部門反映了這個問題，給他調換了一間囚室。

我理解她。

何帆曾是一名刑事法官。他說，自己剛進法院時，血氣方剛，豪情萬丈，認爲刑事司法的眞諦就是主持正義、蕩滌邪惡。但是，他第一次親臨刑場，觀看死刑執行時，臨刑前，死囚突然對法警提出請求：「我可不可以挪一下位置，我面前有塊石頭，如果倒下，這石頭正好磕著我的臉。」法警滿臉迷惑地看了看在場監刑的法院副院長，副院長點一下頭：「給他挪挪。」對在場所有人說了一句：「即使在這一刻，他們也是人，也有尊嚴。」

日後處理死刑案件時，只要在判決前稍有一點法理、情理乃至證據認定上的猶豫，何帆說他都不會作出死刑判決。

他讀書時，抄寫過民國法學家吳經熊一段話。

上世紀三十年代，吳經熊曾是上海特區法院的院長，簽署過不少死刑判決。他在自傳中寫道：「我當法官時，常認眞地履行我的職責，實際上我也是如此做的。但在我內心深處，潛伏著這麼一種意識：我只是在人生的舞台上扮演著一個法官的角色。每當我判一個人死刑，都秘密地向他的靈魂祈求，要他原諒我這麼做，我判他的刑只因爲這是我的角色，而非因爲這是我的意願。我覺得像彼拉多一樣，並且希望洗乾淨我的手，免得沾上人的血，儘管他也許有罪。唯有完人才夠資格向罪人扔石頭，但是，完人是沒有的。」

在這段話邊上，學生時代的何帆給的批注是：「偽善。」

如今，他拿出筆，劃去那兩個字，在旁邊寫上：「人性。」

第十九章
不要問我為何如此眷戀

從進台開始，發生爭執時，陳虻總說：「你的問題就是總認爲你是對的。」

我不吭氣，心說，你才是呢。

他說：「你還總要在人際關係上占上風。」

咱倆誰啊？從小我就是弱勢群體，受了氣都憋著，天天被你欺負，哪兒有你說的這毛病？

我採訪宋那年，他十六歲，在抑鬱症治療中心的晚會上參加一個集體朗誦，他分到那句詩是：「這就是愛。」

他臉上表情那個彆扭。

採訪時我問他：「你爲什麼說這句的時候那麼尷尬？」

他說：「我不知道什麼是愛。」

我用了很大的力氣去準備，跟他一起吃飯、聊天。但第一次正式採訪，還是特別不順，找採訪的地方就花了挺長時間，他不想說心裡的話，我勉強著問，臉上的笑都是乾的。兩位攝像因爲機位和光線遇到點麻煩，也有點較勁。

與老范和另一位朋友在旅行中。

心裡的急像針一樣扎著我，我把臉拉下來，說：「不拍了，走吧。」

老范是編導，扭著手看著我。

「都不快樂，就不要拍了。」我轉身拉開門就走了。

老范後來控訴過我：「你每次說的話其實都沒什麼，最可怕的是臉色。」

我？我對著鏡子左照右照……我？我不是最恨動不動給人臉色的人麼？每次看到那樣的臉，我都心裡抽一下，緊一下。我？我給別人臉色？

「你……對別人挺好的吧……就是對我。」她一邊說還一邊看著我的臉陪著點小心。

「我真的脾氣不好啊？」坐在車上我猶豫半天，問小宏。

他是我們三個女生——老范、老郝、我——最信任的人。從不解釋自己，也不說服別人，沒見他對誰冷眼，也不搶什麼風頭。小時候被大人戲弄，光屁股放在鐵絲上坐著，疼得齜牙咧嘴還要衝人家笑。節目需要隱蔽拍攝藝校學生陪酒事件時，他作為當時組裡唯一成年男性必須出馬，隱姓埋名偷拍一段。完成任務後，他請陪酒的女生吃了披薩，還一整夜沒睡好，覺得欺騙別人內心不安——就是這麼個人。我們三個女生有不對的地方，他也不責備，他的存在就是示範。

我問完，他想了想說：「你是這樣，別人一記直勾拳，你心裡一定也是一記直勾拳，不躲避，也不換個方式。」

我嘟囔了一下：「我還覺得我挺溫和呢。」

他微笑：「那只是修養。」

我嚇了一跳：「你知道啊？」

他說：「當然啦。」

他這話給我刺激很大：「你們知道我本來什麼樣還對我好？」

他不答只笑，好像這句話根本不需要解釋。

但我也拉不下臉來向老范道歉，只好發個嬉皮笑臉的短信過去。她立刻回一朵大大的笑。我自慚一下。

第二天，再去拍。奇怪，我前一天把採訪都廢了，脾氣那麼急，宋倒沒生我的氣，可能看到我的弱點，有點親切。

這天坐在他的小房間裡重新採訪，光線有點暗，地方也很局促，李季是攝像，說：「別管光線，新聞就是新聞，他就應該待在他的環境裡。」我心裡一下就鬆了。

宋說，他跟父母一起去了友誼醫院的心理治療俱樂部，在現場治療，家長孩子都在。宋和他爸爸坐在台上，柏大夫對他說：「你要把你對你爸的感受說出來。」

宋不肯說。

柏大夫說：「說出你眞實的感受。」

僵持片刻後，他說起這些年被父親漠視的感受。

「你倒是逃避了，我呢？」他說著說著站了起來。有人要拉他，被醫生制止了。「我恨你。」他捶著牆，臉扭曲了，一呼一吸，胸口劇烈起伏，哮喘病都發作了。

現場一片亂。柏大夫坐著沒動，說：「說出你眞實的感受。」

採訪時宋的父親跟我說起這個瞬間：「我知道他對我不滿意，但我從來沒想到我對他的傷害有這麼大。」他的眼淚掛下來：「原來我說他的那句話，『早晚有一天後悔』，現在意識到我這麼做我應該後悔了。對他放棄、漠視，今天這個結果就是當初種下的。」

平靜下來後，父親去了牆邊，拉兒子的手。他說：「這感覺非常奇妙，這麼多年我們都沒有接觸過。」

我問宋這個瞬間，他把頭偏到一邊笑了，說：「哎喲太假了我告訴你。」

「你沒有你爸說的那感覺？」

「沒有沒有。」他不看我。

「你說的是眞話麼，還是你只是不願意承認？」我笑。

「我看著你的眼睛說的話是眞的，不看的時候就不是。」他也笑了。

「每個人都會有不夠有勇氣的時候，」我說，「那一瞬間你是不是有些原諒他了？」

他看著我說：「可能是……原諒了吧。」

採訪完，機器一關，我倆對著笑，他說：「我戰勝了自己。」我說：「我也是。」他跟我擁抱了一下，說：「戰友。」

晚上回到家，宋發了一個短信，說他在查一些關於我的資料，看到網上討論「雙城的創傷」時，記者是否應該給小孩子擦去眼淚，有人說這樣不像一個記者。

他說：「我想告訴你，如果你只是一個記者，我不會跟你說那麼多。」

這個片子剪完第一版，又出了事。

每次看粗編的片子，老范都緊張得把機房的門從裡面插上，不許別人進來，死盯著我。只要我看著監視器，她就敏感得像一隻弓著背的貓，頭髮都帶著電往上豎著。她就這樣，嬰兒肥褪後，早出落成好看的大姑娘了，還是絕不讓人看她不化妝的樣子。

看這個片時我面無表情……素來如此。看完我轉頭說了一句：「把採訪記錄給我看看。」

她就炸了：「柴靜，你太不信任我了。」

我莫名其妙：「怎麼了？」

她衝我嚷：「你根本不知道我對你多好，我什麼時候犧牲過你的採訪？」

我心想，這跟對我好不好什麼關係，這是業務討論啊。

她翻臉了，一副我受夠你了我不幹了的樣子。

我回家路上氣恨得直咬牙，喉嚨裡又辛又酸，心想：「愛走走，等將來你吃虧的時候就知道了。」

我承認問她要採訪記錄確實是對剪輯有不滿的地方，但我心想，是因為你的節目好，所以我才用不著刻意表揚你呀，挑點你的錯——那是因為我比別人對你更負責，所以才要求你，希望你更好。

我倆都打電話向老郝投訴，她兩邊勸，也沒什麼用，鬧到不可開交，往往要靠小宏出面調解。

我在他面前脾氣更大了：「我就奇了怪了，這麼點小事，就跟我過不去？」

他說：「沒人跟你過不去，是生活本身矛盾密佈。」

我不吭氣了。

他從來不指責我們中的誰，有次說起小時候家事，他家三兄弟，母親承擔生活重壓，脾氣暴躁，常常打他們，下手不輕。他說：「每次她發火我都害怕，立刻認錯。」

我以為小孩子怕挨打。

他說：「我怕她生氣，氣壞身體。」

我用那個口氣對老范說話，還有個原因，是覺得她素來沒心沒肺，跟誰都嬉皮笑臉，小甜嘴兒，愛熱鬧，一點點大就跑工地上找個鐵棍子拿手裡，對民工大叔們說：「我給大家表演十個節目。」用同事楊春的話說，十處打鑼，九處有她。

我送過她一副藍寶石耳環，她成天掛著，擠地鐵被一個人扯了一下，直接把耳垂扯豁，耳環也掉了。我聽說了，瞇著眼嘴裡嘶嘶直抽涼氣，兩天後一見面，我先扒拉開她頭髮想看看傷情，發現耳環已經在剛癒合一線的小豁口上懸著了。所以我對她比起別人格外不留心，覺得她皮實，怎麼都成。有次我們在賓館坐電梯，我突然發現，她惡狠狠地看著鏡子裡的自己，特別猙獰。

我吃一驚，她平常從來沒這表情。

後來才發現，每次只要路過鏡子，她唯一的表情就是這副仇恨自己的樣子。我實在忍不住了：「難道你這麼多年就認爲自己長這樣子麼？」

她吃驚得很：「難道我還有別的樣子麼？」

有次陳威給她拍照片上內刊封面，拍了很多張，別的都巧笑倩兮，只有一張是她當時看見了鏡頭上自己的倒影，立刻怒目而視。結果她非要選這張當封面。老郝死勸她，她急了：「你們愛選哪張隨便吧。」轉身走了。

我倆才知道她是認眞的，她認爲眞正的自己就應該是在鏡子裡看到的那樣，蒼白憂鬱，自怨自艾。每次她這麼說，我跟老郝都笑得直打跌，至於她爲什麼要這麼看待自己，我沒問過，也不當眞。爛熟的人，往往這樣。每次一看見她這個表情我就呵斥她，胡嚕她的臉：「不許！」

但幾年下來，這個根本改不了。做宋這期節目時，她讓那些得抑鬱症的孩子看自己手上的煙疤，一副「我也有過青春期」的悲壯。我一開始當笑話聽，後來有次看過她胳膊，抽口冷氣，氣急敗壞：「不許！」

小宏對她只是溺愛，只有我問他，他才說：「范的內心有一部分其實是挺尖銳的。」一副心疼的口氣。他不責備她，也不要她改變，只是過馬路的時候輕扶著這姑娘的胳膊——因爲她永遠在打電話，完全不顧來車。

那天看老范的粗編版，其實挺觸動我的，只是我沒告訴她。有一段紀實是我採訪完宋，兩天後，他要正式登台朗誦。當天他爸說好要來，臨時有工作沒來。他急了，又捶著牆，不肯上台演：「既然他不來，你說讓我幹嘛來呀？」

他父親後來趕到了現場，說事兒沒處理好，「今後一定改……」

宋打斷他：「能自然點兒嗎？改變也不是一時半會兒的。以前怎麼冷落我的？我不願說，一說就來氣。」

他父親神色難堪，壓不住火，說了句「二十年後你就明白了」，轉身要走，走到門邊又控制住自己。在場另一位帶女兒來治療的母親勸解他，他說：「可能我的教育方式太簡單了，我認爲兒子應該怎麼怎麼著。」那位媽媽說：「不光是簡單，不光是家長，不管任何人，你去告訴別人應該怎麼樣，這就是錯的方式。我就錯了這麼多年。」

這話說得多好，我回去還寫進日記裡了。道理我都懂，但只要落到我身上，工作中一著急一較眞，碰到自己認爲非得如此的時候，就免不了疾言厲色，而且一定是衝自己最親近的人來。

老郝說我。

我不服氣：「那我說得不對嗎？」我心想，事實不都驗證了嘛。

「你說得對，但不見得是唯一的道路。」

我一愣，這不就是陳虻說的話？老郝這麼一說，我不言語了。

老范不像老郝這麼硬，做節目時她一吵不過我，就從賓館出走。雨裡頭淋著，哭得像個小鴨子。

我給她發一短信：吵不過可以扭打嘛，凍著自己多吃虧。

過一會兒，收到短信，說：「我在門口呢，沒帶鑰匙。」

門打開，我一看頭髮是濕的，小捲毛全粘臉上了，去洗手間找條毛巾給她擦頭：「好啦，我錯啦。」

她哇一聲摟著我哭了，我只好尷尬地拍著她背。

唉，這輩子認識他們之前，我就沒說過這三個字，說不出口。現在才知道，搞了半天，這是世界上最好聽的三個字。

她讓我最難受的，不是發火，也不是哭，是這事兒過後，就一小會兒，她臉上還掛著哭相，眼睛腫著，天眞地舉著一只大芒果，趴在我床邊一起看網上有趣的事兒，還自言自語：「你說這會兒心情怎麼跟剛才特別不一樣呢？」

我事後問她：「你幹嘛這麼脆弱啊？這只是工作嘛。」

她說：「因爲我在意你啊。」

沒人用這方式教育過我，我當時噎住。

我每每和老范吵架，分歧都是，她時時處處要爲我們採訪的人著想、開解。而我擔心這失於濫情，不夠冷靜，覺得工作應該有鐵律，必須遵從，不惜以冷酷來捍衛。

某次採訪一位老爺子，做實業十幾年，掙了幾百億，捐出四十億做公益。他崇拜曾國藩，要「求缺」。閑著沒事的時候，我說你經商很成功，那要你來經營新聞，能做成麼。他認爲跟企業一樣，抓住核心競爭力，建立品牌，品牌就是人。我說那負面新聞你怎麼處理？

他搖搖頭：「新聞不分正面負面，新聞的核心是眞實。」這句話我早知道，但從他這兒說出來，還是讓我琢磨了很一會兒。

這位老爺子脾氣直，採訪談得差不多了，他直接站起來把話筒拔掉。「可以了。」他說，「柴靜，來一下。」我挺意外，但知道這老頭兒肯定是要講點什麼給我聽，比如像曾國藩一樣指點下別人面相。

果然。

進他的辦公室後，他就說他懂點看相：「你，反應很快，才思敏捷……但是……」

來了。

「……你有一個致命的缺點。你太偏激，就是你們說的憤青。」他接著說，「偏激就會傲慢，無禮。你很想做事，但要改掉這個毛病。」

我想辯解，還算咽下去了，說：「那怎麼辦？」

「多讀書。」老爺子說，「另外，存在即合理，你要接受。」

我回來當玩笑說給她倆聽，結果老郝聽完看著老范一笑，老范也看著老郝一笑。我氣得：「我有那麼偏激麼？」老郝安撫我：「倒沒有……只是有點好勝。」我讓她舉例子，她說：「比如說，我覺得你不太在意別人的片子。」

我想說我怎麼不在意了？想了想開會的時候評別的小組的片子，我幾句話就過去了，或好或貶，都只是結論，詞句鋒利，好下斷語，聽完別人不吭氣。我自認為出於公心，但對別人在拍這個片子過程中的經歷沒有體諒，我不太感受這個。

老范評片子時，永遠讚美為先，處處維護，我有時覺得她太過玲瓏。共事幾年後，同事聚會，李季喝了點酒，握著她手，說了一句「原來以為你……」他頓了一下沒說下去，接著說：「幾年下來，你是真他媽純潔。」

純潔，哎。

她純潔，心裡沒有這個「我」字，一滴透明的心，只對事堅持。而我說道理時，往往卻是「應該」如何，覺得自己掌握了真理，內心倨傲，只有判斷，沒有對別人的感受。

陳虻以前要我寬容，我把這當成工作原則，但覺得生活裡你別管我。他老拿他那句話敲打我：「如果說文如其人的話，為什麼不從做人開始呢？」

我聽急了：「我做人有自己的原則。」

他氣得：「你覺得你特正直是吧？」

「怎麼啦？」

「我怎麼覺得你的正義挺可怕呢？你這種人可以為了你認為的正義背棄朋友。」

我當時也在氣頭上：「還就是。」

他第一次住院的時候，我和老范去看他，他還說起這事，對老范說我壞話：「她這個人身上，一點母性都沒有。」

老范立馬為我辯護：「不是不是，她對我就有母女之情！」

我勾著她肩膀，衝陳虻擠眼睛。他噎得指著我「你你你」半天，又指著老范對我說：「她比你強多了。」

我不當回事兒。

有次採訪一個新疆賣羊肉串的小販，跟他一塊吃涼粉，他說當年一路被同鄉驅趕，腳被拴在電風扇上絞斷了，在貧困山區落下腳接來親人。親人卻爲獨占地盤，對外造他殺人的謠言，我說：「不會吧？眞的嗎？」他把筷子往碗上一放，看著我說：「底層的殘酷，你不理解。」我啞口無言。在電視素材裡看見這段鏡頭，心想，這女同志，表情怎麼那麼多啊？聽到自己經驗之外或者與自己觀點相悖的意見，她臉上會流露出詫異、驚奇、反感、不屑，想通過提問去評判對方，刺激別人，想讓對方糾正，那種冷峻的正直裡暗含著自負。

這女同志原來是我，那些表情原來就是我在生活裡的表情。

這大概就是老范說的「臉色」。

唉。坐在電視機前，居然才把自己看得明明白白。

批評別人的時候，引過顧準的話「所謂專制，就是堅信自己是不會錯的想法」，這會兒像冰水注頭——天天批評專制，原來我也是專制化身。

我上學早，小矮弱笨，沒什麼朋友，玩沙包、皮筋、跑跳都不及人，就靠牆背手看著。課堂上老師把「愛屋及烏」讀成「愛屋及鳥」，我愣乎乎站起來當眾指出。老師臉色一沉，說話難聽一點，此後我就不再去他辦公室。朋友間有話不當心，刺到痛處，就不再交往。十幾歲出門讀大學，不習慣集體生活，與同寢室的女生都疏遠，天天插著耳機聽收音機——如果當時有這說法，大概也可按「收音機癮」收治我。

偶然，遇到一個女生在水池洗頭，她胳膊有些不便，我順手舉起盆給她倒水沖洗，她神色奇異：「原來你對人挺好的。」

「我？」我莫名其妙，我什麼時候對人不好了？

「你挺容忍的。」她說，「但你心裡還是有委屈。」

這話說得我一怔。委屈，這個詞，好像心裡有一只捏緊的小拳頭。

日後工作上學，換了不少地方，去哪兒都是拎箱子就走，不動感情，覺得那樣脆弱，認爲獨立就是脫離集體，不依不附。親近的人之間，一旦觸及自尊心就會尖銳起來，絕不低頭。我做宋的那期節目，多多少少是投射自己的青春期。

只有到了「新聞調查」這幾年，我們組幾個人，一年到頭出差待在一起的時候比家人還長，簡直是從頭再長大一遍。老范和我都貪睡，不吃早飯，但她每天早起十幾分鐘，不開燈先洗完臉，就爲了讓我多睡一會兒。洗漱完一開門，一袋蛋糕牛奶掛在門把手上，還燙著，是李季掛在那兒的。這大個子從來不多話，但眼裡心裡都有。我的腰坐的時間長了有點問題，去農村坐長途車，席鳴給我在計程車的後座上塞個賓館的白枕頭。在地震災區沒條件洗澡，每個人一小盆水，我蹲在泥地上，小畢拿只一次性塑膠杯子一杯一杯舀著溫熱的水給我沖頭。早春到南方出差，細雨裡，街邊老人蹲在青藤籃子前賣簇新的白玉蘭。小宏五毛錢買一小束，用鉛絲捆著，插在小賓館漱口的玻璃杯裡，讓我放在枕邊，晚上一輾轉，肺腑裡都是清香。

採訪前，我常黑沉著臉，誰跟我說話都一副死相，心裡有點躁時更沒法看，陳威把他的不銹鋼杯子遞給我，「喝一口。」我噗哧樂了，接過來喝一口，遞還他。他不接，說：「再喝兩口。」

熱水流過喉嚨，臉兒也順了。

沒工作的時候，老郝拿碎布頭縫個花沙包，五六個人去天壇，天空地闊，玩砸沙包。老范在邊上吃老郝炒的芝麻麵，像個花貓滿臉都是……原來大家童年都寂寞。

年底我生日，老郝開了瓶酒，做了一大桌菜。吃完飯，燈忽然黑了，電視上放出個片子，是老范瞞著我，拿只DV到處去採訪人，片子配了我從小到大的照片，還有音樂和煙花。我是眞尷尬，這麼大了，沒在私人生活裡成爲主角，這麼肉麻過。

最後一組鏡頭，我差點從沙發上滾下來，是我媽！這廝居然到我家採訪了我媽。我媽戴只花鏡，特意吹了捲髮，拿著手寫的綠格稿紙，很正式地邊看邊說：「媽媽眞沒想到，小時候孤僻害羞的你，現在做了記者這個行業，小時候落落寡合的你，現在有這麼一群團結友愛的好同志……」

我一邊聽，惱羞成怒地拿腳踢老范。小宏一手護我，一手護她：「好了好了，踢一下可以了。」老郝拿個紙巾盒等在邊上，擠眉弄眼。

他們對我，像絲綢柔軟地包著小拳頭，它在意想不到的溫柔裡，不好意思地笑起來了，生銹的指節在嘎吱聲裡欲張欲合，還是慢慢地有些鬆開了。

老郝批評過我不看別的組片子後，節目組裡片子我都儘量看，別的電視節目也看，看時做些筆記，一是向人學習，另一個第二天開會發言，才能實事求是，對人對己有點用處。對自己節目的反思也多了。白雲升負責策劃組開會討論節目，聽完了對我莞爾：「覺得你最近有些變化。」

唉，這麼大歲數了才有。

我在日記裡寫：「一個人得被自己的弱點綁架多少次啊，悲催的是這些弱點怎麼也改不掉。但這幾年來，身邊的人待我，就像陳昇歌裡唱的，『因爲你對我的溫柔，所以我懂得對別人好』，能起碼認識到什麼不好，最重要的，是能以『別人可能是對的』爲前提來思考一些問題。」

年底開會的時候，我向組裡道歉：「不好意思啊平常太暴躁啦。」

大家笑，好好，原諒你。

我又不幹了：「喲，我就這麼一說，你們眞敢接受啊，誰敢說我暴躁我看看。」

他們哄笑。

後來送我一副對聯：「柴小靜，勇於自省，永遠任性。」

宋成年之後，我與他在柏大夫那裡見過一面，柏大夫說她一直有件後悔的事。當年父子倆在台上，宋當著眾人面喊出「我恨你」時，她應該「托一下」這位父親。

意思是她當時應該讓男人講一講他的「無奈」，作爲兒子，也是父親，被兩種身份卡住時的難堪和痛苦，讓雙方有更多的理解。每個人都是各種關係裡的存在，痛苦是因爲被僵住了，固定在當地，轉不到別人的角度去體會別人的無助。

我聽到她說，也有一些懊悔，拍那期節目時，我才二十多歲，也還只是一個孩子訴說自己委屈的心態，並沒有去體會那個父親的困境。柏大夫聽了微笑著說：「你那時很內向，看你眼睛就知道。」

她忽然開口說起自己。三歲之前，母親把她寄養在別處，帶著姐姐生活，重逢後她覺得母親不親，覺得母親更喜歡姐姐。五十年過去了，她養兩條狗來修復自己的創傷，「因爲那個不公平的感覺一直在」。

原先那只養了六年的狗叫小妹，總是讓她抱，趴在懷裡，新來的流浪狗妞妞在旁邊眼巴巴看著，她想放下小妹來抱妞妞，但小妹不肯讓出位置，她放不下來，也就體會了「當年一直跟著母親長大，突然加進一個成員時，我姐姐的難受勁」，知道「在每個角色裡待著的人，都會有很多不舒服」。

她說，知道了這一點，「我就原諒了我母親」。

生命是一個流動的過程，人是可以流淌的。宋現在長大成人，有了女朋友，夾在女友和母親之間，他說多少體會到了父親當年的感受。柏大夫說給他，也說給我聽：「和解，是在心裡留了一個位置，讓那個人可以進來。」不是忍耐，不是容忍，她指指胸口，「是讓他在我這裡頭。」

陳虻說「寬容的基礎是理解」，我慢慢體會到，理解的基礎是感受。人能感受別人的時候，心就變軟了，軟不是脆弱，是韌性。柏大夫說的，「強大了才能變軟」。我有一個階段，勒令自己不能在節目中帶著感受，認爲客觀的前提是不動聲色，眞相會流失在涕淚交加中，但這之後我覺得世間有另一種可能——客觀是對事件中的任何一方都投入其中，有所感受，相互衝突的感受自會相互克制，達到平衡，呈現出「客觀」的結果，露出世界的本來面目。

二〇〇七年之後，小組裡的人慢慢四散，調查性報導式微，小宏去了新疆，楊春去了埃及，小項天賀小鵬老陳強那時也都離開了「新聞調查」。我問過小項爲什麼走，他說：「沒快感了。」他沒有跟大家辭別，選在記者節那天走——「爲了記著」。辦公室我漸漸去得少了，都是空落落的桌子。後來辦公室搬到一個黑洞洞的沒日光的大雜間裡，原先台階上一年一標的箭頭，被擦掉了。

老范也去了國外。

一年中我們幾乎沒有聯繫。我是覺得她這性格肯定已經打入異國社交界，別拖她後腿，讓她玩吧。我生日那天，她在網上留了個言，說一直沒跟我聯繫，是怕打擾我。認識這麼多年了，兩人還是這樣，能把一步之遙走成萬水千山……還好知道出發點，也知道目的地。

我和老郝相依爲命，日日廝混。夜半編片子，有人給她送箱新鮮皮皮蝦，她煮好給我送，我衝下樓去接，電梯快要停了，兩個人撒腿就跑。在兩人寬的小街上擦肩而過，到了對方樓下等不著人，手機都沒帶，找個公用電話打手機也沒人接，四顧茫然往回走，一步一蹭走到人煙稠密的麻辣燙攤邊，一抬頭遇上，不知道爲什麼都傻乎乎的歡天喜地。

這路如果不拐彎，也不後退，走不了多久。老郝說：「這麼走是條死路。」但她過了一會兒，說：「不這麼走也死路一條。」

那就走吧。

這一年，我的博客也停了。外界悄然無聲，人的自大之意稍減，主持人這種職業多多少少讓人沾染虛驕之氣，拿了話筒就覺得有了話語權，得到反響很容易，就把外界的投射當成眞正的自我，腦子裡只有一點報紙雜誌裡看來的東西，腹中空空，徒有脾氣，急於褒貶，回頭看不免好笑。

六哥興之所至，每年做幾本好看的《讀庫》筆記本送朋友們，還問：「放在店裡你們會買麼？」

「會。」

「知道你們不會。」過了一會兒，他又捏起小酒杯說，「但我喜歡，又行有餘力，就做好了。」

過半年，他又問：「本子用了麼？」

「沒有，捨不得。」大都這麼答。

他說了一句：「十六七歲，我們都在本子上抄格言、文章，現在都不當回事了。」

他說得有理，長夜無事，四下無聲，我搬出這些本子，抄抄寫寫，有疑惑也寫下來，試著自問自答。困而求知，沒有了什麼目的，只是爲了解開自己的困惑。眼瘦抬頭時，看到窗外滿城燈火，瞭解他人越多，個人的悲酸歡慨也就越不足道，在書中你看到千萬年來的世界何以如此，降臨在你身上的事不過是必然中的一部分，還是小宏那句話：「只是生活本身矛盾密佈。」

年底，我在出差的車上，接到老郝電話，她說：「我跟你說個事。」

我說什麼事兒。

她那邊沒出聲。

電光石火間，我知道了：「你談戀愛了……」

「切。」

「你談戀愛了？」

「……」

「你談戀愛了！」

「別喊！」

我瞭解她的脾氣，沒有確定的把握，她絕對不會說的，這就是說，她終於要幸福了。

六年裡，我倆多少次走過破落的街道，在小店裡試衣服，一起對著鏡子發愁，挨個捏沿路小胖子們的臉，他們衝我們一笑，我們都快哭了。現在她終於要幸福了。

「天哪你爲什麼現在才告訴我？」

「死人，別喊啊，他們要聽見了。」

我掛了電話，給老范發了個短信。她馬上把電話打過來，尖叫：「我明天就要回來。」

掛了電話，車往前開，陳威坐在副駕駛座上，過了一會兒，回頭看著我笑了：「喲，柴記者，這些年還沒見你哭過呢。」

「你管呢。」我抽抽搭搭地說。

老郝結婚的大日子前夜，我倆還在成都採訪孫偉銘醉駕案。做完要趕當週播。

她問我：「結婚證能不能他一個人去領？」

「滾。」我說，「你明天一早回去，後面的我盯著。」

等我拍完回去，她新婚之夜也待在機房，一直病著。我給她按按肩膀，又扯過她左手，端詳她手指，玫瑰金。我嘖嘖嘖，她不理我，右手放在編輯機上一邊轉著旋鈕，反反復復找一個同期聲準確的點，已經三天沒怎麼睡了，新郎來送完吃的又走了。

我們工作了一大會兒，我說：「老郝。」

「嗯。」

「老郝。」

「說。」

「將來我要死了，我家娃託付給你。」

她頭都不回：「當然。」

三個月後，我接到通知，離開「新聞調查」。

那天我回來得很晚，電梯關了，我得爬上十八樓。樓梯間燈忽明忽暗，我摸著牆一步一步走，牆又黑又涼。

想起有一年跟譚芸去四川的深山採訪，下了幾十年沒有的大雪，山裡滿樹的小橘子未摘，雪蓋著，我讓張霖站在車上，從樹上摘了幾個。拿在手裡小小鮮紅一粒，有點抽巴，冰涼透骨，但是，那一點被雪淬過的甜，是我吃過的最好的橘子。

中午走到鎮上，水管凍裂，停水了，我們找到一家小館子，讓他們下掛麵，煎了幾只蛋，又切了些硬邦邦的結著霜的香腸。胖老闆娘拿只碗，紅油辣子、花椒油、青蒜葉子調的蘸料，又抓一把芫荽扔裡頭。冰天雪地裡，圍著熱氣騰騰的灶，吃點熱乎東西，李季說：「眞像過年。」

我呢，在萬山之間，站在骯髒的雪地裡，腳凍得要掉了，深深地往肺裡吸滿是碎雪的空氣，心裡忍不住說：「媽的，我眞喜歡這工作。」

現在我得離開了。

我從此再也沒有去過調查，跟同事們也沒有告別。能說的都已知道，不能說的也不必再說。我唯一放心不下的是老郝，她從那以後，沒有再與出鏡記者合作，萬水千山獨自一人。但這話我倆之間也說不出口。

我在別的節目工作很久後，新聞中心的內刊讓大家對我說幾句話，調查的人把對我的話寫在了裡頭。陳威沒寫，發了一個短信給我：「火柴，什麼時候回來？」

我說：「等著，放心。」

他說：「不放心。」

我不知道怎麼回。

內刊上有老郝的一句：「她是我迄今爲止所見意志最強的記者，相知六年，眞希望再一個青春六年來過，我們再並肩。」

六年……六年前，還是二〇〇四年，大夥都在，不管去哪兒出差，多偏遠的路，外面雷雨閃電，車裡都是一首接一首的歌。計程車有音響就都跟著唱，沒有音響，就誰起個頭大家跟著唱，不知哪兒來的勁兒，嘯歌不盡，好像青春沒個完。

有一次，出差在哪兒不記得了，薄薄一層暮色，計程車上，我哼一首歌：「我迷戀你的蕾絲花邊……」

「編織我早已絕望的夢……」有人接著唱。

是小宏。我轉頭看他一眼，這是鄭智化一首挺生僻的歌，我中學時代，一個人上學放學的路上，不知道唱過多少遍，從沒聽別人唱過。

他不往下唱了。

我又轉回頭，看了會兒風景，又隨口往下哼：「不要問我為何如此眷戀……」

這次是兩個人的聲音接下去了：「我不再與世界爭辯……」

我猛一回頭，盯著老范，她個小破孩，連鄭智化是誰都不知道，怎麼可能會唱這歌？

她一臉天真地看著我：「你老唱，我們就去網上找來學啦。」

我不相信。

他倆說：「不信你聽啊。」

小宏對老范說：「來，妹妹，預備……起——不要問我為何如此眷戀，我不再與世界爭辯，如果離去的時刻鐘聲響起，讓我回頭看見你的笑臉。」

他們合唱完了，傻乎乎衝著我笑。

老范，老郝，我。

第二十章
陳虻不死

二〇〇八年十二月二十三日晚上十一點，我接到同事短信：「陳虻病危。」

去醫院的車上，經過新興橋，立交橋下燈和車的影子滿地亂晃，我迷糊了，兩三個月前剛見過，簡直荒唐……不會，不行，我不接受。我不允許，就不會發生。

一進門，一走道的人，領導們都在，我心裡一黑。

走到病房門口的時候，他們說陳虻已經沒有任何反應。

房門關著，崔永元一個人站在病床邊上，握著陳虻的手。

我站在門外，透過一小塊玻璃看著他們。

陳虻一再跟我說，評論部裡，他最欣賞的人是小崔。

崔永元說：「二〇〇二年病好了以後，我回來工作，抱著混一混的心態。我也幹不動了，也沒心思幹了，糊弄糊弄就完了。那個節目收視率極高，其實是投機取巧。我內心裡其實是看不上那個節目的，一輩子做那個東西，收視率再高也沒意義。」

陳虻那個時候是副主任，小崔說：「他審我的片子，很不滿意，但他體諒我，知道我生病。片子裡現

陳虻

場觀眾連連爆笑，他坐在那兒一點表情都沒有，我就知道他心裡怎麼想。他不希望我這樣，但又不想給我太大的壓力，也不知道怎麼和我說。」

片子錄完，陳虻要簽播出單。

小崔說：「每次去找他簽字，他還問我身體怎麼樣。我說挺好，然後就走了。其實我很難受，我也知道這麼做不好，但我當時沒能力了。」

他站在病床邊，握著陳虻的手，我站在門口，從小窗口看著他倆。

崔永元說過：「我們這撥人可能都這樣，或者累死在崗位上，或者徹底不幹工作，沒中間道路，做不到游刃有餘。」

崔永元和白岩松是「東方時空」原來的製片人時間發掘的，剛來評論部的時候，飯桌上同事常聊：「哎你說是時間厲害還是陳虻厲害？」他倆是一個戰場上的戰友，也是業務上的對手。

我第一次參加評論部的會，剛好是時間最後一次主持。他要離開了，坐在台上，一聲不吭，差不多抽完一根煙，底下一百多號人，鴉雀無聲。

他開口說：「我不幸福。」

又抽了兩口，說：「陳虻也不幸福。」

他是說他倆都在職業上寄託了自己的理想和性命，不能輕鬆地把它當成生存之道。

說完，把煙按滅，走了。

我開的第二個會，是陳虻主持的。他接手了「東方時空」，正趕上十一長假後，開場白是：「我不是來當官當領導的，我就是教練，不負責射門。我只是盯著你們，誰也別想躲過去。」

他讓我們觀摩能找到的所有國外優秀節目：「你們要把每個片子拆分到秒，從每個零部件去學習。」

我接下茬：「看來是這輩子最後一個假期了。」

大家哄笑。

他正色說：「你說對了。」

散會後他找我談：「成功的人不能幸福。」

「爲什麼？」

「因爲他只能專注一個事，你不能分心，你必須全力以赴工作，不要謀求幸福。」

我聽著害怕：「不不，我要幸福，我不要成功。」

「切，」他說，「一九九三年我要給『生活空間』想一句宣傳語，怎麼想都不滿意。回到家裡，恨自己，恨到用頭撞牆，咣咣作響。睡到淩晨四點，突然醒了，摸著黑拿筆劃拉了這句話——『講述老百姓自己的故事』。你不把命放進去，你能做好事情麼？」

陳虻得的是胃癌。

小崔說過：「陳虻是一個特傻的人，特別傻，看起來很精明，實際上憨厚得不行。你要是看到他講課時那個傻勁、他審片時那個表情，你就知道這個人不可救藥。」

陳虻是哈爾濱工業大學光學工程專業的，孫玉勝任命他當製片人時，他才三十出頭，部裡很多有資歷的紀錄片人，覺得他沒什麼電視經驗，有點抱臂旁觀。他上來就不客氣：「別以爲你拿個機器盯著人家不關機就叫紀實，這叫跟腚。你的理性到場沒有？」

這話當然讓人不服氣，拿出一個片子讓他評價，陳虻看之前就說：「我跟你們打個賭，這個片子肯定沒有特寫。」

他們不信，一看果然沒有。

他說：「爲什麼肯定沒有？因爲攝影肯定不敢推特寫。爲什麼不敢？因爲他不知道推哪張臉。不知道怎麼判斷這個事兒，他怎麼推啊。推就是一次選擇。」

底下竊竊私語，意思是——你推一個看看？

他舉例子：「美國『挑戰者號』升空爆炸，全世界有多少台攝影機在場？但只有一位拿了獎，他拍的不是爆炸的瞬間，他轉過身來，拍的是人們驚恐的表情。誰都可以作選擇，區別在於你的選擇是不是有價值。」

他沒拍過什麼片子，說用不著以這個方式來證明自己可以當領導：「判斷一個運動鏡頭的好壞，不是看流不流暢，要看它爲什麼運動。一個搖的鏡頭，不是搖得均不均勻，而是搖的動機是否深刻、準確。」

他每年審的片子上千部，每次審片時，手邊一包七星煙，一包蘇打餅乾，十分鐘的片子要說一兩個小時，每次身後都圍一堆人。做片子的人當然都要辯解：「這個鏡頭沒拍到是因爲當時機器沒電了」；「那個同期的聲音品質不行所以沒用」……

他就停下：「咱們先不談片子，先談怎麼聊天，否則這麼聊，我說出大天來，你也領會不了多少。」

膽子大點的人說：「聊天也不是光聽你的吧。」

他搖頭：「你不是在想我說的這個道理，你在想：『我有我的道理。』這是排斥。這不是咱倆的關係問題，是你在社會生活中學習一種思維方式的問題。」

他有一點好，不管罵得多凶狠，「你認爲對的，你就改。想不通，可以不改。我不是要告訴你怎麼改，我是要激發你自己改的欲望。」但你要投入了，他又要把你往外拉：「不要過於熱衷一樣東西，這東西已經不是它本身，變成了你的熱愛，而不是事件本身了。」

你點頭說對對。

他又來了：「你要聽懂了我的每一句話，你一定誤解了我的意思。」

打擊得你啞口無言，他還要繼續說：「你別覺得這是丟人，要在這兒工作，你得養成一個心理，說任何事情，是爲了其中的道理，而不是說你。我的話，變成你思維的動力就可以了。」

總之，沒人能討好他。但大家最怕的，是他審完片說「就這樣，合成吧」，那是他覺得這片子改不出來了。只能繼續求他：「再說說吧，再改改。」他歎口氣，從頭再說。

審完片，姑娘們抹著眼淚從台裡的一樹桃花下走過去，他去早沒人的食堂吃幾個饅頭炒個雞蛋，這就是每天的生活。

陳虻的姐姐坐在病房外的長椅上。她把病中的父母送回家，自己守在病房門口，不哭，也不跟別人說話。

我以前不認識她，在她右手邊坐下。過了一會兒，她靠在我肩膀上，閉上眼。她的臉和頭髮貼著我的，我握著她手，在人來人往的走廊上坐著。

老范過一會兒也來了，沒吭聲，坐在她左手。中間有一會兒，病房醫生出去了，裡面空無一人，我把她交給老范，走了進去。

陳虻閉著眼，臉色蠟黃發青，我有點不認識他了。

最後那次見，他就躺在這兒，穿著豎條白色病服，有點瘦，說了很多話，說到有一次吐血，吐了半臉盆，一邊還問醫生：「我是把血吐出來還是咽下去好？」有時聽見醫院走廊裡的哭聲，他會羨慕那些已經離開人世的人，說可以不痛苦了。說這話他臉上一點喟歎沒有，好像說別人的事。當時他太太坐在邊上，我不敢讓他談下去，就岔開了。

敬一丹大姐說，陳虻在治療後期總需要嗎啡止痛，後來出現了幻覺，每天晚上做噩夢，都是北海有一個巨人，抓著他的身體在空中掄。

是他最後要求醫生不要救治的，他想離開了。

我垂手站在床邊，說：「陳虻，我是柴靜。」

他突然眼睛大睜，頭從枕頭上彈起，但眼裡沒有任何生命的氣息。床頭的監視器響起來，醫生都跑進來，揮手讓我出去。

這可能是一個無意義的條件反射，也可能只是我的幻覺。

這不再重要，我失去了他。

這些年他總嘲笑我，打擊我，偶爾他想彌補一下，請我吃頓飯，點菜的時候，問：「你喝什麼？」

我沒留心，說：「隨便。」

他就眉毛眼睛擰在一起，中分的頭髮都抖到臉前了：「隨便?! 問你的時候你說隨便?! 你已經養成了放棄自己分析問題、判斷問題、談自己願望的習慣了！」

這頓飯算沒法吃了。

但好好歹歹，他總看著你，樓梯上擦肩而過，我拍他一下肩膀，他都叫住我，總結一下：「你現在成熟了，敢跟領導開玩笑了，說明你放鬆了。」

我哈哈笑。

他一看我樂，拿煙的手又點著我：「別以爲這就怎麼著了，你離眞的成熟還遠著呢，就你現在青春期這小資勁兒，毛病大著呢，不到三十多歲，不遇點大的挫折根本平實不了。」

討厭的是，他永遠是對的。

八年來，我始終跟他較著勁，他說什麼我都頂回去，吵得厲害的時候，電話也摔。

他生病前，我倆最後一次見面都是爭吵收尾。他在飯桌上說了一句話，我認爲這話對女性不敬，和他爭執以致離席，他打來電話說：「平常大家都這麼開玩笑的。」

「我不喜歡這樣的玩笑。」

「你是不是有點假正經啊。」他有點氣急敗壞。

「你就這麼理解吧。」

「這麼點兒事你就跟我翻臉，你看你遇到問題的時候我是怎麼教導你的？」

「教導，這就是你用的詞。你爲什麼老用這樣的詞？」我也急了。

他氣得噎住了。

「你不要總把我當一個學生，也別把我光當成一個女人，你要把我當成一個人。」

他狠狠地沉默了一會兒，居然沒修理我。

一個月後，我在機場，他打了個電話來，說一直顚來倒去地想這事，想明白了，說：「我錯了，我們還是朋友，對吧？」

我心想，這廝還是挺厲害的。嗯了一聲說：「當然。」

數月後，聽說他胃出血動手術了，我沒當回事兒，誰出事兒他也不會出事兒。他不是說過嗎，我是只網球，他是那只拍子，「你跳得再高，我也永遠比你高出一釐米」。他會帶著個難看的光頭出院上班，絮絮叨叨講生病的經驗：「哎，我最近想到了十個人生道理……你怎麼不拿筆記一下？……每句都記說明你根本抓不住重點……」到了八十歲還披掛著他花白的中分長髮，拐棍戳地罵我：「你昨天那個蠢問題是怎麼問的……」

這人是不會心疼人的，他只是盯著你，不允許你犯任何錯誤浪費生命。

他生病時，我發短信說要去看他，看到他回信，下意識用手在桌上重重一拍：「啊！」他說術後的疼痛已經連嗎啡都沒有用了，說「只能等待上帝之手」。

我不信，說想見見他，但他說沒有精力，太疼了，短信寫：「電視上看到你，瘦了。保重身體，人不要死不要進監獄不要進醫院。」

過一陣子精神好的時候，他的短信回得很長，說手術完了，在深夜裡好像能感覺得到舌頭上細胞一層層滋長出來，頭髮茬子拱出頭頂，說「餓的感覺真美好」。我心裡鬆快了，叮囑他「你在病床上能寫點就寫點，回來好教育我」，他響亮地回了句「嗯吶」。

我當時想，就是嘛，這個人太愛生命了，不可能是他。

到了教師節，我給他發了一條短信：「好吧，老陳，我承認，你是我的導師，行了吧？節日快樂。」

他回說：「妹子，知道你在鼓勵我。現在太虛弱了，口腔潰爛幾乎不能說話。沒別的事，就是疼。沒事，可以被打死，不能被嚇死。」

「就是疼。」我心裡難受，得多疼呢？

告別的時候，陳姐姐還是不哭不作聲，只拉住陳虻的手不放。

過了一會兒，邊上的醫生輕聲喊我。

我把她的手握住，又握住陳虻的手，把它們慢慢鬆開。

這一下，溫暖柔軟。這是八年來，我第一次和陳虻如此親近。

最後一兩年，我不再事事向他請教，有時還跟著別人談幾句他的弱點，認爲這樣就算獨立了。他講課也少了，新聞速度加快，大家都忙，業務總結的會少了。有時候碰見我，他遞給我一張紙，說「這是我最近講課的心得」，我草草掃一眼，上面寫「現場……話語權……」回家不知道收到什麼地方。他也不管我：「你這個人靠語言是沒用的，什麼事都非得自己經過，不撞南牆不回頭。」

我遇到過一次麻煩，他打電話來，一句安慰都沒有，只說你要怎麼怎麼處理。

我賭氣說無所謂。

他說：「是我把你找來的，我得對你負責。」

我衝口就頂回去了：「不用，我可以幹別的。」

他沒吭聲。

後來我覺得這話刺痛了他，後悔是這個，難受是這個。

他最後一次參加部裡的活動，聚餐吃飯，人聲鼎沸。他一句話不說，埋頭吃，我坐他側對面，他披下來的長頭髮，一半都白了。

出來的時候，我不知道說什麼好，就跟著他走，默默走到他停車處。他停下腳，忽然問我：「二十幾了？」

我笑：「三十了。」

他頓了一下：「老覺得你還二十三四，你來的時候是這個歲數，就老有那個印象。」

我看他有點感喟，就打個岔：「我變化大麼？」

他端詳我：「沒變化。」

頓了一下，又說了一句：「還是有點變化的，寬厚點了。」

我咧咧嘴，想安慰他一句，找不到話。

他看出來了，笑了一下：「嗐，就這麼回事兒。」

手機響了，他掛著耳機線，一邊接一邊衝我揮了下手，拉開他開了十年的老車，車後邊磕得掉了漆。

我轉身要走了，他按住耳機線上的話筒，又回身說了一句：「你已經很努力了，應該快樂一點。」

凌晨兩點半，我跟陳姐姐一起下樓。電梯開的時候，看到白岩松，對視一下，我出他進，都沒說話。

他和陳虻，像兩只大野獸，有相敬的對峙，也有一種奇異的瞭解。大家談起陳虻時，有人說智慧，有人說尖銳，白岩松說「那是個非常寂寞的人」。陳虻活著，就像一片緊緊捲著的葉子要使盡全部氣力掙開一樣，不是爲了得到什麼，也不是要取悅誰，他要完成。

他的寂寞不是孤單，是沒完成。

後來岩松說，那天凌晨離開醫院後，無處可去，他去陳虻的辦公室坐了一夜。那個辦公室裡，有一盆白菊花，不知道是哪位同事送的，上面的紙條寫的是：「陳虻，懷念你，懷念一個時代。」

陳虻葬禮那天特別冷，我去的時候，緊閉的大門外，已經站了一千多人，我第一次見到台裡那麼多同事，無人召集聚在一起，人人手裡拿著白菊花在冷風中等著。天色鐵一樣寒灰，醞著一場大雪。呼氣都是白霧，沒人搓手跺腳取暖。

小崔面色鐵青，坐在靈堂邊的小屋子裡不說話。

我坐他側面的椅子上，看著他。

他從口袋裡拿出一把藥，我給他遞一瓶水，他拿在手裡，沒喝，直接把藥咽下去了。

他心臟不好。

他看看我，說：「別生氣，別生閑氣，啊。」

我說不出話。

陳虻生前參加的最後一次年會，還是小崔主持，沒有了《分家在十月》那樣的片子，小崔自己去請了趙本山、郭德綱……一個部裡的小小年會，搞了五個小時，不知他花了多少工夫。

陸陸續續，台下的人有些走了，或是打著手機出去了。陳虻摟著兒子，跟我隔著走道坐著，一直沒動。

羅大佑是壓軸演出，他一直坐在第一排，喝完兩瓶酒，登台是晚上十一點，沒上舞台，踩著一只凳子站在過道上，一束追光打著，衝場下問：「唱什麼？」

幾百條漢子齊聲喊：「光陰的故事。」

羅大佑輕撚弦索，眾人紛紛離開座位，圍攏到他周圍，席地而坐。小崔坐在過道台階上，向我招手，我手腳著地爬過去，坐他身邊，回頭看了一眼，陳虻摟著熟睡的兒子，坐在席間未動，微笑著張嘴不發聲，隨著眾人唱：「遙遠的路程昨日的夢以及遠去的笑聲，再次的見面我們又歷經了多少的路程，不再是舊日熟悉的我有著舊日狂熱的夢，也不是舊日熟悉的你有著依然的笑容……流水它帶走光陰的故事改變了我們，就在那多愁善感而初次流淚的青春……」

陳虻葬禮上，儀式全結束後，有三四十個人沒有走。

大門關上，大家挨個排隊走過去，再次向陳虻鞠躬。

陳眞是原來「東方時空」的編導，他說：「陳虻的一生沒有拍什麼片子，但我們就是他的作品。」

年底，我離開「新聞調查」，很快又離開評論部，去了「面對面」，再離開新聞中心，到了「看見」，像草在大風裡翻滾成團，不知明日之事。早幾年大概會心如飛蓬。但現在對我來說，想起陳虻的死，這世間還有什麼可怕。

我離開評論部時，白岩松在南院的傳達室裡放一個袋子，讓人留給我，裡面裝著書，還有十幾本雜誌，都是藝術方面的。我理解他的意思，他希望什麼都不要影響到生命的豐美。他的書出版，託人轉我一本，裡面寫：「陳虻總說，不要因爲走得太遠，忘了我們爲什麼出發。如果哀痛中，我們不再出發，那你的離去還有什麼意義？」

我翻到扉頁，他寫「柴靜：這一站，幸福」。

史努比常常來找我。他結了婚，當了副總，買了房。但不談這些，也不問我工作，「比起身體，都是浮雲」。就拉著我打球，吃飯，吟個詩，談電影。騎個自行車帶著我，大門口還給我買半個紅瓤翠瓜，拎在手上，就這麼半拉瓜，還左手換右手，汗流浹背地走，說起當年辦公室大姐想撮合我倆的事，我忍不住後怕：「要眞成了……」

他也樂，臉皺出幾個大括弧：「可不也就過下去了麼。」

我說：「你看你，現在也不教育我了。」

他一副長兄看顧遺孤的口氣，「你現在已經挺好的了。」

我說你現在怎麼樣。

他說：「有不好的我也不告訴你。」

我笑，覺得我倆都大了，或者說，老了點。

過一會兒他還是沒控制住，說：「給你挑個小毛病行不？」

這就對了。

他說，看你前兩天博客裡寫「我抿著嘴往那個方向一樂」，把「抿著嘴」去了吧。

嗯，是，女里女氣的。立刻刪了。

他說，喲我的意見還眞挺重要。

「那是。」我說，「你說什麼我總是先假設你是對的。」

他得意：「哎這話我愛聽，那我教育你這麼多年了，你也反哺我一下吧，我現在對這世界特別失望。」

我說：「十年前咱們在『東方時空』，你寫過一篇文章《天涼好個球》，裡頭不是引過一句里爾克的詩嘛——『哪兒有什麼勝利可言，挺住意味著一切。』」

離開「新聞調查」之後，有段時間我主持演播室節目，有觀眾在留言裡語帶譏諷問我：「你不再是記者了，以後我們叫你什麼呢？溫室裡的主持人？」

是一個記者，坐在哪兒都是。如果不是，叫什麼也幫不了你。

不管什麼節目，都得一期一期地做，做完貼在博客裡聽大家意見，陳虻當年希望我們每做完一個片子，都寫一個總結：「這不是交給領導，也不是交給父母的，也不是拿來給大家念的，就是自己給自己的總結。」

觀眾一字一句敲下評論，一小格一小格裡發來，不容易，像電台時期那些信件一樣，我珍重這些。有一期談收入分配改革，有位觀眾留言：「在採訪中，當採訪對象說到城市收入的增加比例時，本來人家緊接著就要說農民的比例，但柴靜非要問一句『那農民呢』，故作聰明！」

底下的留言中有不少人爲我辯解，說這是節目節奏要求，或者需要這樣追問的回合感等等。還有人說這位留言的觀眾：「你用詞太刺激了。」

批評我的這位寫了一句話：「當年陳虻說話也不好聽，現在陳虻去世了，我們也要像陳虻那樣對待她。」

我心頭像有什麼細如棉線，牽動一下。

他說得對，去打斷談話，問一個明知對方接下去要談的問題，不管是爲什麼，都是一個「有目的」的問題，是爲僞。

什麼是幸福？這就是幸福，進步就是幸福。我的起點太低，所以用不著發愁別的，接下來幾十年要做的，只是讓自己從蒙昧中一點點解縛出來，這是一個窮盡一生也完成不了的工作，想到這點就踏實了。

日子就這麼過去了。有年夏天，台裡通知我參加一個演講，題目叫「爲祖國驕傲，爲女性喝彩」。上學時我常參加演講比賽，通常幾個拔地而起的反問句「難道不是這樣嗎」，再加上斜切向空中的手勢：「擦乾心中的血和淚痕，留住我們的根！」狗血一灑滿堂彩。這麼大歲數，我實在是不想參加演講比賽了。但台裡說這事已定，當天領導辛苦地起個大早替我抽好簽，十四號。

第一位選手已經開始，我袖口上別著十四號的塑膠圓牌子，左腿搭右腿，不知說什麼好。旁邊有位選手穿了件大紅裙，湊耳過來說：「越配合，完得越早。」

我笑，覺得有理，混一混，等會兒就結束了。包裡裝著北大徐泓老師整理的陳虻生前講課的記錄，正好翻翻看，有的話以前沒聽過，有的聽了沒聽進去，有些聽進去了沒聽明白，有一句我以前沒注意，這當口看見刺我一下：「你必須退讓的時候，就必須退讓。但在你必須選擇機會前進的時候，必須前進。這是一種火候的拿捏，需要對自己的終極目標非常清醒，非常冷靜，對支撐這種目標的理念非常清醒，非常冷靜。你非常清楚地知道你的靶子在哪兒，退到一環，甚至脫靶都沒有關係。環境需要你脫靶的時候，你可以脫靶，這就是運作的策略，但你不能失去自己的目標。那是墮落。」

「不要墮落。」他說。

我以爲我失去了他，但是沒有。

叫到十四號時，我走上台，扶了下話筒：「十年前在從拉薩飛回北京的飛機上，我的身邊坐了一個五十多歲的女人，她是三十年前去援藏的，這是她第一次因爲治病要離開拉薩。下了飛機很大的雨，我把她送到了北京一個旅店裡。過了一個星期我去看她，她的病已經確診了，是胃癌晚期，她指了一下床頭的一個箱子，她說如果我回不去的話，你幫我保存這個。這是她三十年當中走遍西藏各地，和各種人，官員、漢人、喇嘛、三陪女……交談的記錄。」

認識她，正是我十年前掙扎來不來中央台做新聞的關口。認識她，影響我最後的決定。「她沒有任何職業身份，這些材料也無從發表，她只是說，一百年之後，如果有人看到的話，會知道今天的西藏發生了什麼。這個人姓熊，拉薩一中的女教師。」

在這種來不及思考的匆忙裡，才知道誰會浮現在自己心裡。

我說了郝勁松的故事，「他說人們在強大的力量面前總是選擇服從，但是今天如果我們放棄了一點五元的發票，明天我們就可能被迫放棄我們的土地權、財產權和生命的安全。權利如果不用來爭取的話，權利就只是一張紙。」他和我沒有什麼聯繫，但我們都嵌在這個世界當中。有一天他從山西老家寄給我一個紙箱子，剝開，是胖墩墩一大塑膠袋，裡頭還套了一個塑膠袋，紅繩子繫著口。解開把手插進去，暖暖熱的碎金子一樣的小米粒，熬粥時米香四溢，看電梯的大姐都來尋一碗喝。

人不可能孤立而成，人由無數他人的部分組成。

我說到了陳錫文對征地問題的看法：「他說給農民的不是價格，只是補償，這個分配機制極不合理，原因不在於土地管理法，還根源於一九八二年憲法。」在那期節目播出後，我曾收到陳錫文的短信，他說：「我們做的事情，都是爲了讓人們繼續對明天有信心。」

二〇〇三年的一場座談會上，我曾經問過一個人：「你說年輕記者要對人民有感情，我們自認有，但是常常遇到挫折。」他回答說，有一年去河北視察，沒有走當地安排的路線，他在路邊看見了一個老農民，旁邊放著一副棺材。老農民說太窮了，沒錢治病，就把棺材板拿出來賣。他拿出五百塊錢讓這農民回家。他說，中國大地上的事情是無窮無盡的，不要在意一城一池的得失，要執著。這個人是溫家寶，中華人民共和國總理。

這個演講場地很小，水泥台子上放了個噴塑的泡沫背景板，大紅的仿宋體寫著「爲祖國驕傲，爲女性喝彩」。底下坐了幾十人，評委坐在課桌後，桌上面鋪著鮮紅的絨布。這是一個有點簡陋的場地，但人站在了這裡，這裡就是眞的。

「一個國家由一個個具體的人構成，它由這些人創造並且決定，只有一個國家能夠擁有那些尋求眞理的人，能夠獨立思考的人，能夠記錄眞實的人，能夠不計利害爲這片土地付出的人，能夠捍衛自己憲法權利的人，能夠知道世界並不完美、但仍然不言乏力不言放棄的人，」我回身指了指背景板上這幾個字，「只有一個國家擁有這樣的頭腦和靈魂，我們才能說我們爲祖國驕傲。只有一個國家能夠珍重這樣的頭腦和靈魂，我們才能說，我們有信心讓明天更好。」

結束後坐在台下等著離開，有位不認識的同行移坐身後，拍了下我肩頭：「今天早上我特別不願意來，但聽你講完，覺得有的事還是要把它當眞，不然就眞沒意思了。」

演講結束時間還早，我去公園。拎了瓶凍得結實的冰水，像平常那樣找個僻靜處，木凳上一躺，滿天濃蔭，蟲鳥聲無已。

長空正滾滾過雲，左邊不遠處是湖，風從湖上來，帶著暗綠色的潮氣，搖得樹如癡如醉。更遠處可見青山，兩疊，淺藍青藍，好看得像個重影，當下此刻，避人默坐，以處憂患。

湖在腳下，乳白色清涼的霧裡全是青草的味兒。沒有人，聽很久，茂密的草叢深處才聽到水聲。水無所起止，只知流淌，但總得流淌。山高月小，它要滴落，亂石穿空，它要拍岸，遇上高山峽谷，自成江河湖海。此刻這水正在平原之上，促急的勁兒全消，自顧自地緩下來，一個溫柔的轉彎推動另一個溫柔的轉彎，無窮無盡，連石頭都被打磨得全是圓潤結實，就這麼不知所終，順流而去。

後記

三年前，我猶豫是否寫這本書時，最大顧慮是一個記者在書裡寫這麼多「我」是否不妥，六哥說不在於你寫的是不是「我」，在於你寫的是不是「人」。

這本書才得以開始。

當中數年我停停寫寫，種種不滿和放棄他都瞭解，不寬慰，也不督促，只是瞭解這必然發生，我才有氣力寫下來。書稿完成後他承擔了大量編輯工作，編輯時他曾說過有點悠然的快樂，是我作為作者的最大獎賞。

余江波是我「看見」欄目的原同事，這本書很多具體的材料與修訂工作都是他的心血。他曾是我博客的讀者，一再告誡我，不要偷懶簡單地使用過去的材料，讀者是不會滿足的，必須重新與生活打滾，不斷地深化材料。他的嚴苛是對的。

感謝何帆承擔了這本書相關法律問題的修訂工作。也感謝張宏杰、汪汪、老頹、牟森、土摩托。三年中，寫是一件不知所往的事，還好有朋友相互伴隨。

謝謝廣西師大出版社的幾位編輯楊靜武、周昀、陳凌雲，他們對書中每期節目的內容都進行了核實，對書稿的結構與文字提出了中肯的見解與建議，使這本書得以規避很多毛病。

感謝梁建增先生對這本書的愛護與關切。感謝張潔、李倫以及所有共事者對我的全部寬容。書中封面照片是在重慶開縣麻柳村採訪時陳威拍攝的，部分現場照片由席鳴拍攝，感謝他們。

老范現在是「看見」欄目的主編，與我一起工作，老郝當了媽媽，我們仨沒有失散。

感謝我的家庭。

柴靜

People 376

看見：十年中國的見與思

作者—柴靜
主編—李筱婷
責任編輯—張啟淵
特約校對—黃怡瑗
美術設計—王璽安
執行企劃—林倩聿
董事長
發行人—孫思照
總經理—趙政岷
出版者—時報文化出版企業股份有限公司
10803臺北市和平西路三段二四〇號三樓
發行專線—（〇二）二三〇六六八四二
讀者服務專線—〇八〇〇二三一七〇五
（〇二）二三〇四七一〇三
讀者服務傳真—（〇二）二三〇四六八五八
郵撥—一九三四四七二四時報文化出版公司
信箱—臺北郵政七九～九九信箱
時報悅讀網—http://www.readingtimes.com.tw
電子郵箱—history@readingtimes.com.tw
法律顧問—理律法律事務所 陳長文律師、李念祖律師
印刷—盈昌印刷有限公司
初版一刷—二〇一四年一月十七日
定價—新臺幣三八〇元
行政院新聞局局版北市業字第八〇號

國家圖書館出版品預行編目資料

看見：十年中國的見與思／柴靜著. -- 初版. -- 臺北市：時報文化, 2014.01
面； 公分. -- (People ; 376)

ISBN 978-957-13-5881-9(平裝)

857.85　　102026454

ISBN 978-957-13-5881-9
Printed in Taiwan